TRÊS DESEJOS E UMA MALDIÇÃO

Laura Wood

TRÊS DESEJOS E UMA MALDIÇÃO

Tradução
Fernanda Castro

1ª edição

Rio de Janeiro-RJ / São Paulo-SP, 2024

VERUS
EDITORA

Ilustração e design de capa
Caroline Bogo

Título original
Under Your Spell

ISBN: 978-65-5924-321-1

Copyright © Laura Wood, 2024
Todos os direitos reservados.

Tradução © Verus Editora, 2024
Direitos reservados em língua portuguesa, no Brasil, por Verus Editora. Nenhuma parte desta obra pode ser reproduzida ou transmitida por qualquer forma e/ou quaisquer meios (eletrônico ou mecânico, incluindo fotocópia e gravação) ou arquivada em qualquer sistema ou banco de dados sem permissão escrita da editora.

Verus Editora Ltda.
Rua Argentina, 171, São Cristóvão, Rio de Janeiro/RJ, 20921-380
www.veruseditora.com.br

CIP-BRASIL. CATALOGAÇÃO NA FONTE
SINDICATO NACIONAL DOS EDITORES DE LIVROS, RJ

W857t

Wood, Laura
    Três desejos e uma maldição / Laura Wood ; tradução Fernanda Castro. - 1. ed. - Rio de Janeiro : Verus, 2024.

    Tradução de: Under Your Spell
    ISBN 978-65-5924-321-1

    1. Romance inglês. I. Castro, Fernanda. II. Título.

24-92332   CDD: 823
                CDU: 82-31(410.1)

Gabriela Faray Ferreira Lopes - Bibliotecária - CRB-7/6643

Revisado conforme o novo acordo ortográfico.

Seja um leitor preferencial Record.
Cadastre-se no site www.record.com.br e receba
informações sobre nossos lançamentos e nossas promoções.

Atendimento e venda direta ao leitor:
sac@record.com.br

Para os fãs de desafios literários, a turma do "só mais uma
pagininha", os amantes de clichês, os donos de cartões
de bibliotecas, aqueles que ouvem audiolivros obscenos em
público, os sonhadores em busca de seu felizes
para sempre. Esta é uma carta de amor.

PARTE UM

1

Aqui vai um vislumbre da minha vida neste momento: minha irmã está parada na soleira da porta segurando um passarinho morto, e isso não é nem de perto a pior coisa que aconteceu hoje.

— Clemmie. — Os olhos de Lil se enchem de lágrimas, o delineador preto e pesado já começando a borrar de modo alarmante enquanto ela ergue o punhado de penas ensebadas. — Ele voou direto pra cima do meu carro. Acha que vai ficar bem?

Olho para o pássaro. O pássaro cem por cento morto.

— Não, acho que não. — Tento soar gentil, mas erro por um quilômetro de distância. Como eu disse, está sendo um dia e tanto.

— Pelo amor de Deus, Lil! — Nossa irmã, Serena, surge ao meu lado, bebendo champanhe direto da garrafa que trouxe com ela. — O que você tá fazendo com esse treco? É nojento!

Lil fecha a cara para Serena.

— Tô tentando salvar a vida dele. Será que dá pra fazer respiração boca a boca em um passarinho?

— Boca a bico, no caso? — murmuro, enquanto Serena imita sons altos de ânsia de vômito.

— Não posso deixar que ele morra — Lil diz novamente, teimosa, e permaneço firme na soleira da porta porque sei que, caso eu ceda um milímetro, o pássaro morto vai acabar dentro do meu apartamento.

— Acho que esse barco já zarpou. — Serena aponta um dedo com a unha bem-feita para o animal. — Tenho quase certeza que não devia estar achatado assim no meio.

Lil o examina.

— Ah — ela diz, enfim. — Que tristeza.

— É, bom, que tal você colocar o passarinho morto no chão e entrar? — sugiro.

— Como assim, só largar *no chão*? — Lil fica horrorizada.

Já posso ver para onde isso está nos levando, e estou exausta demais para organizar o funeral de uma ave. Lanço um olhar desesperado para Serena, que revira os olhos em resposta.

— Por que não joga no lixo? — ela sugere.

— No lixo?! — A voz de Lil sobe para um tom mais agudo.

— No lixo de *compostagem* — Serena acrescenta depressa. — Clemmie tem umas dezesseis lixeiras diferentes, não tem? — Ela me encara.

— Tem uma pros resíduos do jardim. — Dou de ombros. Embora "jardim" seja uma palavra forte para o quadrado de grama raquítica que veio com o apartamento. Sempre quis plantar algo ali, e tive grandes visões de mim mesma pairando com uma cesta de vime no braço, sorrindo com modéstia sempre que alguém elogiava meu jeito com as plantas, mas acabei nunca tendo tempo. E agora já não importava.

— Viu só? — Serena afasta o cabelo do rosto. — Perfeito. Você pode devolver o passarinho à terra. — Serena é mestre em conduzir as pessoas até que façam o que ela quer, e está falando o idioma de Lil, usando um tom persuasivo.

Lil hesita.

— Não me parece muito digno.

— É a natureza, Lil. — Serena faz um gesto impaciente com a mão. — Você sabe, a realidade fria e crua.

— É *nua* e crua — corrijo. — E não acho que ser atropelado por um Toyota Yaris conduzido por uma mulher baixinha usando um casaco cor-de-rosa enorme seja o tipo de ato poético de violência que se encontra na natureza.

— Tanto faz — Serena me dispensa, agora com a mente funcionando a todo vapor. — *Fria, nua*, é tudo parte do ciclo, não é? Da terra viemos e para a terra voltaremos, das cinzas às cinzas, do pó ao pó. *É o ciclo sem fim... que nos guiará...*

Tenho certeza de que Serena está prestes a começar uma versão entusiasmada da música de *O Rei Leão*, o que na minha opinião talvez arruíne a impressão de que ela esteja levando o assunto tão a sério quanto Lil gostaria, por isso intervenho depressa:

— Anda, Lil, tá congelando aqui fora, e temos pizza. Seu sabor favorito de pizza vegana. E vinho. Um montão de vinho.

— Tudo bem. — Lil assente com relutância. — Mas sinto que eu devia dizer algumas palavras.

— Seja rápida — Serena retruca. — Clemmie tá precisando da gente mais do que esse bicho morto. *Ainda* pode haver esperança no caso dela.

— Isso foi realmente necessário? — murmuro.

Serena não responde, apenas toma outro gole da bebida e ergue as sobrancelhas, mas o que ela gostaria de dizer está bem óbvio: minha vida é um grande pássaro morto, e não posso exatamente discordar.

Cinco minutos depois, estamos no meu jardim, reunidas em volta da lixeira aberta.

— Aqui jaz Peter, o pombo — Lil entoa.

Não estou nem um pouco convencida de que o pássaro morto em minha lixeira seja um pombo, mas não me parece o melhor momento para discutir semântica.

— Não sabemos de fato quanto tempo você viveu — ela continua —, mas você era parte deste grande e belo mundo, e é triste que tenha partido. Espero que, seja lá onde estiver, você sinta o sol nas suas costas e o vento sob suas asas. Espero que esteja livre e feliz.

Sinto lágrimas inesperadas pinicando meus olhos, tento esconder de Serena.

— Vocês são uma pior que a outra — ela resmunga, mas percebo o afeto relutante em sua voz. — Podemos entrar *agora*? Tá congelando aqui, sabe? Deixa esse passarinho maldito pra lá, tô quase morrendo de hipotermia.

Lil fecha a tampa da lixeira. Com um suspiro de alívio, conduzo ambas para dentro de casa.

— O que aconteceu aqui? — Lil pergunta, espiando meu apartamento que, admito, está com uma aparência um tanto modesta.

Serena faz uma careta.

— Leonard aconteceu.

— Ele levou todas as suas coisas? — Lil arqueja. — O sofá? A televisão? E... cadê as coisas do Atum? E o Atum, cadê?

Ah, sim. O gato. Não posso pensar muito nisso ou começo a chorar outra vez.

Lil pisca os olhos, assimilando os fatos.

— Ele levou seu gato?

— Leo disse que vai ser melhor pro Atum na casa nova — respondo, tentando manter um tom animado. — E ele tem razão. É uma residência propriamente dita e não fica perto de nenhuma estrada movimentada. É muito mais seguro.

— Ele levou seu gato! — Lil repete, e dessa vez há um brilho assassino em seus olhos azuis. — Ele te trocou por outra mulher, levou todas as suas coisas e roubou seu gato?! Odeio esse cara.

Olho ao redor, para a sala/cozinha quase vazia. Ontem, estava repleta dos mais básicos, limpos e organizados móveis da Ikea. Tudo bem que não era exatamente meu estilo de decoração — todas aquelas linhas retas e contemporâneas e a falta de desordem careciam um tanto de alma, mas tinha sido perfeitamente legal; parecia mesmo uma casa. Agora, com a única poltrona, uma que encontrei certa vez na rua (e que falei para Leo que tinha comprado em uma feira de antiguidades, caso contrário ele nunca a teria deixado passar pela porta), a estante meio cheia e bamboleante e o abajur em forma de sereia segurando uma concha, sem uma mesa onde ficar apoiado, o espaço ficou parecendo os minutos finais de um bazar de garagem.

— As coisas eram dele — digo, encolhendo os ombros. — Ele que escolheu, ele que pagou. Só acho que eu não tinha ideia de *quanta coisa* era dele até o pessoal da transportadora vir e levar tudo.

O que eles de fato haviam feito, hoje, enquanto eu estava no trabalho. Em um emprego que em breve não teria mais. Diante desse pensamento, a dor de cabeça contra a qual batalhei o dia inteiro aumenta.

— Eu sempre soube que ele era péssimo — Serena comenta, sombria, sentando-se no balcão da cozinha e abrindo a caixa gigante de pizza. — Há anos que te digo isso.

— Você dizia que ele era um tédio — respondo —, o que, pra ser justa, não dá pra dizer agora.

Leo e eu estávamos juntos fazia quatro anos, e aí, dez dias atrás, ele me contou que não apenas estava me trocando por Jenny, sua colega na firma de contabilidade, mas que os dois já estavam se vendo fazia muito tempo e que ela está grávida de três meses. Leo, Jenny, o bebê deles e meu gato iriam se mudar para um chalé de quatro quartos na zona rural de Oxfordshire, assim como toda a nossa mobília. Em toda sua benevolência, Leo deixou para mim o apartamento na cidade cujo aluguel eu não tenho condições de pagar. Foi tudo muito civilizado.

Antes dessa experiência, sempre duvidei um pouco de que as pessoas realmente fossem surpreendidas por eventos assim. *Como elas não sabiam?*, eu pensava. Bom, agora posso afirmar: eu não fazia ideia. Nem o menor dos pressentimentos, nem uma desconfiança sequer cruzando minha mente.

Quando Leo expôs os fatos para mim, de pé na frente da lareira como se fosse um detetive revelando a identidade do criminoso em uma adaptação ruim de Agatha Christie, meu primeiro pensamento foi achar que ele estava brincando.

O que não durou muito tempo, já que Leo nunca foi de fazer piada e, sinceramente, nada que saía de sua boca era lá muito engraçado.

— Acho que nós dois estamos acomodados há muito tempo — ele disse, e a frase saiu como um discurso rígido e ensaiado. (Mais tarde, descobri que foi isso mesmo que aconteceu porque Jenny havia escrito um roteiro para ele, o que demonstrava bom senso, pois Leo tem tendência a ser vago e nosso término precisava ficar extremamente explícito.) — Eu e você somos muito diferentes. Não é nenhuma surpresa, dado o seu histórico... — Essa parte senti como se uma faca particularmente afiada tivesse sido cravada em mim. — Não somos mais apaixonados um pelo outro, Clemmie. Estamos apenas acostumados a ficar juntos. Você vai ver, é melhor assim.

Foi bem nesse momento que vomitei na lata vazia de biscoitos amanteigados que estava segurando.

O fato de Leo não estar errado servia de pouco consolo. Eu não sentia falta dele, apenas da familiaridade de ter outra pessoa por perto, da rotina desgastada da nossa vida, que pareciam tão intimamente entrelaçadas. Mas eu sentia, sim, falta do gato. E do sofá.

— Admito que fui distraída no início pelo tanto que ele era chato — reflete Serena. — Talvez eu nem tivesse percebido que aquela personalidade de picolé de chuchu mascarava um coração de vilão. Mas agora... agora eu entendi tudo. — A voz dela soa perigosa, uma promessa de que aquilo teria troco, e seu olhar furioso é impressionante. Ela pega uma fatia de pizza e morde com uma violência desnecessária.

Lil iça o corpo sobre o balcão da cozinha e começa a remover o papel-alumínio de outra das garrafas de champanhe que Serena trouxe.

— Mas ele era tão chato, Clemmie. — Ela tira a rolha da garrafa com um estalo experiente. — Agora você já pode admitir.

— Ele não era chato — protesto. — Leo era constante e confiável. Eu gostava disso nele.

— Meu Deus, Clem. — Serena solta o ar, irritada. — Ele era seu namorado, não um Volvo. Você merecia muito mais. — Ela resolve fazer uma pausa antes de desferir o golpe. — Além disso, todo mundo aqui sabe que essa coisa com o Leonard foi na verdade por causa daquela palavrinha que começa com P.

— Não, não foi — retruco, me sentindo colocada contra a parede no mesmo instante. — E não diga a palavra com P.

— Tenho que concordar com a Clemmie nessa — diz Lil, servindo o champanhe com cuidado em três canecas, ainda que Serena siga feliz bebendo diretamente de sua garrafa quase vazia. — E "palavrinha com P" faz parecer que vocês estão conversando sobre pinto.

— Eca. — Serena aceita uma caneca que diz "Contadores são (Excel)entes na cama", um presente que dei para Leonard e com que ele não pareceu ter se apegado tanto como fez com, por exemplo, nosso conjunto de taças ou o aspirador. — Se eu quisesse falar sobre pênis — minha irmã continua, com a voz altiva —, eu simplesmente falaria sobre pênis. Mas tudo bem. — Ela pigarreia e me lança um olhar severo. — Clemmie... você sabe que seu relacionamento inteiro com Leonard era, na verdade, por causa do papai.

— E por falar em pinto — murmuro, tomando um longo gole da minha caneca. O champanhe está gelado, frisante, as bolhas correm para o meu sangue. Serena só compra coisa boa.

Cada irmã tem uma relação única com papai — no meu caso, ela pode ser mais bem descrita como um contato breve. Quando seu pai é um deus do rock das antigas que engravidou três mulheres em um período de quatro meses, as coisas tendem a ficar complicadas.

— A verdade é que Leo é um "antipapai" — Lil reflete. — Não existe nada menos rock'n'roll do que um contador do Surrey.

— Não tenho muita noção do quanto você sabe sobre rock'n'roll — Serena provoca.

— Eu sou música. — Lil cruza os braços. — Conheço todo tipo de música.

— Mas só aquelas feitas por mulheres que parecem fantasmas vitorianos. — Serena dá risada enquanto Lil se engasga, embora pareça mesmo que ela está usando uma grande camisola branca por baixo do casaco cor-de-rosa gigante.

— Essa porcaria produzida em massa que você lança na sua gravadora dificilmente pode ser chamada de música. — Lil está indignada.

Serena joga a cortina de cabelos com mechas sutis de balaiagem por cima do ombro.

— Ser popular não é um crime. Deus me livre de uma música com batida, de algo que as pessoas conseguem realmente dançar.

— A gente pode mudar de assunto? — interrompo, cansada, já careca de ouvir aquela discussão.

Minhas duas irmãs seguiram os passos de nosso pai em carreiras no mundo da música, mas deram um jeito de pertencer a dois círculos que mal se encostam em um diagrama de Venn: Serena é a produtora-executiva megaeficiente de uma das maiores gravadoras do mundo — refinada, linda, suas unhas batucam constantemente na tela do iPhone — e Lil é uma pequena criança abandonada e angelical que conquista multidões em festivais com sua voz doce e rouca, seu violão e sua energia de menina-fada.

— Obrigada, mas não precisa se meter, senhorita Não-Escuto-Nada-Novo-Faz-Duas-Décadas — Serena reclama.

— É *doutora* Não-Escuto-Nada-Novo-Faz-Duas-Décadas — corrijo, me recusando a morder a isca. Não faz sentido ficarmos atoladas nos meus problemas parentais quando há muito mais coisa pelo que se chatear. — E tive a impressão de que vocês estavam aqui pra me ajudar com meus problemas — completo, desamparada, indo me sentar em um dos banquinhos do minúsculo balcão de café da manhã.

— E estamos! — Lil exclama. — Lógico que estamos. Que tal contar pra gente o que aconteceu no trabalho? Pensei que você tivesse dito que eles iam prolongar seu contrato.

— E eu achei que fossem, foi o que o chefe do departamento me disse, mas fizeram uns cortes e... — Faço uma pausa, beliscando o dorso do nariz para impedir que as lágrimas caiam. Não posso continuar chorando ou vou me desintegrar a qualquer momento.

— Se eles disseram que iam te manter, então era o que deviam ter feito. — Serena bufa. — Você é brilhante, uma especialista na sua área, e todos os seus alunos te amam. Isso é papo furado.

— Creio que ser especialista no campo da obscura literatura medieval não faz de mim tão requisitada quanto você imagina — respondo, a cara enfiada na caneca.

Desde que terminei o doutorado, cinco anos atrás, assumi um cargo temporário e mal remunerado atrás do outro, sempre na esperança de que o trabalho se transformasse em uma posição mais permanente. Aqui, em Oxford, pensei ter finalmente conseguido, mas, ao que tudo indica, o universo ainda não terminou de cagar na minha cabeça. Justo quando parecia que eu ia recuperar o fôlego e começar de fato a vida adulta na idade avançada de trinta e dois anos, descubro que estarei desempregada quando o período letivo terminar, no verão. Sem emprego. Sem namorado. Sem teto muito em breve. Quantas conquistas para a vida adulta.

Esvazio a caneca de champanhe e a estendo para uma nova dose. Em silêncio, Lil obedece.

— Bom, então precisamos de um plano — Serena diz com firmeza. — Encontrar um novo emprego pra você.

— Cargos acadêmicos não aparecem com tanta frequência — explico. — E justamente por causa disso cada vaga têm cerca de um trilhão de candidatos. Confie em mim, falo com conhecimento de causa. E mesmo que algo surja milagrosamente pro ano que vem, não vai acontecer antes do início do semestre de outono, o que me deixa sem qualquer renda por uns bons quatro meses. — Estou sentindo muita pena de mim neste exato momento.

— Que tal um empréstimo de curto prazo? — Serena pergunta. — Só até você conseguir alguma coisa.

Já estou negando com a cabeça.

— Não posso aceitar dinheiro de vocês.

— Você sabe que nosso pai está sempre aí — Lil sugere, e então se encolhe quando lhe lanço um olhar atravessado. — Sei que você não quer, mas tenho certeza de que...

— Não quero o dinheiro dele — afirmo, tentando manter a emoção longe da voz.

— Você é desnecessariamente teimosa quando o assunto é esse — diz Serena. — Ele é um pai de merda quer você aceite a grana dele ou não, então melhor deixar que o velho idiota ajude de algum jeito. Além do mais, ele não é tão ruim quanto...

Eu a interrompo com um aceno de mão. Minhas irmãs me encaram por um momento e depois suspiram em uníssono. Sabem que esta é uma discussão que não podem vencer.

— Mas e aí, o que você vai fazer? — Lil pergunta. — Já contou pra sua mãe?

Faço uma careta.

— Ainda não. Ela vai querer que eu volte pra casa.

Nós três mandamos para dentro mais um pouco de champanhe em um silêncio contemplativo. Mal consigo sentir as bolhas agora, um zumbido agradável percorre meu corpo.

— Eu *sei* o que a gente devia fazer — Serena fala, por fim, e suas palavras estão um pouco afetadas pelo álcool, um tanto enroladas.

— O quê? — pergunto.

Ela sorri.

— Devíamos fazer o feitiço do rompimento.

2

— O feitiço do rompimento? — Franzo o nariz. — Que nem quando a gente era criança?

Algo suspeito como uma gargalhada surge nos lábios de Serena.

— As Irmãs Sinistras voam juntas mais uma vez!

Solto um gemido, apoiando a cabeça nas mãos. As Irmãs Sinistras eram uma brincadeira que costumávamos fazer quando tínhamos cerca de dez anos, usando como base nossa configuração familiar ligeiramente... *incomum*.

Tudo começou com um comentário no jornal, chamando nossa família de "coven". Minha mãe deu risada e disse: "Bom, se a carapuça pontuda servir..." E aí Petty e Ava também riram, e então nós meninas nos juntamos a elas, ainda que tivéssemos procurado a palavra no dicionário mais tarde.

Os jornais escreviam com frequência sobre a gente naquela época. Quando foi revelado que Ripp Harris engravidara três mulheres distintas praticamente ao mesmo tempo, era justamente o tipo de história obscena que a imprensa adorava divulgar. Minha mãe, Dee — vinte e três anos, uma artista promissora —, tinha a duvidosa distinção de ser casada com

Ripp na época, e por isso a atenção sobre ela era implacável. *O que ela vai fazer?*, se perguntavam, prendendo a respiração. *Vai ficar? Vai lutar por seu homem? Vai fazer isso de modo literal e de preferência na frente de uma câmera caso as outras duas mulheres apareçam a menos de quinze metros?*

Na verdade, minha mãe não fez qualquer dessas coisas. Ela arrumou as malas, foi embora (com protestos mínimos da parte de Ripp) e comprou uma fazenda em Hertfordshire usando a quantia avantajada de seu acordo de divórcio.

Depois, convidou Petty e Ana para morarem na fazenda com ela, e foi aí que os tabloides se tornaram insanos.

EX-MULHER DE RIPP ABRE COLÔNIA DE BEBÊS era a manchete favorita de mamãe. Ela deixava aquela página de jornal emoldurada no banheiro do andar de baixo. Nenhuma de nós jamais soube ao certo o que era uma colônia de bebês, mas nossa vida real não era nem de longe tão escandalosa ou empolgante quanto os paparazzi do lado de fora dos portões gostavam de acreditar.

Mamãe desistiu da música, e a atenção da imprensa diminuiu, mas nunca morreu de vez. A casa era nosso espaço seguro. Mamãe parou de se apresentar e fundou uma instituição de caridade artística que ela ainda administra de seu escritório em casa. Ela e eu morávamos na parte do meio do imóvel comprido, baixo e desconjuntado, ampliado ao longo de séculos, enquanto Petty e Lil moravam em um dos anexos reformados da casa e Ava e Serena moravam no outro. Cada uma tinha seu próprio espaço, mas as portas geralmente permaneciam abertas, e costumávamos nos reunir na enorme cozinha central ou na sala de estar caindo aos pedaços.

Não sei como mamãe, Petty e Ava estabeleceram aquele relacionamento, principalmente em tais circunstâncias, mas, desde que me lembro, sempre havia sido elas três — as melhores amigas — e nós três — as irmãs — entrando e saindo da casa umas das outras, correndo pelos hectares do terreno agrícola negligenciado, crescendo juntas em um emaranhado feliz e amoroso.

TRÊS DESEJOS E UMA MALDIÇÃO

Ripp não fez parte de nossas vidas de verdade. Quando perguntavam sobre a história dos três bebês no mesmo ano, ele apenas dava de ombros e dizia: "Poxa, cara, eram os anos 1980" com um sorriso triste, como se isso explicasse tudo; como se a queda do Muro de Berlim e a proliferação de polainas tivesse tornado simplesmente impossível que ele deixasse de transar com todo mundo que estivesse à vista, espalhando sua semente. ("Eca, não fala semente", Lil havia dito quando expressei esse pensamento em voz alta.)

Nascemos todas no verão de 1990, e, embora Ripp também pudesse ter culpado a nova década, não fomos agraciadas com mais meios-irmãos. É difícil não levar para o lado pessoal quando seu pai dá uma entrevista de primeira página sobre uma vasectomia realizada na semana seguinte ao seu nascimento (A FÁBRICA DE RIPP DIZ R.I.P.). Isso rendeu muito assunto para a minha terapeuta.

De todo jeito, o consenso do público era que nossa casa nada mais era que uma espécie de junção de culto, república e recinto onde magia sombria era praticada. A realidade, óbvio, era muito mais mundana, mas a ideia de que éramos bruxas — como as três irmãs em Macbeth — se tornou praticamente uma obsessão para minhas irmãs e eu.

Assim como as Irmãs Sinistras, nos vestíamos com roupas que pegávamos do guarda-roupa da minha mãe — inspirado em Stevie Nicks — e, tropeçando na barra de vestidos pretos compridos e cheios de lantejoulas "lançávamos feitiços" sobre um panelão velho da Le Creuset, amaldiçoando nossos inimigos e presenteando umas às outras com beleza radiante, inúmeros interesses amorosos e — em uma ocasião memorável — "peitos muito maiores".

Mamãe e Petty não ligavam, mas Ava dizia que devíamos pedir dicas sobre negócios e investimentos, já que todas as outras coisas estavam à venda graças ao patriarcado. "Patriarcado" foi outra palavra que precisamos procurar no dicionário, e, depois disso, nossos feitiços ficaram muito mais... *raivosos*.

Mais tarde, quando nos tornamos adolescentes, revivíamos a tradição vez ou outra durante períodos de coração partido.

— Não somos mais crianças — respondo agora, mas Serena já está remexendo em sua bolsa enorme e tirando de lá uma pequena caixa de madeira.

— Achei que a gente podia precisar disso hoje à noite — ela diz, e fico boquiaberta.

— Ah, meu Deus! — Lil exclama. — Isso é...?

— A caixa do rompimento? — completo, sem fôlego.

Serena confirma.

— Petty andou reformando a casa da vovó Mac, vocês sabem, e encontrou a caixa enterrada no jardim.

Os olhos de Lil estão arregalados.

— Que momento assustador. É tipo... *destino*.

Pego a caixa das mãos de Serena e sinto uma pontada no peito ao levantar a tampa. Lá dentro, há vários envelopes — um para cada vez que uma de nós terminou com sua paixonite adolescente. No topo, um envelope preto com uma estrela prateada desenhada em cima. Sei exatamente o que ele guarda... o último feitiço lançado pelas Irmãs Sinistras. O feitiço do rompimento.

Tinha sido pouco antes de eu completar dezoito anos, durante uma época da minha vida para a qual eu não gostaria de voltar. Eu tinha acabado de terminar um relacionamento que faz o de agora parecer um passeio no parque, e Serena e Lil me convenceram a embarcar numa noite de bebedeira e bruxaria. Naquela época, estávamos em Northumberland, na casa da avó de Petty. Depois que lançamos o feitiço, enterramos a caixa no jardim. Achei que nunca a veria de novo.

Serena tira o envelope preto da caixa e o abre sem pudor nenhum.

— Três desejos e uma maldição — ela lê, e em seguida olha para mim e para Lil, sorrindo. — É hora de despertar esses diabinhos, não acham?

— Siiiiiiiiiim! — Lil grita, escorregando do balcão da cozinha.

Serena começa a abrir os armários em busca de uma panela adequada. Não tenho uma panela da Le Creuset — se eu já tivesse tido alguma, para começo de conversa, com certeza a esta altura estaria em segurança na casa nova do Leo —, mas ela se contenta com uma frigideira amassada que parece razoável para resolver o problema.

— Vou buscar as ervas — Lil exclama, se dirigindo para a porta da frente com passos um tanto vacilantes.

— Serena, isso é ridículo — digo. — Não acredito que você vai dar corda pra essa ideia.

— Por que não? — Minha irmã dá de ombros. — Mal não vai fazer. Não é como se a sua sorte pudesse piorar muito.

Solto um novo gemido.

— Vela? — Serena pergunta.

— Eu tenho cara de quem tem vela? — Aponto para a aridez de deserto que chamo de apartamento. Dificilmente figuraria em um comercial de margarina.

Ela faz um *tsc* com os lábios e começa a abrir e fechar gavetas, e solta um grito vitorioso quando encontra algumas velas de aniversário meio derretidas.

Lil retorna com as mãos cheias de mato.

— Acho que isso é sálvia — Serena diz, cutucando uma das folhas.

— É dente-de-leão — respondo.

— Tanto faz. — Serena balança a mão. — Lil, joga tudo na panela.

Serena acende as velas e as enfia nas sobras de pizza, o que torna o prato um tanto festivo, enquanto Lil despeja as folhas na frigideira.

— Que idiotice — resolvo tentar outra vez.

— Fale isso pro número do seu sutiã — Serena retruca.

— Isso se chama puberdade, não magia — comento.

— Temos um ótimo histórico. — Lil dá risadinhas embriagadas. — Lembram de quando Serena terminou com a Cam e a gente lançou aquele feitiço?

— Exato — Serena diz. — E aí a mãe dela encontrou o estoque secreto de cigarros embaixo da cama e deixou Cam de castigo pelo verão inteiro, até ela perder o show da Shania Twain no Hyde Park. Quem riu por último, hein?

Pisco os olhos. Talvez esse argumento seja convincente, ou talvez seja por causa do apoio inabalável das minhas irmãs, a onda de nostalgia ou ainda a garrafa de champanhe que bebi (quem poderia dizer?), mas, na verdade, estou começando a ficar entusiasmada com a ideia de fazer um feitiço.

— Foda-se — digo. — Vamos fazer.

— Aeeeeee! — Lil ergue o punho no ar e depois cambaleia de leve, tropeçando na barra da camisola.

— O que a gente costumava fazer primeiro? — Franzo a testa, tentando me lembrar.

— Precisamos de um círculo de sal — Serena informa, já espalhando cristais generosos de sal grosso pelo chão da cozinha. O sal acaba antes de fechar o círculo, mas, sem se intimidar, ela pega o moedor de pimenta e começa a girá-lo. Em pouco tempo, nós três estamos espirrando.

— Talvez açúcar seja melhor do que pimenta? — Lil sugere, com os olhos lacrimejando. — Sinto que um círculo de sal e açúcar seria tipo uma simbologia da vida... salgada e doce, entendem?

Já embarquei de vez no projeto, e o champanhe fervendo em minhas veias faz com que o argumento de Lil pareça mesmo incrivelmente sensato. Pego um pacote de açúcar refinado e finalizo o círculo.

— E agora? — pergunto.

Lil pega a panela com ervas e a coloca no chão, bem no meio do círculo malfeito.

— Precisamos de música. — Serena pega o celular e franze a testa. — Tá quase sem bateria — murmura, remexendo na bolsa enorme até achar um carregador. Após clicar na tela por um tempo, o som familiar de "Sisters of the Moon", do Fleetwood Mac, sai pelo minúsculo alto-falante.

— Siiiiiim! — Lil volta a exclamar, já balançando de um lado para o outro. — Eu me lembro! — Ela passa a cantarolar com a letra, e eu e Serena acompanhamos. Fecho os olhos, imaginando que estamos outra vez em nossa velha cozinha, a música vinda do toca-discos de mamãe, o cheiro da lavanda e da hortelã surrupiadas no jardim de Ava pairando no ar. Para mim, a música era uma coisa simples naquela época. Algo que preenchia nossa casa.

Serena sacode o papel que tem na mão e começa a ler:

— Nós somos as Irmãs Sinistras e viemos aqui hoje pedir à Deusa que nos conceda três desejos!

Ela passa o papel para Lil, que entoa a linha seguinte:

— Também pedimos que a Deusa amaldiçoe nosso inimigo. Um homem que ofendeu nossa querida irmã.

— Leonard — Serena rosna, inserindo o nome dele no ritual em vez do nome escrito no papel. Aquele em que *definitivamente* não quero pensar.

— É — concordo, tirando a rolha de uma garrafa de vinho tinto e despejando seu conteúdo em minha caneca. — Leo, a gente te amaldiçoa!

Lil devolve o papel para Serena.

— Leonard, considere-se amaldiçoado! Que você nunca satisfaça outra mulher sexualmente e que acabe com algum tipo de erupção cutânea que cause muita coceira lá embaixo — ela brada.

— *Não é possível* que o feitiço diga isso — sibilo, horrorizada.

Serena segura o papel na minha frente, e vejo as palavras escritas ali na caligrafia dela.

— Meu Deus, éramos um bando de selvagens — Lil comenta com alegria.

— Pobre Jenny — murmuro. Serena me entrega o papel, e leio a linha seguinte: — Que você aprenda com seu erro e se sinta culpado para sempre pelo modo como me tratou. — Sinto um nó no estômago ao pensar na garota que eu era quando escrevi aquilo. — Hum, um pouco exagerado demais, talvez.

— Não é exagero — Lil interrompe. — É verdade! Leo devia se sentir culpado pra sempre, assim como o... — Ela percebe o olhar furioso de Serena e se interrompe antes de dizer o nome do ex que nunca mencionamos. — E a erupção cutânea também — ela acrescenta, nervosa.

— Com certeza a erupção cutânea.

Com um aceno de cabeça, Serena arranca uma das velas da pizza e a joga na panela com as folhas. Nós três comemoramos, e Serena gargalha de novo.

— Agora os desejos — eu digo, olhando para a folha de papel.

— Três desejos pra Clemmie — Lil anuncia. — Para curar o coração partido.

Serena pega outra vela e imediatamente atira na panela.

— Sexo do bom!

— Você nem precisou olhar o feitiço — Lil comenta com admiração.

— Eu me lembro bem. — Serena sorri. — Exatamente do que ela precisa. Não sei se ajudou Clem com alguma coisa, mas com certeza virou realidade pra mim. Bastante.

— Lembro de dizer que você devia ter pensado *só um pouquinho melhor* nisso na época — respondo.

— Esse é o seu problema, Clemmie. — Serena solta o ar, cansada. — Pensar demais, não agir o suficiente, e por *agir* eu quero dizer...

— A gente sabe o que você quer dizer. — Reviro os olhos.

— Faz anos que você não fica com ninguém além de *Leonard*. — Serena estremece. — Francamente, não consigo imaginar nada pior.

— Seria bom se abraçasse a sua sexualidade por completo — Lil comenta de maneira diplomática.

— Eu abraço a minha sexualidade — retruco.

Minhas irmãs compartilham um silêncio suspeito.

— Apenas se coloque um pouco pra jogo — Lil acaba dizendo.

— Sexo sem compromisso, Clemmie... É ótimo e você nunca experimentou — Serena adiciona.

— Teve o Tom na faculdade — falo, indignada. — Aquilo foi sem compromisso.

— Vocês ficaram juntos por seis meses. Só foi sem compromisso porque você descobriu que ele tava transando com metade do clube de teatro. — O tom de Serena é fulminante.

Mas isso não é inteiramente verdade. Foi sem compromisso *para mim* porque eu ainda não havia superado um término devastador e, portanto, não investi de fato em Tom.

— Só tô dizendo que uma noitada casual podia fazer maravilhas pro seu caso — minha irmã continua.

— Eu posso fazer algo casual — insisto. — Mas não quero usar aplicativo algum. — Da última vez que fiquei solteira, Serena criou uma conta para mim em todos eles e montou o perfil me descrevendo como "Ruiva curvilínea com mente para negócios e corpo para o pecado", presumindo de forma equivocada que isso atrairia homens capazes de citar *Uma secretária de futuro* (bom) em vez de um bando de pervertidos acreditando que me deixariam apaixonada no mesmo instante por causa de fotos do próprio pênis (ruim). "Graças a Deus eu sou lésbica", foi o que Serena tinha me dito como desculpas.

Agora, ela revira os olhos.

— E de que outro jeito você vai encontrar alguém pra transar? Você é basicamente uma eremita. Você frequenta bibliotecas, e os homens com quem interage já morreram há oitocentos anos.

— Nada. De. Aplicativos — digo.

— Tá tudo bem — Lil interrompe, pondo panos quentes. — O feitiço vai trazer alguém pra Clemmie fazer sexo do bom. Ela não precisa de aplicativo. Agora, Clemmie, faça o seu desejo.

Baixo os olhos para o papel.

— Desejo trabalhar com o que eu amo — leio. — Uau. Obrigada por isso, eu do passado. Parece que não avancei grande coisa desde que tinha dezessete anos.

— É mesmo um timing *bem* ruim... — Serena faz uma careta.

— Mas o desejo vai te ajudar a voltar pros trilhos — Lil diz com firmeza. — É o propósito dessa coisa toda.

Sinto uma pontada ao lembrar que só me restam mais alguns meses no trabalho que amo. Pego uma vela e a solto na panela.

Com isso, Lil se vira e arranca a última vela da pizza. Ela lê as palavras escritas na própria caligrafia com um leve sorriso:

— Desejo um grande amor, um amor incondicional, de almas gêmeas e com todo o coração. Exatamente o que Clemmie merece.

— Búúúúúú — Serena zomba. — Eu tinha esquecido como os seus desejos são uma bosta.

Ignorando a irmã, Lil atira a vela na frigideira.

— A gente tem que dizer a última frase juntas. — Ela nos mostra o papel.

— Para a escuridão, oferecemos a luz, e das cinzas podemos renascer — entoamos. Uau, a gente gostava mesmo de um drama naquela época.

Em seguida, Lil nos encara, e, quando assentimos, ela atira o feitiço na frigideira. O papel faísca e queima nas bordas. Há um sibilo repentino, seguido por uma nuvem de fumaça quando algumas das folhas secas pegam fogo.

— Espera, Lil... tem gravetos aí no meio? — pergunto.

— Talvez? — Lil responde como se fosse uma pergunta.

As pequenas chamas ganham vida, devorando o papel e lambendo mais alto, tomando conta da panela enquanto nós três assistimos em um silêncio estupefato. Uma torrente de fumaça espessa sobe. E aí o alarme de incêndio começa a soar acima de nossa cabeça. Segundos depois, todas as luzes se apagam.

— O QUE TÁ ACONTECENDO? — Serena grita, as mãos tapando os ouvidos.

— Você conectou seu celular na tomada ruim! — grito de volta, tropeçando nas coisas no escuro. — O fusível queimou. Tem uma lanterna no armário embaixo da pia.

Lil está na ponta dos pés, balançando inutilmente um pano de prato na direção do detector de fumaça. Serena pega a garrafa de vinho e vira sobre o fogo, o que apaga as chamas, mas serve de pouco para conter a fumaça.

— Meu vinho! — choramingo com tristeza.

— ONDE TÁ A PORRA DA LANTERNA? — Serena rosna das sombras. Ouve-se mais barulhos, vários estrondos, e Lil consegue abrir a porta dos fundos. Serena finalmente localiza a lanterna e envia um arco de luz brilhante pela sala.

O alarme de incêndio interrompe abruptamente seu lamento, sendo substituído por um toque estridente.

Nós três ficamos paradas, piscando os olhos, confusas diante dos destroços fumegantes da frigideira.

— É o meu telefone. — Serena enfim percebe, pegando o celular e olhando para a tela. — Oi, mãe — ela diz, atendendo a chamada. — Na verdade, não é uma boa hora e... — Ela pausa, e seja lá o que Ava diz, faz seus olhos se arregalarem. — Espera, vai devagar — Serena interrompe. — *Quem* morreu?

— Ah, meu Deus, Clemmie — Lil sussurra, o pano de prato ainda nas mãos. — Somos umas baitas bruxas poderosas.

3

Apesar do que Lil está pensando, não matamos ninguém com nossos poderes de bruxa. Um pouco depois, descobrimos que quem morreu foi tio Carl, e só depois do terceiro ataque cardíaco, que ocorreu horas antes de estarmos bêbadas e termos incendiado um monte de gravetos. Tenho certeza absoluta de que isso significa que não somos culpadas.

Na verdade, tio Carl não era parente de nenhuma de nós, mas era o ex-empresário musical da minha mãe e o atual de Ripp. Embora mamãe tivesse desistido da carreira de cantora, ela e Carl haviam conseguido manter a amizade ao longo dos anos — em grande parte, creio eu, porque ele era uma espécie de intermediário para Ripp. Ele organizava tudo, desde os dias de visita até o dinheiro extra para viagens escolares. Nada era trabalho demais para tio Carl, nem mesmo substituir nosso pai quando ele inevitavelmente se esquecia de nós ou dormia durante os dias em que deveria cuidar das filhas — algo que se repetia com uma regularidade previsível.

Carl era um homem magro, que fumava feito uma chaminé e tinha sempre um celular preso ao ouvido. Posso datar aproximadamente todos os encontros de que me lembro com ele pelo tamanho do aparelho. Ele falava pelo canto da boca e carregava pastilhas para tosse no bolso, que distribuía sem restrições para nós, dizendo que nunca teve sequer uma cárie e que toda essa guerra contra o açúcar não passava de "conspiração comunista".

Faz duas semanas que o feitiço foi lançado, e estou indo para o funeral dele. Por alguma razão que só minha mãe compreende bem, o velório de Carl será em nossa casa após uma cerimônia em uma igreja próxima. Estou maltratando o motor do meu velho Ford Fiesta dilapidado enquanto xingo e me atraso lindamente graças a uma reunião obrigatória entre funcionários na universidade que me demitiu.

Só espero que o carro não desmonte antes de eu chegar lá. Na última revisão, o mecânico disse que, se meu Fiesta fosse um cavalo, teria atirado na testa dele, comentário que achei desnecessário visto que fiz um pagamento exorbitante por quatro pneus novos e uma longa lista de itens com "avisos amarelos que precisavam mesmo ser verificados".

Erro duas saídas e, quando por fim chego à igreja, percebo que o carro da funerária está bem atrás de mim. Agarro o celular e a bolsa e atravesso as portas correndo. O lugar está lotado. Centenas de cabeças se viram na minha direção quando entro aos tropeços, puxo o casaco por cima do vestido preto justo demais e procuro minha família.

Um "Clemmie!" sussurrado me guia até onde Serena e Lil estão guardando um lugar para mim, e me solto no banco ao lado delas no último segundo.

— Gostei da antecedência — Serena sussurra enquanto uma música sombria de órgão começa.

— Foi um pesadelo achar esse lugar — respondo, afundando no banco, cansada.

Não tenho muito tempo para pensar pois logo é dado o sinal para que todos fiquem de pé. Eu me levanto e me viro com os outros para observar o caixão passando.

É difícil acreditar que Carl, que no fim de contas era uma pessoa muito da *viva*, esteja dentro daquela caixinha. Sinto um nó na garganta, as lágrimas fazem meus olhos arderem. Lil me entrega um lenço amassado.

À medida que o cortejo se aproxima de nós, percebo que meu pai é uma das pessoas carregando o caixão e sinto meu corpo se retesar. Embora ele e Carl fossem próximos, acho que parte de mim esperava que Ripp fosse fugir do funeral.

Não o vejo há pelo menos um ano — a última vez foi no dia em que apresentei Ripp para Leo. Eles se odiaram de cara. Na época, pensei que devia ser um bom sinal para o meu relacionamento.

Meu pai me vê e dá uma piscadinha espirituosa. É óbvio que Ripp Harris não deixaria uma coisinha boba feito um cadáver descansando em seu ombro interferir na exibição de seu charme. Mantenho a expressão impassível e meu estômago afunda quando percebo que terei de vê-lo mais tarde no velório.

Os gemidos dissonantes do órgão ficam mais altos, mas, de repente, percebo que há um som lutando por atenção.

— VOCÊ CHEGOU AO SEU DESTINO — uma voz entoa solenemente, cortando a música. Algumas cabeças se viram, e troco um olhar confuso com Serena.

— VOCÊ CHEGOU AO SEU DESTINO — a voz troveja de novo, e dessa vez parece mais alta. Mais cabeças se viram.

— É você, *Deus*? — Lil murmura, olhando para o telhado alto de pedra.

Enquanto os seis homens seguem pelo corredor, passando por nós, e a voz chama, noto que um dos carregadores do caixão se desequilibra — um homem que está de costas para mim. Não consigo ver nada além dos ombros largos e do o cabelo escuro que cai sobre a gola do terno de corte perfeito.

— SE POSSÍVEL, PEGUE O PRÓXIMO RETORNO — a voz grita, e a verdade começa a brotar em mim em um crescendo doloroso.

— Não, não, não — murmuro, fechando os olhos como se fosse capaz de afundar no chão. Como se ignorar o problema o fizesse desaparecer.

— SE POSSÍVEL, PEGUE O PRÓXIMO RETORNO — a voz entoa outra vez.

— Merda, merda, merda — sussurro, remexendo na bolsa.

Uma senhora à nossa frente solta um suspiro horrorizado e me encara antes de olhar de modo incisivo para o enorme crucifixo pendurado na parede mais adiante. Francamente, acho que Jesus tem problemas maiores no momento. Eu sei que *eu* tenho.

Minha mão se fecha em torno do celular, e, quando o tiro da bolsa, o aplicativo de navegação aproveita uma última oportunidade para gritar "SE POSSÍVEL, PEGUE O PRÓXIMO RETORNO" no volume máximo, como se conclamando o caixão a voltar para o reino dos vivos.

O organista perde o tempo da música, todos na congregação estão nos olhando agora. Os ombros do cara de cabelo escuro estão tremendo quando o caixão por fim chega ao altar.

— Me perdoem — sussurro, silenciando o telefone com dedos trêmulos e sentindo nas bochechas um calor capaz de alimentar uma usina nuclear.

Serena e Lil desabam em risadinhas silenciosas ao meu lado — sons ocasionais e inúteis que elas soltam pelo nariz enquanto considero encontrar uma boa cova para me enterrar.

A cerimônia transcorre sem problemas depois disso, não que eu consiga prestar muita atenção. Há um pouco de música e uma leitura da Bíblia. Por fim, Ripp se aproxima para fazer um discurso.

Ele é alto, magro, com improváveis cabelos escuros e densos, mas seu rosto parece mais enrugado do que da última vez que o vi. Percebo que o maxilar está mais flácido, o rosto inteiro começando a cair de leve. A camisa preta está desabotoada pelo menos um — se não dois — botões a mais para um traje fúnebre de respeito, mas a senhora desaprovadora na minha frente não parece se importar. Em vez disso, ela encara meu pai com aquele olhar... aquele que mistura bajulação, admiração e uma pitada de luxúria de revirar o estômago. É um olhar com o qual estou bastante familiarizada, já que o vi em todo mundo, desde minhas próprias amigas até meu professor de matemática do oitavo ano.

— Carl Montgomery — Ripp começa a falar, a cabeça balança devagar e com tristeza. — Que homem. Que perda. — Ele não fala alto, mas as pessoas se inclinam para a frente, agarradas às palavras, concentradas no som áspero de sua voz famosa. Algo acontece com Ripp Harris quando está diante de uma plateia: ele é absolutamente magnético. Um dos motivos pelos quais sempre achei difícil estar perto dele; parece que meu pai suga todo o ar de uma sala.

— Alguns de vocês provavelmente sabem quem eu sou — Ripp diz com falsa modéstia, e a senhora-dragão a minha frente solta um pequeno suspiro, nitidamente caindo no golpe feito um patinho. — Mas ninguém teria ouvido falar de mim se não fosse por Carl. Acho que dá pra dizer que ele me *descobriu*, há muitos e muitos anos, no porão de um pub em Sheffield. — Ele faz uma pausa, mostrando os dentes brancos e perfeitamente uniformes. — Ainda que, pelo bem de nossa vaidade, tenho certeza de que Carl gostaria que eu dissesse que "não foram *tantos* anos assim".

Uma risada silenciosa se espalha pela multidão, e Ripp continua o discurso. Ninguém parece notar que, na verdade, é tudo sobre ele mesmo. Quando meu pai chega ao segundo Grammy, minha atenção se perde, e fico examinando distraída a congregação à procura de minha mãe.

Mas meu olhar se fixa em um homem lá na frente. É o carregador do caixão outra vez, embora eu não saiba dizer como tenho tanta certeza disso se apenas vislumbrei a parte de trás da sua cabeça — e é óbvio que a parte de trás da cabeça de todo mundo é uma coisa indefinida e bem parecida, certo? Ele se vira para a pessoa a seu lado e fala algo em voz baixa, e percebo que seu perfil é ainda mais bonito do que as costas. Vejo as maçãs do rosto, o contorno quadrado do maxilar, cabelos escuros e macios caindo sobre a testa, enrolados em volta da orelha.

Algo quente e peculiar percorre meu corpo, e levo um instante desconfortável para interpretá-lo como desejo. Já faz um tempo, e vou precisar ter uma conversa séria comigo mesma. Desejando um completo desconhecido? Em uma igreja? *Num funeral?*

Embora eu tenha certeza de que Lil e Serena ficariam encantadas com essa reviravolta, eu não fico. Digo a mim mesma que não estou reprimindo minha sexualidade; estou demonstrando boas maneiras, e fixo meu olhar no Jesus triste pendurado no crucifixo da parede. Ele se parece um pouco com uma vela derretida e não há absolutamente nada de atraente nisso.

Diante desse pensamento, o órgão começa a tocar outra vez. Agora é algo mais alegre, e um par de cortinas se fecha ao redor do caixão de Carl. Percebo que é "Here Comes the Sun" dos Beatles, e sinto outra pontada de tristeza, mas é tarde demais — o funeral acabou, e, soltando um suspiro coletivo de alívio, os convidados começam a abrir caminho até o sol fraco da primavera.

— Quanto desse pessoal vai lá pra casa? — Serena pergunta enquanto nos juntamos à multidão.

Dou de ombros.

— Mamãe disse que era só para os íntimos.

Serena faz uma careta.

— Ah, uns duzentos curiosos então.

— Imagino que sim. Cadê nossas mães, por falar nisso? — pergunto, virando o pescoço.

— Estavam lá na frente — Lil responde às minhas costas. — Disseram pra gente se encontrar em casa.

— O que é isso que você tá vestindo? — Meus olhos se arregalam após finalmente ter reparado no traje fúnebre completo de Lil.

— Que foi? — ela pergunta por trás do véu de renda preta que puxou por cima do rosto. O restante de seu corpo está coberto por um vestido preto amplo e folgado. As luvas pretas que ela está usando parecem ir até os cotovelos. — Estamos todas de luto, sabe.

— Ela tá fazendo cosplay de viúva da máfia — Serena cochicha.

— Eu ouvi isso — Lil retruca. — Não entendo por que vocês duas não se preocupam em honrar os mortos.

— Lil, eu juro, se isso tiver alguma coisa a ver com aquele maldito pássaro... — Serena começa.

— Ele tinha um nome. — Sou capaz de apostar que a expressão de Lil por trás do véu é feroz.

— NÃO, ELE NÃO TINHA — Serena brada. — ME RECUSO A CHAMAR UM PÁSSARO MORTO DE PETER, O POMBO.

Sorrio de leve para as pessoas ao nosso redor cujo interesse foi compreensivelmente despertado por aquela explosão.

— Vamos, vocês duas — eu digo, a voz baixa. — Temos um velório pra comparecer. E nosso pai vai estar lá.

Sem discutir, elas entrelaçam os braços aos meus.

— Espero que tenha vinho — murmuro.

— Sei que tem tequila... — Serena sorri, abrindo a bolsa e puxando uma garrafa.

— Deus te abençoe. — Solto um suspiro enquanto nos dirigimos para os carros.

4

Quando chego em casa, estaciono ao lado do Mercedes elegante de Serena e do Toyota híbrido lilás personalizado de Lil. Não é novidade alguma que elas tenham chegado antes de mim. Percorrer estoicamente a rodovia enquanto as assisto mergulhar e contornar o trânsito com agilidade até desaparecerem no horizonte parece uma metáfora um tanto pesada para o que é a minha vida.

A casa, acolhedora e torta, parece a mesma de sempre, exceto pela confusão de carros estacionados e pela presença discreta de seguranças. Eu me pergunto se o punhado de homens parrudos e de postura rígida — que estão tentando se misturar aos arbustos do jardim da frente como aquele meme do Homer Simpson — veio até aqui com um convidado ou se foi mamãe quem os contratou. De qualquer modo, fico feliz. Pelo menos os paparazzi não vão achar que os portões abertos são um convite.

O clima já está carnavalesco, com convidados saindo porta afora com bebidas na mão. Reflito por um instante que, além do fato de estarmos todos vestidos de preto, podíamos estar em um dos eventos lendários do coven.

Nossas mães não davam muitas festas quando éramos pequenas, mas, de vez em quando, acontecia alguma coisa improvisada — elas estavam hospedando um grupo de amigos e aí outras pessoas acabavam se juntando e de repente havia música, dança e coquetéis verde-claros em potes vazios de geleia. Os convidados sempre eram uma mistura interessante de artistas, músicos, escritores e outros tipos criativos, o que tornava as festas extremamente divertidas.

Nossas mães não toleravam qualquer mau comportamento, de modo que um baseado ou um mergulho sem roupa no rio foram as coisas mais escandalosas que presenciamos, embora nunca tenhamos ficado sem supervisão, então não posso afirmar o que acontecia por trás das portas fechadas. Mas posso dizer com confiança que não tinha nada a ver com o tal CULTO DE ORGIA E SEXO DAS MULHERES DE RIPP que certa vez uma manchete afirmara existir.

— Digam só orgia. — Ava suspirara, balançando a cabeça. — A palavra "sexo" é redundante neste caso. — Ela tamborilava no jornal com as unhas vermelhas. — Lembrem-se, meninas, as palavras, quando usadas com precisão, são armas. Vocês não precisam ficar enrolando com elas.

Agora, percebo, ao atravessar as portas da cozinha, que a maioria das pessoas presentes no funeral de Carl estava aproveitando a oportunidade para dar uma olhada na sede de todos aqueles anos de escândalo. Sinto coceira só de ver esse tanto de gente. Não acho que seja fruto da minha imaginação que vários dos rostos que encontro pareçam decepcionados. Quase posso ouvi-los pensando: *Onde estão as masmorras sexuais e as pilhas de drogas pesadas?* Vejo um homem examinar com esperança os potes de açúcar de mamãe, mas, após levar um dedo casual à boca, a expressão dele desaba. Deve ser devastador descobrir que Dee Monroe não polvilha seu mingau com cocaína.

A cozinha, bem no centro da casa, é meu cômodo preferido. É enorme e bem iluminada, composta por três dos quartos originais unidos, com paredes instáveis de pedra, vigas lixadas no teto e uma parede de portas francesas que dão para o jardim. Ela conta com um fogão velho de ferro fundido, armários com portas de vidro repletos de porcelanas descombinadas, dois sofás grandes e macios e uma ampla mesa de carvalho com as nossas iniciais entalhadas nas pernas, bem como a palavra FODASSE rabiscada na parte de baixo do tampo em letras tortas e irregulares, adicionada por uma ousada Serena de seis anos.

Deixando de lado os palavrões escondidos com erros ortográficos, o cômodo é o completo oposto do rock'n'roll. É o centro da nossa família — era aqui que nós seis passávamos a maior parte do tempo: era onde jantávamos em família, onde fazíamos o dever de casa, onde brincávamos no chão, onde nos largávamos no sofá quando tínhamos amidalite e mamãe nos preparava canecas fumegantes de chá de limão com mel.

E por falar em mamãe, finalmente ela aparece, entrando na cozinha envolta em um kaftan de seda preta. Ela segura uma garrafa de champanhe em uma das mãos e a usa para encher a taça dos convidados ao passar, fazendo uma pausa para lamentar e oferecer as condolências.

— Clementine! — Seu rosto se ilumina ao me ver. Dee Monroe é irresistível, e nem mesmo eu, após tanta exposição, estou imune. Ela parece uma fada da floresta cheia de travessuras; o rosto em formato de coração, os enormes olhos cinzentos, o sorriso largo e contagiante. A pele é branca feito porcelana, do tipo que queima fácil, e o cabelo ruivo está cortado curto, mostrando o pescoço esbelto e a estrutura óssea de matar. Ela se move como uma dançarina e tem a voz rouca de uma cantora francesa que fuma demais.

Quando ela me envolve em seus braços, tem o mesmo cheiro de sempre: sabonete glicerinado e Diorissimo, perfume que escolheu para si quando tinha dezoito anos porque a fazia se sentir personagem de um romance de Jilly Cooper. Ela me dá um abraço forte, que sei que é por finalmente ter confessado toda a história de perder o namorado e o emprego, e eu a abraço também, segurando-a por um longo momento.

— Oi, mãe. Você me disse que viriam poucas pessoas.

— Bem, querida, acho que Carl era mais amado do que a gente imaginava. — Minha mãe olha em volta, obviamente satisfeita com o resultado.

— Ainda não entendi por que é você quem tá organizando o velório dele — digo em voz baixa, e até eu sei que estou soando rabugenta.

— Você sabe que ele não tinha família. — Mamãe pisca os olhos, o rosto triste. — Era o que Carl queria, e ele foi um bom amigo.

A culpa revira em meu estômago.

— Me desculpa — respondo. — Você tem razão. É que eu odeio ver esse pessoal todo aqui em casa, mas é lógico que foi a coisa certa a fazer. Foi uma cerimônia linda.

Mamãe apoia uma das mãos em meu braço, cheia de compreensão, mas aceita a mudança de assunto.

— Foi mesmo, não foi? — ela diz. — Se bem que parece que aconteceu algum tipo de comoção lá nos fundos, perto da hora de começar. Não entendi o que aconteceu, você viu alguma coisa?

Balanço a cabeça com inocência.

— Não, não vi nada.

Vejo Serena e Lil abrindo caminho pela multidão.

— Aí estão vocês!

Mamãe abraça as duas.

— Tá uma confusão aqui — Serena reclama.

— Adorei o véu — mamãe comenta, passando a mão pela renda dependurada nos ombros de Lil.

— Onde estão Petty e Ava? — pergunto, examinando o cômodo.

— Acho que foram pra sala com o pai de vocês — minha mãe diz, e tento disfarçar a cara de limão azedo. — Vamos lá dizer oi. Estão todos morrendo de vontade de ver vocês três. — Ela tapa a boca. — Ops! Perdão pelo humor fúnebre.

Decidimos pegar um atalho pela lateral da casa em vez de abrir caminho pelos convidados, assim não demoramos muito para encontrar o restante de nossos pais.

Como previsto, está cheio de gente amontoada ao redor deles na sala, que tentam fingir que não estão boquiabertas. Há muitas celebridades no velório, não que eu reconheça muitas delas (afinal, Carl trabalhou na indústria musical com muito sucesso durante mais de quarenta anos), mas ver Ripp, Ava e Petty bebendo champanhe juntos é de fato uma cena envolvente.

Meu olhar captura um homem tentando tirar uma foto sorrateira dos três com o celular e faço uma careta. Ele solta o aparelho no bolso como se estivesse pegando fogo. Meus ombros estão tão tensos que preciso forçá-los a relaxar. *Odeio isso, odeio isso, odeio isso.*

A mobília foi toda afastada para o canto da sala, e os convidados se aglomeram em grupos. A mão de Ripp está na cintura de Petty, e ela sorri para ele com bom humor. Petty — apelido de Petunia — é a pessoa mais doce do planeta e nunca disse uma palavra ruim a respeito de Ripp. Ela tinha só dezessete anos quanto teve Lil — e Ripp estava com quase quarenta, então não é brincadeira quando digo que ele é péssimo — e sempre diz que também cresceu nesta casa. Ela trabalha como figurinista para diversas companhias de teatro e é uma artista talentosa. Com longos cabelos loiros e olhos azuis, ela e Lil parecem gêmeas, ainda que Petty não tenha um grama de talento musical dentro de si.

Ava, por outro lado, encara Ripp do jeito de sempre, com uma cara levemente confusa como se pensasse: *O que eu tinha na cabeça?* Reprimo uma risada ao ver a exasperação em seus olhos e os braços cruzados sobre o peito. Ava parece uma supermodelo — quase um metro e oitenta de altura, pele marrom iluminada, o cabelo preto enrolado em um coque macio, a boca larga, comprimida. Ela estava na faculdade de direito quando teve Serena e agora é uma importante advogada de direitos humanos. Vários homens melhores já tremeram sob seu olhar severo, porém, se Ripp percebe que sua ex não gosta muito dele, não demonstra. Mas, de novo, ele nunca foi muito bom com sutilezas.

— Aí estão minhas meninas! — ele exclama, encantado em nos ver, indiferente às cabeças que se voltam para nós, o interesse da multidão mais desavergonhado agora que ele parece convidar todos a participar. Revivo uma memória repentina de quando eu tinha sete anos e paramos em uma loja de conveniência na estrada. Ripp entrou na loja e gritou

"Bom dia, Watford Gap!" como se fosse o próprio Robin Williams, e aí fez uma sessão de autógrafos improvisada. Fui derrubada pelo povo ensandecido e me escondi sob uma gôndola de hambúrgueres de micro-ondas.

Meu pai só foi perceber quando voltamos para o carro e meus joelhos estavam sangrando. Carl limpou o sangue com um lenço e me deu uma bala de cereja enquanto Ripp falava ao telefone com a namorada da semana.

Serena o beija na bochecha.

— Oi, pai — ela diz.

— Sinto muito pelo tio Carl — Lil acrescenta, dando um abraço rápido nele.

— Ripp. — Eu o cumprimento com um aceno frio de cabeça. Me mantenho fora de seu alcance imediato, indo me posicionar ao lado de Ava, que me puxa para um abraço caloroso.

— Clemmie — ela murmura em meu ouvido. — Tava com saudade.

— Também tava com saudade de você. — Retribuo o abraço. Com minha vida saindo dos trilhos de maneira tão espetacular, já faz um tempo que não consigo me arrastar para casa. Sei que nossas mães querem que eu volte e pare de desperdiçar um dinheiro que não tenho com aluguel, que deixe que elas cuidem de mim, mas tenho trinta e dois anos. Voltar para casa seria a admissão final da derrota, e ainda não estou pronta para isso. Optei por enxergar a situação pelo lado positivo — é possível que eu ainda tenha algum instinto de guerreira, afinal. Nem que seja uma só gota minúscula.

— Já faz tempo que não te vejo, Clementine — Ripp fala. — Tá cada dia mais parecida com sua mãe.

— É mesmo? — Dou de ombros. — Deve ser a cor do cabelo. Eu não noto nada parecido.

— A *mais linda* das minhas esposas. — Ripp ignora meu tom frio e concentra seu brilho em minha mãe, que sorri.

— Ripp, fui sua única esposa — ela diz.

— É que não tinha como superar você. — Ele suspira, puxando a mão dela até os lábios.

Parece um gesto de mau gosto, visto que ele teve filhas com mais duas mulheres ali presentes, além de provavelmente estar cercado por nada menos que umas sete ex-namoradas, mas Petty e Ava estão acostumadas com a teatralidade de Ripp, e ninguém reage. Sempre achei estranho como, nessas situações, todo mundo parece feliz em só *deixar o Ripp ser o Ripp*, enquanto o que eu quero é jogar uma bebida na cara presunçosa dele.

— Pelo que me lembro, você me superou com um monte de mulheres — mamãe diz. — Só que elas tiveram o bom senso de não casar com você.

O sorriso de Ripp apenas aumenta.

— Vamos tirar esses casacos e tomar uma bebida de verdade — Serena diz, pondo a mão no meu braço.

— Ótima ideia — respondo, feliz em me deixar ser arrastada de volta para o amplo saguão de entrada, onde um bar completo tinha sido montado, com direito a bartender.

Desabotoo o casaco e o entrego para Serena. Minha irmã me observa boquiaberta.

— Porra, Clemmie! Que orgulho — ela diz, analisando minha roupa.

— Uau! — Lil concorda. — Quem é Leo na fila do pão?

Tento ajeitar o tecido.

— Nem comecem — digo. — É o único vestido preto que tenho, e obviamente ganhei uns quilinhos desde a última vez que usei ele.

— Ganhou mesmo, na área dos peitos — Lil diz, apontando para o decote baixo onde há, devo admitir, bastante pele à mostra. — Ah, meu Deus, vocês acham que a gente, tipo, despertou todos os feitiços antigos naquela noite?

Dou risada.

— O que, você acha que meus peitos vão continuar crescendo exponencialmente por causa de um desejo mágico que fiz quando a gente tinha doze anos?

— Sufocada até a morte pelos próprios seios. — Serena balança a cabeça. — Que jeito lindo de morrer.

— Acho que tudo em mim aumentou, e os peitos são apenas parte do todo.

— Bom, cai bem em você e te deixa uma grande gostosa — Lil responde, os olhos percorrendo o vestido preto que até que poderia ser bem recatado. É simples, com mangas curtas, gola redonda e uma saia rodada que vai até um pouco abaixo do joelho.

Com essa opinião eu posso concordar. Devo vestir algo entre os tamanhos quarenta e seis e quarenta e oito, e, embora fosse obcecada com meu peso durante a adolescência, hoje sou muito feliz com o corpo macio e cheio de covinhas que vejo no espelho. Acho que é uma das dádivas de ter uma boa terapeuta.

— Tá, mas cadê as bebidas? — pergunto, e Serena enfia nossos casacos no armário que ainda guarda coisas como nossas galochas de criança e várias raquetes de tênis quebradas (Lil é, surpreendentemente, uma péssima perdedora, tipo o John McEnroe).

Seguimos para o bar e o bartender abre um sorriso para nós. Ele é bem gato — cabelo loiro bagunçado, olhos azuis expressivos, talvez chegando nos trinta anos.

— O que desejam? — ele pergunta.

— Tem tequila aí? — Serena ergue a sobrancelha.

O rapaz balança a cabeça, cheio de pesar.

— Desculpe, senhoritas, só tenho champanhe, vinho, cerveja, vodca ou uísque.

— Nossas mães não devem estar esperando que as pessoas tomem shots em um funeral... — eu digo.

— E esse foi o erro delas. — Serena tira a garrafa de tequila da bolsa e a entrega para o bartender como se fosse um recém-nascido precioso. — Esconde isso aqui na geladeira pra mim, pode ser? Mas, primeiro, separa três copos com gelo pra gente, por favor.

Ele fica mais do que feliz em ajudar, principalmente porque passar o copo para Lil significa roçar os dedos nos dela em um gesto demorado. As bochechas de Lil ficam coradas, e as do rapaz também.

— Meu nome é Henry — ele balbucia.

— Lil — minha irmã consegue dizer. Os dois se encaram como se uma nuvem de passarinhos azuis de desenho animado estivesse circulando acima de suas cabeças.

— E eu sou Serena e essa aqui é a Clemmie — Serena interrompe, alheia ao clima romântico que tomou conta do ar. — E você guarde essa tequila com a sua vida, Henry. Se algum desses velhos botar as mãos nela, vai ser um massacre.

— Pode contar comigo — Henry afirma corajosamente, servindo três doses muito generosas de tequila em nossos copos antes de esconder a garrafa nos fundos do pequeno frigobar atrás dele.

— Certo. — Serena toma um gole fortificante. — Vamos lá ver o que nossos pais estão aprontando?

— A gente precisa mesmo? — choramingo.

— Prefere ficar de conversa fiada com um monte de gente do ramo da música? — ela pergunta com malícia.

Permaneço em silêncio.

— Achei mesmo. — Serena segue em frente. — Vamos, Lil — ela chama por cima do ombro.

Lil e Henry estão parados, sorrindo em silêncio um para o outro.

— Lil? — Eu a sacudo pelo braço.

Ela se vira para mim, as pupilas tão dilatadas que parece estar sob efeito de alucinógenos. Ela faz um barulho que é quase um "O quêêêê?".

Sufoco uma risada.

— A gente tá voltando.

— Ah... sim... claro... — ela diz, visivelmente voltando a si. — Até mais, Henry.

— Até mais, Lil — ele sussurra, e minha irmã se derrete como se o cara tivesse acabado de citar Shakespeare.

Quando voltamos para a sala, nos deparamos com Ripp no centro do palco — contando uma história barulhenta que envolve ele, Carl e uma stripper que eles pegaram em Las Vegas, e todos ao redor estão rindo. Conheço a história porque me lembro de ter visto fotos de paparazzi mostrando meu pai cambaleando para fora de uma boate com o braço em volta de uma mulher de topless. Foi na mesma semana em que ele não apareceu na minha festa de aniversário de treze anos.

— Por que não dá uma palhinha pra gente, Ripp? — alguém sugere.

— Alguma coisa pro Carl.

— Ah, meu Jesus — murmuro baixinho.

— Ah, não, não consigo — diz Ripp com um gesto tímido, embora seus olhos já estejam cravados no piano no canto da sala.

— Vamos, vamos, cante! — Mais pessoas se juntam às súplicas.

— Dee? — Ripp chama, encarando minha mãe, e há um frenesi, algo elétrico que percorre os convidados.

Mamãe revira os olhos com bom humor.

— Melhor não, Ripp.

— Você sabe que Carl iria amar — Ripp adula. — Ele sempre gostava quando a gente cantava junto.

— É verdade, Dee — Petty acrescenta.

Mamãe pisca os olhos, e acho que há lágrimas em seus olhos.

— Ah, tudo bem — ela diz. — Pelo Carl.

Ela segue até o piano, e Ripp vai logo atrás. Quando minha mãe se senta em frente às teclas, ela não hesita, apenas ergue as mãos e as abaixa, há um estrondo de acordes quando começa a cantar "Girl from the North Country". A voz ainda é linda: mel aquecido se espalhando pela sala. Ripp se junta a ela, e, digam o que quiserem sobre este homem, mas ele sabe cantar. Suas vozes se misturam com perfeição. Algo mágico está acontecendo, e todos os presentes têm noção disso. Há uma perda de fôlego coletiva, uma quietude.

— Era a música favorita de Carl — Petty sussurra, o rosto molhado de lágrimas. — Meu Deus, ela é maravilhosa.

Minhas mãos começam a se fechar conforme olho para minha mãe e Ripp. Vejo o flash de alguém tirando uma foto. Por fim me afasto, dando um passo para trás, depois outro, e mais outro, até sair da multidão.

E então acabo trombando com alguém. Um par de mãos sobe até meus braços para me segurar, e, mesmo antes de virar o rosto, sei de quem se trata. Talvez seja o cheiro da loção pós-barba — ele sempre a usou de um jeito exagerado, e o hábito parece não ter mudado — ou talvez seja a sensação profunda e apocalíptica de pânico que me domina, mas, de qualquer modo, sei quem é.

Eu me viro devagar.

— Oi, Sam — digo, e fico aliava ao notar que pelo menos minha voz está firme, ainda que o resto de meu corpo pareça um barco à deriva sobre águas agitadas.

— *Oh, my darling Clementine!* — ele canta fazendo uma imitação de caubói, e, se eu já não odiasse essa música com cada fibra do meu ser, passaria a odiá-la neste momento. O homem que quase acabou comigo abre um sorriso torto e preguiçoso. É um sorriso que já me fez sentir um frio na barriga, um sorriso que me deixava tonta. Agora, há apenas uma noção entorpecida de náusea, aquela sensação avassaladora de cair de uma grande altura.

Óbvio que ele está aqui, hoje, na minha casa. É como se aquele maldito feitiço o tivesse convocado.

Sam Turner — a vítima original da maldição, o garoto que partiu meu coração aos dezessete anos — é na verdade bem famoso agora. Continua bonito, com os cabelos compridos cor de areia e a silhueta alta e esguia, mas é mais elegante do que o jovem do qual me lembro. Eu já tinha visto fotos dele, mas consegui evitar encontrá-lo ao vivo por quase quinze anos. Não foi difícil — não frequentamos exatamente os mesmos círculos sociais.

— Você tá bonita — ele diz, me olhando dos pés à cabeça. — Mas você sempre foi linda. — O sorriso cresce, e os olhos azuis se enrugam nos cantos, pequenas linhas que não estavam ali da última vez que o vi.

Ao longo dos anos, imaginei esse momento: reencontrar Sam. Às vezes me imagino gritando com ele, dando um soco bem no meio daquele nariz. Em outras vezes, me imagino com uma postura fria enquanto ele rasteja na minha frente. Em nenhum dos meus devaneios, porém, imaginei Sam agindo como se nada tivesse acontecido. Nunca pensei que simplesmente ficaria parada, imóvel e com o coração batendo forte, enquanto ele sorri e joga um pouco de conversa fora.

Ele apoia o corpo na parede de um jeito casual, com uma bebida na mão.

— Mas e aí, como você tá? O que anda fazendo? Você é professora, certo? Eu tava torcendo pra te encontrar. Seu pai não tinha certeza se você viria ou não.

Algo entra em curto-circuito no meu cérebro. Mesmo agora, neste exato momento, tenho uma vaga consciência de que vou me arrepender caso saia correndo. Mas não consigo fazer nada além de encarar Sam boquiaberta, não consigo nem começar a examinar o leque selvagem de emoções que ver ele e ouvir as palavras que saem de sua boca provocam em meu íntimo. Ele está aqui, na minha casa. Andou conversando com Ripp sobre mim. Ripp também está aqui.

— Preciso ir — é o que sou capaz de dizer, e então o empurro com o ombro, a caminho do saguão.

Só há uma coisa a fazer agora.

— Henry — falo com seriedade, marchando até ele. — Vou precisar daquela tequila.

Sem dizer nada, o bartender me entrega a garrafa, e eu a agarro, correndo escada acima e corredor afora até alcançar a porta do meu quarto. Eu entro, pronta para me jogar de bruços na cama.

— Oi? — chama uma voz. — Você tá legal?

5

Tem um garoto no meu quarto. São as únicas palavras que meu cérebro confuso elabora enquanto pressiono as costas na porta, com o coração acelerado e a garrafa de tequila na mão. *Tem um garoto na minha cama.*

E ele é a coisa mais linda que eu já vi.

— O que você tá fazendo aqui? — pergunto. Ainda estou me recuperando do encontro com Sam, e agora *isso*? Alguém com certeza está tirando onda com a minha cara. O que exatamente Lil colocou naquela frigideira?

— Desculpa — o garoto (que na verdade é um homem) diz. — Eu não ia aguentar mais nem um minuto com aquele povo. Você mora aqui?

— N-não — respondo, porque é verdade, pelo menos por enquanto, e estou me agarrando a esse fato. Também estou tentando entender a cena à minha frente.

Mamãe deixou meu quarto intocado desde que me mudei, e ainda é o mesmo quarto da minha infância: uma estante cheia de livros surrados sobre bailarinas e pôneis, uma penteadeira pequena cheia de potinhos craquelados de esmalte e tubos secos de rímel. Ao lado da cama de solteiro, um pôster de Geoffrey Chaucer divide a parede com um do Ryan

Gosling em *Diário de uma paixão*. A cama em si está ocupada no momento pelo homem lindo que se esparrama no meu edredom macio e floral.

Ele se mexe, balançando as pernas até encostar os pés no chão, sentando-se com as costas apoiadas na parede, o topo da cabeça apoiado na parte inferior do pôster do Ryan Gosling. Ele aparenta ter trinta e tantos anos, seu cabelo escuro se enrola de leve, de um jeito que dá vontade de enfiar os dedos, e os olhos escuros e travessos impedem que o rosto dele pareça severo — até porque, de resto, ele é uma coleção de arestas afiadas e linhas retas, perfeitamente simétrico.

Percebo que era ele carregando o caixão, e mais uma vez sinto aquela pontada de desejo. Que não está ajudando em nada a superar o choque de encontrá-lo aqui. Na minha cama.

— Meu nome é Clementine — deixo escapar.

— Clementine? — O contorno rígido de sua boca suaviza, e o sorriso faz com que todo o ar deixe meu corpo.

Concordo com a cabeça antes de continuar, com a cabeça nas nuvens:

— Minha mãe diz que escolheu esse nome porque as clementinas são as frutas mais simpáticas.

O sorriso só aumenta, anunciando uma covinha na bochecha esquerda. Nem tão perfeitamente simétrico, afinal.

— E por que você tinha que ser um tipo de fruta? — ele questiona.

— Acredite, já fiz essa pergunta muitas vezes — resmungo, recuperando um pouco da compostura. — E o motivo permanece um mistério. Imagine só ser uma garotinha ruiva chamada Clementine.

Ele ri, e o som vibra em meu corpo. Quero instantaneamente ouvi-lo rir de novo.

— Minha mãe *ainda* me chama de Teddy — ele diz. — Se servir de consolo.

— Serve — respondo. — Se até um nome muito digno como Edward pode ser estragado por mães constrangedoras, talvez eu não precise me sentir tão mal assim. — Ele abre a boca, como se fosse dizer alguma coisa, mas sigo tagarelando, nervosa: — De todo jeito, a maioria das pessoas me chama de Clemmie. — Ergo a garrafa de tequila. — Quer uma bebida?

Ele dá tapinhas no colchão, indicando o lugar a seu lado.

— Não, valeu, mas você quer ficar aqui comigo? Podemos nos esconder juntos?

— Quem disse que tô me escondendo? — Chego mais perto. — Talvez eu estivesse me divertindo horrores lá embaixo.

— A garrafa gigante de tequila sugere o contrário.

— Tudo bem. — Respiro fundo e me jogo na cama ao lado dele, tomando cuidado para deixar um espaço entre nós dois. Abro a garrafa e tomo um gole curto, estremecendo.

— Mas e aí, como você conheceu o Carl? — Edward pergunta.

— Ele era um velho amigo da família. — Me encosto na parede fria sob o pôster de Chaucer, meus pés pendurados na lateral da cama.

— Sinto muito — ele diz. — Vocês eram próximos?

— Na verdade, a gente não se via já fazia um tempo. Mas ele era um cara legal, pelo que me lembro.

Edward sorri.

— É, ele era.

— Você tava carregando o caixão, não tava? — pergunto, meio sem jeito. — Quer dizer, acho que te vi na igreja. Como você conheceu o Carl?

Ele muda de posição. A manga da camisa toca de leve a lateral do meu braço, e meu cérebro se esvazia até sobrar apenas um zumbido. Percebo que ele tirou o paletó preto e a gravata — estão dobrados no espaldar da minha cadeira cor-de-rosa. O botão superior do colarinho está desabotoado, e meu olhar se prende ao pequeno triângulo de pele que consigo enxergar na base de sua garganta.

— A gente se conhecia já tinha um tempo — ele enfim responde, e volto minha atenção para a conversa. Meu Deus, onde estão os bons crucifixos para ficar encarando quando se precisa de um? Ficar olhando o Ryan Gosling, sincero e apaixonado, simplesmente não vai causar o mesmo efeito.

— Mas, pra ser sincero, fiquei surpreso de terem me convidado pra carregar o caixão — Edward admite. — Acho que jamais pensei que ele não tivesse parentes nem nada. Que coisa triste.

— É, é mesmo — concordo. — Mas tinha um monte de pessoas no funeral, e mais centenas de convidados aqui no velório. É óbvio que ele fez diferença na vida de muita gente.

Edward fica em silêncio por um instante, a boca comprimida outra vez, o humor some de seus olhos. Ele parece infeliz, e não gosto disso.

— Pelo menos você não o deixou cair no chão — eu digo, as palavras saindo mais rápido do que consigo raciocinar.

Aquilo arranca dele uma gargalhada surpresa.

— Exato. — Ele se vira e olha bem nos meus olhos. — Eu tava tão preocupado com isso. Sabe quando você simplesmente tem um pensamento horrível martelando na cabeça? Eu devia me concentrar em ficar triste pelo Carl, na grande honra ou na responsabilidade ou qualquer coisa dessas, mas, dentro da minha cabeça, ficava só ecoando *não deixe o morto cair, não deixe o morto cair, não deixe o morto cair*. E aí depois aquele aplicativo começou a gritar...

Solto um gemido, escondendo o rosto entre as mãos.

— Não... — Ele se inclina em minha direção, a voz alegre enquanto afasta minhas mãos com gentileza. Os dedos envolvem meu pulso, e eu meio que espero ver minha pele soltando faíscas. — Foi você?

— Lógico que fui eu. — Solto outro gemido. — No momento, minha vida está um desastre gigantesco.

— Ah, meu Deus, foi tão engraçado. — Ele dá risada. — Quer dizer, sei que era um funeral, mas, quando aquela voz começou a gritar pra pegar o retorno, precisei de todas as minhas forças pra não cair na gargalhada. Tive que me concentrar naquele Jesus gigante pendurado na parede, aquele parecendo uma estátua derretida no micro-ondas...

— Era exatamente o que parecia! — exclamo.

Noto que Edward ainda está segurando meu pulso, e seu rosto está mais próximo do meu agora. Ele está sorrindo, e a covinha se aprofundou. Não consigo olhar de frente para ele; é como tentar encarar o sol: tão deslumbrante que machuca. Eu me remexo, afastando a mão e tomando outro gole de tequila. A bebida arranha minha garganta.

— Mas então, por que a sua vida está um desastre gigantesco, Clemmie? — ele pergunta.

— Ah, você sabe, é a história de sempre — eu digo, ajeitando a saia. — Levei um pé na bunda do meu namorado traidor que vai ter um filho com outra mulher, perdi o emprego e em breve vou ficar sem meu apartamento.

— Ai. — Edward retrai o corpo e encosta a cabeça na parede. — Mas que bela de uma merda. Seu namorado é obviamente um otário.

— Ele levou meu gato — falo baixinho.

— Canalha — Edward afirma, categórico.

— Pois é. — Fecho os olhos. — E, como se não fosse suficiente, acabei de esbarrar em *outro ex*.

— Outro canalha?

Dou risada, mas é um som sofrido.

— O rei de todos eles, na verdade.

— Ah — Edward diz, parecendo entender. — Primeiro amor?

— Algo do tipo. Não lidei com a situação do jeito que eu gostaria... e sei que vou me arrepender disso mais pra frente. E ainda tenho que lidar com toda a minha família e... é complicado.

— Famílias podem ser complicadas — Edward concorda. — Uma vez, minha irmã resolveu fazer uma pegadinha de longa duração comigo, fingindo ser um poltergeist chamado Colin que morava no meu quarto.

Aquilo me arranca outra risada surpresa, uma risada de verdade, e fico grata pela mudança de assunto.

— Você tem irmãos? — ele pergunta.

— Duas irmãs. — Abro um sorriso. — E todas nós fizemos muitas pegadinhas umas com as outras, embora ache que nenhuma delas envolvia poltergeists. — O leve torpor da tequila desencadeia uma onda calorosa de afeto por Lil e Serena. — Mas talvez nós sejamos *mágicas*. Fizemos um feitiço. — Não sei por que estou contando essa última parte, mas há algo em Edward e no fato de estar em meu antigo quarto que faz com que eu me sinta confortável.

— Como assim vocês fizeram um feitiço?

— É algo que a gente costumava fazer na infância, quando fingíamos ser bruxas. E aí, quando minhas irmãs foram lá em casa uma noite dessas, desencavamos o feitiço antigo que já havíamos lançado. O feitiço de rompimento. Ateamos fogo em uma frigideira e amaldiçoamos Leo.

— Leo? — Há um tremor na voz de Edward.

— Meu ex-namorado — explico. — Repetimos o feitiço de quando eu tinha dezessete anos e amaldiçoamos ele, o que foi supercatártico, e aí fizemos três desejos pro meu futuro, um desejo de cada irmã.

— Quais foram os desejos?

— O desejo que eu fiz na época pedia um trabalho que eu amasse, o que na real parece um pouco com uma piada cruel do universo, dadas as atuais circunstâncias. — Quando olho para ele, ele já está me encarando. Os olhos dele são tão escuros... Mas agora vejo manchas de um marrom-dourado mais claro ao redor das íris. — Já ralei um bocado pra chegar onde tô na minha área, e sempre tenho a impressão que a cada passo pra frente dou dois pra trás. — Sinto um cansaço corroer minha alma quando penso em enviar mais currículos. — Mas acho que se concentrar na carreira é a melhor opção quando a vida amorosa tá indo por água abaixo — completo, como se estivesse tentando me convencer.

— E quais eram os outros desejos? — ele pergunta.

— Ah, hum... uma das minhas irmãs quer que eu me apaixone. Tipo, almas gêmeas de verdade. Ela é a otimista da família.

— E a outra?

Sinto o rubor correr pelas bochechas.

— Ela desejou sexo do bom.

— Sexo do bom? — Ele ergue as sobrancelhas, mas, tirando isso, permanece impassível.

Faço que sim com a cabeça, tentando parecer indiferente também.

— Fiquei com Leo por um bom tempo. — Dou de ombros. — Sempre tive tendência a relacionamentos sérios. E minhas irmãs acreditam que preciso ser um pouco mais... me aventurar no campo sexual, ser um pouco mais casual. Tipo ficar com alguém sem compromisso, só por uma noite.

— Entendo — ele murmura. E há algo na maneira com que diz a palavra que faz um calor subir por minha barriga. — E é o que você quer?

— Não sei — sussurro. — Talvez.

Estamos tão próximos agora que bastaria um leve movimento para colar minha boca à dele. Não sei como isso aconteceu, talvez a gente tenha se inclinado um na direção do outro, devagarinho, sem que eu percebesse.

Mas estou prestando atenção agora. Posso sentir o cheiro dele, e Edward tem um perfume delicioso como a brisa fresca do mar, misturado a algo cítrico e a provavelmente toneladas de feromônios superexcitantes, porque meu corpo inteiro parece estar se acendendo. Quero enterrar o rosto em seu pescoço e só *inalar* o aroma dele, e parte desse desejo louco deve ter transparecido em minha expressão, porque há uma mudança na atmosfera ao nosso redor, crepitando como a sensação que antecede uma tempestade, e Edward fica imóvel.

— Talvez a gente devesse descobrir? — ele pergunta baixinho.

Meu coração está batendo forte. Vejo seus olhos descerem até minha boca. Antes que a coragem me abandone, inclino o corpo para a frente e pressiono os lábios contra os dele. É um beijo rápido, quase nada, um roçar suave, e, ainda assim, eu o sinto até os dedos dos pés. Recuo depressa.

— Me desculpa — deixo escapar. — Sinto muito, eu não devia ter feito isso. Não sem perguntar. Foi grosseiro, uma má ideia, e eu...

— Clemmie — Edward interrompe. Em seguida, puxa a garrafa de tequila da minha mão e a coloca com cuidado sobre a mesinha de cabeceira. — Acho que foi uma ideia maravilhosa.

Depois — e com muita gentileza —, ele embala meu rosto, o polegar acariciando minha bochecha até me puxar para perto e me beijar.

E ele me beija *mesmo*. Começa devagar, como se tivesse todo o tempo do mundo. Beijos preguiçosos e viciantes que se fundem, me deixando tonta. Posso senti-lo sorrindo contra meus lábios. Estou flutuando para fora do corpo, *encantada*. Minha boca se abre sob a dele, e solto algo que soa como um suspiro.

O ângulo muda, e o beijo se aprofunda de repente. Agarro seu colarinho, seus dedos passeiam em meu cabelo, e do nada subo em seu colo como se não estivesse tendo o suficiente daquele homem. O gosto de Edward, a sensação dele, em minha boca, em minhas mãos.

Um desejo desesperado e urgente, como nada que já experimentei, percorre meu corpo em ondas. Meus dentes mordiscam seu lábio inferior, e ele grunhe, deixando uma trilha leve de beijos que vai do canto da minha boca até a lateral do pescoço. Ele faz uma pausa na minha clavícula, e eu nunca havia percebido que bela zona erógena é essa, mas tudo o que posso fazer agora é tentar não gritar. Eu o puxo de volta, querendo mais dele, querendo que esse beijo selvagem e elétrico que queima meus ossos dure para sempre. Entrelaço as mãos atrás de seu pescoço e pressiono meu corpo no de Edward, o contato entre meu peito e o dele nos leva ainda mais ao limite.

Então nos separamos. Nós dois respiramos com dificuldade. As pupilas de Edward estão dilatadas, e tenho certeza de que as minhas também. Mais dois botões de sua camisa estão abertos, embora eu não me recorde de tê-los desabotoado. Seu cabelo está deliciosamente bagunçado. Ele está cheio de manchas de batom vermelho no rosto.

— Eu... eu... — gaguejo. — Digo, isso foi... eu... a gente...

— É... — Ele respira. — Foi.

Seus olhos se voltam para minha boca e depois descem até meu decote, e estou literalmente *arfando* como se fosse a heroína fogosa de um romance de banca do período regencial.

— Onde você vai passar a noite? — pergunto.

Ele balança a cabeça, como se estivesse tentando recuperar a razão, e franze a testa, confuso.

— Hum... em algum hotel da cidade — ele consegue dizer. — Por quê? Onde você vai ficar?

— Com você? — Tento pronunciar as palavras com confiança, como uma afirmação, mas elas saem na forma de uma pergunta um tanto trêmula.

Edward arregala os olhos, e aquele sorriso toma seu rosto outra vez, aquele ofuscante que faz a covinha aparecer e gera coisas estranhas dentro de mim.

— Isso, Clemmie. — A voz dele é rouca, quase áspera enquanto ele me puxa para perto outra vez. — Comigo.

6

O som de água corrente me acorda na manhã seguinte, e me sento de um pulo achando que meu apartamento está sendo inundado. Mas esta cama não é minha, estes lençóis enrolados no meu corpo não são meus e definitivamente este apartamento não é o meu. Estou em um quarto de hotel muito agradável, e a água corrente que escuto é o som do homem com quem fiz um sexo alucinante na noite anterior tomando banho.

Puxo o lençol de mil fios até o peito e me jogo no travesseiro de penas de ganso, um sorriso exagerado e incontrolável se espalha em meu rosto conforme deixo as lembranças fluírem — o beijo, o toque, o *calor*. Várias imagens flutuam em minha cabeça como um punhado de confete sexy.

Como quando arrebentei os botões da camisa dele e pus as mãos em seu peitoral maravilhoso, meus dedos correndo sobre os músculos rígidos, ou quando puxei o restante da camisa só para descobrir que os braços de Edward são cobertos de tatuagens dos ombros aos pulsos. Não sei por que foi tão sensual tirar uma camisa branca e engomada e encontrar todas aquelas linhas surpreendentes e cheias de curvas por baixo, mas foi. Acabei fazendo uma pausa, montando em seu colo e passando um tempo correndo os dedos pelos bíceps e antebraços, encontrando espirais de folhas entrelaçadas em padrões geométricos, pontuadas por flores desabrochando, até que Edward gemeu, e percebi que ele me olhava com fome, o rosto cheio de tesão.

Vieram mais beijos. Gananciosos, desesperados. Afundei de volta na cama com o peso dele sobre mim, o comprimento do membro criando pressão exatamente onde eu queria.

Por um instante, ele se afastou, cuidadoso, muito cuidadoso, e perguntou:

— Tem certeza de que quer continuar? A gente pode parar. A gente pode parar a qualquer hora.

Pisquei para ele, meu cérebro anestesiado pelo desejo lutava para encontrar as palavras.

— Sim, por favor — eu disse. — Mais agora. Sim. Por favor.

Ele riu e voltou a me beijar até me deixar tonta.

Em seguida, a imagem de suas lindas mãos, dos dedos longos e espertos que me tocavam, me envolviam e provocavam, a sensação áspera do maxilar correndo em meu peito, minha barriga, minhas coxas.

Então veio o primeiro orgasmo — aquele que me devastou, que me deixou vendo estrelas, ofegando e rindo como uma alucinada. Acabei confessando que só conseguia gozar uma vez e que, pessoalmente, acreditava que toda aquela conversa sobre orgasmos múltiplos fosse história para boi dormir.

Eu não queria que soasse como um desafio, mas ele interpretou assim, demorando-se com a boca, os dedos, sussurrando palavras doces e sujas até que eu me desmanchasse outra vez com ainda mais violência.

Exausta, a última coisa de que me lembro é de ficar bem pertinho dele, encolhida, descansando a cabeça em seu peito enquanto Edward afastava meu cabelo do rosto. A batida constante de seu coração sob minha orelha.

E agora ele está no banho.

Nunca transei com um cara nesse esquema de uma noite só e não faço ideia de qual seja a etiqueta.

Viro a cabeça em direção ao banheiro, mas o chuveiro ainda está ligado. Saio da cama e percebo que meus músculos doem, como se eu tivesse ido à academia, e sei que ainda estou sorrindo, porque minhas bochechas começam a doer também. Cato minha calcinha e minhas roupas, espalhadas pelo quarto, e me visto depressa.

Depois fico ali parada no meio da suíte. Devo ficar? Ficar parece significar expectativas. Café da manhã, conchinha e todas aquelas coisas que são parte do cotidiano de um casal, coisas que costumo fazer depois de passar a noite com alguém. Mas não é o caso aqui, certo? Essa é a velha Clemmie falando. Então devo sair de fininho? Seria falta de educação?

Mordo o lábio, indecisa, e me olho no espelho. Meu cabelo está todo arrepiado, minhas bochechas estão coradas, a boca inchada, os olhos enormes. Minha expressão é de uma perplexidade encantada — basicamente, a noite de diversão carnal ficou impressa em mim. Enfio a mão na bolsa e encontro um elástico para prender o cabelo comprido e embaraçado em um coque frouxo. Esfrego os olhos para remover as manchas de panda do rímel e desenterro uma pastilha de menta extraforte e levemente empoeirada que coloco na boca. *Pronto*, eu penso, *praticamente gente*.

Meu celular também está na bolsa, e percebo que a bateria está prestes a acabar. Há recados das minhas irmãs e da minha mãe, respostas à mensagem que mandei avisando que iria para casa mais cedo e falaria com elas depois. O grupo das IRMÃS SINISTRAS foi à loucura:

> **Serena:** Aaaaargh como você pôde deixar a gente aqui?? Os velhos tão ficando bêbados.

> **Lil:** Henry disse que te viu saindo e que você tava com um cara????

> **Lil:** E que vocês dois pareciam bem grudados???

> **Serena:** PQP Clemmie??? Quando você disse que precisava dormir cedo, eu não fazia ideia... 💦💦👀😉

TRÊS DESEJOS E UMA MALDIÇÃO

Lil: O feitiço do sexo do bom JÁ TÁ FUNCIONANDO!!!!!!

Serena: De nada.

Lil: Ah, meu Deus. Henry inventou um drinque novo e o chamou de "querida Lil" 🖤🖤🖤

Serena: Te encontro daqui a pouco perto da bebida.

Lil: Uaaaaaau! Querida Lil é FORTE. É vodca, gim e vinho branco. Prestes a tomar o tErceiro!

Serena: Querida Lil é uma merda. Acho que Henry não é um bartender de verdade.

Lil: CaLa a Boca, é bom demias. Henry é um carpniteiro que nem JESUS. O rosto de Henry é um poeta.

Serena: Lil tá praticamente montando no Henry aqui no bar. Não acredito que você me deixou sozinha pra lidar com isso. É melhor que seja um sexo muito 🔥🔥🔥. Pelo menos tenho tequila pra anestesiar a dor.

Serena: CLEMMIE

Serena: ONDE TÁ A TEQUILA???

Serena: CLEMMIE

Serena: CLEMMIE

Serena: CLEMENTINE GRACE MONROE

Serena: Retiro tudo que disse. Que você tenha um sexo bem medíocre.

Lil: Henry beijou Lil beijo!!!!!!!!!!

> **Serena:** Lil vomitou nas suas galochas velhas. Espero que esteja feliz agora.

Também vejo uma notificação avisando do compromisso que tenho hoje. Ah, merda. Em uma reviravolta que combina cem por cento com minha vida atual, vou me atrasar para a terapia, a menos que saia correndo da minha noitada *neste exato minuto*. É meio que um sinal do universo, certo?

Pego o bloco de notas e o lápis na escrivaninha e mordo os lábios por um tempo.

Caro Edward,

escrevo,

Muito obrigada pela noite adorável. Estou realmente agradecida pelo seu tempo e esforço.

O que é que eu estou *fazendo*? Por que pareço uma senhorinha idosa agradecendo a alguém que veio limpar meu sótão? (Já posso ouvir a piada que Serena faria — *tá mais pro seu porão, Clem*.)

Amasso a folha e tento outra vez.

Edward,
Eu me diverti muito, obrigada.

Beijo, Clemmie

Vai ter que servir. Antes de pensar melhor, junto meus pertences e saio do quarto, fechando a porta em silêncio. Ando apressada pelo corredor, procurando as chaves do carro na bolsa. Graças a Deus eu tive o bom senso de colocar Edward para dirigir até aqui ontem à noite, então tenho uma rota rápida de fuga.

Pego o elevador até a recepção e mantenho a cabeça baixa enquanto empurro a porta giratória.

FLASH!

Uma luz estoura no meu rosto, seguida por outra e mais outra. Meu corpo se revolta no mesmo instante, o coração batendo acelerado, a garganta apertada.

Câmeras. Câmeras por toda parte.

— Ah, desculpa, benzinho — um homem grita, e os flashes são interrompidos de súbito. — Achei que você fosse outra pessoa.

Sem falar nada, puxo a gola do meu casaco de lã, segurando-o bem próximo a mim. Pisco contra os pontinhos brilhantes que ainda cintilam em minha vista, entendo o que o homem disse e percebo que ele não está ali por minha causa. O ar começa a voltar para meus pulmões. Já faz muito tempo desde que fui exposta a um paparazzo, e esse momento de pânico me deixa tonta.

Cambaleio com as pernas moles em direção ao estacionamento subterrâneo, concentrada em respirar lenta e profundamente. Acabo me lembrando que Edward comentara que muita gente do velório tinha reservado suítes neste hotel, então faz sentido que os fotógrafos invadam um local onde há chances de várias celebridades aparecerem um tanto ressacadas pela manhã.

Até onde sei, meu pai está hospedado aqui, e eles vão tirar oitocentas fotos do "bravo Ripp" enfrentando o luto pelo amigo querido. O pensamento me deixa enjoada por vários motivos. Definitivamente é hora de sair daqui, porque acho que ser pega pelo meu pai famoso fugindo do quarto de hotel de um homem em frente a um exército de câmeras pode ser meu pior pesadelo.

Alcanço a segurança do carro e ligo meu audiolivro, sentindo a alegria de antes retornar. Não acredito que fiz isso. Não acredito que eu, Clementine Monroe, passei a noite com um desconhecido, o homem mais lindo do planeta, nem que foi *tão bom*. Tão bom que talvez tenha arruinado o sexo para mim por todo o sempre, mas isso é problema para depois. Serena e Lil vão ficar insuportáveis.

Começa a chover, e meus limpadores de para-brisa rangem. Batuco no volante, repleta de uma sensação desconhecida de energia e entusiasmo genuíno. Quem diria que sexo casual pudesse ser um estimulante tão bom para o humor. (Mais uma vez, escuto a voz de Serena: *Clemmie, literalmente o mundo todo sabe disso.*)

Menos de uma hora após deixar o hotel, estaciono nos arredores de Oxford, na área onde fica o consultório da minha terapeuta, Ingrid.

Ela me faz entrar, apressada, e, embora eu esteja apenas alguns minutos atrasada, me sinto na obrigação de oferecer a ela uma torrente de pedidos de desculpa, que Ingrid apenas escuta em silêncio.

— Me perdoa — bufo, me soltando na imaculada poltrona de seda branca, largando a bolsa no chão. — Dormi demais depois do velório e tive que vir correndo pra cá. — Sigo divagando sobre o trânsito, o hotel, o fato de ter passado a noite com um homem que mal conheço e por que eu tinha fugido da minha noitada. Tudo em um único monólogo ofegante.

Ingrid nem mesmo pisca.

— Quer que eu pendure seu casaco? — ela pergunta.

— Quero, por favor — respondo, ficando de pé para desabotoá-lo. Entrego o casaco para Ingrid, que o pendura com calma em um cabide ao lado de sua jaqueta azul-marinho da Barbour antes de se sentar à minha frente.

Há uma mesa entre nós, com uma jarra de água e um par de copos. Ingrid me serve um, que aceito com gratidão.

Já faz quase dois anos que faço terapia com Ingrid, e não quero mesmo pensar no fato de que talvez não consiga pagar as consultas por muito mais tempo. Ingrid passou dos quarenta anos, tem cabelo curto grisalho e grandes olhos verdes atrás de óculos de aro grosso. Seu jeito distante e frio faz com que ela passe uma incrível energia de nada-abala-essa-mulher. Quero que ela goste de mim com uma paixão fervorosa, o que, para começo de conversa, provavelmente é um dos motivos pelos quais estou na terapia.

Ela se veste como um membro da família real britânica nos dias de folga — como se estivesse prestes a montar em um cavalo a qualquer momento, com peças de tweed, botas na altura do joelho e um colete ocasional. Sei pouco sobre ela, exceto que o marido é inglês e que tem uma filha no ensino médio.

O sotaque de Ingrid tem um toque escandinavo, e seu rosto é tão impassível que nunca tenho certeza se ele está cheio de botox ou se ela apenas é muito boa no que faz. Provavelmente as duas coisas.

Tal como Ingrid, seu consultório irradia uma sensação intensa de calma. A mobília é mínima: uma enorme mesa moderna de vidro com um computador elegante, um bloco de notas e uma única caneta, tudo alinhado em ângulos retos perfeitos; uma estante cheia de livros em ordem alfabética; uma mesa de centro entre duas cadeiras. Tudo é branco e brilhante com detalhes suaves em cinza, e tudo sempre cheira a uma daquelas velas em que nenhum cidadão normal poderia justificar gastar seu dinheiro.

Ingrid é, como mencionei, imperturbável, e, por algum motivo, isso muitas vezes me faz querer arrancar uma reação dela. Hoje, como sempre, ela não demonstra nenhum sinal de choque.

— Então — ela diz após um momento. — Você passou a noite com um homem?

— Passei! — Minha cabeça está balançando como a de um daqueles cachorrinhos de brinquedo. — E você sabe que isso não é muito a minha cara, mas foi ótimo.

— Fico feliz em ouvir isso. E como você se sente em relação a isso agora?

Olho para o copo e franzo a testa. Faço terapia há anos e gosto da oportunidade de examinar minhas emoções — o modo como posso me expressar com Ingrid sem primeiro precisar filtrar o que digo. É um jeito estranho de conversar com alguém, verbalizando raciocínios e sentimentos que parecem brilhar vagamente nos confins do cérebro.

— Eu me sinto bem — falo devagar. — Meio radiante. Foi... legal, bem, bem legal, e eu que escolhi fazer, quando podia só ter optado por um caminho seguro e voltado pra casa sozinha, o que com certeza é o que eu normalmente teria feito. Foi uma coisa... corajosa de um jeito estranho?

Ingrid assente.

— E imaginei que hoje de manhã eu ia estar me sentindo culpada ou... não sei, meio arrependida. Mas, não, realmente não me sinto. Tô começando a me perguntar se realizamos de verdade o desejo de Serena! — Dou risada.

Ingrid não ri.

— Isso seria uma referência ao ritual wicca que você e suas irmãs fizeram?

— Rá! — exclamo, mas o olhar de Ingrid é de leve indagação. — Quer dizer... sim. Não sei se o feitiço de rompimento que lançamos embriagadas pode ser descrito como *um ritual wicca*, mas...

— Mas você se refere ao desejo de Serena de... — Ingrid consulta suas anotações. — "Sexo do bom"?

Há uma pausa. Limpo a garganta.

— Isso. Sexo do bom. E foi mesmo. O único problema é que... — Eu me interrompo.

Ficamos caladas por um tempo. Ingrid usa o silêncio como arma, uma assassina ninja altamente treinada na arte da quietude. Eu não me surpreenderia se o Serviço Secreto a utilizasse para interrogar terroristas desse modo. Tenho certeza de que eles tropeçariam nas próprias palavras, revelando códigos nucleares para ela a torto e a direito enquanto Ingrid permaneceria sentada em silêncio, bebendo um copo de água.

— Dá uma tristezinha saber que não vou ver ele de novo. — A constatação me atinge com força total antes de as palavras se formarem. — Mesmo que eu nem o conheça.

Refletimos sobre aquilo por um tempo, e Ingrid escreve algo em seu caderno.

— Quando você escreve aí, sinto que algo importante aconteceu — digo, feliz por mudar de assunto.

— São só minhas anotações, Clemmie — Ingrid responde de maneira neutra.

— Eu sei — concordo. — Mas é óbvio que todo mundo quer saber o que a terapeuta pensa sobre a gente, né? E, às vezes, quando eu digo alguma coisa e você anota, sinto que fiz um comentário legal e que você tá, tipo, percebendo isso.

— Você acha que minhas anotações são uma espécie de avaliação? — ela pergunta com cautela. — Como uma professora corrigindo o dever de casa?

Assinto.

— Isso, como se você anotasse quando eu tô indo bem, quando tô sendo muito boa na terapia.

— Clemmie. — Se eu não a conhecesse, diria que há um toque de cansaço na voz de Ingrid. — Já conversamos sobre isso. Você não está sendo avaliada. Não tem como ser boa ou ruim na terapia. É um processo.

— Claro, claro. — Faço um gesto de desdém com a mão. — Mas é óbvio que *algumas pessoas* avançam mais depressa, estão mais em contato com os próprios sentimentos, são mais honestas consigo mesmas. Não acho irracional querer *ser a melhor* na terapia. Você sempre me diz que é bom estabelecer metas.

Ingrid faz outra anotação no caderno. Presumo que seja sobre o quão perspicaz estou sendo.

— Quer conversar sobre o funeral? — ela pergunta. — Sei que você estava ansiosa com a possibilidade de ver seu pai.

— Encontrar com ele é sempre difícil. Ele age como se tudo estivesse ótimo entre nós dois, sendo que nem temos uma relação. Faz eu me sentir como se estivesse enlouquecendo, como se tivesse imaginado tudo, todas as diferentes maneiras como ele me decepcionou. — Afundo na cadeira. — O que posso dizer? Ele é uma pessoa horrível. Ser parente desse cara é um pesadelo, e gostaria de nunca mais precisar olhar na cara dele. — *Esse sim* é um desejo que eu deveria fazer.

A caneta de Ingrid rabisca a página.

Talvez eu não seja a melhor na terapia, no fim das contas.

7

Toda a crença de que libertamos o poder adormecido havia séculos do feitiço de rompimento é firmemente anulada pelos acontecimentos das semanas seguintes.

Primeiro, não tem mais sexo do bom. Como previsto, Serena e Lil ficaram encantadas com Edward e exigiram muito mais detalhes do que eu estava confortável em contar. Desde aquela noite, óbvio, não houve comunicação entre nós dois. E, embora esse fosse o plano e não soubéssemos muita coisa um do outro, não consigo deixar de pensar que, se Edward realmente quisesse, poderia ter me achado. Afinal, quantas Clementines apareceram no funeral de Carl?

Em segundo lugar, meu trabalho chega a um fim incrivelmente anticlimático.

Em terceiro, com certeza não há nenhum grande amor ou alma gêmea no horizonte. Nem é provável que apareça, já que basicamente me enterrei no meu apartamento (cujo contrato de locação já avisei que terei de encerrar), onde estou vivendo feliz como uma eremita mal-humorada e sem banho, subsistindo à base de lámen e barras de chocolate tamanho família.

E, em quarto lugar, o verdadeiro fundo do poço dos fundos do poço: Leo parece estar desabrochando de uma maneira completamente não amaldiçoada.

— Não sei por que você fica vendo isso — Lil comenta enquanto me deito de modo dramático no sofá. — Quem liga pro que esse idiota tá fazendo?

Olho para a foto do Instagram: Leo e Jenny estão na praia, abraçados, de rostos colados, próximos da câmera, radiantes. A mão dela está erguida, exibindo o anel de diamante.

— Leo odeia praia — resmungo, me sentando a fim de mostrar melhor a foto para Lil. — Ele sempre disse que é alérgico a areia. Lembra quando tentei convencê-lo a passar férias com tudo pago em Menorca e ele agiu como se eu tivesse sugerido uma escapada romântica pra Mordor?

— O que é Mordor? — Lil pergunta.

— Deixa pra lá. — Dou um suspiro.

— De qualquer maneira, é irrelevante — Lil diz, andando do quarto para a sala, com os braços cheios de tecidos coloridos e brilhantes que ela despeja ao meu lado. — É só mais uma prova do que a gente já sabe: Leo é péssimo. O que eu não sei é por que você ainda segue ele no Instagram.

É uma boa pergunta, e por isso decido ignorá-la.

— Não é que eu quero *ficar* com o Leo — explico. — Mas é muito irritante ver minha vida desmoronando de um jeito tão inacreditável enquanto ele valsa com outra mulher ao pôr do sol usando um filtro do Instagram.

— E eu entendo — Lil responde, apaziguadora. — Mas não posso deixar você perder seu tempo com Leo quando temos uma festa maravilhosa pra ir.

Dou um gemido, voltando a afundar no sofá.

— Não tô com clima pra festas maravilhosas. — Foram meses difíceis, acho que *mereço* um pouco de calma, um bom e velho mau humor. Nem contei para minhas irmãs sobre o encontro com Sam no funeral, relutante em abrir aquela caixa de horrores, e elas também não falaram dele, então é possível que não tenham se cruzado. Eu adoraria dizer que o encontro não me desestabilizou, mas foi o que aconteceu, e passei um bom tempo pensando exatamente no que *devia ter dito* a ele. Foi uma adição muito divertida à lista contínua de arrependimentos que continua rondando minha cabeça sem parar sempre que tento dormir.

Lil se abaixa ao meu lado, o rosto próximo ao meu.

— Clemmie — ela diz, usando a voz que se usa para conversar com uma criança pequena e encrenqueira. — Acha que Serena vai entender se você não for na festa de aniversário dela? Acha que seria algo que nossa irmã aceitaria com muita calma e compreensão? Ou você acha que ela ficaria muito, muito zangada e faria da sua vida e da vida da sua irmã mais nova, totalmente inocente, um verdadeiro inferno?

— A segunda opção — respondo, categórica. — O inferno.

Nós três costumamos comemorar nossos aniversários de modos diferentes. O jeito de Serena envolve uma grande festa que progrediu naturalmente de Meninas Superpoderosas e sundaes a boates e drinques temáticos. (Embora ela tenha feito a gente se vestir de Meninas Superpoderosas para uma festa de Halloween no ano passado.) O comparecimento é absolutamente obrigatório, assim como os presentes.

— Correto. — Lil está enérgica. Fica de pé e aponta para as pilhas de roupas. — O inferno. Então pare de ficar aí emburrada e me ajude a escolher o que vestir porque convidei Henry pra festa e preciso estar um espetáculo.

— Henry te acharia um espetáculo mesmo se usasse um saco preto e um véu ridículo, porque era exatamente o que você tava usando quando vocês se conheceram e passaram a noite toda se beijando.

Lil sorri com timidez.

— Eu sei, mas não encontrei com ele a semana toda. Quero impressionar.

Lil e Henry não se desgrudam desde o funeral, e seria fácil odiá-los se não fossem um casal tão fofo.

— Você gosta mesmo dele, né? — pergunto.

Lil alisa o vestido que tem nas mãos. Seu sorriso é acanhado, como se ela guardasse um segredo.

— Gosto — ela diz baixinho. — Quer dizer, ainda tá bem no começo, mas gosto de verdade.

— Argh. *Então tá bom* — resmungo, me levantando. — Me mostra as opções.

— Eba! — Os olhos de Lil cintilam, e ela mergulha em direção à pilha de roupas. Ela passa os dez minutos seguintes desfilando várias combinações pelo minúsculo e incrivelmente caro apartamento no centro de Londres. Por fim, escolhemos um macacão listrado nas cores do arco-íris que fica lindo nela.

— Cabelo solto ou preso? — ela pergunta.

Inclino a cabeça, pensando.

— Solto.

Ela assente.

— Acho que vou cachear um pouco. Faço umas ondas mais largas?

— Perfeito — concordo.

Lil me entrega uma máscara para aplicar no rosto enquanto ajeita o cabelo e se maquia. Ela passa uma sombra cor-de-rosa com glitter, e, no tempo em que arrumo a parte de trás de seu cabelo, ela cola pequenas pedrinhas em forma de estrela ao redor dos olhos. Quando termina, sorri para mim. Ela parece um Meu Querido Pônei glamoroso.

— Agora, e você?

— Ah... — Aponto para a sacola da livraria em que levei todas as minhas coisas. — Trouxe um jeans e uma blusa legal.

Lil me dá um olhar fulminante.

— Jeans?

— E uma blusa legal — repito, na defensiva. E olha que eu até tomei banho para o evento de hoje.

Minha irmã revira os olhos.

— Ainda bem que resolvi assumir esse trabalho com minhas próprias mãos.

Fico desconfiada no mesmo instante.

— O que isso significa?

Lil me dá um sorriso fugaz e desaparece no quarto, emergindo logo depois, triunfante, segurando um tecido fino coberto de lantejoulas douradas.

— Eu fiz um vestido pra você!

— Não — respondo, recusando de imediato. Não é que Lil não saiba costurar, Petty a ensinou a fazer as próprias roupas desde que éramos adolescentes. É que o gosto dela sempre foi significativamente mais ousado que o meu, o que nos levou a algumas escolhas de moda *questionáveis* em meados dos anos 1990.

— Anda, Clemmie. — Lil faz beicinho e me encara, cheia de esperança, com seus grandes olhos azuis. — Pelo menos experimenta, eu trabalhei tanto nessa roupa.

Eu me sinto imediatamente como uma bruxa ingrata sem coração e acabo cedendo.

— Tá. — Estico a mão. — Vou só ver se cabe.

O rosto de Lil se ilumina diante da vitória, e sou lembrada mais uma vez de que ela tem todos nós na palma da mão. As pessoas acham que é com Serena que devem se preocupar, mas Serena tem a sutileza de um rolo compressor. Nossa família inteira dirá que é muito mais provável que Lil convença qualquer um a obedecer às suas ordens sem que a pessoa sequer perceba que a ideia não foi dela.

— Ah, vai caber sim — ela diz com confiança. — Costurei pensando em mostrar todas essas curvas. Apenas confie em mim, você vai ficar ridícula de tão gostosa.

Tiro a calcinha e o sutiã e depois remexo no vestido que, tenho o prazer de ver, conta com uma boa elasticidade. Quando por fim consigo passá-lo pela cabeça e puxá-lo por cima do peito, o material desliza suavemente pelo meu corpo. Um caimento perfeito que é como um sonho.

Lil começa a gritar em uma frequência aguda que apenas cães podem ouvir.

— Ai, meu Deus, incrível! — Ela me pega pela mão e me puxa até o espelho.

Encaro meu reflexo de maneira duvidosa, puxando a bainha do vestido.

— É muito bonito, Lil, mas não acha que tá um pouco curto?

O vestido é lindo, todo coberto de lantejoulas douradas, com mangas compridas e um decote em coração que cai pelos ombros e mostra uma boa parte do corpo. Ele abraça cada curva, agarra-se com amor à minha barriga macia, aos meus quadris. Está no comprimento em que costumávamos enrolar a saia do uniforme da escola para deixar as professoras escandalizadas.

— Você tá maravilhosa — Lil diz com firmeza. — E, sinceramente, você vai se misturar muito melhor na festa usando esse vestido do que com uma calça jeans. Não esquece que as amigas superchiques de Serena vão estar lá e que elas não sabem o significado da palavra "casual".

Tenho plena noção de que minha irmã sabe como me manipular, mas essa é mesmo a coisa certa a se dizer. Se Lil acha que me vestir feito um globo espelhado vai me ajudar a ficar camuflada, então sou totalmente a favor.

— Tudo bem. — Dou um suspiro. — Se você acha…

— Claro que acho. Agora, deixa eu arrumar seu cabelo e sua maquiagem e aí podemos chamar um Uber.

Não me preocupo em discutir enquanto Lil torce meu cabelo, trançando-o em uma coroa no topo da cabeça, deixando algumas mechas onduladas cair sobre meus ombros nus. Ela aplica algo mágico na minha pele que a deixa macia e brilhante, faz um delineado perfeito em meus olhos e depois pinta meus lábios em um tom carmesim escuro e vampiresco.

— Pronto — Lil declara, satisfeita, quando ficamos lado a lado no espelho. — Vamos tirar uma foto. — Ela usa a câmera do meu celular e já publica a imagem no Instagram. — Leo não é o único seguindo em frente, Clemmie — ela diz baixinho.

Pego o celular de sua mão estendida e olho a postagem. Na legenda ela pôs um emoji de laranja e outro de flor, e saímos muito bem. Nossos braços em volta uma da outra, rostos parecidos em formato de coração, sorrisos verdadeiros. Sinto meu ânimo melhorar.

Me ocorre que foi exatamente esse o motivo de Lil ter insistido tanto para que eu fosse até a casa dela me arrumar, para que ela pudesse fazer sua mágica e me dar um discurso motivacional. Sinto um nó na garganta e puxo Lil para outro abraço.

— Obrigada — digo, meio sem jeito, por cima de seu ombro. — O vestido é lindo, e sei que ando chafurdando na lama ultimamente. É bom poder me arrumar. Você tinha razão.

— Vai ser uma noite tão legal, você vai ver.

Tento compartilhar o otimismo de Lil enquanto calço os sapatos e juntamos nossas coisas, prontas para sair rumo ao Uber que nos espera lá embaixo.

8

Nosso motorista, Marcus, nem pisca enquanto Lil e eu enfiamos dois balões de hélio gigantes em formato do número três no banco de trás de seu carro minúsculo. Acabamos explodindo em risadas, eu lá dentro segurando os balões e Lil tentando abrir caminho para se sentar no espaço restante.

— Eu devia ter pedido um carro pra seis — Lil declara. — Sem querer ofender, Marcus!

Marcus nos oferece o sorriso infinitamente paciente de um homem que já precisou lidar com uma grande quantidade de baboseiras.

— Que tal você sentar no banco da frente? — ele sugere.

— Ai, meu Deus, Marcus! Você é um gênio. Não acredito que não pensamos nisso. Quer dizer, consigo acreditar que eu não pensaria, mas entre nós duas, Clemmie é supostamente a esperta.

— Ei! — reclamo, e Lil fecha a porta na minha cara e na dos meus amigos infláveis. — Eu tava distraída.

Lil segue para o banco da frente, e Marcus nos leva sem mais delongas para o bar chique que abrigará a festa de aniversário de Serena.

O local fica em uma pequena rua de Mayfair, e conheço Serena bem o suficiente para ter certeza de que a discreta placa preta sobre um fundo ainda mais preto e o prédio despretensioso não são indicativos do que encontraremos lá dentro. Nossos nomes são conferidos na lista de convidados por uma mulher que usa um vestido escuro e elegante, e somos escoltadas por seguranças fortes. Chegamos a um bar mal iluminado que é parte boate, parte jardim botânico — cheio de gente bonita, palmeiras verdes e brilhantes e orquídeas em tons pastel. O clima está quente e perfumado com alguma especiaria.

Um enorme balcão quadrado ocupa o meio do espaço. A pista de dança fica em uma das extremidades e, na outra, há cabines à luz de velas com bancos em veludo verde-escuro. Chegamos bem cedo, mas já tem bastante gente, e uma batida envolvente vibra pelos alto-falantes, atraindo os convidados para dançar.

Quando uma garota passa por mim usando o que parece ser uma auréola e um saco de lixo cheio de cobras, fico muito grata a Lil e sua invenção, porque o estilo da festa definitivamente não é "jeans e uma blusa legal" e sim "e se uma Bond girl se juntasse ao circo?".

Serena nos vê de imediato (embora os balões gigantes certamente ajudem) e sai da multidão com um vestido vermelho de seda esvoaçante e uma elaborada coroa dourada na cabeça. Nada de chapéus ou broches de aniversariante para Serena, que, de algum modo, consegue ser ao mesmo tempo muito mais sutil e ostensiva do que tudo isso.

— Feliz aniversário! — eu e Lil gritamos.

— Trinta e três! — Serena balança a cabeça enquanto a abraçamos e entregamos os balões. — Quase um terço do caminho rumo ao primeiro centenário. Eu tava esperando vocês duas chegarem.

— O que não falta aqui é gente pra te fazer companhia... — Aponto para a multidão.

— Ah, esse pessoal. — Serena segura meu braço e começa a me puxar em direção a uma das cabines, com Lil nos seguindo. — É, a gravadora convidou um monte de gente. Não que eu me importe, porque eles estão pagando a bebida, mas não foi por isso que eu tava esperando vocês.

— Não? — pergunto, me sentando com cuidado em uma das banquetas, com Lil bem ao lado.

— Não! — Serena enfia os balões em um canto e vira para mim com um sorriso enorme. — Eu resolvi todos os seus problemas.

— Como é? — pergunto.

— Vocês viram o Henry? — Lil quer saber, girando em seu banquinho. — Ele me mandou uma mensagem dizendo que já está por aqui faz um tempo.

Serena estala os dedos.

— Lil, foco! Você tá prestes a testemunhar minha genialidade.

— Ah, Deus — eu gemo —, sempre que você começa a falar sobre a sua genialidade, nunca acaba bem.

— Que nem aconteceu com os porquinhos-da-índia — Lil acrescenta. — Aqueles que você disse que a gente podia manter como animais de estimação secretos, escondidos das nossas mães.

— Eu tinha onze anos. E o cara me disse que eram dois porquinhos machos, como eu ia saber que os bichos iam se reproduzir naquele ritmo? — Serena se inflama, indignada. — Mas vocês estão prestes a engolir tudo isso. Clemmie, eu consegui um trabalho para você.

— Um trabalho? — repito. — Pra fazer o quê?

Serena é quase incapaz de se conter no banquinho.

— Essa é a melhor parte. Vai ser o trabalho mais divertido da sua vida. Tem um artista na gravadora que tá muito, muito atrasado pra entregar o álbum novo, sabe?

— Seeei... — respondo.

— E aí eu criei um plano brilhante de tirar ele de cena e mandar pra um retiro criativo, onde possa realmente se dedicar a terminar o trabalho. — Serena se inclina para frente. — E não tô dizendo que ele vai "sair de cena", tipo essas celebridades que vão pra uma mansão cercada pela própria comitiva e com a imprensa acampada do lado de fora. Ele vai ficar fora de cena de verdade. Já falei com a Petty e ela disse que podemos pegar a casa da vovó Mac emprestada.

Meu estômago dá uma cambalhota. A casa da nossa avó Mac. No alto da costa de Northumberland, o lugar onde passamos todos os verões enquanto crescíamos, correndo soltas, vivendo meio sem freios. A gente amava. Foi também o cenário de algumas das minhas memórias mais dolorosas, o lugar onde lançamos o feitiço de rompimento. Nunca mais voltei lá, mas parece que essa parte da minha vida não vai me deixar em paz neste instante.

— Ah, sim, a mamãe mencionou — Lil diz. — Que boa ideia. O lugar vai virar tipo um *refúgio criativo*.

— Eu sei. — Serena parece satisfeita. — E ainda tem tudo a ver com o momento. Não tem ninguém alugando a casa agora porque ela acabou de passar por uma reforma, e o terreno fica no meio do nada, sem distrações nem pessoas que pirariam com a presença dele. Não tem absolutamente nada pro cara fazer além de trabalhar.

— Serena, eu ainda não entendi como tudo isso vai desembocar em um trabalho pra mim — comento.

— É o Henry ali? — Lil exclama de repente, quase subindo em cima de mim. — Henry! Henry! — Ela para. — Ah, não, espera. Não é ele. — Ela volta a se sentar, nada comovida com minha reclamação de que provavelmente perdi a audição do ouvido esquerdo.

— Bom, aí a gravadora pensou em mandar alguém até Northumberland pra ficar de olho nas coisas e ser uma espécie de governanta, mas que se reporte pra gente. Alguém que não seja amigo ou assistente dele, mas que *trabalhe pra gravadora*. Faz parte do acordo — Serena explica, ignorando por completo o drama de Lil. — E eu sugeri você. Afinal, você praticamente cresceu naquela casa e conhece superbem a região.

— Você quer que eu seja babá de um músico em Northumberland? — pergunto, vagamente horrorizada com a ideia. E nem é só pela parte do músico. Há um motivo pelo qual eu não voltei para aquela casa.

Ela faz que sim com a cabeça e ergue a mão.

— Antes de recusar, me escuta. O trabalho é moleza. É provável que você nem veja o cidadão. Dura seis semanas, começando na semana que vem, e o pagamento é *incrível*. — Ela revela um número que faz a cor sumir do meu rosto, depois começa a elencar os benefícios nos dedos. — Você não precisaria ir morar com as nossas mães. Você pode trabalhar naquele livro chato que anda escrevendo faz anos e aproveitar para se candidatar a vagas de emprego. Tudo isso enquanto recebe um salário e junta um pé-de-meia. É uma decisão óbvia, Clemmie.

Quando colocado dessa maneira, parece mesmo muito perfeito. Como se fosse a resposta para muitos, muitos dos meus problemas, na verdade. Mas meio que não está fácil demais? E minha experiência com estrelas do rock nunca foi exatamente boa.

— Quem é? — pergunto.

— Theo Eliott — Serena responde, e Lil desiste de procurar Henry por um tempo para se virar e encarar Serena, boquiaberta.

— Puta merda, Serena! Theo Eliott? — Lil está sem fôlego. — Você vai *pagar* a Clemmie pra ficar com Theo Eliott por seis semanas? — Ela pega o cardápio do bar que está sobre a mesa e começa a abanar o rosto. — Sua sortuda do caramba. O cara é lindo.

— Quem é Theo Eliott? — pergunto.

Serena revira os olhos e Lil solta um gemido.

— É por isso que você é perfeita pro trabalho — diz Serena. — Você é senhorinha demais pra ficar impressionada com ele. O Theo é só um dos maiores músicos do planeta, Clemmie. Fazia parte do Daze antes de se separarem, e aí seguiu com uma puta carreira solo. Catorze músicas no topo das paradas. Turnês mundiais totalmente esgotadas. Oito Grammys. Theo Eliott!

— Ah, sim — digo. — Na verdade, o nome parece familiar. E do Daze eu até me lembro. Eles não tinham uma música sobre uma garota que trabalhava numa danceteria?

— Numa cafeteria. — Serena suspira. — Mas, enfim, esse é outro motivo pelo qual você é perfeita pro trabalho. O Theo é ótimo, mas tem certa reputação, e precisamos de alguém que não se encante por ele, pra manter as coisas nos trilhos.

— O que você quer dizer com certa reputação? — pergunto, subindo a guarda no mesmo instante.

— Ah, não, não, nada de ruim — Serena se apressa em dizer. — Eu *nunca* ia te indicar pra esse trabalho se achasse que ele não é um cara legal. Só tô falando que o Theo meio que... enfeitiça as pessoas pra que façam o que ele quer. Mas a gente precisa que ele fique concentrado, e você não vai deixar ele relaxar.

— Hum. Acho que não sou do tipo que se encanta fácil. E com certeza não por um músico famoso. — Finjo estremecer.

— Tá vendo? — Serena abre um sorriso. — Suas questões mal resolvidas com o papai fazem de você a candidata perfeita!

— Não tem graça — resmungo.

— Ele vem pra festa — Serena diz, usando um tom persuasivo. — Pelo menos conhece o cara e depois você decide.

— Não sei... — respondo, ainda hesitante.

— Acho que seria muito bom pra você se afastar — Serena fala, e a ansiedade toma conta de sua voz. — E você estaria me fazendo um grande favor. Terminar esse álbum é importante. Estou sendo muito pressionada pelos meus chefes, e tenho que garantir que o Theo cumpra o prometido. Trabalhei muito pra convencer todo mundo a concordar com essa estratégia, então preciso que as coisas corram bem. Por favor, eu preciso de você.

Troco um olhar preocupado com Lil. Isso é bem incomum. Como irmã mais velha — mesmo que apenas por alguns meses —, Serena sempre foi a solucionadora de problemas do nosso trio, e, levando em conta seu histórico, ela deve estar muito desesperada para me pedir um favor.

— É claro que eu quero te ajudar — digo, mordendo o lábio. — Mas não sei nada sobre criar álbuns... Não tem como eu ser a pessoa certa pra esse trabalho. Você não devia se preocupar comigo e meu problema profissional... devia se preocupar em fazer o que é melhor pra você.

— Isso *é* o melhor pra mim. Você é inteligente, organizada e tá acostumada a lidar com estudantes ansiosos que precisam cumprir prazos apertados — Serena ressalta. — Não preciso de um músico. Preciso de alguém que eu conheço e em quem confio pra lidar com a situação.

Aconteça o que acontecer, sei que você vai fazer o que puder pra manter o cara concentrado e vai me mandar a real sobre ele. Qualquer pessoa trabalhando pro Theo estaria preocupada com *ele*, mas você não. Meu objetivo principal é obter boas informações que eu possa repassar aos meus chefes.

— Você devia pelo menos conhecer o Theo — Lil opina. — Sei um pouco sobre ele e parece ser alguém muito legal. O que você tem a perder? Lembra, Clemmie... você tá seguindo em frente.

Mordo o lábio.

— Vocês têm razão. Tudo bem, posso conhecer o cara.

— Perfeito. — Serena solta o ar, um pouco da tensão abandonando seu corpo. — Vou ver se ele já chegou.

— E eu vou pegar uma bebida — declaro. — Acho que conhecer meu potencial novo colega de quarto superfamoso exige um drinque.

— E eu vou encontrar Henry e arrastar ele até um canto escuro — Lil acrescenta, alegre.

— Vocês dois só sabem fazer isso. — Serena exibe uma careta.

— É o feitiço do sexo do bom. — Os olhos de Lil estão arregalados. — Já disse que somos bruxas poderosas. A magia, tipo... transbordou.

— Não percebi nada — Serena fala, com um sorriso felino. — Mas, de um jeito ou de outro, eu tô sempre fazendo sexo do bom.

E, com esse comentário, seguimos nossos caminhos.

Noto que a multidão cresceu consideravelmente à medida que a atravesso, me espremendo e emitindo vários "com licença" até apoiar meus cotovelos no bar.

Descanso o queixo nas mãos, prevendo uma longa espera, mas uma das bartenders vem logo me atender.

Ela é muito bonita, com cabelo longo e escuro e um piercing na boca.

— Posso te ajudar? — ela pergunta.

— Hum... um Dirty Martini, por favor — digo. — Com azeitona.

— É pra já, e pro seu amigo? — Os olhos dela deslizam até a pessoa a meu lado, o sorriso se alargando de um jeito quase predatório.

— Ah, eu não... — começo, me virando para seguir o olhar dela, mas as palavras morrem em minha boca. Meu coração dispara no peito, porque, ali parado, quase fungando no meu cangote, está Edward.

Nós nos encaramos por um instante, e juro que a música para e todas as outras pessoas no bar simplesmente somem. Ele parece bem. Muito bem. O cabelo está um pouco mais comprido, e o rosto não está barbeado, fios escuros cobrem seu queixo. Ele está vestindo calça preta, uma camisa preta aberta no colarinho e uma jaqueta preta de jacquard com estampa de rosas vermelhas. Todos os dedos da mão direita exibem anéis de prata. Há um ar de pirata em Edward que é muito atraente, e, a julgar pela atenção que ele está recebendo, não sou a única a pensar assim.

Ele se vira para a bartender, oferecendo um sorriso fácil.

— Vou querer uma água com gás e bastante gelo, por favor — ele diz, antes de voltar a atenção para mim. — Oi, Clementine. — Sua voz é aveludada, e o sorriso desencadeia algum tipo de reação nuclear em minha corrente sanguínea.

Tenho certeza de que estou de boca aberta.

— Edward! — consigo enfim dizer. — O que tá fazendo por aqui?

— Ah... — Ele faz uma careta. — Sobre isso...

— Olha você aí! — De repente, Serena está ao meu lado após abrir caminho às cotoveladas pela multidão. — Clemmie, você já conheceu o Theo?

Eu pisco.

— Theo?

— Isso. — Serena aponta para Edward. — Esse é Theo Eliott. Theo, essa é minha irmã, Clementine.

9

— Esse não é Theo — eu digo, confusa.

Ao mesmo tempo, Edward pergunta:

— Clemmie é sua irmã?

A bartender põe nossas bebidas no balcão e se inclina para frente a fim de garantir que Edward dê uma boa olhada em sua blusa preta. Ele mantém os olhos nos meus, e não sinto orgulho do sorrisinho que aquilo faz surgir em meu rosto, mas alguma parte do meu cérebro de mulher das cavernas deseja pular em cima daquele homem e sibilar para a bartender como se fosse um gato.

Meu Deus, Clemmie. Se acalme.

Minha irmã olha para mim com a testa franzida e, por um momento, me preocupo se ela consegue ler mentes.

— Do que você tá falando, Clemmie? — Ela põe a mão no braço de Edward, puxando-o para frente. — Esse é o Theo Eliott.

— Não — eu respondo, segurando-o pelo outro braço. — *Esse* é o Edward.

— Clemmie — Edward interrompe com delicadeza, pondo a mão sobre a minha. — Eu tava mesmo tentando te explicar. Meu nome não é Edward, é Theo.

Fico tão chocada com a reação de meu corpo à sua mão quente cobrindo meus dedos que as palavras dele demoram muito para me atingir.

— Q-quê? — pergunto, quando enfim entendo.

Theo-que-não-é-Edward fica em silêncio, afasta a mão e dá um gole em sua bebida. Acho que ele está meio nervoso.

— Edward? — O rosto de Serena fica perplexo por um momento, mas logo depois ela arregala os olhos em choque. — O Edward do Duplo O? — ela sibila.

Theo se engasga com a bebida, e me pergunto se talvez eu tenha morrido e esteja em algum tipo de círculo do inferno ainda não descrito. Dante ia amar essa merda.

— Edward do Duplo O? — Theo repete, e um sorriso lento e encantador se espalha por seu rosto.

— Não se atreva a rir pra mim — eu o interrompo, nervosa. A realidade desta cena bizarra está começando a se assentar, e sinto enjoo. Cutuco o peito dele com o dedo. — Você tá mesmo me dizendo que não se chama Edward?

Uma expressão desgostosa surge em seu rosto.

— É. Digo, não — ele afirma. — Eu não me chamo Edward.

— E você é, de fato, esse tal Theo Eliott, um músico famoso? — continuo, minha voz mortalmente calma.

— Hum, isso — Theo responde com modéstia.

— Então por que me falou que se chamava Edward?

— Na verdade, eu não falei — ele diz, o sorriso voltando à vida, embora um tanto mais apagado agora. — Eu falei que minha mãe me chamava de Teddy, e ela chama mesmo, e então você deduziu tudo a partir daí. — Ele parece satisfeito consigo próprio.

Tento recordar nossa conversa para ver se o que ele diz é verdade.

— Teddy é apelido de Theodore?

Ele confirma com a cabeça.

— Então por que não me corrigiu? — pergunto, e posso sentir que minha calma está diminuindo, mas me agarro a ela como se minha vida dependesse disso.

— Essa parte é difícil de explicar — ele diz.

— Tente — resmungo, trincando os dentes.

Ele corre o dedo pela borda do copo.

— Acho que no começo foi porque você não sabia quem eu era, o que foi tipo uma novidade. E depois... eu me distraí.

— Se distraiu!

— Foi, e sinceramente esqueci esse negócio todo do nome até a manhã seguinte, quando vi seu bilhete. Eu teria contado a verdade... — Ele faz uma pausa, lançando um olhar severo para mim por baixo das sobrancelhas. — Mas você já tinha sumido. Fugiu enquanto eu tomava banho.

— Você não vai fazer eu me sentir mal por nada depois de...

— Espera — Serena se mete. Até este ponto, ela estava observando nossa conversa como se assistisse a uma partida de tênis, mas parece ter recuperado o juízo. — Acho que a gente precisa ir a algum lugar mais reservado para continuar essa discussão.

Serena olha por cima do ombro, e noto que várias pessoas estão demonstrando interesse em nosso pequeno grupo. Por enquanto, estão todas a uma distância educada, e a música está bem alta, mas isso não deve durar muito. E também há boas chances de eu acabar gritando.

Olho para o rosto bonito de Theo. Ah, sim, com certeza haverá gritos.

Em passos rígidos, sigo Serena enquanto ela atravessa a multidão, bastante consciente de que Theo está andando logo atrás de mim. A certa altura, alguém aparece na minha frente e tenta falar com ele. Theo murmura algo, me guiando com a mão em minhas costas e o corpo inclinado de modo protetor sobre o meu. Eu o afasto depressa, tentando ao máximo não ser afetada pelo formigamento que insiste em percorrer minha coluna de cima a baixo.

Nós passamos por uma porta que diz APENAS FUNCIONÁRIOS e subimos um lance de escadas, indo parar em um pequeno escritório que, presumivelmente, pertence ao gerente.

Assim que cruzamos a soleira, Serena se vira para Theo.

— Deixa eu ver se entendi. Você tá me dizendo que transou com a minha irmã?

— Não sabia que ela era sua irmã — Theo rebate, erguendo as mãos diante de si.

Serena dá um tapa no braço dele.

— Não importa, Theo! Você é um perigo. Precisa mesmo sair pegando todo mundo?

Algo cruza o rosto de Theo, algo quase parecido com mágoa, mas que é substituído tão depressa por aquele sorriso charmoso que fico me perguntando se imaginei a coisa toda. Ele se apoia na parede, os braços cruzados.

— Eu diria que o que aconteceu entre mim e Clemmie diz respeito apenas a nós dois, mas parece que você já recebeu o relatório completo.

— Ah, meu Deus — eu murmuro, tomando um gole do martini ainda preso entre meus dedos. (Dali para frente, teriam que arrancar o copo de birita das minhas mãos geladas e mortas.) — Como isso pode estar acontecendo? Eu transei com um cara que eu nem sei o nome? E ele ainda é um *astro do rock*?

— Seu tom tá me deixando confuso — Theo diz. — Qual dessas coisas é pior?

— Esse lance de ser astro do rock. — Bebo outro longo gole. — Com certeza o lance de ser astro do rock.

— Hein? — Theo parece perplexo.

— Junta dois mais dois, gênio — Serena retruca, indo se largar na cadeira atrás da mesa. — Se Clemmie é minha irmã...

— Se ela é sua irmã, então... ela também é filha do Ripp — Theo fala devagarinho. — Ah, merda. — Ele olha para mim. — Você é filha do Ripp?

— E você conhece meu pai. — Solto um gemido. — Óbvio. As coisas só melhoram.

— Clemmie, você é a única pessoa no mundo que poderia pegar Theo Eliott sem saber disso. — Serena esfrega a testa. — É o que dá ser uma reclusa cultural.

— Não sou uma *reclusa*! — exclamo com veemência. — Não acho que conhecer ou não um cara que ganha a vida cantando sobre danceterias seja parâmetro de quão culturalmente engajada uma pessoa é.

— Danceterias? — Theo franze a testa.

— Ela quer dizer cafeterias — Serena explica. — Clemmie não reconhece a existência de música alguma criada após 2003. É uma coisa insana.

— Não estou morando em outro planeta — interrompo, e Serena e eu caímos na discussão de sempre. — *Muita gente* prefere audiolivros, podcasts ou...

— Gente chata, gente *idosa* — Serena retruca.

— Podcasts são o formato de mídia que mais cresce no mundo! — sibilo. — Michelle Obama tem seu próprio podcast, Serena. Michelle. Obama.

— Tô confuso. — Theo parece perdido. — Por que a gente tá falando de Michelle Obama agora?

— Bom, isso acabou de foder o trabalho todo — Serena diz, tamborilando as unhas na borda da mesa. Ela logicamente entende o argumento sobre Michelle como o belo xeque-mate que ele é, portanto decidiu fingir que nada dessa discussão aconteceu. — O objetivo de Clemmie ir para Northumberland era garantir que não houvesse distrações.

— Clemmie é a babá que você quer mandar comigo? — O rosto de Theo se ilumina. — De repente, não odeio mais a ideia.

— Pois eu odeio! — digo com firmeza. — Não vou passar seis semanas trancada numa casa com você.

— Tá preocupada em não conseguir tirar as mãos de mim? — Theo solta um suspiro lascivo.

É minha vez de me engasgar com a bebida.

— Com certeza não — sibilo. — Não quero nada com você!

— Então realmente não vejo qual o problema. — Theo se vira e dá de ombros para minha irmã.

— Theo — Serena o repreende. — Isso não é um jogo, e você já tá em maus lençóis comigo por ter deixado a Clemmie chateada.

— Ei! — Theo retruca. — Sou eu a parte lesada aqui. Fui eu que levei um pé na bunda com um bilhete de três linhas enquanto tava no banho.

— Você não levou um pé na bunda — digo depressa, deixando minha taça vazia em cima de um armário de arquivos. — Foi só uma noite sem compromisso, lembra?

— E eu aqui pensando que eu era especial. — Theo se endireita e chega mais perto. Meu corpo traidor reage à proximidade, o calor tomando conta de mim. — Mas, agora que nos encontramos de novo — ele continua, a voz ficando mais suave —, vai deixar eu te pagar uma bebida?

— As bebidas são de graça! — eu grasno, cambaleando para trás como se estivesse tentando me livrar de algum tipo de laser de astro do rock sexy.

Se o flerte fosse um esporte profissional, Theo Eliott levaria a medalha de ouro para casa. Percebo, com uma sensação triste, que a química que experimentei com Edward — a química que pensei significar que tínhamos uma conexão — é apenas algo que Theo tem com todo mundo. Ele é um sedutor, um mulherengo, e eu caí de amores por toda essa atuação feito uma bela idiota. E eu me achando esperta.

— Pode parar agora mesmo — Serena fala para Theo, como se lesse minha mente. — Garanto cem por cento que você não vai chegar a canto algum com a minha irmã. Não importa se você subir o nível do charme pra onze; ela vai preferir comer o próprio pé do que sair com um astro do rock bonitão.

Theo se afasta, um brilho de surpresa em seus olhos. Ele me encara.

Confirmo com a cabeça, cruzando os braços. Serena está coberta de razão. Todas as pequenas fantasias que eu vinha alimentando em silêncio, imaginando encontrar Edward outra vez, estão mortas e enterradas diante da revelação de que ele na verdade é Theo Eliott.

Se ele fica de fato surpreso com aquilo, disfarça e dá de ombros quase no mesmo segundo. Quando volta a falar, sua voz é baixa, mais séria do que antes.

— Então não vejo mesmo qualquer problema em Clemmie pegar o trabalho.

Serena se prepara para falar, mas Theo levanta a mão.

— Posso conversar a sós com Clemmie?

Minha irmã o encara, estreitando os olhos.

— Por quê?

A compostura de Theo derrapa um pouco, e ele reclama:

— Pelo amor de Deus, Serena, não vou *deflorar* ninguém. Só quero conversar com *privacidade*.

Os olhos de Serena se voltam para mim, e eu assinto.

— Pode voltar pra sua festa — digo. — Consigo resolver isso sozinha. Os convidados devem estar te procurando.

Ela se levanta e sai de perto da mesa.

— Tá bom. — Serena aponta o dedo para Theo. — Mas é melhor você se comportar direitinho, ou então eu juro que vou...

— Me amaldiçoar, eu sei. — Theo levanta as mãos.

— Na verdade, eu ia dizer "destruir metodicamente a sua vida inteira". — Serena sorri de volta para ele, mostrando os dentes. — Mas, sim, amaldiçoar também. Não sei se você ficou sabendo dessa parte, mas eu e minhas irmãs somos bruxas muito poderosas. Se perguntar a Lil, ela vai dizer que já matamos um homem.

Serena deixa a sala, fechando a porta. Theo solta o ar de forma audível.

— A sua irmã me assusta pra caralho — ele diz.

— Tenho certeza que ela vai ficar encantada em ouvir isso. — Vou me sentar na beirada da mesa, desejando outra bebida, o que, pelo menos, me daria algo para fazer com as mãos.

— Olha — Theo começa, ficando diante de mim —, me desculpa por toda essa coisa do nome. Não pensei na situação pelo seu ponto de vista, e foi bem egoísta. Espero que me perdoe, mas entendo se não puder.

Fico impressionada com a sinceridade simples do pedido de desculpas.

— Ah — eu digo. — Tudo bem.

— E sobre o trabalho... — Theo limpa a garganta. — Você devia aceitar. Se você quiser. Eu prometo de verdade que te deixo em paz. Apesar do que a sua irmã diz, eu tenho pleno controle da minha própria libido. Você não tá interessada, eu entendo, e respeito totalmente.

— Não acho que trabalharmos juntos seja uma boa ideia — respondo, meu cérebro tentando acompanhar o que ele diz.

— Você achou outro emprego? — ele pergunta com gentileza.

Nego com a cabeça.

— E aposto que Leo ainda não caiu na real?

Eu tinha esquecido o quanto havia contado para ele.

— Leo está noivo. — Tento manter a voz e o rosto neutros, mas não tenho certeza se consegui.

Theo murmura algo baixinho que não soa como um elogio.

— E se eu não fosse eu — ele começa, depois se interrompe, franzindo a testa. — Digo, se Theo Eliott e Edward não fossem a mesma pessoa... você teria aceitado o trabalho?

Puxo a barra do meu vestido.

— Acho que sim, mas...

— Então aceite. Sei que você passou por momentos difíceis nos últimos tempos, acho que esse trabalho pode te ajudar. Tenho mesmo que ir pro Reino Unido pra um compromisso de família, então vou ficar lá de todo jeito. Vai ver a Serena tem razão e seja bom pra mim. Vamos esquecer tudo que aconteceu entre nós dois e nos manter completamente profissionais.

Ergo os olhos para encará-lo. Ele não está com o habitual sorriso vencedor. Em vez disso, seu rosto está sério. Os olhos escuros me perfuram, e ele até que soa bastante sincero. *Esquecer tudo que aconteceu entre nós dois?* Como eu poderia, quando a noite que passamos juntos está gravada no meu cérebro? Seria mesmo tão fácil assim para ele ignorar o que aconteceu?

Óbvio que seria. Ele é um astro do rock. Você sabe como funciona. Tem mulheres se atirando em cima dele o tempo todo, um fluxo constante de casinhos sem compromisso. Serena disse que Theo deslumbra as pessoas, e você foi só mais uma que se apaixonou por esse charme. Aquela noite dificilmente deve ter significado alguma coisa para ele.

É esse pensamento que desperta a centelha do meu orgulho próprio, e fico grata por isso. Se ele consegue esquecer o que aconteceu entre nós, eu também consigo. Não foi real. Eu nem sabia quem ele era. É evidente que não devo permitir que uma coisa boba e insignificante como essa me impeça de arrumar um trabalho. De jeito algum vou deixar que ele pense que estou sofrendo, que sou incapaz de seguir em frente.

Endireito as costas e fico de pé.

— Tudo bem — digo, ríspida, estendendo a mão. — Completamente profissionais. Combinado.

— Combinado — Theo responde e aperta minha mão.

Só por uma fração de segundo, eu o imagino me puxando para um beijo ardente.

Um trabalho novo com o homem com quem tive sexo do bom. Se eu não tivesse juízo, diria que o universo tem mesmo um belo senso de humor no que diz respeito aos desejos que fizemos.

Vai ficar tudo bem. Seis semanas sozinhos. No meio do nada. Completamente profissionais.

Olho para o rosto de Theo e depois para o ponto em que seus dedos descansam com gentileza sobre meu pulso.

Quem eu quero enganar? Vai ser um desastre.

PARTE DOIS

10

Mudo de ideia quanto a trabalhar com Theo aproximadamente mil vezes ao longo da semana. Meu primeiro erro é pesquisar sobre ele na internet, o que faço assim que retorno para a casa de Lil depois da festa de Serena.
Theo Eliott.
O Google me informa cerca de trezentos e setenta e dois milhões de resultados. Beleza. Tudo ótimo.
E lá está ele. O homem que conheci no funeral, o homem com quem passei a melhor noite da minha vida. Ali está ele, espalhado por toda a internet.
São tantas fotos, tantas reportagens, entrevistas, sites de fãs, vídeos, blogs, tuítes, ensaios fotográficos. Começo a clicar nos links, mas logo me sinto mal. É tudo muito, muito familiar. As manchetes frenéticas, as fotos de má qualidade dos paparazzi.
Há muita especulação sobre a vida amorosa dele e, pelo que consigo ver, uma lista enorme de modelos, atrizes e cantoras com quem ele namorou ou teve um caso. Manchete após manchete sobre *Theo Eliott, o destruidor de corações, Theo Eliott, o mulherengo*, e cada uma delas faz meu coração afundar mais um pouquinho. Entendo melhor do que ninguém

quantas mentiras são impressas nos jornais? Entendo. Mas sei que os jornais não devem ter coberto nem metade do comportamento tóxico do meu pai? Sei também.

Falei pro Theo que aceitaria o trabalho. Ainda mais importante, falei pra Serena que aceitaria o trabalho, mas, ao fechar as guias do navegador, não sei se vou dar conta.

No dia da minha próxima sessão com Ingrid, sou uma pilha contorcida e efervescente de indecisão.

— Sua irmã te ofereceu um trabalho? — pergunta Ingrid, a caneta descansando sobre o bloco de notas.

— Ofereceu, mas não é tão simples. — Eu me contorço na cadeira. — Lembra do cara com quem fiquei uns meses atrás?

Ingrid assente.

— O trabalho envolve trabalhar com ele. *Pra ele*, eu acho. Só nós dois sozinhos por seis semanas no meio do nada.

Ingrid inclina a cabeça, pensativa.

— E você tá preocupada que o histórico de vocês possa tornar as coisas... — Ela faz uma pausa rápida. — Esquisitas?

— Isso! — exclamo. — Muito esquisitas. E não porque a gente...

— Fez sexo — Ingrid completa.

Eu bufo.

— Isso, fez sexo. Mas também porque é um tantinho mais complicado. Ele não é quem pensei que fosse. Ele é... é músico. Do tipo famoso. O nome dele é Theo Eliott.

Um músculo se contorce na bochecha de Ingrid. Em qualquer outro ser humano, seria o equivalente a cair de joelhos, gritar, chorar e vomitar. Nunca vi nada parecido nela antes. Eu nem sabia ao certo se ela *tinha* os músculos da face antes disso. Fico boquiaberta.

— Ah, meu Deus. — Desabo na cadeira. — Você sabe quem ele é. — Essa é a maior reação que já recebi da minha terapeuta, e sinto uma inveja estranha por ter sido Theo a provocá-la.

Os músculos faciais de Ingrid estão totalmente sob controle quando ela responde, sem emoção:

— Sim, sei quem é Theo Eliott. Ele é bastante famoso, Clemmie. — Seu tom é ligeiramente reprovador, mas ainda há um leve rubor em suas maçãs do rosto, o que me deixa fascinada e horrorizada ao mesmo tempo. Creio ser possível que a minha psicóloga tenha uma quedinha pelo cara com quem eu transei.

— Então — Ingrid continua, pigarreando (outra coisa que ela literalmente *nunca* faz). — Entendo por que essa revelação pode incomodar você, dado seu passado com seu pai e com o...

— Exato — interrompo, antes que ela mencione Sam. Há limites para o que uma garota é capaz de suportar. — Isso me incomoda. Ele mentiu pra mim, talvez não de propósito — acrescento de má vontade —, mas mentiu. E, antes de descobrir quem ele era, pensei que existia uma... uma conexão entre a gente. Agora sei que ele é igualzinho ao meu pai e ao... — Engulo em seco, tentando me acalmar. — Você sabe. O outro.

— Mas, Clemmie, pelo que me lembro, foi você quem estabeleceu os limites do seu encontro com Theo. — Dessa vez, Ingrid consegue pronunciar o nome dele de maneira neutra.

— Isso é verdade — concordo.

— E que esse encontro fez você se sentir... — Ela consulta o caderno. — "Corajosa e radiante."

Gostaria que ela parasse de dizer *encontro* como se Theo fosse um alienígena e nossa noite tivesse envolvido algum tipo de reconhecimento interespécies.

— Aham — murmuro em concordância.

— Mas você também afirmou que parte de si estava triste por não encontrar Theo de novo. Você desenvolveu sentimentos por esse homem?

— Não! — digo depressa, reprimindo a centelha traidora que aparenta ser uma oposição em meu peito.

Ingrid me lança um olhar longo e afiado. O silêncio se estende até se tornar uma coisa viva, pulsante, que ameaça destruir minha vida. E parece que Ingrid poderia continuar nessa brincadeira o dia todo.

— Tá bom — respondo, sem graça. — Talvez houvesse uma pequena *possibilidade* de eu ter sentimento por ele enquanto acreditava que Theo era só um desconhecido simpático no meio de um funeral. Mas agora não. Eu não conseguiria... nem consigo imaginar... não teria jeito de... por causa do jeito que as coisas aconteceram comigo, de um dia eu ter um relacionamento amoroso com um músico famoso. Nunca. — Dessa vez, meu tom é preciso, sem indício algum de oposição. — Não que ele queira isso — acrescento rápido. — Theo não parece ser do tipo que procura algo sério. Foi coisa de uma noite só pra nós dois.

A caneta de Ingrid passeia pela página. Estico o pescoço, tentando espiar o que ela anota, mas não consigo ver.

— Se esse é o caso, então quais são suas restrições em ter uma relação de trabalho com ele? — ela pergunta.

— Eu... — Faço uma pausa, refletindo. — Não tenho certeza. Eu surtei quando vi todas as matérias a respeito dele. Pareceu tão familiar. Ele faz parte de um mundo pro qual não quero ser arrastada de volta.

— E isso é algo que você acredita que possa acontecer com esse trabalho? — Ingrid questiona.

— Não? — eu digo como se fosse uma pergunta, mas depois acrescento com mais certeza: — Digo, acho que não. Na verdade, é o oposto, é pra ficar longe de tudo.

— Me conte mais sobre esse trabalho.

Obedeço. Explico como funcionaria, o que eu precisaria fazer, como aquilo ajudaria Serena, que nunca me pede ajuda, e também como resolveria meu problema financeiro e de moradia. À medida que falo, sinto um pouco da ansiedade ir embora. De algum jeito, expor tudo assim para Ingrid está me ajudando a enxergar com maior nitidez como o trabalho pode ser uma boa ideia. São seis semanas da minha vida, bem longe dos paparazzi, das festas ou multidões. E, se não há mesmo nada entre Theo e eu — e *não há* —, então não existe problema. Para minha irritação, é justamente o que Theo me disse na semana passada. Acho que só demorei mais para chegar a esta conclusão.

— Vou aceitar — declaro após mais alguns minutos das perguntas sutis de Ingrid. — É uma boa oportunidade para mim.

— Também acho — Ingrid concorda, me deixando surpresa. Ela raramente se arrisca a emitir uma opinião. — Creio que vai te fazer bem de muitas maneiras. Vai te dar espaço e tempo pra pensar no que deseja fazer em seguida. E talvez agora seja um bom momento pra revisitar esse local do seu passado e conseguir um pouco de desfecho para as coisas. Imagino que muitas reflexões e sentimentos virão à tona, então seria um prazer continuar com as suas sessões de maneira remota, se você achar que pode ajudar.

E é graças a esse trabalho que vou poder pagar por todas elas, reflito, enquanto Ingrid combina a data da nossa próxima sessão para daqui a duas semanas. Só mais um motivo pelo qual o trabalho é uma boa ideia. Não estou exatamente convencida de que reflexões e sentimentos virem à tona seja algo bom, mas saio do consultório me sentindo mais otimista do que há muito tempo.

Pego o celular e ligo para Serena, cujas ligações andei evitando.

— Pode contar comigo! — exclamo, assim que ela atende.

— Tomara que sim — minha irmã retruca. — Eu sabia que você ia passar a semana dando pra trás, mas já contei pra todo mundo que a vaga é sua e já recebi uma longa lista de e-mails do assistente de Theo, que estou encaminhando pra você nesse minuto. O sujeito é problema seu agora, fique com Deus.

E, com esse comentário, ela desliga.

Plim!, meu celular apita.

Plim! Plim! Plim! Plim!

Sinto um breve momento de pânico conforme o aparelho segue apitando, uma notificação após a outra.

Volto para o carro e abro o primeiro e-mail. Logo fica nítido para mim que David, o assistente de Theo, está tendo um enorme colapso nervoso por sair de perto dele, e sinto como se estivesse prestes a ser babá do cachorrinho pequinês supermimado e querido de alguém.

Um dos e-mails simplesmente diz:

NÃO COME KIWI

E a maioria deles se parece com haicais bizarros de classe média.

BEBE KOMBUCHA
MANDO ASSIM QUE
A FERMENTAÇÃO TERMINAR

Além de uma grande quantidade de recomendações dietéticas, há também: uma lista de equipamentos de ginástica que serão enviados para Northumberland (onde vou enfiar isso tudo? Será que David espera que eu construa uma academia particular com minhas próprias mãos?), uma lista insana de suplementos vitamínicos e os horários em que Theo deve tomá-los e informações sobre o transporte de instrumentos musicais preciosos. Tudo isso antes de passar para uma série de gostos pessoais de Theo, começando com os filmes (o enigmático NADA DE NICOLAS CAGE!!!!!!!!!!!!!!! com dezessete pontos de exclamação me suscita algumas dúvidas) e séries de televisão (ELE ACHA O BAKE OFF REINO UNIDO RELAXANTE).

Não cheguei nem na metade da lista quando meu celular vibra com um número desconhecido ligando.

— Alô? — atendo.

— Clementine? — Uma voz um tanto irritada e incrivelmente sofisticada chega pelo outro lado da linha. — Clementine Monroe?

— Sim, sou eu.

— Aqui é David, assistente do sr. Eliott. Sua irmã me passou seu número.

Fecho os olhos e me inclino para trás, dando com a cabeça no encosto do banco em um baque audível.

— Ah, oi, David. Eu tava começando a ler os e-mails...

— Certo, muito bem — David interrompe. — Que bom, fico feliz de ver que os canais de comunicação estão abertos. Mas preciso dizer que estou bastante... *preocupado* com essa viagem, em garantir que o senhor Eliott tenha todo o suporte ao qual está acostumado. Pra fazer essa transição da maneira mais tranquila possível, acho importante cobrirmos todos os detalhes. Talvez a gente possa marcar uma videochamada amanhã pra que eu te explique o dossiê que estou montando?

— Certo — eu falo, a voz fraca. — O dossiê. Digo, é evidente. Se você achar necessário.

Há uma pausa perigosa.

— Até o momento, o arquivo em questão tem oitenta e seis páginas — David responde. — Imagino que você terá algumas perguntas.

— Oitenta e seis páginas — repito, atordoada.

— O sr. Eliott é um homem ocupado e importante — David continua. — Nosso trabalho é garantir que a vida dele transcorra perfeitamente, de modo que ele possa concentrar toda a energia criativa na produção desse álbum. Com certeza sua irmã já contou que as apostas são altas. Há contratos multimilionários em risco, e, por algum motivo, o bem-estar do sr. Eliott foi colocado em suas mãos. Posso presumir que está levando o trabalho a sério?

Eu me endireito. Na verdade, não tinha pensado nos contratos multimilionários nem no peso das expectativas recaindo nas costas de Serena. Eu estava ocupada demais pensando em minha relação com Theo e o que ela significava. Experimento um breve flashback do rosto tenso de Serena quando ela me pediu ajuda pela primeira vez, e a culpa se remexe em meu estômago.

— Com certeza — respondo com firmeza. — Tô levando muito a sério. Vamos marcar uma reunião.

— Tenho um espaço amanhã às seis e quarenta e cinco — David fala.

— Da manhã? — acabo perguntando.

— Seria um problema?

— Não, não. — Já sinto que prefiro morrer a decepcionar esse homem. Algo para conversar com Ingrid, talvez. — Está marcado, seis e quarenta e cinco.

— Ótimo, eu mando o link por e-mail.

E assim, sem qualquer delicadeza, a ligação termina.

Plim!, faz meu celular.

Plim! Plim! Plim!

Deixo escapar um longo suspiro. Tudo bem. Consigo dar conta. Sou uma adulta responsável e funcional. Serei a babá de um astro do rock. Não pode ser tão difícil, certo?

11

Para: Clemmie.Monroe@livemail.co.uk
De: David@Eliottassessoria.com
Re: *re: re: re: re: re: re: Leite*

SIM, as amêndoas precisam ser da Andaluzia. SIM, você precisa fazer. Não, ele não toma "coisas vendidas em caixinha". Sim, ele vai notar a diferença e, SIM, EU VOU FICAR SABENDO.

Para: Clemmie.Monroe@livemail.co.uk
De: David@Eliottassessoria.com
Re: *re: re: re: re: re: re: re: Leite*

Os movimentos intestinais do sr. Eliott não são da sua conta.

Para: Clemmie.Monroe@livemail.co.uk
De: David@Eliottassessoria.com
Re: *re: re: re: re: re: re: re: re: Leite*

Providenciei a entrega das amêndoas com um pequeno produtor na Espanha. A fim de contornar algumas questões com a alfândega, elas chegarão em uma caixa marcada como "material de limpeza".

Para: Clemmie.Monroe@livemail.co.uk
De: David@Eliottassessoria.com
Re: re: re: re: re: re: re: re: re: re: re: re: re: Leite

As amêndoas chegarão inteiras, não moídas. Então não acho que acusariam você de estar "envolvida em um esquema de contrabando de drogas". Ainda assim, fico à disposição para repassar os detalhes ao nosso departamento jurídico caso você se encontre em dificuldades.

Planejo chegar na casa de vovó Mac à tarde para ter tempo de arrumar as coisas direito e ir até o mercado comprar a extensa lista de "itens essenciais" de última hora que David me enviou por e-mail, além de um pouco de comida de verdade para mim. Não sei por que pensei, dada minha atual taxa de sucesso, que as coisas simplesmente aconteceriam do jeito que eu queria.

Em primeiro lugar, há um acidente na estrada envolvendo derramamento de óleo, e fico parada durante quatro horas no trânsito, rezando para o motor do carro não morrer. Depois, quando finalmente volto a andar, o motor de fato morre, e tenho de esperar mais duas horas até que a van da assistência rodoviária me alcance. O técnico trabalha em um silêncio irritado por um tempo antes de enfim ligar o carro outra vez.

— A moça não tá indo pra muito longe não, né? — ele pergunta, esperançoso.

— Vou até Northumberland — respondo.

Ele solta o ar assobiando por entre os dentes.

— Talvez seja melhor deixar nosso número na discagem rápida, meu bem.

Após esse comentário tranquilizador, ele vai embora, e percorro os duzentos e quarenta quilômetros restantes prendendo a respiração, com medo de que o menor movimento faça o carro desmontar. Quando por fim chego na casa, já passa das dez da noite. Eu tinha esquecido como demora a escurecer tão ao norte no verão, por isso, durante os últimos minutos de viagem, era como se eu estivesse acompanhando o sol, que ainda paira em um tom laranja pouco acima do horizonte.

Me arrasto para fora do carro com um gemido audível e pego as sacolas do supermercado local, que com certeza não vende a marca específica de água mineral ou de suco de lichia que Theo toma, ou mesmo os outros noventa por cento de itens na minha lista. Já estou preparada para receber as centenas de e-mails gélidos de David sobre o assunto.

Como se fosse a personagem de uma história de investigação policial a quem pediram para identificar um cadáver, junto coragem para espiar a casa, jogando os ombros para trás, respirando fundo, subindo os olhos.

É a mesma casa de sempre. Não sei por que esperava que estivesse diferente... talvez por saber que Petty tinha feito uma reforma, mas — pelo menos na fachada — a casa é exatamente como me lembro, e a nostalgia me atinge com tanta força que me tira o ar.

Erguendo-se diante da trilha de entrada, a parede alta de pedra cinza pontuada por janelas em tamanhos e espaçamentos distintos não é exatamente acolhedora. Parece talhada na paisagem, como se feita para resistir ao vento, à chuva e às ondas que posso ouvir quebrando ao meu lado. Como a casa é um antigo moinho, ela fica à beira de um penhasco baixo, e, na parte dos fundos, a vista dá para o mar e para Lindisfarne. Basta descer a trilha do jardim para dar em um trecho de praia particular, cercado por rochas escuras e escarpadas. É a praia onde eu, Lil e Serena passávamos os verões nadando e brincando de pirata, comendo sanduíches de caranguejo cheios de areia e ainda mais gostosos por causa disso.

Inundada pelas lembranças de chegar naquela casa tantas vezes antes — a animação vertiginosa de outro verão arrebatador se estendendo à frente, de cantar com o ABBA, de ler romances picantes e usar protetor solar com cheiro de coco —, caminho até a porta. Ainda está pintada com o mesmo verde-claro de sempre, só que agora está mais limpa e brilhante onde antes a tinta descascava. Digito o código que Petty me enviou na fechadura eletrônica e entro, acendendo as luzes ao cruzar a soleira.

Por dentro, fica bem mais óbvio que a casa passou por uma reforma. A bagunça de vovó Mac se foi e removeram o papel de parede floral e brega, dando lugar a uma parede de tons de cinza-pálido e azul-claro. É diferente, mas a estrutura da casa em si se manteve. É como se eu estivesse sofrendo de visão dupla — sobrepondo a imagem do que era com a que vejo agora. À esquerda da porta de entrada fica uma sala de estar comprida e iluminada — em grande parte, graças à reforma de Petty: a parede dos fundos inteira foi substituída por janelas deslizantes de vidro que emolduram a vista do mar.

Sei que a gravadora fez com que Petty equipasse a casa inteira. Eles também enviaram um monte de móveis, então tudo — como se poderia esperar — parece extremamente caro. Há uma televisão gigante, algumas estantes com livros e uma pequena mesa de jantar de quatro lugares com um lustre elaborado de vidro pendurado logo acima, mais parece algo saído dos pesadelos de Picasso. Contorno o enorme sofá em L — veludo cinza-petróleo, envolto em cobertores aconchegantes — e paro diante da janela a fim de apreciar a vista.

Não é surpresa que a vista também permaneça igual, o que considero reconfortante. Mal consigo começar a compreender tudo que estou sentindo. As lembranças me invadem com tanta força e rapidez que nem sou capaz de separá-las: minhas irmãs, vovó Mac, aquele último verão, *cada um* dos verões. Estive tão ocupada me preocupando com Theo e em ficar hospedada aqui com ele que não me permiti imaginar como seria essa parte.

Levo as sacolas para a cozinha ao lado da sala, que agora é elegante e moderna, e desempacoto os mantimentos, enchendo o enorme freezer vertical com gelo. David tinha me enviado um e-mail de uma única linha dizendo apenas: "é necessário haver gelo sempre à mão", como se Theo pudesse desmaiar caso fosse forçado a beber algum líquido em temperatura ambiente.

Enfio a cabeça no pequeno escritório e descubro que — de acordo com as instruções de David — ele está sem os móveis de sempre e agora abriga uma coleção reluzente de equipamentos de ginástica. Vejo caixas de vários tamanhos empilhadas de modo ordenado perto de uma parede, sei que são algumas das encomendas feitas por David. Assim como no caso do equipamento de ginástica, ele havia entrado em contato com Petty para garantir que tudo fosse providenciado de modo adequado. "Ele é uma figura", foi a resposta plácida de Petty diante daquela força da natureza organizacional que rapidamente se tornou a ruína da minha existência.

Não tenho forças para começar a vasculhar as caixas de imediato — farei isso de manhã, antes de Theo chegar. Pensar que ele está chegando me provoca outra onda de nervosismo.

Volto para o carro e pego o restante das malas antes de subir para meu quarto. Quando éramos pequenas, eu e Lil sempre dividíamos o espaço, mas os beliches que eram nosso orgulho e alegria da época foram substituídos por uma cama de casal simples. Espio o que já foi o quarto de Serena, do outro lado do corredor, e descubro, para minha felicidade, que Petty manteve as paredes que pintamos de azul-meia-noite.

Ao lado do meu quarto, fica o de vovó Mac, que Petty me informou que seria preparado para abrigar Theo. Abro a porta com timidez, e, de novo, o espaço está irreconhecível. Tem uma janela nova, maior, que oferece uma bela vista da baía. A cama é enorme, com lençóis impecáveis, brancos e com cerca de um milhão de fios, tecidos por freiras em algum convento remoto nas montanhas ou coisa parecida — honestamente, me perdi na conversa sobre os lençóis depois de treze e-mails e apenas concordei que fossem do jeito que David quisesse.

Corro a mão pela cama e sinto a pele formigar de calor no mesmo instante. Ótimo, Theo Eliott está me transformando em algum tipo de pervertida obcecada por roupa de cama. Por que importa se o sujeito vai dormir aqui? Não tenho sentimento algum quanto a isso. Nenhum É só uma cama.

 Encostado na parede, há um suporte com várias guitarras reluzentes, instrumentos que sei que David enviou com muito cuidado e a um alto custo. Verifico se tudo está limpo e arrumado e pego algumas toalhas limpas (de algodão egípcio) no armário onde — na época em que fiquei obcecada pelo livro *The Pursuit of Love* aos catorze anos — eu, Serena e Lil costumávamos fingir que éramos as Mitford, "só que sem o fascismo", como Lil sempre teve o cuidado de acrescentar. Ficávamos ali praticamente sentadas no colo uma da outra — não era um armário grande — e conversávamos sobre sexo, um assunto com o qual, como as queridas filhas de Ripp Harris, tínhamos significativamente mais familiaridade do que as Radlett, mas sobre o qual ainda tínhamos muitas, muitas perguntas interessantes.

 Para minha sorte, a empresa de limpeza que Petty contratou fez um excelente trabalho, e, além de estender as toalhas e dispor algumas flores silvestres do jardim em um pote de geleia sobre a mesinha de cabeceira, não há mais nada a ser feito. Acho que as flores dão um toque acolhedor que parece estar em falta — tudo se assemelha muito a um quarto de hotel: lindo, mas sem alma. E isso parece errado na casa de vovó Mac.

 Vou me arrastando para a cama e afundo com um suspiro de alívio nos lençóis de algodão comum e ligeiramente gastos. Talvez sobre tempo, após desempacotar as caixas de manhã, para voltar até Newcastle, onde os mercados maiores podem me ajudar a riscar novos itens da lista.

 Com esse pensamento reconfortante, caio no sono, profundo e sem sonhos, até ser acordada por um barulho alto.

 Eu me sento na cama e meu cérebro grogue leva um instante para entender onde estou. E aí percebo que o barulho é alguém batendo na porta. Saio aos tropeços da cama e desço as escadas, esfregando os olhos a fim de espantar o sono. Imagino que seja a entrega do pedido que David fez on-line de uma tal bebida energética japonesa.

Estou quase na porta quando meu celular começa a tocar lá no quarto, estridente.

— Meu Deus, já vai, já vai — murmuro, abrindo a porta.

Do outro lado, está Theo Eliott, segurando um celular na altura da orelha. Ele está usando jeans e uma camiseta cinza que parece macia e desgastada, mas que deve custar mais do que meu guarda-roupa inteiro. O cabelo escuro está bagunçado, o rosto com a barba por fazer.

— Ah! — eu digo, sucinta.

Ele está de óculos escuros, então não consigo ver sua reação, mas a boca dele se ergue ao ouvir o som.

— Tá tudo bem, David. Ela tá aqui. Vou entrar — ele diz para o telefone. Há uma pausa breve, e depois ele acrescenta: — Sim, você já deixou bem explícito como se sente sobre o assunto, obrigado. Falo com você mais tarde.

Theo desliga o celular e puxa os óculos até um ponto mais baixo do nariz, para que eu possa ver seus olhos.

— Belo pijama — ele comenta.

Encaro meu pijama sazonalmente inadequado, repleto de cachorrinhos usando gorros de Papai Noel. Fantástico. Passo a mão por meu cabelo desgrenhado, tentando ajeitar os fios.

— O que você tá fazendo aqui? — deixo escapar, e as palavras saem mais hostis do que deveriam.

— No meio do nada? — Theo suspira. — Não faço ideia, pergunta pra sua irmã.

— Eu quis dizer — explico, forçando minha paciência —, o que você tá fazendo aqui tão cedo. Achei que chegaria no meio da tarde. Que horas são afinal?

Theo olha para o relógio caríssimo em seu pulso.

— Quase sete.

— Da manhã?! — eu grasno, horrorizada.

— Você não é matutina — Theo assente, compreensivo. — Eu entendo. Acabei de chegar de Los Angeles, então já é quase meia-noite pra mim.

— De... Los Angeles? — pergunto. — Achei que David tinha dito que você vinha de Londres. Como foi que chegou aqui?

— Mudança de planos. Vim voando.

Arregalo os olhos, me inclinando para a garagem e meio que esperando ver um helicóptero estacionado ao lado do meu Ford Fiesta.

— Voando pra Edimburgo, Clemmie. — O tom de Theo é ligeiramente exasperado. — Depois aluguei um carro e vim dirigindo.

— Ah, certo, certo. — Noto o Audi reluzente que está fazendo um ótimo trabalho em deixar meu carro ainda mais feio. — Desculpa, acho que ainda tô meio dormindo.

Ficamos os dois na soleira da porta, sem jeito, por mais alguns segundos. Theo tira os óculos escuros e os prende na gola da camiseta. Seus olhos parecem cansados, e ele passa a mão pelo cabelo. Acompanho o movimento de seu antebraço tatuado, os dedos com anéis prateados correm pelos fios que sei serem macios e sedosos. Minha boca fica seca. Deus, esse cara está mesmo se movendo em câmera lenta?

— Pode entrar! — eu digo, enfim, soando como uma professorinha alegre de escola ao me lembrar, meio tardiamente, do motivo de eu estar aqui, por que ele está aqui e qual deveria ser o meu trabalho; aquele pelo qual estou recebendo uma quantia enorme de dinheiro. *Profissional, Clemmie. Seja profissional.* — Quer ajuda com a bagagem?

Theo faz que não com a cabeça.

— Mais tarde eu pego no porta-malas.

— Tá bom. — Eu me afasto para que ele possa atravessar a porta. Theo passa por mim, e recebo uma breve e deliciosa amostra de sua loção pós-barba. Encolho os dedos dos pés e sinto meu estômago embrulhar. Faço com que meu corpo se comporte e conduzo Theo pelo andar de baixo da casa.

— Aqui é bem legal — ele diz, olhando em volta com interesse.

— Sim, Petty mandou bem conduzindo a reforma. Ela é a mãe de Lil.

Theo assente.

— Serena mencionou.

— Bom, deixa eu mostrar a casa pra você. Por aqui fica o escritório... quer dizer, eu chamo de escritório, mas acho que agora é uma academia. — Eu o levo para dentro do cômodo, e, de novo, ele espia ao redor e assente.

Noto que seus olhos se demoram nas caixas e fico corada.

— Ainda não tive tempo de desempacotar tudo que David mandou. Me desculpa. Cheguei tarde ontem à noite. Deu problema no carro. — As palavras saem atropeladas, e vejo os lábios de Theo se contraírem, mas ele produz apenas um barulho entre um grunhido e um sussurro.

Ele está muito quieto. Será que é só o cansaço? Ou está chateado porque não deixei tudo perfeitamente pronto para ele? Está sendo um problema pra mim conciliar o Theo que conheci com o tirano para quem David trabalha, mas talvez esse seja o Theo verdadeiro, agora que não está tentando me seduzir.

— Beleza! — declaro com alegria. — E, por aqui... — Eu me viro para passar por ele e alcançar a porta, mas tropeço em um equipamento e caio por cima de Theo — ou cairia, caso ele não tivesse recuado como se eu tivesse uma doença cutânea altamente contagiosa. Do jeito que acontece, meu braço mal roça no dele, e Theo tromba com as costas em um conjunto de halteres, uma expressão surge em seu rosto.

— Desculpa — digo depressa.

Theo faz apenas aquele zumbido estranho de novo e evita meus olhos, mas há um músculo pulsando freneticamente em seu maxilar.

Eu o guio até a cozinha. Tudo na situação parece desajeitado. Quando imaginava essa parte, eu pensava que me comportaria como uma profissional experiente. Eu tinha planos! Uma lista! Eu ficaria calma e estaria no controle. Não achei que fosse estar com os olhos empapuçados e de pijama, tentando me lembrar desesperadamente dos zilhões de e-mails que troquei com David.

— Hum, então. Essa é a cozinha — explico, desnecessária. — Só não deu pra encontrar ainda todas as coisas que David pediu na lista mais recente. Óbvio que ainda preciso desempacotar as caixas, e tem um monte de entregas agendadas pra hoje de manhã. E vou pra Newcastle mais tarde. Tem água com gás na geladeira... — Hesito. — Mas só tinha uma marca qualquer da cooperativa local. E tem frutas, ovos, pão e queijo. — Verifico a lista de itens que estive carregando na cabeça a semana inteira. — Tem uma máquina de café chegando mais tarde, e David programou uma entrega semanal de verduras orgânicas. Desculpa não estar tudo no lugar ainda... — Sigo tagarelando, nervosa.

A boca de Theo está neutra, a mandíbula contraída outra vez transparece aborrecimento.

— Tudo bem — ele diz, mas é óbvio que não está. É óbvio que já falhei no primeiro teste e que David vai me dar de comida para o seu peixinho dourado.

— Você tá com fome? — pergunto baixinho. — Posso te fazer um queijo quente? Ou uma xícara de chá? Ainda não achei as amêndoas, mas tenho leite comum.

— Tô de boa — ele diz, e sinto que "de boa" é um código para "profundamente decepcionado". — Acho que vou pro meu quarto, pode ser?

— Ah, certo — respondo. — Deixa que eu mostro pra você.

Eu o conduzo escada acima e paro em frente ao meu quarto por um segundo. A porta ainda está aberta de quando precisei descer correndo, e dá para ver a cama desarrumada e minha mala aberta.

— Bom, esse é o meu quarto — eu falo. — Só pro caso de você precisar de alguma coisa. Digo, não que você precise de alguma coisa no meu quarto, mas só pra caso precise de mim. — Eu me interrompo, sentindo o rosto esquentar. — Não tipo *precisar* de mim, mas, se quiser que eu faça alguma coisa e não estiver me encontrando lá embaixo, é provável que eu esteja aqui.

Espero uma resposta engraçadinha ou no mínimo um sorriso malicioso e a visão da covinha, mas Theo apenas pigarreia e franze a testa.

— E esse aqui é o seu quarto. — Empurro a porta do cômodo vizinho ao meu, mas fico parada na soleira enquanto ele entra. — Tem um banheiro com chuveiro, mas, se você quiser usar a banheira, tem o banheiro do outro lado do corredor.

Theo entra, enfia a cabeça pela porta da suíte e vai para a janela observar a vista. Ele não diz nada, mas seus olhos pousam no vaso de flores.

— Sei que você não deve estar acostumado com as coisas assim... — eu começo.

— Tá ótimo — Theo responde, com um tom de voz neutro, mas educado.

Ótimo. Bom, parece um avanço em relação a "tô de boa".

— Então beleza. — Dou um passo atrás. — Você sabe onde me encontrar, e vou pra Newcastle daqui a pouco, então me avisa se precisar de mais alguma coisa.

— Eu tô bem — Theo diz. — Obrigado.

E aí ele fecha a porta na minha cara.

12

Passo o resto da manhã separando caixas e colocando uma quantidade enorme de amêndoas de molho, seguindo as instruções meticulosas de David. Não vejo nem ouço Theo. Acho que ele talvez esteja dormindo.

Pelo menos agora a cozinha parece mais bem abastecida — fiquei indo e voltando da porta de entrada até aqui, assinando recibos de inúmeras encomendas. David até me mandou um monte de potes transparentes de plástico e uma etiquetadora para que eu possa organizar tudo de um jeito que torne mais fácil para Theo encontrar as coisas. Ele também me enviou um esquema detalhado de como os armários da cozinha devem ser arrumados para que reproduzam os da casa de Theo em Los Angeles. Embora eu tenha revirado os olhos pensando, *Deus nos proteja* de um astro do rock precisar vasculhar um armário em busca de seus biscoitos orgânicos de algas marinhas, preciso admitir que a etiquetadora é extremamente divertida, e logo me vejo rotulando tudo à vista.

Quando Theo enfim aparece, estou debruçada sobre o balcão da cozinha separando seus vários e vários suplementos em pequenos organizadores de comprimidos por dia da semana que encomendei na Amazon. Ao contrário de David, estabeleci um limite e não vou seguir

Theo de hora em hora com punhados de vitamina B e água eletrolítica. Ele é adulto e pode assumir alguma responsabilidade por si mesmo, *certo*? Escuto a porta da frente abrir e fechar e o som de bolsas sendo largadas no saguão. Em seguida, Theo aparece.

— Aqui — ele diz com rispidez, jogando as chaves para mim, de que imediatamente desvio soltando um gritinho, deixando-as cair no chão com um estrondo.

Theo as pega de volta e as coloca com cuidado no balcão ao lado.

— São chaves de carro, não uma granada. Você disse que teve problema com seu carro, então, se for sair, use o meu. Pode usar sempre que quiser.

A voz dele está um pouco rouca e o cabelo despenteado. Parece que ainda está dormindo. Ele não está sorrindo, mas fico grata pelo gesto. Não esperava que ele fosse pensar em mim. Theo boceja e ergue os braços para se espreguiçar, o que faz a barra de sua camiseta subir e revela uma faixa de pele da barriga musculosa. Desvio os olhos. Não. Não estou pensando nada. Mantenho tudo muito profissional.

— Tem certeza? — pergunto, me concentrando outra vez nos comprimidos. — Posso mesmo usar o carro?

Ele grunhe.

— Não quero você parada no meio do nada. Esse seu calhambeque só fica em pé na base de fita adesiva, cuspe e orações.

— Ei! — exclamo — É *fita isolante*, na verdade, e só nos retrovisores. Em um deles. O outro tá *ótimo*. Mais ou menos.

Theo solta apenas um chiado de escárnio enquanto caminha até a geladeira, abrindo a porta e se servindo de uma das garrafas do estranho suco verde que foi entregue em um isopor especial como se fosse um órgão pronto para transplante.

Ele toma um gole e depois encara a garrafa, franzindo a testa. Provavelmente lendo o rótulo que diz SUCO VERDE ESTRANHO DO THEO. Em seguida, ele fecha a porta e lê o adesivo que diz GELADEIRA.

Theo olha para mim e levanta as sobrancelhas.

— Qual é a das etiquetas?

Dou de ombros.

— David mandou uma etiquetadora pra eu poder organizar suas coisas, e eu meio que me empolguei.

Com relutância, os cantinhos da boca de Theo sobem, e seus olhos descem até o meu peito e ali ficam. *Ele está me secando?* Sinto as bochechas esquentarem, uma estranha mistura de indignação e adrenalina corre em meu corpo. Depois, ele aponta pra mim com a garrafa de suco e comenta:

— E você achou que eu fosse esquecer seu nome?

Olho para baixo e lembro que há uma etiqueta em meu peito dizendo CLEMMIE.

Theo pressiona os lábios como se estivesse tentando não rir da minha cara, mas aqueles malditos olhos escuros estão com rugas nos cantos. Pego a etiquetadora e aperto os botões.

— Não acho que você tenha direito de falar a respeito de nomes — digo, tirando o adesivo que a máquina cospe e dando um passo à frente para colá-lo no peito dele. — Se alguém aqui precisa usar um crachá, é você.

Theo encara minha mão, meus dedos pressionados em sua camisa, que é tão macia quanto imaginei. Que se estica sobre um corpo quente e rígido. Por um segundo, nossos olhares se encontram, e penso ver um lampejo de algo nos olhos dele, algo selvagem e faminto que produz coisas estranhas nos meus joelhos, mas que desaparece em um instante. Ele dá um passo para trás, cruzando os braços sobre o peito, e deixo minha mão pender ao lado do corpo, soltando a etiqueta em sua camisa, aquela que diz THEO.

— Nada de Edward — ele fala baixo, a voz rouca.

— Com certeza nada de Edward — concordo. Um lembrete preocupantemente necessário. Posso ter gostado de Edward, mas ele nunca existiu. Preciso parar de confundir as coisas quando estou próxima de Theo. Preciso lembrar que ele é uma situação profissional. Preciso de um banho muito, muito gelado.

Há uma pausa longa e extremamente desconfortável.

— Beleza — Theo declara, e toda a luz se apagou dele, deixando para trás nada além de uma polidez austera em seu rosto e em sua voz. — É melhor eu voltar para as músicas. É o motivo de estarmos aqui. Tenho certeza que em breve Serena vai querer saber como eu tô indo.

— Com certeza vai — respondo. — Vou no mercado agora, precisa de alguma coisa?

— Não, não — ele diz rápido, já recuando. — E você não precisa... você sabe... ficar cuidando de mim.

— É o meu trabalho. — Ofereço um sorriso forçado e brilhante para ele. — E acho que nós dois sabemos que David vai vir até aqui me matar com muita eficiência caso eu não faça tudo direitinho.

O sorriso que Theo me dá não alcança seus olhos. Ele ergue a mão em um cumprimento discreto e vai embora.

Já é noite quando volto de Newcastle carregada de mais sacolas. Pelo menos agora posso enviar um e-mail para David informando que tenho tudo de que Theo pode precisar. E dirigir o carro alugado grande e caro de Theo tornou a viagem muito menos penosa. Segui pela estrada sem problemas, ouvindo um audiolivro de Judy Blume que satisfez perfeitamente meu desejo por nostalgia, com o ar-condicionado ligado e nenhum medo de que o carro pegasse fogo do nada.

Entro pela porta da frente já gritando um "olá", mas Theo não responde. Espero que ele esteja profundamente imerso em sua zona criativa. Desembalo as compras e começo a preparar o jantar — espaguete com um molho vegetariano bem básico e pão de alho aquecido no forno. Cheira muito bem, e meu estômago ronca, concordando. Sou uma cozinheira bem razoável, mas fico bastante grata por não ter de preparar as refeições de Theo. Seu chef particular enviou um freezer cheio de jantares perfeitamente balanceados, orgânicos, sem açúcar, laticínios ou glúten que só precisam ser aquecidos no forno. O máximo que preciso fazer é bater sua estranha vitamina de couve e, ao mesmo tempo, agradecer a Deus por não ser eu quem vai beber a gororoba.

E por falar em Theo, ainda nem sinal dele, mas acho que não há motivos para esperar que façamos as refeições juntos ou coisa do tipo. Ainda assim, é estranho com ele em casa. É indelicado se eu jantar sem ele? Devo me oferecer para colocar uma de suas refeições sofisticadas no forno? Hesito por um tempo, mas acabo decidindo que não.

David deixou muito explícito que Theo precisa de espaço quando está trabalhando e que não deve ser incomodado, a menos que ele mesmo peça alguma coisa. E, quando digo "muito explícito", quero dizer que David repetiu a frase centenas de vezes e me alertou para tomar cuidado com o que chamou de "conversa desnecessária", sugerindo que eu deveria tentar não ser vista nem ouvida. Quando comentei que isso me faria parecer uma camareira vitoriana, David emitiu um distinto som de aprovação.

Então, eu não incomodo Theo. Em vez disso, pressiono o botão para abaixar as persianas e me sento no sofá com o macarrão, pronta para assistir ao próximo episódio do meu drama favorito sobre vampiros adolescentes na Netflix, *Sangue e luxúria*. Quatro episódios mais tarde, já lavei a louça e fiz incursões em um pote de sorvete de chocolate com menta, mas ainda não vi nem ouvi Theo.

Arrumo tudo e deixo um post-it na geladeira, informando que o jantar está ali e por quanto tempo Theo precisa aquecê-lo. Depois de pensar um pouco, acrescento também que *sobrou macarrão e pão de alho se você quiser. Fica à vontade*. E desenho uma carinha feliz.

Subo as escadas e paro em frente à porta do meu quarto, deslizando o olhar para o quarto de Theo. Não há som, música nem dedilhado de violão. Nada. Talvez ele já esteja dormindo?

Eu me deito, mas fico acordada por muito tempo. Saber que Theo está não apenas na casa, mas do outro lado da parede, me deixa agitada. Fico imóvel, imaginando-o deitado a poucos centímetros de distância, e meu corpo inteiro entra em alerta máximo. Estou preocupada com o fato de que não consigo desligar minhas reações a ele. Não importa que meu cérebro saiba perfeitamente que Theo não é para mim; várias outras partes do meu corpo parecem discordar com veemência.

Sempre que estou perto de Theo, apesar do que digo a mim mesma, só consigo pensar em colocar minhas mãos nele. Ou que ele coloque as mãos em mim. O que há de errado comigo? Com certeza é alguma reação residual à noite que passamos juntos. *Vai ficar mais fácil*, digo a mim mesma, e é a esse pensamento que me agarro quando por fim caio no sono.

13

Na manhã seguinte, desço e abro a geladeira. A refeição de Theo está intacta, mas o macarrão e o pão de alho sumiram. O mesmo aconteceu com o post-it. Se não fosse por causa disso, eu nem saberia que ele esteve ali.

Solto um suspiro.

Pequenas vitórias. Acho que sobrevivemos ao primeiro dia, e eu o mantive vivo. Faltam apenas mais quarenta e um dias e um álbum premiado que vai redefinir o gênero. Nada com o que se preocupar.

Passo a manhã nervosa, esperando que Theo dê as caras, mas ele não aparece. Ando pela cozinha, limpando superfícies já imaculadas. Consulto as listas que David me enviou, mas já cumpri todos os itens. Não há mais nada a fazer exceto limpar o quarto de Theo — algo complicado quando ele continua lá dentro.

Talvez Serena tenha razão e este seja um trabalho fácil. Pode ser que eu quase não o veja. Isso deve ser bom, levando em conta o papel de destaque que Theo Eliott desempenhou durante as inquietas horas de um sonho erótico muito vívido do qual desfrutei na noite passada. Certeza de que meu subconsciente não recebeu o memorando sobre profissionalismo.

Estou sentada no banquinho em frente ao balcão da cozinha, encarando o nada, quando enfim ouço passos descendo as escadas. Como Theo não aparece na sala de estar, me arrasto do assento e estico a cabeça a fim de espiar o corredor.

Theo está de costas para mim. Está com fones de ouvido, e seja lá o que está ouvindo o som é alto o bastante para que eu ouça a batida dos graves. Ele cantarola junto, um ronco baixo na garganta. Theo se inclina para calçar um par de tênis, e tenho uma visão deliciosa de seu traseiro, coberto com uma calça de corrida cinza. De novo, meu cérebro entra no modo ruído estático.

Em pânico, fecho os olhos com tudo. Já passei a noite fantasiando com ele, e agora o estou objetificando como se fosse alguma tarada escondida no mato. *Controle-se, Clementine.*

— Puta merda! — Theo grita alto. Meus olhos se abrem, e vejo que ele se virou e agora está me encarando. Ele põe uma das mãos sobre o peito e usa a outra para tirar um fone de ouvido. — Eu não sabia que você tava aí.

Uma dúzia de imagens em alta definição cruzam meu cérebro, e meu sangue ferve.

Não. Pensa. No. Sonho.

Sorrio sem jeito.

— É, eu tô aqui.

Nenhum de nós diz nada.

— Hum... posso te ajudar com alguma coisa? — acabo perguntando.

— Não — ele praticamente rosna. — Vou correr.

— Ah, legal. Correr é legal. — Acho que o galanteador que queria me levar para a cama já sumiu faz tempo.

Como que para enfatizar a sensação, Theo pega um boné de beisebol e enfia na cabeça, puxando-o até cobrir o rosto, e depois caminha em direção à porta da frente e sai sem dizer mais nada.

— Tchau, tchau! — digo para o vazio. Meus ombros relaxam. Suponho que, de perto, astros do rock sejam mesmo babacas. Eu não devia estar surpresa, mas não consigo deixar de me sentir decepcionada.

Volto para a cozinha, onde mantenho minha pasta cheia de anotações. A Bíblia de Theo. Uma coisa que David e eu temos em comum é o grande interesse por bons artigos de papelaria. Quando contei a ele sobre meu sistema de abas coloridas, tenho certeza de que o ouvi ronronando.

— Corrida, corrida, corrida... — murmuro baixinho. Sim, ali estavam elas, as instruções de David.

> *Após a corrida, o sr. Eliott precisa de PELO MENOS um dos lanches ricos em proteína do adendo B, assim como um isotônico esportivo vegano misturado com 300 ml de água eletrolítica (servida gelada entre 2,5 °C e 3 °C) e couve prensada ou suco de maçã (consulte a seção 4, parágrafo 7 para obter a receita. Obs: A entrega programada de suco não inclui o suco pós-corrida, pois é preferência do sr. Eliott consumi-lo batido na hora. NÃO TENTE dar a ele o outro suco para "ver se ele nota". Apenas faça o suco).*

Quando saio para correr (uma raridade), me contento com um copo de água da torneira e depois uma banana, mas suponho que astros do rock respirem ar rarefeito. Localizo a receita do suco e começo a separar os ingredientes, mas depois lembro que primeiro devo subir e limpar o quarto dele enquanto Theo está fora do caminho.

Subo as escadas, pronta para trocar os lençóis, mas me vejo hesitando na porta. Sei que é meu trabalho entrar ali, mas não parece certo simplesmente invadir o cômodo. *Seja profissional*, digo a mim mesma com firmeza. *É só um quarto. Não é bisbilhotar. É limpeza.*

Respirando fundo, empurro a porta. Apesar da minha longa conversa mental, ainda me sinto como um ladrão medíocre. Definitivamente isso soa como uma invasão.

O quarto parece do mesmo jeito de ontem, exceto pela cama desfeita. Abro uma das gavetas e a encontro cheia das roupas cuidadosamente dobradas de Theo. Tenho quase certeza de que deveria ter desfeito as malas para ele, mas parece que Theo deu um jeito sozinho. O guarda-roupa segue o mesmo padrão — tudo pendurado em ordem, as malas vazias guardadas na parte de baixo.

Sigo para a cama e digo a mim mesma que estou imaginando coisas, mas sinto que os lençóis ainda estão quentes do calor do corpo dele. Para o meu azar, não estou imaginando o cheiro de sua loção pós-barba, que está levemente grudada em tudo e me envolve enquanto luto com a roupa de cama. Por que ele cheira *tão bem*? Não é justo. É uma distração. Faço a cama o mais rápido possível, travando uma guerra com o edredom fofo e gigante que quase sai vencedor.

Estou afofando os travesseiros quando noto que a etiqueta que fiz ontem com o nome de Theo está colada cuidadosamente na parede ao lado da cama, a parede que separa nossos quartos. Passo os dedos sobre o adesivo, imaginando por que Theo o guardou.

Verifico duas vezes se tudo está perfeitamente esticado e arrumado antes de voltar para o andar de baixo. Não faço ideia de quanto tempo Theo vai correr, e, segundo David, ele vai querer tudo pronto quando voltar. É hora de enfrentar o novo espremedor gigante e reluzente que se parece menos com um eletrodoméstico e mais com um equipamento de limpeza industrial.

Após ler as instruções com cuidado, minha primeira tentativa faz espirrar uma porcaria verde em cima de mim e por toda a cozinha, terminando com um fio de gosma nojento no fundo do copo.

— Você não vai ser derrotada por um espremedor de fruta — murmuro, esfregando tudo com spray antibacteriano e violência. — Você tem doutorado. Você pode triturar um pedaço de couve. — Não sei a quem estou tentando enganar; mesmo sem o maquinário, eu jamais teria classificado couve como um vegetal "espremível". Talvez David esteja me enganando.

Minha segunda tentativa é muito melhor. Digo, *eu* não beberia, mas produzi um copo inteiro de um líquido pantanoso. Acho que é o melhor que posso esperar, dadas as circunstâncias.

Estou levando meu precioso copo de suco para a geladeira a fim de mantê-lo refrigerado (um risco, pois isso não é mencionado nas instruções. Mas, como todo o restante precisa estar bem abaixo da temperatura ambiente, estou dando um chute bem embasado), quando ouço a porta da frente se abrir.

Sim! Bem a tempo. Saio da cozinha triunfante e sigo para encontrar Theo, pronta para entregar seu suco recém-espremido direto em mãos assim que ele entrar, como uma boa governanta. Mas então, na soleira da sala de estar, dou de cara com um objeto muito duro.

— Merda! — exclamo, deixando o suco voar.

— Caralho! — o objeto duro exclama.

Ergo os olhos e vejo o olhar zangado de Theo. Tem suco de couve escorrendo de seu cabelo, cobrindo quase toda a parte superior de seu corpo. A parte superior completamente despida de seu corpo.

— Por que você não tá de camiseta? — deixo escapar enquanto fico de olho no peitoral perfeitamente definido no qual acabei de colidir. Estou pressionada com firmeza em seu peito, o que significa que estou coberta com minha própria cota de suco e que a fina camada da minha camiseta agora úmida não parece barreira suficiente entre nós. Não se eu quiser manter a sanidade. Eu me afasto, mas Theo ainda segura meus ombros. Ele deve tê-los agarrado para me firmar depois que colidimos.

— Eu tava com calor — ele explica, mas a voz está muito, muito gelada. — Por que você tá jogando gosma verde em mim?

— Eu tava trazendo o suco de couve pra você — respondo, tristonha, segurando o copo vazio. — Na pasta diz que é o que você toma depois de correr.

Ele fecha os olhos com força.

— Óbvio que tem uma porra de uma pasta — ele murmura.

— Quer que eu... faça mais pra você? — pergunto.

— Não. — Theo olha para baixo, percebe que ainda está com as mãos em mim e me solta como se estivesse segurando carvão em brasa. — Não preciso de nada, obrigado. Vou tomar banho. — Quando ele dá as costas e se afasta, eu o ouço murmurando: — Um banho bem, bem demorado.

— Desculpa — grito para ele.

Examino o caos ao meu redor e suspiro. Até agora, as coisas não estão sendo o que se chamaria de um grande sucesso. Meu celular toca, e eu o tiro do bolso.

— Oi, David — digo com alegria. — Não, não, tá tudo perfeito. Tudo azul por aqui.

Não vejo Theo pelo resto do dia.

14

Mal interajo com Theo em sete dias. Sou a pior espiã da história da indústria musical. Ele está compondo o álbum? Não faço ideia. Só o que posso dizer à minha irmã é que ele está visivelmente desfrutando de acesso irrestrito a carboidratos.

— Já faz uma semana, Serena — sussurro para a tela do celular. — Tá ficando esquisito. Parece que tô morando com um fantasma faminto.

Todas as manhãs, quando desço, descubro que Theo comeu a sobra da refeição que preparei na noite anterior em vez do prato do chef caro com estrela Michelin que David contratou. Comecei a cozinhar o dobro das porções, porque acho que entendi a questão: é provável que pizza congelada tenha um sabor *incrível* se a pessoa não come pão de verdade há anos. De fato, todo o estoque de "comida normal" está desaparecendo dos armários.

Óbvio, não mencionei a situação para David — sinto como se tivesse acidentalmente me tornado a fornecedora de drogas de Theo, traficando açúcar refinado. Hoje percebi que ele devorou um pacote inteiro de biscoitos de chocolate, e acho que está tomando leite semidesnatado também. Talvez eu tenha de fazer algum tipo de intervenção.

— Você nem mesmo esbarrou com ele? — Na tela, minha irmã faz uma careta.

— Digo, óbvio que eu *vejo* o Theo — respondo. — Posso dar provas de vida. Ontem ele entrou na cozinha e preparei uma daquelas bebidas nojentas e viscosas pra ele. Peguei o jeito de usar o espremedor. Acho que consigo fazer suco de *qualquer coisa*... Mas aí ele disse meia dúzia de palavras e voltou a se enfurnar no quarto. Mal olhou pra minha cara. Sempre que pergunto se ele quer alguma coisa, só falta arrancar minha cabeça. Ele tá agindo bem esquisito.

Não menciono a noite em que o ouvi ao telefone. Como não o via pessoalmente já fazia sete horas, estava prestes a bater em sua porta para ver se ele precisava de alguma coisa, mas aí ouvi Theo dizer meu nome. Sabendo que não devia, escutei do mesmo jeito, e inclinei o corpo para a frente e captei suas palavras em alto e bom som.

— ... um desastre completo. Por que eu achei que era uma boa ideia? É uma tortura. Eu devia ter obrigado eles a me deixarem trazer David.

— Você tá dando voltas. Só tenta agir feito um ser humano comum — respondeu uma voz feminina, divertida, o som saindo metálico no alto-falante do celular enquanto Theo andava de um lado a outro. Algo naquela voz, na maneira rouca como ela ria, soava vagamente familiar.

Theo soltou um gemido profundo de frustração.

Fiquei indignada e fui embora, chateada com a situação. Eu não achava que estava fazendo um trabalho ruim; era *ele* a pessoa dando chilique. Não faço ideia de qual é o problema com Theo ou como resolvê-lo.

— Hum... — Serena continua soando muito contrariada. — E você não ouviu nada que sugira que ele tá compondo?

Me sinto estranhamente desleal ao negar com a cabeça.

— Mas não tenho ideia de como é o processo de composição de um álbum — comento depressa. — Ele pode estar escrevendo num caderno ou coisa assim.

Serena suspira e esfrega a testa.

— Você vai ter que ir lá e perguntar — ela diz. — Tenta conseguir algum tipo de atualização. Meus chefes estão realmente em cima de mim, me pressionando. Se não der certo, vou me foder de verdade.

— Vai dar certo — afirmo, com mais confiança do que sinto. Porém, encarar o rosto preocupado de minha irmã me convence de que arrancarei ao menos dez canções de Theo Eliott nem que seja preciso usar minhas próprias mãos. Afinal, eu controlo o fluxo de biscoitos nesta casa e não estou isenta a subornos.

— Pelo menos deve ter facilitado a sua vida — Serena continua. — Se ele fica sumido.

— Ah, é — concordo, um pouco rabugenta. — Não tem mesmo muita coisa pra eu fazer. — Na verdade, além de manter os armários abastecidos, limpar o quarto dele, me reportar a David três vezes ao dia e dividir meu jantar, não faço mais nada.

Em especial porque Theo dá a impressão de quase não suportar a minha presença sempre que somos obrigados a ficar juntos. Sei que estive preocupada em ter que passar muito tempo com ele por causa de toda aquela atração inquietante, mas, de algum modo, viver com Theo como um estranho distante é ainda pior. Agradeço que ele não esteja por perto flertando comigo o tempo todo, agradeço *mesmo*, mas é como se, agora que não há a possibilidade de um relacionamento físico entre nós dois, ele simplesmente não desse a mínima para mim, como se escolhesse seus passos a fim de me evitar. É um comportamento bem babaca de acordo com o meu manual.

Passo os dias caminhando pela praia ou encarando a tela do notebook, me candidatando a vagas de trabalho ou tentando juntar entusiasmo para transformar minha tese de doutorado em livro, um projeto que já tenho há anos. Acho que houve um tempo em que isso me deixava animada, mas mal consigo me lembrar dessa época. A pressão para publicar coisas na área acadêmica é intensa, e sei que seria de bastante ajuda para garantir um emprego, mas, nesse momento, as páginas cheias de anotações fazem com que eu me sinta estranhamente claustrofóbica.

Sou uma introvertida nata, mas, mesmo para mim, esse tanto de isolamento é perturbador. Já me rebaixei a trocar conversa fiada no supermercado apenas para experimentar um pouco de conexão humana. Eu tinha esquecido o quão longe de tudo é a casa de vovó Mac. Embora fizesse parte da aventura com Lil e Serena, agora eu só me sinto... sozinha.

E isso sem nem mencionar o campo minado que é estar de volta ao local onde meu eu de dezessete anos experimentou seu trauma emocional mais profundo. Cada vez que saio para caminhar, vejo algo que me lembra o que senti naquele verão, como estava com raiva, me sentindo traída e de coração partido. Mesmo que seja apenas um eco desses sentimentos, ainda é uma onda de dor quase física.

Como faço toda vez que o espectro de Sam ressurge da tumba, afasto o pensamento. Estou deixando para talvez falar disso na próxima sessão com Ingrid... mas não sei. Ou talvez eu só continue ignorando e esperando que o pensamento desapareça. Parece uma boa opção.

— Você tá legal? — Serena pergunta, me analisando com um olhar penetrante. — Você tá toda se lamentando... E agora que tô te vendo direito, você tá uma merda.

— Meu Deus, obrigada — murmuro.

— E você tá meio rouca. — A voz dela tem um tom de acusação.

— Acho que tô ficando meio gripada — admito, tremendo de leve e puxando o edredom por cima da cabeça, apertado sob o queixo, apesar do calor do dia. Consigo me ver no canto da tela, e pareço uma pequena lagarta pegajosa. *É o que dá* ficar conversando amenidades com estranhos.

— Não ouse ficar doente — Serena ameaça. — Você sabe que fica inútil quando tá doente. Vocês acadêmicos não tem vitamina D. Tá usando aquele spray que eu te mandei?

— Qual é a do seu pessoal com suplementos, hein? — eu resmungo.
— Theo toma uns setecentos por dia. E que merda é *ashwagandha*? Não foi o que Lil bebeu naquela tenda quando teve a visão de uma versão gigante dela mesma comendo outra versão menor e aí todo mundo cagou nas calças?

— Isso é *ayahuasca*, sua idiota — Serena diz. — *Ashwagandha* é pra ajudar com o estresse.

— Não sei por que ele estaria estressado — respondo, mal-humorada. Não estou me sentindo muito caridosa com Theo no momento. — Tenho quase certeza que David escova os dentes dele. Estrelinha mimada do rock.

— Bom, essa estrelinha mimada do rock agora é problema seu, Clemmie, seu *e* meu. Só faça o que for possível, pode ser?

— Claro — concordo de imediato, porque o fato de Serena me pedir isso outra vez já me diz o quanto ela está sob pressão. — Vou conseguir um relatório completo pra você, prometo.

— Valeu, Clem. — A voz de Serena se suaviza. — E vou mandar uns comprimidos de equinácea pra você agora mesmo. HARRIET! — Eu a ouço chamar sua pobre e difamada assistente. — TEMOS QUE MANDAR EQUINÁCEA PRA CLEMMIE O MAIS RÁPIDO POSSÍVEL.

No instante em que começo a sentir uma onda de carinho por minha irmã, ela estraga tudo ao acrescentar:

— ELA VIRA UM PÉ NO SACO QUANDO TÁ DOENTE! — Em seguida, ela ri, me manda um beijo e desliga.

Com um suspiro, me arrasto para fora da cama. Na verdade, meu corpo inteiro está um pouco dolorido. Talvez seja por causa da quantidade de caminhadas tristes e solitárias que tenho feito.

Vou para a cozinha e me sirvo de um copo de suco de laranja, porque é melhor do que tomar essas vitaminas de que as pessoas ficam falando tanto, e, como se minha conversa com Serena o tivesse convocado, Theo aparece.

— Oi! — eu digo, limpando o bigode de suco com as costas da mão.

— E aí. — Theo me olha por baixo dos cílios. Não parece exatamente emocionado em me ver.

— Posso te ajudar com alguma coisa?

— Não. — Ele parece frustrado, quase irritado. — Só vim pegar água e dar uma volta. Sair daquele quarto um pouco.

— Certeza de que não quer suco de laranja? — Pego a embalagem e estendo para ele.

Theo chega a dar um passo para trás, se afastando da minha mão como se tivesse medo de que eu o tocasse. Aquele músculo em seu maxilar se contorce.

— Não — ele repete.

— Tá bom — respondo, tentando não soar ofendida. Não consigo entender por que ele está sendo tão grosso. Estou fazendo tudo o que David me pede. Não acho que cometi qualquer erro grave para além de não estar com tudo perfeitamente pronto no primeiro dia, mas ele ainda parece um tanto chateado com a minha presença.

Sei o que prometi a Serena e não quero me dar tempo para covardias, então deixo escapar:

— Acabei de falar no telefone com a minha irmã. Ela queria saber como vão as coisas.

Theo está de costas para mim, mexendo na geladeira, mas vejo seus ombros ficarem tensos.

— Vão indo bem — ele responde, rígido.

— Então você tá conseguindo compor? — pergunto, buscando uma confirmação.

— Óbvio. — Theo fecha a porta da geladeira com uma força desnecessária. — O que você acha que andei fazendo a semana toda?

— Eu só queria saber. Serena pareceu... um pouco nervosa.

Theo bufa.

— O estúdio vai receber seu pedaço de carne, pode dizer pra eles não se preocuparem. Não é pra isso que você tá aqui? Pra ficar de olho em mim? Falar tudo pra gravadora? É por isso que precisava ser você aqui em vez de David, pra que eles pudessem ter um espião?

— Não sou sua mãe pra ficar dando sermão sobre dever de casa — retruco, magoada. — Você precisa entregar um álbum pra eles e tá dificultando a vida de outras pessoas. Eu só tô aqui tentando fazer meu trabalho.

— Eu também — Theo rebate de imediato.
— Ótimo.
— Ótimo.
— Então beleza.
— *Então beleza.*

Com isso, ele vai embora, e ouço a porta da frente abrir e fechar. Me encosto no balcão e pressiono o copo gelado de suco na testa. Estou com dor de cabeça e me sinto exausta. Tento me lembrar de que isso é melhor do que ficar desempregada e presa na casa da minha mãe, mas pelo menos Theo não estaria lá, e eu não estaria completamente sozinha e me sentindo um lixo.

É provável que eu só esteja cansada. Olho para o relógio e vejo que já é meio-dia. Vou tomar um pouco de paracetamol e tirar uma soneca. Isso vai resolver. Engulo os comprimidos e subo as escadas, desabando cansada na cama, e adormeço quase no mesmo instante.

Quando abro os olhos, está escuro. Cem por cento escuro. Estou desnorteada e morrendo de frio. Com os dentes batendo, aperto mais o edredom em volta do corpo e me apoio em um cotovelo para olhar o relógio. O quarto gira ao meu redor por um momento antes que eu consiga me concentrar nos números. Quase meia-noite. Eu dormi por doze horas? Por que me sinto pior do que antes?

Com cuidado, ponho os pés para fora da cama, sibilando quando eles atingem o chão gelado. Certo. Estou doente. Mas sou adulta. Totalmente capaz de lidar com isso. Eu só preciso ser sensata. Do que preciso? A dor na minha cabeça é um baque silencioso por trás do olho esquerdo. Minha garganta está seca e áspera. Água, eu decido. Parece uma boa aposta. Água, analgésicos e talvez algo para comer.

Com essa lista mental feita, desço as escadas, ainda enrolada no edredom. Só preciso me concentrar em pôr um pé na frente do outro, mas, infelizmente, o chão se recusa a obedecer e se inclina ocasionalmente para os lados.

Tenho que me sentar na escada durante um minuto a fim de descansar um pouco, meu rosto pressionado no corrimão, mas por fim acabo chegando à sala. Ali, esparramado no sofá com o brilho da tevê beijando sua silhueta perfeita, está Theo. Ele ergue o rosto, culpado, e noto que ele está comendo meu sorvete de chocolate com menta direto do pote com uma colher. Ele pega o controle remoto e pausa o que estava assistindo, um episódio antigo de *Bake Off Reino Unido*.

— Clemmie! — ele exclama, ficando de pé. — Que bom que você desceu. Olha, sobre mais cedo... eu não queria ser grosso. Me desculpa. Sei que você só tá cumprindo suas obrigações. Eu tô trabalhando nas músicas. Pode dizer pra Serena, tá bem? — Ele fala depressa, sem respirar, como se estivesse esperando há algum tempo para dizê-las. Tenho uma vaga consciência de que deveria me preocupar com elas, mas estou tendo que concentrar toda a minha energia em não cair de cara no tapete aos meus pés.

— Você tá bem? — ele pergunta, a voz tremulando ao longe. E aí, de repente, seu rosto aparece tão perto de mim que eu me assusto, tropeçando na ponta do edredom. Theo segura meu braço, um único apoio que me impede de cair.

— Eu acho... — digo, enquanto pondero. — Acho que vou vomitar.

E então deixo cair o edredom no chão e corro com as pernas trêmulas em direção à pia da cozinha, onde prontamente vomito.

— Ah, meu Deus, Clemmie. — A voz de Theo parece horrorizada, e ouço seus passos vindo atrás de mim. Sinto uma vaga sensação de falta de profissionalismo enquanto vomito mais um pouco.

Theo faz um som de engasgo, como se ele próprio estivesse tentando não vomitar. Mas depois uma de suas mãos segura meu cabelo longe do rosto enquanto outra faz círculos nas minhas costas.

— Certo, tá tudo bem — ele murmura.

— Não tá tudo bem — eu digo, desamparada, as pernas tremendo enquanto me encosto pesadamente na pia. — David vai ficar tão decepcionado. Não tô sendo uma boa camareira vitoriana.

— Você já acabou de vomitar? — Theo pergunta, ignorando meu comentário.

Penso com seriedade na questão por um segundo, mas balanço a cabeça e vomito de novo. Depois disso, as coisas ficam um pouco confusas. Theo me limpa, e de repente estou sentada no chão, com as costas apoiadas no armário, e tem um astro do rock agachado na minha frente segurando um copo de água.

— Bebe isso — ele diz com firmeza. — Vai tomando goles pequenos.

Tento alcançar o copo, mas meu braço parece muito pesado.

— Por que o meu braço tá tão pesado? — pergunto para Theo, perplexa.

Ele pressiona os dedos na minha testa, o que acho um gesto *adorável*.

Sua mão está tão fria ao descer até a minha bochecha que não consigo deixar de me aconchegar nela, apenas um pouco.

— Você tá com febre — ele diz. — Certo. Consegue beber um pouco de água se eu segurar o copo pra você?

Encaro Theo com olhos semicerrados. Está tão claro, e a luz da cozinha paira sobre a cabeça dele feito uma auréola. Ele segura o copo contra meus lábios, e consigo tomar alguns golinhos.

— Ótimo — ele diz. — Agora vamos pegar um pouco de paracetamol e te levar de volta pra cama. — Theo hesita. — Na verdade, não sei onde está o paracetamol.

— Tem naquela gaveta ali. — Aponto com meu braço extremamente pesado.

Theo me dá os comprimidos, e há um breve e instável momento em que não tenho certeza de que serei capaz de mantê-los no estômago, mas tudo parece ficar bem depois de um instante. Em seguida, ele passa o braço com firmeza em torno da minha cintura e me ajuda a subir e voltar para a cama.

— Desculpa não ter feito o jantar — eu digo.

— Não seja boba — ele reclama. Depois, respira fundo. — Não tem importância, Clemmie.

— Não conta pro David sobre a comida — sussurro. — Falei pra ele que você tá comendo sushi vegano cru e muffins de cânhamo.

— Vai ser o nosso segredo — Theo concorda, a voz mais suave. — Vou deixar a água aqui — ele diz, apontando para a mesinha de cabeceira. — E mais uns comprimidos que você pode tomar depois das quatro, tá bem?

— Depois das quatro — murmuro, obediente.

Ele desaparece por um minuto e depois volta com meu edredom e também com uma flanela mergulhada em água gelada, que põe na minha testa.

— Aaaah... — eu digo. — É bom...

— Era o que a minha mãe sempre fazia por mim — ele comenta baixinho, afastando o cabelo do meu rosto. — De qualquer jeito, tenho certeza que você vai se sentir melhor de manhã, depois de dormir. — Ele hesita por um momento. — E eu tô logo aqui do lado, então, se precisar de alguma coisa, é só gritar.

— Hummm... — Estou grogue demais para formar palavras.

Theo continua me olhando por um instante. Depois, enfia as mãos nos bolsos e sai, deixando a porta semiaberta.

— Obrigada — murmuro, mas acho que ele não ouve. Ele já foi. Em seguida, meus olhos se fecham outra vez.

15

Sonho que tem um ladrão no meu quarto. Mas não é um sonho, é a realidade, e o ladrão está rastejando no teto e tem olhos vermelhos por trás de uma máscara e fica me observando enquanto se aproxima com braços longos feito um boneco de massinha satânico.

— Não deixa ele me pegar, não deixa ele me pegar — eu ofego, agarrando o braço (felizmente de tamanho normal) que está ao meu lado na cama.

— Não vou deixar ele te pegar — uma voz gentil me tranquiliza. — Eu juro, Clemmie, você tá segura. Volta a dormir.

Olho outra vez para o ladrão, mas ele sumiu, o que me faz entrar em pânico. *Cadê ele?* Mas então Theo surge na minha frente, segura meu rosto entre as mãos e diz, com cuidado e bem devagar:

— Não tem ninguém além de mim, meu bem. Você tá segura, eu juro.

— Tudo bem — concordo, fechando os olhos. — Você não vai deixar ele me pegar.

Da próxima vez que acordo, é porque tem alguém tocando meu rosto, e não gosto. Afasto os dedos com um tapa.

— Sai daqui. — Tento me desvencilhar, mas parece que meu corpo inteiro é feito de chumbo, e até abrir os olhos é uma luta.

— Tô tentando verificar sua temperatura. — O rosto de Theo entra em foco acima de mim. Ele parece irritado. — Só fica quieta.

— Precisa apontar pra testa dela e apertar o botão até ouvir um bipe — diz uma voz incorpórea flutuando no ar.

— Ah, não! — eu gemo, rouca. — É David! Ele tá aqui! Ele descobriu o segredo!

— Que segredo? — A voz de David está carregada de suspeita, e olho ao redor de modo descontrolado, tentando localizá-lo. Talvez esteja debaixo da cama? Parece uma suposição razoável.

— Não liga pra ela. — Theo bufa. — Ela tá alucinando, não sabe o que diz.

— Essa foi boa — sussurro com aprovação. — Não deixa que ele descubra sobre os biscoitos. Talvez a gente devesse prender ele embaixo da cama.

Escuto um bipe.

— Aqui diz trinta e nove vírgula quatro — Theo informa, falando por cima de mim. — E tá piscando em vermelho. Imagino que não seja bom, é?

— Ela tá com febre de verdade. — A voz de David parece mais irritada do que o normal. — Você precisa...

Theo pega o celular e coloca no ouvido. A voz de David para, e fecho os olhos de alívio.

— Sim — Theo concorda. — Tá. Tudo bem. Isso, coloca ela na chamada, se puder. — Depois de uma pausa, ele diz: — Dra. Swain, obrigado por retornar a ligação.

Eu me sento e espirro. Uma, duas, cinco vezes. Cada espirro abala meu corpo inteiro. Theo me entrega um lenço de papel da caixa sobre a cabeceira, e eu asso o nariz. *Ai.*

— Isso mesmo — ele segue falando ao telefone. — Mais de trinta e nove graus e ela fica tendo pesadelos, alucinações, acho. Ela vomitou ontem à noite, mas hoje de manhã nada. Agora ela tá espirrando e a aparência... — Theo me olha com um ar pensativo, e faço força para esticar a boca em um sorriso. — Tá péssima. Bem pálida e suada.

Que encanto.

Theo escuta por mais um tempo, com a testa franzida.

— Como eu vou saber como estão os gânglios dela? — Ele me lança um olhar nervoso. — Tá, tá, vou pôr o celular no viva-voz. — Ele deixa o aparelho com cuidado na mesinha de cabeceira e avança até mim como se eu fosse um cavalo que ele não quer assustar. — Só preciso apalpar seu pescoço rapidinho, Clemmie.

— Acho que não quero suas mãos no meu pescoço — respondo.

— Acredite em mim, se alguém aqui for te estrangular, vai ser David. — Theo faz uma careta. — Com certeza ele ouviu aquilo sobre o biscoito. — E então seus dedos começam a pressionar a lateral do meu pescoço, pouco abaixo do queixo.

— Não sei bem o que tô fazendo aqui, doutora — ele diz, mais alto.

— Você vai tentar pressionar logo abaixo da mandíbula, em ambos os lados da garganta — uma voz feminina com sotaque estadunidense sai pelo alto-falante.

— Aaaaaaai! — eu choramingo alguns segundos depois.

— Acho que significa que estão inchados — Theo fala, e seu rosto fica sombrio e abalado como se ele tivesse acabado de realizar algum tipo de procedimento médico complexo em vez de simplesmente tocar meu pescoço. Eu reviraria os olhos se não achasse que me causaria um desmaio.

— Clementine? — A voz da mulher chega pelo ar. — Pode me contar um pouco o que você tá sentindo?

— Minha cabeça dói — consigo dizer. — Minha garganta dói. E... meus ossos doem.

— Certo, tudo bem, está me parecendo um vírus, provavelmente uma gripe. Theo, se você me tirar do viva-voz, posso te passar algumas instruções. — A médica soa calma, profissional, e, enquanto Theo se afasta para conversar com ela em voz baixa, eu me recosto no travesseiro e volto a fechar os olhos. Meu Deus, está *tudo* doendo. Sinto em cada milímetro de pele que o edredom é pesado e áspero. De repente, entendo a obsessão de Theo por lençóis. Por que estou dormindo sob uma *lixa* como uma tola? A médica acha que estou gripada, mas, não sei, parece mais provável que a peste bubônica esteja voltando. Minha cabeça lateja, e sinto lágrimas quentes escorrendo sob minhas pálpebras.

— Você tá chorando? — A pergunta horrorizada de Theo me alerta de que ele desligou o celular e voltou para o quarto.

— Não tô me sentindo bem. — Eu fungo baixinho. Não tenho energia nem para fingir uma cara boa. Serena não estava errada: eu sou uma doente inútil. A maior bebezona do mundo. Tenho quase trinta e três anos e quero a minha mãe e um milk-shake de morango do McDonald's.

— Certo, preciso que você se levante — Theo diz com firmeza.

Abro um olho só.

— É alguma piada de mau gosto?

— Não. Preciso que você entre no meu carro. Tenho que sair pra comprar umas coisas e não sei quanto tempo vou demorar. Não queria te deixar aqui sozinha. Você pode levar o edredom. — Ele diz essa última parte como se estivesse me tentando com uma regalia especial.

— Não quero meu edredom. Eu odeio essa coisa. Tá me machucando.

Ele solta um suspiro contrariado.

— Tudo bem, então vamos escapar do edredom malvado.

Eu não respondo, então ele apela em um tom meio maldoso:

— Clementine Monroe, se você não tirar a bunda dessa cama *agora*, eu vou ligar pro David e dizer que você tá me alimentando com nugget.

Ah, droga. Esqueci dos nuggets. Eu nem gosto muito, mas coloquei uns pacotes no carrinho, suspeitando corretamente de que Theo iria amá-los. Eu estava planejando comprar alguns em formato de dinossauro para ele da próxima vez.

Depois de muitos palavrões de ambas as partes, deixo que Theo me tire da cama e praticamente me carregue até o carro. Estou doente demais até para apreciar a sensação de todos aqueles músculos ao redor de mim.

Ele me prende com o cinto no banco do carona, e minha cabeça pende contra o encosto do banco. Estou de pijama e com um par de meias fofas que Theo colocou nos meus pés enquanto eu observava tudo em silêncio. A luz do dia está clara demais, e sigo reclamando até que ele desliza os óculos de sol sobre meu nariz. Ele também joga um cobertor por cima de mim. Acho que está nervoso.

Essa é outra coisa com a qual eu devia me preocupar, mas, quando o carro começa a andar, concluo que é melhor gastar minha energia tentando não vomitar outra vez. Seguimos o percurso em silêncio, exceto pelo zumbido do GPS guiando Theo seja lá para onde estejamos indo. Viro a cabeça e decido me distrair contemplando o homem ao meu lado. Estou usando óculos de sol e ele está concentrado na estrada, então sei que posso espiar o quanto quiser pela primeira vez.

Começo pelo topo. O cabelo está despenteado, uma bagunça, e não de um jeito estiloso. Um pequeno tufo sai da parte de trás. As sobrancelhas estão franzidas no centro da testa, mas seu perfil é tão bonito quanto da primeira vez que o vi, na igreja: cílios longos, nariz perfeitamente reto, lábios carnudos e macios. O maxilar ostenta uma barba por fazer de alguns dias, fazendo com que ele pareça um daqueles modelos em um anúncio de aparelho de barbear. Imagino Theo nu da cintura para cima, passando devagar a lâmina por baixo do queixo, daquele jeito que eles fazem, enxaguando a navalha na pia. Estremeço, porque a imagem é a coisa mais poderosamente erótica que já passou pela minha cabeça.

Sua clavícula está visível pela abertura da camisa. Ele está vestindo uma camiseta preta, uma daquelas sem gola e com pequenos botões na parte de cima que parecem pintados com tinta spray. Ela se estica sobre os bíceps, e sigo a linha dos braços de Theo até onde suas mãos seguram o volante. Dedos compridos envolvendo o couro.

Acho que minha febre está piorando. Está tão quente que sinto uma gota de suor escorrer em meu pescoço.

— Chegamos — ele anuncia, quebrando o feitiço, e olho pela janela com a vista turva. Estamos na cidade, em frente à farmácia, e Theo estaciona junto ao meio-fio fazendo baliza.

Puta merda. Vamos esquecer o anúncio de barbeador... Estacionar o carro fazendo baliza sem nenhum esforço na primeira tentativa? Uma das mãos girando o volante enquanto a outra apoia no encosto do banco junto à minha cabeça? Aparentemente, encontrei o meu fetiche, porque nunca fiquei tão excitada em toda a minha vida.

Seu antebraço está bem ao meu alcance. Músculos e tatuagens e pele macia e radiante.

— Ai! Por Deus, Clemmie! Você me mordeu? — Theo exclama, e solto o ar de maneira indignada, pronta para negar uma acusação tão descabida.

É só quando olho de novo que vejo a marca rosada e perfeita de duas pequenas fileiras de dentes em sua pele.

— Hum — murmuro, confusa. — Desculpa.

Theo gira a chave na ignição e afasta o braço, segurando-o diante do rosto para examinar a mordida mais de perto.

— Vamos torcer pra que não seja o início do apocalipse zumbi.

Dou risada, mas sinto que pode mesmo ser verdade.

— Vou comprar as coisas que a dra. Swain mandou — ele diz com um suspiro. — Já volto, ok? Não sai daqui.

— Não é uma opção — eu concordo.

Theo sai do carro, e devo ter caído no sono, porque parecem se passar apenas alguns segundos até que ele volte carregando sacolas abarrotadas.

— Você comprou tudo que tinha lá dentro? — pergunto, a vista embaçada.

Theo me lança um olhar que deixa nítido que ele não precisa ouvir mais qualquer gracinha. Ele tira uma garrafa de água e uma cartela de remédio de uma das sacolas.

— Toma isso — ele diz, depositando dois comprimidos na minha mão.

— O que é? — pergunto, desconfiada, porque não vou sair por aí experimentando tudo que um astro do rock me oferecer.

Um músculo próximo ao olho de Theo se contrai, e tenho a impressão de que ele está se esforçando ao máximo para não gritar comigo.

— Um antiviral que a médica receitou. É só tomar.

Obedeço, tomando também os analgésicos reforçados que ele me oferece em seguida.

Theo exala pesadamente e puxa o cinto de segurança sobre o peito.

— Certo. Vamos levar você de volta pra cama.

— Obrigada por cuidar de mim — falo após alguns minutos de estrada.

Ele apenas dá de ombros.

— Mas por que você tá sendo tão legal comigo? — pergunto, as palavras saindo abafadas por baixo do ninho que fiz sob o cobertor.

Dou uma espiada em Theo. Ele parece ofendido.

— O que você tá querendo dizer? Eu *sou* legal.

— Não comigo — respondo, desamparada. — Não mais.

Theo franze a testa.

— Eu não sou *não legal* com você — ele diz com cuidado.

— Acho que não — concordo. — Mas você fica me ignorando. Não gosto. Você acha que eu sou ruim no meu trabalho.

Ele agarra o volante com mais força e mantém a atenção à frente. Nada por um longo tempo. Sinto os comprimidos que me deu começarem a fazer efeito. As pontadas agudas de dor começam a diminuir, e me sinto tonta, com os olhos pesados. Tudo parece suave agora — eu, o carro, Theo, estamos todos lindamente embaçados juntos.

— Desculpa. — A voz de Theo é suave também. Eu o encaro, e ele me oferece um sorrisinho torto. Seus lábios se curvam, a covinha aparece. — Eu só tava tentando... não importa. Fui um idiota. Sinto muito mesmo, Clemmie.

Quero lamber sua covinha, eu penso, só que é possível que eu não tenha só pensado, porque Theo produz um som esquisito e meio engasgado.

— Você vai se sentir melhor quando a gente chegar em casa — ele diz com firmeza.

E, mesmo que não queira dizer nada, o jeito como ele falou "a gente" e "casa" me faz sorrir feito uma idiota enquanto volto a dormir.

16

Não sou uma boa paciente e Theo não é um bom enfermeiro. Em sua defesa, ele não cuida de si mesmo, que dirá de outra pessoa, já faz duas décadas. No começo, ele fica rondando, nervoso, me acordando a cada dez minutos para perguntar como me sinto e verificar minha temperatura.

Após a décima segunda vez, reúno energia para atirar o travesseiro nele e dizer, em termos inequívocos, que, se não me deixar em paz para dormir, o apocalipse zumbi será o menor de seus problemas. Também falo muitos palavrões. Os olhos de Theo vão ficando cada vez mais arregalados, e, em certo momento, acho que ele vai rir, mas a cara que faço faz com que ele engula o impulso.

— Tudo bem — ele bufa, deixando o quarto. — Você sabe onde eu tô caso precise de alguma coisa — ele murmura. Já imagino que a próxima coisa que ele vai fazer é ligar para David, mas não me importo e caio em um sono de esquecimento que dura até a manhã seguinte.

Sou acordada por vários barulhos ameaçadores vindos do andar de baixo. O detector de fumaça toca por um tempo. Mais tarde, descubro que foi porque Theo tentou fazer uma sopa. Ele me conta o que houve com irritação, como se a ideia tivesse sido minha, e percebo que três de seus dedos estão com curativos.

— Por que não esquentou uma lata de sopa? — eu digo.

— *Era* uma lata de sopa — ele resmunga.

Desistindo do plano da sopa, Theo me traz prato após prato de torrada meio queimada e esquece quais remédios me deu e quando. Eu gemo, reclamo e digo para ele que existe algo chamado caneta e que ela pode ser usada para anotar esse tipo de coisa. Ele tenta me fazer beber um pouco do suco de gosma verde, e novos xingamentos são proferidos por ambas as partes. Como eu disse, não estou no meu melhor humor.

Assim que começo a me sentir melhor, peço desculpas.

— Sou uma pessoa horrível quando fico doente... — Encolho o corpo. — Pode perguntar pra qualquer um da minha família, eles vão confirmar. O certo seria ter corrido pra longe no instante em que a minha temperatura começou a subir.

— Você não me avisou de muita coisa antes de começar a vomitar — Theo responde, afofando o travesseiro atrás de minha cabeça. — Mas vou manter isso em mente pra próxima vez.

— Mas agora eu tô avisando — murmuro. — Ainda não estamos fora da zona de perigo. Ainda vou ser uma rabugenta chorona por um tempo.

— Eu consigo lidar com a situação — Theo diz, no que considero ser uma dose infundada de confiança.

— Você tá falando isso agora... — Eu me interrompo, a voz meio fraca. — Tenho que ligar pro David. A gente devia estar providenciando outra pessoa pra vir aqui cuidar de você? Talvez eu devesse ir pra casa.

— Não preciso de ninguém pra "cuidar de mim" — Theo reclama. — Não sou uma plantinha num vaso, sou um homem adulto.

Permaneço em um silêncio suspeito, mas o olhar que dou para ele obviamente traduz o que penso.

— Eu sou! — Ele insiste, nitidamente dividido entre rir e ficar indignado. — Você e David me tratam como se eu tivesse três anos, mas, juro, tenho quase quarenta e consigo viver nesse mundo sem uma babá.

Levanto as sobrancelhas.

— Quanto custa um litro de leite?

— Sei lá. Duas libras? Três? — Theo hesita. — Espera, é uma daquelas pegadinhas pra mostrar como vivo no mundo da lua e na verdade um litro de leite custa cinquenta pence?

— Como se paga uma conta de luz? Como você faz login na conta da Netflix? Como funciona uma máquina de lavar?

Agora ele parece irritado.

— Só porque *não faço* essas coisas não significa que *não posso* fazer essas coisas — Theo insiste.

— Faz sentido. — Deixo meu corpo afundar, fechando os olhos, cansada demais para continuar a conversa. À distância, eu me pergunto por que parece tão normal que Theo esteja sentado na minha cama, discutindo comigo. — Mas não parece certo que eu seja paga pra fazer um trabalho que não consigo fazer agora. Não que tivesse muito o que fazer, na verdade.

— É porque eu preciso de pouca manutenção — Theo insiste, esticando o corpo comprido ao meu lado, as mãos cruzadas sobre a barriga. — E para de falar isso. Você tá doente, não é culpa sua. Vai melhorar em alguns dias e aí tudo volta ao normal. Você não precisa ficar sem o trabalho só porque tá resfriada.

— Resfriada — eu bufo, minha cabeça indo se apoiar no ombro dele como que por vontade própria. — Tá mais pra peste bubônica. — E então adormeço outra vez.

Dois dias depois, estou me sentindo muito melhor. Pálida, cansada e tossindo como se fumasse quarenta cigarros por dia, mas minha temperatura está normal, meu corpo parou de doer e já me deliciei com um longo banho quente e vesti roupas de verdade. Tudo bem, é só uma calça de ioga e um top que é — no mínimo — *parecido* com um sutiã, mas está muito bom para o momento. Finalizo com uma camiseta esgarçada que pertencia a Leo, mas que guardei comigo porque me cai bem. Pode não ser um grande avanço em relação ao pijama, mas são roupas, *roupas de sair de casa*.

Desço as escadas com cuidado, e encontro Theo esparramado no sofá.

— Oi — digo, de repente estranhamente tímida. Passei os últimos dois dias dormindo e espirrando. Fui uma pequena gremlin doente, suada e irritada o tempo todo, e ele cuidou de mim. Não existe de fato motivo algum para começar com timidez agora. Esse barco já zarpou. Já está lá no horizonte, lutando contra monstros marinhos.

— Oi! — Ele se vira para mim, um sorriso satisfeito se espalhando pelo rosto. A covinha surge, e parece que alguém acendeu um interruptor dentro de mim. — Você acordou! — Em seguida, ele espirra quatro vezes.

— Ah, não... — Dou um passo na direção dele.

— Eu nem tô me sentindo mal — ele insiste, embora seu nariz esteja rosado e os olhos pareçam um tanto vidrados. — São só uns espirros e um pouco de dor de cabeça. Nada que ponha minha vida em risco.

Eu me inclino e pressiono a mão em sua testa.

— Você não parece muito quente. — Suspiro, aliviada.

— Aí é uma questão de opinião, muito obrigado — ele responde, a voz abafada. Baixo os olhos e percebo que estou apoiada em suas pernas compridas, pressionando o peito bem próximo ao rosto dele.

— Ops, desculpa. — Dou um passo atrás.

— Eu não tava reclamando — ele murmura, mas ignoro. Ao que parece, o Theo sedutor está de volta, e lembro a mim mesma para não interpretar demais as coisas, que todo sentimento de natureza calorosa e formigante deve ser reprimido com firmeza.

— Vamos procurar umas vitaminas pra você — falo por cima do ombro, indo pegar uma garrafa de suco na geladeira. Volto para a sala e jogo a garrafa para ele. Theo a pega com facilidade, destampa e começa a beber, e tento não ficar olhando o movimento da sua garganta.

— Alguém te mandou umas coisas. — Theo aponta para a mesinha de centro, onde deixou uma pequena caixa endereçada a mim. — Chegou outra também, eu coloquei ali. — Ele aponta para a janela, onde há uma caixa gigante no chão. Não acredito que nem reparei. Estava muito ocupada olhando para Theo, o que, eu me repreendo, não é uma boa ideia. Ele tem um rosto bonito? Sim. Ele tem corpo de modelo de comercial de cueca? Também. Além de tudo é surpreendentemente gentil e atencioso? Com certeza, mas... Já esqueci meu próprio argumento, e começo a piscar, tentando me concentrar nas caixas.

Enfrento a embalagem gigante primeiro, e Theo se levanta para ajudar. É um unicórnio de pelúcia enorme e macio, do tipo que uma criança poderia usar como pufe. Ele tem a crina nas cores do arco-íris e usa uma faixa feita em casa, ao estilo de miss, dizendo: FICA BOA LOGO, CLEMMIE!

— É de Lil. — Eu sorrio. O presente mais perfeito de todos os tempos que Lil já me mandou.

Theo ainda está examinando o unicórnio ("A gente pode chamar ele de Corny?", pergunta) quando abro o presente de Serena. Se o unicórnio é a cara de Lil, então esse certamente é a cara de Serena. É uma garrafa tamanho jumbo de equinácea e um vibrador roxo de aparência extremamente cara, com toda a pompa e circunstância, igualmente enorme.

Solto o ar pelo nariz, lendo o cartão.

> *Orgasmos fazem qualquer um se sentir melhor. Espero que você pare de ser uma vaca mal-humorada. Não há razão para que o desejo número 1 não possa ainda virar realidade. Beijos, Serena*

Ergo o rosto e vejo Theo perceber o que tenho em mãos. Por um segundo, vejo uma expressão em seus olhos que parece prestes a incendiar as roupas do meu corpo. Depois, ele limpa a garganta.

— Acho que esse veio de Serena, certo? — ele pergunta, e sua voz é firme e divertida.

— Óbvio que veio — respondo, balançando a cabeça como se pudesse desalojar fisicamente as imagens cem por cento inadequadas para o ambiente de trabalho que estão aparecendo em meu cérebro.

— Legal. — Ele também balança a cabeça, e parece tão desinteressado que penso ter imaginado tudo, ou talvez tenha sido só eu. Não acredito de verdade que aquilo tenha afetado Theo, não até ele se virar e dar de cara com a parede ao lado.

— Ai! — ele geme, e caio na gargalhada.

Theo espirra outra vez. E outra, e mais uma.

Enfim, ele se esparrama de bruços no sofá.

— Minha cabeça tá doendo muito — ele murmura.

— Preciso ligar pro David. — Já estou pegando o celular.

— Não, não ligue — Theo pede com firmeza. Depois espirra de novo.

— Tá brincando? E se você piorar? As coisas já não estão boas com ele. Preciso contar agora mesmo.

A resposta de Theo é fechar os olhos e gemer com a cara enfiada nas almofadas do sofá.

David atende no primeiro toque.

— Clementine. — Ele parece tão irritado com a minha existência como sempre esteve. — Creio que esteja se sentindo melhor.

— Tô sim, obrigada — respondo, nervosa. — Mas... Hum, Theo parece ter ficado um pouco resfriado.

Há uma pausa perigosa.

— Tá afetando a voz dele?

Ai, meu Deus, eu nem tinha pensado nisso.

— Sua garganta tá doendo? — pergunto a Theo. Ele nega com a cabeça. — Ele falou que não — respondo para David.

— Deixa eu falar com ele, por favor.

Entrego o celular a Theo, que se senta com relutância.

— Oi — ele diz, resignado. Depois fica quieto por um tempo enquanto David fala. Ele franze a testa. — Um médico de Los Angeles? — ele repete, incrédulo. — É só uma gripe, David. Se acalma.

O que se segue ao telefone faz as bochechas de Theo corarem.

— Essa foi uma situação completamente diferente e você sabe disso! — Ele lança um olhar em minha direção e se curva, falando baixo, mas ainda capto seu tom mal-humorado de adolescente: — Eu não vivo totalmente fora da realidade, sabe?

Até eu consigo ouvir a gargalhada de David, e pressiono os lábios para não começar a sorrir. Da maneira como David age em relação ao meu trabalho, pensei que ele seria incrivelmente complacente com Theo, mas parece que o cara fica feliz em pegar tão pesado com ele quanto comigo.

— Ah, dá um tempo — fala Theo. — Sabe que eu deixaria você se intrometer caso fosse algo sério, mas não é. Não preciso me apresentar pra vinte mil pessoas amanhã, então acho que podemos dar uma noite de folga pro médico.

Deve ser o suficiente para David, porque, após mais alguns minutos de conversa, Theo me devolve o celular.

— Clementine, escute com atenção. — A voz de David é séria. — As cordas vocais do sr. Eliott valem uma fortuna. Uma *verdadeira fortuna*. E estão sob os seus cuidados. Pense nele como um Stradivarius. Sua única tarefa é proteger esse instrumento precioso. Vou enviar uma lista de tratamentos pra garganta que ele precisa seguir rigorosamente. E, se ele mostrar qualquer sinal de piora, *qualquer sinal*, você precisa me ligar na mesma hora.

Consigo sentir meus olhos ficando cada vez mais arregalados conforme ele fala.

— Certo, David — respondo com humildade.

Quando ele desliga alguns minutos depois, olho para Theo.

— O que David disse? — ele pergunta desconfiado.

— Ele disse... — Engulo em seco. — Que suas cordas vocais estão sob os meus cuidados. Chamou você de instrumento precioso. Disse que você é... um Stradivarius.

Theo leva as mãos até o rosto.

— Ah, pelo amor de Deus — ele sussurra, como uma criança cujos pais a envergonharam.

Começo a rir.

Theo baixa as mãos.

— E pode parar você também — ele resmunga, mas, embora sua boca permaneça em linha reta, surgem rugas em seus olhos.

Rio ainda mais, e minha risada se transforma quase que de imediato em um acesso de tosse ofegante e estridente que me faz apoiar as mãos nos joelhos.

— Muito bem — digo, após recuperar o controle. — Espero que goste de limão com mel, porque, de acordo com David, você vai ter que basicamente nadar nessa coisa.

17

A situação piora na manhã seguinte, quando a temperatura de Theo atinge pouco mais de trinta e oito graus. Já estou com o celular na mão quando os dedos de Theo envolvem meu pulso.

— Não — ele diz. Fico temporariamente distraída; é a primeira vez que ele me toca sem que eu esteja doente demais para prestar atenção. Ele tem mãos tão boas, e a pressão morna dos dedos, o toque frio dos anéis de prata contra a minha pele... digamos apenas que estou definitivamente prestando atenção agora.

Engulo em seco. Recobro o juízo.

— Eu preciso — respondo, instável. — Você tá doente.

— Eu não quero confusão. — Ele suspira e me solta. — Não tô me sentindo tão mal, de verdade.

— Não sei — falo devagar. — Sua temperatura tá subindo. E você tá pálido e catarrento.

— Mas começou agora — ele choraminga. — E não tô com dor de garganta. Seu juramento de proteger minha preciosa voz segue intacto.

Quando ainda hesito, ele suspira.

— Olha, a gente sabe exatamente o que é e como lidar com esse vírus. É óbvio que não tô tão mal quanto você, porque não saí por aí vomitando no seu pé.

— Eu não vomitei no seu pé! — exclamo indignada.

— Caíram uns respingos — Theo diz com firmeza. — Meus sapatos foram comprometidos.

— Deixa de ser ridículo — resmungo. — Mantive todo o vômito dentro da pia que nem uma *profissional*. Acho que você nem tava usando sapato.

Theo me ignora.

— Tanto faz, a questão é que eu só preciso tomar os comprimidos que a médica te deu, descansar e beber água. Se você ligar pro David, o tratamento vai ser o mesmo, mas sabe o que ele vai fazer?

Nego com a cabeça. Não sei *mesmo* o que David faria caso seu precioso Theo estivesse doente, mas o imagino atravessando a janela com um grito de guerra e um saco dos melhores limões-sicilianos debaixo do braço.

— Pra começar, ele vai colocar um médico em um avião... ou vários médicos... e eles virão lá de Los Angeles. — Theo me encara por baixo das sobrancelhas. — Pense no planeta, Clemmie. No meio ambiente. Na pegada de carbono desnecessária.

Eu bufo.

— Além disso... — Theo ergue um dedo em advertência. — Ele vai vir pessoalmente. E eu nem sei como enfatizar o bastante: depois ele *nunca vai embora*. De algum jeito, ele vai te culpar por toda a situação e vai ficar pairando em cima da sua cabeça pelas próximas quatro semanas e meia, pra ter certeza de que você tá seguindo as instruções dele nos mínimos detalhes. Ele vai deixar nós dois alucinados.

— Tudo porque você não quer parar de comer porcaria? — pergunto, desconfiada.

Theo fica evasivo por um instante.

— Acabei de redescobrir os salgadinhos de cheddar — ele enfim sussurra, um homem arrasado. — Por favor, não tira isso de mim.

Caio na risada — não consigo evitar —, e os olhos de Theo brilham de triunfo. Ele também argumenta com o que sabe ser sua melhor cartada:

— Fora que David vai falar com a gravadora, e todo mundo vai perder o juízo, ficar preocupado com o álbum, e isso vai deixar as coisas piores pra Serena.

Sopro o ar entre os dentes, e sei que *ele sabe* que me pegou.

— Tá bom — eu digo, de má vontade. — Mas você vai direto pra cama. Vou te encher de remédio até o talo, e, se começar a se sentir pior, vai ter que me contar.

— Tão mandona — Theo murmura, andando na minha frente. — Adorei.

— Tudo bem se você tomar esses analgésicos? — pergunto, um pouco sem jeito, quando ele já está deitado.

— Por causa da bebida, você quer dizer? — ele rebate.

Concordo com a cabeça. Sei que ele não bebe, e David especificou que a casa deveria ser mantida livre de álcool. Eu nem tinha pensado nisso. Conheço muita gente que não bebe por uma razão ou outra, embora deva admitir que, dado o trabalho de Theo, tenho minhas suspeitas, sejam elas justas ou não. Digamos apenas que Ripp e os amigos não são exatamente as pessoas mais sóbrias... longe disso.

— É. — Theo recosta a cabeça no travesseiro. — Parei com a bebida faz uns anos. Não que eu tivesse exatamente um problema, mas eu podia enxergar com facilidade um futuro em que a bebida *seria sim* um problema. Já vi amigos demais enveredando por esse caminho e dei sorte de ter um ou dois que perceberam os sinais e me fizeram parar antes que algo acontecesse. E era mais fácil largar de vez. — Ele geme. — Mas analgésicos são de boa. Agora entendo porque você falava tanto sobre ossos doendo.

Entrego os comprimidos e insiro a hora e o nome do remédio no aplicativo de notas do meu celular, o que Theo declara ser um "comportamento presunçoso e desagradável", mas digo a ele que se trata simplesmente da ação de um adulto funcional. Eu o obrigo a beber um pouco de água, meço a temperatura dele e me preparo para sair.

— Não, não vai — ele diz baixinho.

Eu me viro para encará-lo.

— Quem vai me proteger se eu tiver alucinações demoníacas com bonecos de massinha? — ele pergunta, desamparado. — E se eu precisar morder o braço de alguém?

Sinto minhas bochechas corarem.

— Já falei que você, com certeza, imaginou essa parte.

— Por favor? — Ele inclina a cabeça, dando tapinhas ao lado dele na cama. — Não me deixa sozinho.

Encaro o colchão e digo a mim mesma que é uma má ideia, mas acho que nós dois sabemos que essa não é a hora.

— Mas você precisa dormir — eu digo, me acomodando ao lado dele.

— Tudo bem. — Os olhos de Theo já estão fechados. — Tem uns livros aí na cômoda caso você fique entediada de admirar meu rostinho bonito.

Eu me inclino por cima dele. Há três livros empilhados ao lado da cama: um romance de Agatha Christie, o livro de Judy Blume que tirei da estante do meu quarto na semana passada (com CLEMENTINE MONROE escrito em caligrafia redonda na contracapa) e um exemplar de *Os contos da Cantuária*.

— Chaucer? — pergunto, surpresa.

— Você tem um pôster dele no seu quarto. — Theo não abre os olhos. — Fiquei com ciúmes. Queria saber do que se tratava.

Pego o livro e me acomodo do meu lado da cama.

— Você quer que todas as garotas tenham um pôster de Theo Eliott no quarto?

— Não *todas* as garotas — ele murmura. Sinto minhas bochechas esquentando e tento me lembrar de que ele não quer dizer nada com aquilo.

— Sou mais fã do Ryan Gosling — respondo, bem-humorada.

Theo solta um gemido.

Ficamos em silêncio por um tempo. Folheio as páginas familiares e sorrio ao notar que Theo andou fazendo anotações nas margens, tentando traduzir o inglês medieval, sublinhando os trechos mais difíceis.

Chego a pensar que ele está dormindo, mas então Theo se aconchega mais perto de mim.

— Gosto mais da sua cama — ele diz, sua voz está sonolenta e um tanto arrastada agora que os remédios fazem efeito.

— É a sua cama que tem os lençóis chiques e megacaros — relembro. Ele suspira. Move a mão até roçar meu braço com os dedos.

— Você é tão macia. — Seu tom é sonhador. — Queria te morder também. Que nem um pêssego.

O som que meu cérebro produz é como uma motosserra enferrujada pegando no tranco. *São os remédios. Todo mundo fica meio grogue quando tá com febre. Mantenha a calma.*

— Acho que não ligo pra em qual cama eu tô — Theo consegue dizer após um tempo. — Desde que você esteja nela também.

O que devo responder? Fico congelada, tentando encontrar palavras.

Mas nem preciso, porque um ronco leve me informa que Theo adormeceu.

Nos dias seguintes, me certifico de que Theo tenha um fluxo constante de limão com mel e o obrigo a fazer inalação, fazer gargarejos com água morna e tomar os remédios. Assinalo todas as tarefas que David me deu, e a estratégia parece funcionar.

Vamos marcar um ponto no placar dos dez mil suplementos, porque a doença de Theo não piorou mais desde que ele teve aquela febre alta, não que isso o impeça de reclamar o tempo todo.

— Tô achando que a gente *talvez* devesse pedir a David pra mandar alguém com essas vitaminas na versão intravenosa — ele choraminga enquanto estamos sentados no sofá assistindo televisão.

— Fica quieto e bebe seu Redoxon. — Atiro uma pipoca na cara dele, mas Theo a pega com a boca e me dá um sorriso cafajeste.

Não consigo aceitar como é fácil estar perto dele. Aprendi até a reprimir o implacável estalo elétrico da atração física que sinto por Theo. Bem, em parte. Pelo menos um pouco. O catarro ajudou por um tempo.

E sim, ele é galanteador. É charmoso de um jeito ridículo que me faz querer chorar, mas preciso apenas lembrar que isso é parte de quem ele é. A sensação efervescente que às vezes tenho é só o resultado de ser capturada na órbita de alguém com carisma para conquistar um estádio inteiro de fãs. É tão natural para ele quanto respirar. Não sei nem se Theo saberia como desligar esse lado. E, desde que eu mantenha isso em mente, que me lembre de quem ele é, está de fato começando a parecer que somos... *amigos*.

O Theo frio e distante da semana passada derreteu, e agora estou deitada sob um cobertor enquanto assistimos a *Sangue e luxúria* juntos.

Dias atrás, Theo me disse, sem deixar dúvidas, que não tinha interesse em ver aquela "porcaria". Não dei atenção e, sem dizer nada, coloquei o primeiro episódio para vermos. Agora já estamos na metade da segunda temporada. Temos vivido como toupeiras, tomando sorvete e mantendo as cortinas fechadas. Theo está totalmente imerso nisso, pesquisando seus pares românticos favoritos, lendo pedaços de fanfics obscenas em voz alta para mim no navegador do celular.

— Não acredito que você lê fanfic — eu digo.

— Lógico que leio. Tem um monte sobre mim nesse site, sabia? — Ele parece encantado consigo mesmo.

— Não! — Estou horrorizada. — E você leu?

— Algumas. — Ele me encara, arregalando os olhos com inocência. — Que foi? Não precisa ser tão puritana. Tenho fãs talentosos. Não tem nada de errado com um pouco de erotismo bem escrito.

Deixo escapar um som meio engasgado enquanto tento me convencer de que não vou procurar nenhuma dessas histórias mais tarde.

Voltamos a assistir à série, e estamos chegando em uma das minhas partes favoritas — uma cena romântica crucial, o primeiro beijo de dois dos personagens principais — quando Theo solta aquele gritinho agudo que antes eu só teria atribuído a uma adolescente.

— Que foi?! — pergunto, assustada.

— Essa música é minha! — Ele sorri, apontando para a televisão. Ele pega o controle remoto e aumenta o volume, e lá, bem no fundo, está uma voz rouca e aveludada cantando de modo sedutor por cima de uma batida lenta e pulsante. Em seguida, essa mesma voz rouca e aveludada não está mais apenas na tevê, mas sim na sala inteira. Theo está cantando junto, e isso me deixa toda arrepiada. *Ah, merda.* Os personagens se beijam na tela, e eu penso: *É óbvio que vocês estão se beijando, seus panacas! Escutem a voz desse homem! Não acredito que ainda estejam usando roupas!*

Por sorte, Theo não percebe meu colapso, está ocupado demais aproveitando o momento, com os olhos grudados na tela.

— Minha série favorita usou uma das minhas músicas. Isso é tão legal — ele fala, alegre.

Graças aos céus, o feitiço se quebra após tal declaração, e começo a rir.

— Sua série favorita? Uns dias atrás, você nem queria dar uma chance.

— Sou um homem mais velho agora, Clemmie — ele afirma com seriedade. — Mais sábio.

— Você é um bobo. — Dou uma risadinha, atirando outra pipoca nele.

Theo não se digna a responder, mas, ao se recostar no sofá, puxa meus pés e os apoia no colo. Talvez devesse parecer estranho, mas não é. É fácil, natural.

— Ei, Theo — eu chamo, a voz meio preguiçosa.

— Hum? — Ele não desvia os olhos da tevê.

— Por que você agiu tão estranho comigo quando chegou aqui? Fiz alguma coisa que te aborreceu?

Eu o sinto ficando tenso, mas, quando Theo se vira para me encarar, seu rosto não revela nada.

— Não, você não fez nada. — Ele faz uma pausa por um momento, os cantos da boca virados para baixo. — Desculpa se fiz você pensar assim. Eu tava estressado. Andei um pouco... nervoso.

Reflito por um momento.

— Por causa do álbum? — arrisco.

Ele assente, faz um movimento rápido com a cabeça. Permito que o silêncio se estenda entre nós. Ingrid ficaria orgulhosa.

— Faz um bom tempo que não escrevo nada — ele diz, enfim. — Esse álbum tá atrasado já faz dois anos, sabia?

— Não sabia que tinha tanto tempo — respondo. Não é à toa que a gravadora esteja dando chilique.

— Pois é. — Theo começa a massagear meu pé de maneira quase distraída, e sinto cada célula do meu corpo respondendo, mas me concentro a fim de manter a expressão neutra. — Meu último disco não vendeu tão bem quanto os anteriores — ele explica com uma careta, parecendo magoado por admitir. — Queria que esse fosse especial. Sei que posso fazer um melhor, mas, por algum motivo, não consigo começar. Quanto mais demoro, mais sou pressionado, e agora o álbum parece um obstáculo enorme e impossível. — Ele suspira. — Essa é a última tentativa da gravadora de fazer me dedicar, e depois eles vão querer chamar outros compositores. Nunca gostei de trabalhar assim. Fizemos isso nos tempos da banda, e sei que pode ser ótimo, mas, pra mim, o objetivo é compor músicas que sejam cem por cento pessoais. Que venham diretamente de mim, do que eu tô sentindo.

Estou bem perdida no assunto. O que eu sei sobre compor? Posso ser de uma família de profissionais da música, mas dei o meu melhor para evitar conversas desse tipo. Já sinto um incômodo quando me lembro que tudo parece bem próximo das coisas que eu ouvia Sam dizendo, mas deixo a sensação de lado. Theo está obviamente chateado.

— Sei que não é a mesma coisa — falo, tímida —, mas, quando tô escrevendo algo, preciso tentar me concentrar só no pedacinho que tá na minha frente. Se eu pensar na coisa toda, me sinto atropelada.

É o mais banal e óbvio dos conselhos, mas Theo sorri com doçura e aperta meu pé com a mão quente.

— É — ele diz. — Acho que só preciso de um começo. Não precisa ser perfeito.

— Isso — concordo.

Theo me encara por mais um segundo, o olhar fixo no meu, e, por algum motivo, minha frequência cardíaca acelera. Ele respira fundo, como se tivesse algo importante a dizer, mas depois vira o rosto.

— De qualquer jeito, é sua vez de pegar sorvete — é o que sai de sua boca. — E nem tenta me enganar com aquela porcaria de sorbet de novo.

18

No dia seguinte, finalmente saímos de casa para caminhar na praia. A ideia é de Theo, mas concordo na hora. Está um dia lindo e ensolarado, e saímos piscando os olhos sob a luz. Eu chio feito um gato, e Theo dá risada.

— Anda, Drusilla. — Ele balança meu cotovelo. — Um pouco de vitamina D vai te fazer bem.

— Credo, você parece a Serena.

Passamos pelo portão empenado no fim do jardim dos fundos e descemos pelo caminho íngreme. Enquanto percorremos as dunas de areia fina e dourada, salpicada por tufos de grama verde e fofa, sou atingida por aquela rajada familiar de ar fresco e salgado. É tão bom que certamente deve ser medicinal.

— Então você costumava vir passar o verão aqui com as suas irmãs? — Theo pergunta.

— Aham — confirmo. — Era da vovó Mac, a bisavó de Lil. Digo, ela era parente de sangue de Lil, mas sempre considerou eu e a Serena da família também.

— Como ela era?

— Ela teria feito picadinho de você. — Dou risada. — Ela veio de Peebles, e, quando mudou com o marido pra cá, a família chamou vovó Mac de nova sulista, mesmo que a casa ficasse só uns cinquenta quilômetros mais ao sul. E ela concordou com eles! Ela morou aqui boa parte da vida, e, do jeito que falava sobre Northumberland, seria de pensar que tinha se mudado pro sul da França.

Chegamos à praia, com a areia se estendendo à frente na maré baixa.

— Os avós de Lil não quiseram saber de Petty depois que ela engravidou, mas vovó Mac, sim. O marido dela morreu antes de a gente nascer, então ela morava aqui sozinha. Se Petty não tivesse ido morar com minha mãe, ela e Lil teriam vindo pra cá. Pelo que me lembro a gente veio pra cá em todas as férias de verão.

Penso na mulher que foi uma avó para todas nós.

— Ela odiava meu pai, *odiava mesmo*, mas amava a gente. — Abro um sorriso. — Lembro da única vez que ela encontrou com Ripp. Ela disse que ele era um panaca viciado em sexo e era um alívio pra todo mundo que seus genes fossem tão patéticos, porque felizmente não tinha nada de Ripp *nas meninas dela*. Depois ela também disse que achava a música dele uma completa merda. Que a música dele dava a impressão de que ele ia fazer xixi nas calças.

Theo cai na risada, e sorrio de volta.

— É, foi maravilhoso. — Reflito um pouco mais sobre o assunto, procurando a melhor forma de descrever vovó Mac. — Ela era gentil — comento, engolindo em seco. — Apressada, ranzinza e um tanto intimidadora, acho, mas, no fundo, ela era muito gentil. Nunca fez com que eu ou Serena sentíssemos diferença entre o que ela sentia por nós duas e por Lil.

— Ela parece ótima. — As mãos de Theo estão enfiadas nos bolsos da calça jeans enquanto caminhamos em direção ao mar. A maré está baixa, e a água é de um azul-claro perfeito.

Faço que sim com a cabeça.

— Sinto muita saudade dela. Essa é a primeira vez que venho aqui desde que ela morreu.

Theo interrompe o passo, surpreso, e se vira para mim.

— É mesmo?

— É, a última vez foi depois do funeral dela. Eu tinha acabado de completar dezoito anos.

Ele solta o ar devagar.

— Não fazia ideia. E como tá sendo? Digo, estar de volta.

Enfio o pé na areia.

— Esquisito. Um pouco triste. Ajuda o fato de a casa estar tão diferente por dentro, eu acho, mas descer *aqui*... — Gesticulo para a praia ao nosso redor. — Era aqui que nós três morávamos. Vovó Mac costumava abrir todas as portas e deixar as netas soltas durante o verão. A primeira coisa que a gente fazia era descer correndo e escrever nossos nomes na areia, para guardar lugar. Eram seis semanas indômitas, sem nenhum senso de civilidade. Cabelos embaraçados, pés descalços, queimaduras de sol, areia por toda parte, sem nunca tomar banho. A gente nadava, brincava e escalava todas as pedras. Era maravilhoso. — Olho em volta para o cenário de tantas aventuras e sinto aquela mistura doce e particular de nostalgia e tristeza que acompanha as lembranças de vovó Mac e aqueles verões mágicos e descomplicados.

Theo abre um sorriso.

— Tipo uma versão mais selvagem de *Os cinco*?

— Tipo isso. — Sorrio também. — Mas acho que Serena não conseguiria inventar algo tão saudável quanto Enid Blyton. Nenhuma de nós conseguiria. Uma das nossas brincadeiras favoritas era ver quem imobilizaríamos para obrigar a comer mais areia.

Theo ri baixinho, divertido.

— Foi assim até a gente chegar na puberdade, e aí eram só banhos de sol, livros de Jilly Cooper e andar pela costa pra espiar os surfistas vestidos de neoprene. E uma higiene pessoal melhor, graças a Deus. — Aponto para as rochas que cercam a enseada particular. — Quer continuar? A gente precisa escalar as pedras, mas depois tem um trecho longo que é bom pra caminhar.

— Vamos — Theo concorda com facilidade. — Tá muito legal o passeio.

Subimos aos tropeços pelas rochas e passamos pela placa de "Propriedade privada". Quer dizer, eu subo aos tropeços; Theo salta com graciosidade usando as pernas compridas como se as pedras fossem nada. Quando chegamos do outro lado, lembro que estamos no início do verão e não somos apenas nós dois aqui no fim do mundo. A longa extensão de praia pública está repleta de pessoas — famílias brincando na água, casais tomando sol, cachorros animados correndo pela areia.

Olho de lado para Theo, mas ele não parece preocupado. Está usando óculos de sol e boné de beisebol, e ficou tanto tempo sem se barbear que já tem algo que se assemelha a uma barba. Acho improvável que alguém o reconheça. Caminhamos um pouco, e ele se abaixa para catar uma conchinha bonita cor-de-rosa clara. Ele a revira na mão e depois puxa o bolso do meu short com o dedo, me trazendo mais para perto enquanto coloca a conchinha lá dentro.

— Mas e aí, por que você não voltava pra cá desde os dezoito anos? — Theo pergunta.

Eu franzo o nariz.

— A última vez que estive aqui, não estava na minha melhor fase. Vim pra cá depois de tomar um pé na bunda que foi uma decepção enorme, e poucas semanas depois vovó Mac faleceu. Ela teve um ataque cardíaco, estava sozinha, e ninguém a encontrou até ser tarde demais. — Sinto meus olhos arderem, e pisco depressa.

Era só mais uma coisa que me deixava furiosa com Sam... e comigo mesma. Eu estava ocupada demais pensando no meu próprio drama para passar o tempo com vovó. A Clemmie de coração partido era ainda mais chata do que a Clemmie enferma, e eu odiava pensar que aquelas últimas e preciosas lembranças estavam atoladas em uma nuvem de tristeza e comigo na pior versão de mim mesma.

O mais importante de tudo foi a culpa de ter deixado passar alguma pista sobre a saúde dela, algo que pudesse ter mudado o desfecho das coisas. Não digo nada disso, mas, por um segundo, quero falar. Quero abrir meu coração para Theo, e não sei quando foi que ele começou a baixar minha guarda.

— A última vez que estive aqui, foi pro funeral — continuo. — Ela deixou a casa pra Petty no testamento, mas nenhuma de nós tinha forças pra vir aqui sem a presença dela, então Petty aluga a propriedade como casa de temporada.

— É difícil mesmo — Theo responde baixinho. — Quando minha avó morreu, ninguém me contou até depois do enterro. Eu tava em turnê pelos Estados Unidos e eles não queriam me atrapalhar. — Há uma amargura em suas palavras que eu nunca tinha ouvido.

Respiro fundo.

— Ai, que horrível.

— Pois é — ele concorda. — Fiquei com muita raiva. Eu queria ter ido. Eu amava minha avó. — Paramos na beira da água, e ele vira o rosto, encarando o horizonte. — Além do mais, também fiquei pensando: o que isso diz de mim, minha família ter feito uma coisa dessas? Eles acharam que eu ia tratar a morte dela feito... uma *inconveniência*? Não sei o que eu fiz pra eles pensarem assim, mas devo ter sido um belo merda.

— Certeza de que eles estavam só tentando te proteger. Pelo trabalho de Serena, sei como as grandes gravadoras podem ser. Sua família provavelmente só achou que você não ia poder ir e aí ia ficar se sentindo péssimo.

— Eu teria dado um jeito — ele diz, a voz baixa. — Eu estaria lá pra me despedir. Faria qualquer coisa pela minha família.

— E com certeza eles sabem disso — afirmo, imitando seu tom.

— Com licença — diz uma voz nervosa por trás de nós. Theo e eu nos viramos, dando de cara com uma mulher ali parada. Ela tem vinte e poucos anos e parece que vai desmaiar, pálida e trêmula.

— Você é...? — ela começa a falar, quase sussurrando. Ela fecha a boca, depois volta a abrir. Tenta de novo: — Desculpa, mas você é Theo Eliott?

Eu congelo. Não fomos proibidos de sair de casa ou coisa parecida, mas o plano era manter Theo fora do radar. Serena teve uma longa conversa comigo sobre os riscos de segurança caso os paparazzi ou os fãs descobrissem onde ele estava hospedado. A casa de vovó Mac não é um Fort Knox.

Mas Theo está relaxado, sorrindo.

— Não sou, desculpa — ele diz, adotando sem esforço um sotaque californiano que mal reconheço. — Eu escuto isso o tempo todo, minha esposa acha hilário.

Em seguida, ele pega minha mão e aperta de leve.

Minha boca se abre, e leva um segundo para alguma palavra sair dela, para que eu perceba que ele está me usando como uma camuflagem de "pessoa normal". Acho que é porque a palavra *esposa* fritou meu cérebro.

— É, ele bem que queria ser — consigo resmungar.

Por trás dos óculos, sei exatamente como os olhos de Theo estão brilhando.

— Queria mesmo. Aquele Theo Eliott é bem bonitão.

A mulher murcha, decepcionada.

— É, achei mesmo que não devia ser ele. Digo, o que Theo Eliott estaria fazendo aqui, né?

— Ele deve estar fazendo ioga com cabritos e bebendo kombucha em algum lugar — concordo.

A mulher ri.

— É mesmo. Bom, desculpa incomodar vocês — ela diz com um sorriso tímido, a atenção voltando para Theo a fim de dar mais uma espiada antes dela se virar e correr de volta para os amigos, que nos observam com interesse.

Damos as costas para eles e começamos a andar.

— Eu me sinto mal — comento. — Ela tava tão empolgada.

— É, eu também — Theo concorda. — Não quero decepcionar as pessoas, mas às vezes é mais importante preservar meu cantinho de normalidade, assim como quem tá comigo dentro dele. Levei muito tempo pra entender isso, entender que não sou obrigado a revelar cada pedaço de mim. Limites e tudo mais.

Algo se aquece em meu peito. É o tipo de coisa que nunca ouvi saindo de Ripp Harris. Não consigo nem imaginar Ripp *pensando* algo assim, preocupado com limites ou querendo me proteger, e olha que sou filha dele.

Na verdade, nem preciso imaginar, certo? Eu estava lá com Ripp, implorando para que ele me salvasse da tempestade ao redor, e ele não moveu um dedo. Nem entendia que havia um problema. Meu estômago se contrai com a lembrança.

— A propósito, nunca fiz ioga com cabritos — Theo diz.

Reviro os olhos.

— Fale isso pras garrafas de kombucha orgânico fermentando no armário da cozinha.

— Eu não disse que sou contra a ideia — ele reflete. — Aqueles cabritinhos são muito fofos.

Caio na risada, um riso aberto e alegre, e seguimos andando. Penso na concha que levo no bolso, já planejando colocá-la na minha mesa de cabeceira quando chegarmos em casa. E, enquanto minha mão permanece presa na de Theo durante todo o passeio pela praia, digo a mim mesma que isso é só parte da farsa. Não significa nada. Nadinha.

19

Alguns dias depois, estou sentada à mesa de jantar, encarando meu notebook com algo próximo a desespero, quando Theo enfia a cabeça pela porta.

— Você se incomoda se eu ficar aqui também? — ele pergunta, olhando o computador.

— Imagina — digo depressa. — Tô tentando trabalhar nesse livro acadêmico estúpido e não chego a lugar nenhum. Quer que eu saia do seu caminho? — Começo a juntar as páginas com anotações que espalhei sobre a mesa.

— Não seja boba — diz Theo, entrando na sala. — Gosto quando você tá aqui. Se eu quisesse ficar sozinho, teria continuado no quarto.

— Tá bem... — respondo com cautela, porque noto o violão que ele segura em uma das mãos. É a primeira vez que testemunho um sinal de que ele esteja trabalhando em suas músicas desde que chegamos.

Ele atravessa a sala e se senta no sofá, tirando um caderninho do bolso, que deixa cair ao seu lado, os pés apoiados na mesa de centro.

Ele está usando calça de moletom cinza-claro, e o cabelo está úmido, como se tivesse acabado de sair do banho.

Sei que Theo passou a manhã malhando porque o encontrei no escritório/academia enquanto procurava uma encomenda que David enviou nos dias em que estive doente. Ele estava levantando um halter de aparência pesada de um jeito que fazia seu bíceps se curvar e todos os músculos saltarem, de modo que precisei me deitar na cama por dez minutos enquanto contemplava pensamentos extremamente castos.

— Precisa de alguma coisa? — pergunto.
— Não.

Theo não diz mais nada, então forço minha atenção de volta ao trabalho, lendo as notas do capítulo que reescrevi pela centésima vez. Desde que chegamos na casa, não fiz progresso algum propriamente dito. É engraçado como tenho pensado pouco em trabalho.

Pelo canto do olho, vejo Theo observar a janela, o violão no colo. Finalmente, ele começa a tocar.

Ele toca baixinho, muito baixinho, nem parece que está tocando uma música nem nada, apenas um dedilhado suave, distraído, os dedos vagando pelos trastes. De vez em quando, ele toca a mesma coisa — as mesmas poucas notas — de novo e de novo, e depois volta à deriva. A certa altura, ele se inclina para frente, tira um lápis de trás da orelha e rabisca algo no caderno.

Sinto como se eu estivesse prendendo a respiração, pois não quero fazer nada para distraí-lo ou que o faça notar que estou olhando. Começo a digitar no teclado à minha frente para que Theo pense que estou trabalhando, digitando o que me vem à cabeça.

Mesa
Computador
Cadeira
Pernas
Mãos
Cabelo
Sorriso
Dentes

Covinha
Covinha
Covinha

 Quando enfim me concentro na tela e vejo as divagações de uma tarada que apareceram ali, deleto tudo com toques frenéticos, o cursor engolindo as palavras de volta. Se ao menos fosse fácil assim apagar pensamentos.
 — Algum problema? — Theo pergunta. — A sua cara ficou vermelha.
Sufoco um gemido.
 — Só tô empacada numa parte aqui.
 — Sei como é.
Meus olhos deslizam na direção dele. Theo está afundado no assento, praticamente na horizontal. O violão descansa em seu colo.
 — Mas você tá fazendo uma tentativa — comento. — Já é alguma coisa.
 — Acho que sim.
 — Gostei dessa partezinha que você tava tocando. A que tocou várias vezes.
 — Sério? — Theo se apruma ao ouvir aquilo, um sorriso satisfeito no rosto. Ele toca de novo, agora mais alto, aquela combinação de notas que sobem e descem, doces e melódicas.
 Faço que sim com a cabeça.
 — É bonita.
 — Bonita?
Solto uma risada sem jeito.
 — Digo, se estiver procurando por termos musicais, você tá falando com a pessoa errada.
 — Não, bonita é bom — ele diz, baixando o rosto para o caderno.
— Bonita é perfeito, na verdade.
 — Ah — respondo. — Hum... que bom.
 Ficamos em silêncio, e volto a encarar a tela. Dessa vez, não arrisco deixar meu subconsciente assumir o controle. Sobretudo porque meu

subconsciente parece ter um interesse odiável pelo homem que é meu *amigo*, meu colega de trabalho. E nada mais.

— Posso te perguntar uma coisa? — Theo questiona.

— Pode.

— Qual o problema entre você e a música? Você e Serena tiveram uma discussão estranha sobre isso no aniversário dela.

— Ah. — Pigarreio. — Aquilo.

— É, aquilo.

— É meio difícil de explicar. Sei que é meio esquisito... — Eu me interrompo.

Theo dá tapinhas ao lado dele no sofá.

— Vem pro meu escritório — ele diz. — Você me conta a sua esquisitice, eu te conto a minha.

Não consigo deixar de sorrir.

— Você devia estar trabalhando — eu o lembro.

— Mas eu tô trabalhando — ele responde. — Conversar ajuda. Tá tudo... fermentando aqui nos bastidores.

Decido não questionar por que estou tão disposta a aceitar seu raciocínio. Pego a xícara de chá frio com a qual estive enrolando e a levo para o sofá. Não me sento ao lado de Theo — e fico extremamente orgulhosa de mim mesma por estabelecer esse limite. Levanto os pés e me acomodo de pernas cruzadas, quase de frente para ele, no assento do canto.

— Mas então — ele diz, dedilhando o violão de forma dramática. — Clementine Monroe e a música. A história verdadeira.

— Sei lá, não é nada lá muito interessante — começo, hesitando. — Não gosto de escutar música. Não sou de chegar em casa e ligar o rádio ou de sair para um show ou coisa do tipo.

— O que acontece se você escutar música? — Theo pergunta.

Dou risada.

— Não é tipo criptonita. Não acontece nada. Não vou ter um colapso se escutar uma música. Eu escuto o tempo todo, óbvio. Música tá em todo lugar, eu só não... saio procurando nem presto muita atenção.

Conheço as músicas de Lil e já fui ver ela tocando algumas vezes, mas, fora isso... — Dou de ombros.

— Hum... — Theo inclina a cabeça. — Bom saber que não vou tirar seus superpoderes com meu violão. Mas deve ter mais coisa por trás disso. Você sempre foi assim?

Mudo de posição, desconfortável.

— Não. Quando a gente era criança, tinha música em casa o tempo todo. Minha mãe era cantora e tocava piano. — Encaro Theo, e ele assente.

— Conheço sua mãe — ele diz. — Digo, não conheço, mas sei quem ela é. Sou um grande fã, na verdade. É uma pena que ela tenha parado tão jovem... o primeiro álbum dela é brilhante.

Theo não tem como saber que suas palavras machucam, mas algo em minha expressão deve me entregar, porque ele franze a testa.

— O que eu falei de errado? — ele pergunta.

— Nada. — Balanço a cabeça e ponho um sorriso no rosto. — Ela era uma artista maravilhosa; é ótimo que você aprecie a arte dela.

— Entãããão...? — Theo estica a palavra, visivelmente sem entender o que está acontecendo.

Limpo a garganta.

— De qualquer jeito, graças a mamãe, sempre tinha música. Ela adorava Fleetwood Mac, Simon e Garfunkel, Bob Dylan, Joni Mitchell... você sabe, tudo que tivesse aquela pegada meio folk de contar histórias. E ela escrevia as próprias músicas também.

— Ela com certeza tem uma vibe de Stevie Nicks — Theo comenta.

— Por isso que Stevie Nicks era nossa favorita — concordo. — Minha, de Serena e de Lil, quero dizer. A gente gostava mais de ouvir o álbum da minha mãe, o único que ela fez, mas os discos de Stevie Nicks e Fleetwood Mac vinham em segundo lugar por pouco. — Abro um sorriso. — Eles foram a trilha sonora de todas as nossas bruxarias.

Theo sorri em resposta.

— Enfim... mamãe ouvia todo tipo de coisa, e a gente também. Petty era basicamente uma adolescente e tava numa fase grunge, alucinada pelo

Nirvana. Ava sempre gostou de música clássica, e elas faziam questão de que a gente tivesse todos os discos de Ripp, que a gente soubesse o que nosso pai fazia. Que tivéssemos... orgulho dele. — Pigarreio. — Por muito tempo, eu e a música não tínhamos complicações. Era normal.

— E o que mudou?

— Meu pai — respondo, mexendo com a almofada do sofá. — Não é mistério nenhum. Nosso relacionamento se deteriorou bastante quando fiquei adolescente e comecei a ver as merdas dele como de fato eram.

— Sei que a vida dele era bem agitada. Imagino que Ripp Harris não tenha sido exatamente um modelo de pai.

Dou uma gargalhada sem humor.

— É, dá pra dizer isso. Na verdade, eu via meu pai mais estampado nos jornais do que cara a cara. Teve uma vez... eu devia ter nove ou dez anos. Consegui um papel na peça da escola, um papel bobo, mas fiquei bastante animada e nervosa. Ripp prometeu que iria assistir, mas é óbvio que não foi. Depois da peça, fiquei desesperada, chorando, insistindo com a minha mãe que devia ter acontecido alguma coisa ruim, porque ele tinha *prometido*. Ela tentou me acalmar, mas eu tava histérica, convencida de que Ripp tinha sofrido um acidente de carro horrível e que ninguém tava procurando por ele.

Ainda me lembro da sensação de medo daquela noite. Estar no palco, procurar o rosto dele, e depois ficar perplexa porque ninguém me dava ouvidos.

— No dia seguinte, saíram fotos dele no jornal com a língua enfiada na garganta de alguma atriz — continuo. — Ele tava em Milão, eu acho, ou algum outro lugar ensolarado e bacana, bem distante de uma peça de escola em um salão de festas congelante.

Pisco os olhos. Fazia tempo que eu não pensava nisso.

— Eu sinto muito — Theo fala baixinho.

Abano a mão.

— Não precisa. A questão é que essa foi só uma entre várias e várias decepções. Sempre tem como piorar, essa era a minha relação com Ripp.

Acho que no começo culpei a música por tirar ele da gente, o que é... ridículo, mas foi assim que entendi na época. Acho que pensei que a indústria musical tinha cuspido na cara da minha mãe e corrompido meu pai, e eu só não queria ter mais nada a ver com ela. Foi uma espécie de rebelião adolescente reversa, dar as costas pro mundo dos meus pais. Desistir do rock e me jogar em Chaucer, por exemplo.

— Consigo entender. — Theo esfrega o queixo. — Só fico surpreso por ter durado tanto tempo.

— Não durou muito. — Dou de ombros. — Foi um ano ou mais. Depois fiz dezessete anos e me apaixonei perdidamente por um músico.

A postura relaxada de Theo continua a mesma, mas nada está calmo em relação a seus olhos agora.

— Ficamos quase um ano juntos. É muita coisa nessa idade, né? Terminamos uma semana antes do meu aniversário de dezoito anos. Foi bem... ruim.

Dizer que foi bem ruim, na verdade, é um eufemismo. Estou certa de que a maioria dos términos entre jovens de dezessete anos não recebe cobertura da imprensa nacional, mas preferi não entrar nesses detalhes com Theo.

— Digamos apenas que ele acabou confirmando todas as minhas piores convicções sobre músicos e a indústria musical. Depois disso, não foi uma decisão consciente cortar a música da minha vida; simplesmente aconteceu. No início, tudo me lembrava Sam. E aí depois acho que virou hábito, ainda que sim, seja também uma pequena provocação a Ripp, um jeito de mostrar que não tô interessada em nada do que ele tem pra oferecer. Música e coração partido, as duas coisas sempre andaram de mãos dadas pra mim.

— Esse é o ex que você encontrou no funeral do Carl? — Theo pergunta, e então ergue as sobrancelhas. — Espera. Dezessete anos? É o mesmo término de que você tava falando ontem? O que te fez vir pra cá?

— Sim, sim e sim — respondo, e acrescento, após uma pausa: — O Sam. Sam Turner.

— Sam Turner? — Theo franze a testa. — Tipo... o baterista Sam Turner?

— O primeiro e único — concordo.

— Mas ele não é...? — É a vez de Theo hesitar.

— O baterista de Ripp? — Mantenho o tom de voz leve. — É, sim. E caso você esteja fazendo as contas, ele conseguiu a posição pouco antes de a gente terminar. — Não sinto necessidade de explicar que na verdade foi no mesmo dia, mas a raiva que permanece, quinze anos e uma tonelada de terapia mais tarde, deve dar conta do recado.

— Que merda — Theo sussurra, obviamente tirando algumas conclusões que não estariam lá muito equivocadas. — Que babaca!

— Ripp ou Sam?

Theo se recosta no sofá.

— Os dois, eu acho.

— Não posso discordar.

— Então foi por isso que Serena falou aquela coisa sobre você e astros do rock? Que você nunca teria um relacionamento com um deles?

— Quê? — Fico surpresa com a pergunta, mas, quando olho para ele, o rosto de Theo não revela nada. Ele está apenas me observando de perto mais uma vez. — Hum... é, é por isso. Já tive dois astros do rock partindo meu coração em pedacinhos. Você sabe, *gato escaldado* e tudo mais.

Theo fica em silêncio, e não faço a menor ideia do que se passa em sua cabeça. A julgar pela expressão na cara dele, seja lá o que for, não é coisa boa.

A quietude me deixa incomodada. Eu não esperava que ele fosse se lembrar do comentário de Serena. *Eu* não me lembro do comentário de Serena, não exatamente. Tento recordar; era algo sobre arrancar alguma parte do corpo antes de aceitar sair com um astro do rock. Talvez Theo esteja se sentindo mal por isso, pelo fato de eu ter passado a noite com ele sem saber o que ele fazia da vida.

— Mas você não precisa se preocupar — digo, enfim, e Theo pisca e olha para mim como se tivesse esquecido que eu estava ali. — O que aconteceu entre a gente. Você e eu. Talvez eu devesse ter dito algo antes. Não tenho ressentimentos.

— Não tem ressentimentos? — Theo repete.

— Quer dizer, eu não sabia que você era... *você* quando a gente passou a noite juntos, mas, depois de saber, não sinto como se você tivesse sido... — Eu me atrapalho. — *Adicionado* na lista.

— A lista de astros do rock que partiram seu coração em pedacinhos? — ele diz devagar.

— Acho que não tô me expressando direito. — Torço os dedos das mãos. — Só tô falando que a gente nunca conversou sobre isso e que as coisas ficaram estranhas no começo, mas agora estou feliz por ser sua amiga. Nunca tive esperanças de que aquela noite se transformasse em algo mais, então não tem como ficar decepcionada por você ser um astro do rock com uma... vida sexual *vibrante*. — Eu me encolho. *Acabei mesmo de usar as palavras* vida sexual vibrante? *Ai, Deus, eu sou tão, mas tão careta.* — Entendo que você queira manter as coisas casuais — insisto, desesperada —, e fui eu quem falou primeiro sobre ter um lance sem compromisso e depois você aceitou. Adultos consentindo. Limites. Tudo transparente feito água. Não quero que pense que tenho algo contra você. Digo, não foi legal você não ter me contado quem era, mas eu entendo; entendo por que deve ter sido bom pra você que eu não ficasse pensando *Nossa, tô com o* Theo Eliott. — Entrei em modo divagação agora.

Theo apenas me olha com frieza.

— Eu não disse que queria um lance sem compromisso.

É de fato a última resposta que espero dele.

— Quê?

— Eu não falei isso. Eu perguntei se ficar com alguém só por uma noite era o que *você* queria. Você disse que talvez. E eu disse que talvez a gente devesse descobrir. — Ele enumera nos dedos.

Eu pisco. Como é que ele se lembra de tudo isso? E qual a diferença entre o que ele está dizendo e o que eu falei?

Theo se levanta, o braço do violão pendendo frouxo na mão. Ele fica de frente para mim e, com a mão livre, segura meu queixo e o inclina com gentileza para que eu encare bem dentro de seus olhos. Não há brilho algum neles agora.

— Clemmie. — Sua voz é áspera, mais profunda que o normal. Tão profunda que provoca arrepios na pele. — Deixa eu explicar um equívoco que você criou. Admito que não foi a primeira vez que fiquei com alguém apenas uma noite, mas foi a primeira vez em mais de uma década. E não fui *eu* quem fugiu na manhã seguinte. — Ele deixa as palavras pairando entre nós por um segundo antes de continuar: — Então não diga que eu estou querendo manter as coisas casuais, tá bem? Você pode sentir o que quiser, mas não ponha palavras na minha boca.

Ele me olha por mais um instante. Em seguida, seus dedos soltam meu queixo, correndo pela mandíbula com o mais leve dos toques antes de cair.

— Vou subir e trabalhar — ele fala, bastante calmo. Como se nada de importante tivesse acontecido.

— Tá bem — consigo dizer. — Te vejo mais tarde? — Era para ser uma afirmação, mas meio que soa como uma pergunta.

— Sim, você vai me ver — ele responde, e não entendo por que as palavras parecem pesadas, carregadas de alguma coisa. Só mais tarde percebo que elas são como uma promessa.

20

— Então ele tá mesmo compondo? — Serena pergunta, estreitando os olhos.

Confirmo com a cabeça.

— Sim, a semana inteira. Ele me pediu pra te avisar que acha que, baseado no que já tem, o álbum vai ter entre dez e treze músicas.

Na tela, o rosto de Serena relaxa, seus ombros afundam.

— Fico agradecida pra porra por isso. E aí? O álbum tá ficando bom? — Antes que eu diga alguma coisa, ela continua: — Na verdade, esquece. Você não deve fazer a menor ideia.

— Certo, vou atribuir esse seu humor especialmente charmoso ao estresse — respondo. — E o que escutei é bom *mesmo*, eu acho.

Não vou contar a ela que ouvi somente pequenos trechos aqui e ali ou que Theo anda bastante cauteloso e passando a maior parte do tempo no quarto outra vez. Nem que nenhum de nós mencionou o que conversamos no outro dia. Ou o que poderia significar.

Não, esse é simplesmente meu modo pessoal e particular de tortura — ficar acordada repassando a conversa infinitas vezes, tentando descobrir que porra foi aquela.

Volto a atenção para minha irmã.

— Ele disse que tá indo bem, que tá otimista. É óbvio que ainda está cedo, mas ele parece sincero.

O que também é verdade, porque, embora eu o esteja vendo menos agora que ele está compondo, Theo não voltou a ser o cara mal-humorado e distante que tinha chegado na casa.

Não, ele está positivamente alegre, tão engraçado e sedutor quanto sempre. Ainda somos amigos. E isso anda mexendo com a minha cabeça. As coisas que ele disse... se fosse outra pessoa, eu as consideraria uma confirmação de interesse por mim — e não só por uma noite. Mas não é outra pessoa qualquer; é Theo Eliott, literalmente o Homem Mais Sexy do Mundo de acordo com a revista *People*, o Maior Mulherengo do Universo de acordo com todo o resto.

Porém, meu cérebro sussurra, *ele disse que não fazia sexo casual já fazia mais de dez anos. Dez anos.*

E acredito nele. Talvez isso faça de mim uma idiota, mas sei que Theo não mentiria para mim. Não sobre isso. O que significa... o que exatamente?

— São notícias maravilhosas. — Serena solta o ar, e toda vulnerabilidade que persistia em suas feições é banida quando ela exclama: — Eu sabia que ia funcionar! Dois anos! Ninguém conseguia nada com ele, mas aí eu bolei um plano e BAM! Meu Deus, eu sou muito foda.

— Além de muito humilde — comento.

— Mulheres não precisam ser humildes. — O sorriso de Serena é afiado. — Isso só promove o discurso do patriarcado. Espera... — Ela se inclina para o computador, desconfiada de repente. — Essa súbita explosão criativa... — Seus olhos passam por mim na tela. — É melhor que não esteja transando com ele.

— Quê? — Eu me engasgo. — Não tô transando com ele! Jamais faria isso.

— Você já fez. — Serena cruza os braços.

— Sim. *Tecnicamente* — consigo dizer. — Mas eu mal me lembro. *Mentira, mentira.*

— Você mal se lembra da noite que descreveu como "uma experiência capaz de transcender as fronteiras do tempo e do espaço, o dia em que você contemplou a face de Deus e ela era linda"? *Essa* noite?

Limpo a garganta.

— Acho que não foi o que eu disse.

— Foi exatamente o que você disse.

— Tá, tudo bem, independente de quem falou o que ou quando, não tem absolutamente nada acontecendo entre a gente agora. Ele deve estar se sentindo criativo por causa de toda essa... brisa marinha.

— A brisa marinha? — Serena ergue a sobrancelha. — Ah, deve ser. É bem difícil achar isso na *Califórnia*.

Mantenho um silêncio pétreo.

Ela suspira.

— Tudo bem, acredito em você. Só garanta que vai continuar assim. Você sabe que não te desejo nada além de sexo do bom, mas Theo Eliott não é pra você, Clemmie. Ele te consumiria e cuspiria só os ossos.

— Queria que a gente nunca tivesse feito esses desejos — resmungo. — Você e Lil só falam disso.

— Benzinhooooo! — uma voz chama de algum lugar fora da tela, por trás de Serena. Uma voz de mulher. Uma mulher no apartamento de Serena. Chamando minha irmã de benzinho.

Nós duas congelamos, encarando uma a outra por um momento. Os olhos de Serena estão arregalados. Um músculo se contrai em sua mandíbula.

— Benzinho? — a voz chama outra vez. — Viu aquela minha pulseira de ouro em algum lugar? Achei que tinha deixado perto da cama.

— Serena! — sibilo. — Quem é que...? — Mas não consigo terminar a frase porque minha irmã corta a ligação.

Fico ali parada, piscando para a tela em branco.

— Como assim? — pergunto em voz alta. Penso em ligar de volta para Serena, mas sei que ela não vai atender, então vou na segunda melhor opção e ligo para Lil.

— Minha *sweet Clementine*! — ela cantarola ao atender, o rosto perto da câmera, sorrindo para mim.

— Lil! — Vou direto ao ponto, sem fôlego. — Eu tava no telefone com a Serena e tinha uma mulher com ela no apartamento, e eu ouvi a voz no fundo e... — Eu me interrompo.

— E o quê? — Lil pergunta, uma expressão preocupada no rosto.

— Ela chamou Serena de benzinho — murmuro.

O rosto de Lil fica pálido.

— Ela... — minha irmã tenta falar. — Ela o quê?

— Chamou Serena de benzinho. *Duas vezes.*

— Puta merda — Lil responde, sucinta, e a tela do celular fica borrada. — Tô pedindo um Uber agora mesmo. Tô a caminho. Acha possível que tenha sido sequestrada e esteja sendo mantida refém? Será que foi um pedido de ajuda? Ela tava piscando muito? Tipo tentando se comunicar em código Morse? Vi um filme uma vez onde a pessoa fazia isso.

— Não, ela tava piscando normal — eu falo. — Mas tem alguma coisa... Eu acho... acho que a Serena tem... uma namorada.

O rosto de Lil reaparece, e ela está em movimento, descendo as escadas do apartamento, ofegando para a tela.

— Serena? — ela diz, como se fosse algo ridículo. — A mulher que diz que relacionamentos só servem pra gente com inteligência abaixo da média?

— Lembra daquela vez que Leo me chamou de benzinho na frente dela e Serena fingiu que ia vomitar de um jeito tão realista que ele entrou em pânico e parou o carro na beira da estrada, e aí ela fez aquele discurso de vinte minutos sobre a infantilização das mulheres e obrigou Leo a doar dinheiro pro Women's Aid na frente dela?

— Pra ser justa, acho que foi mais uma coisa eu-odeio-Leo do que um eu-odeio-apelidinhos-de-casal — Lil comenta, entrando no banco de trás do Uber e cumprimentando o motorista com um adorável "Ah, oi, Marcus!".

— Então, me conta exatamente o que você ouviu — ela retoma.

Faço o que ela pede, e Lil franze a testa.

— Quer dizer que, seja lá quem for, essa mulher deixa *coisas* no apartamento de Serena? Não acredito. Serena não tem nem cabideiro na entrada porque não quer ninguém "se sentindo à vontade demais". Ela dorme atravessada na cama. Ela só tem uma caneca de café.

— Mas tava rolando um clima! — insisto. — A voz da mulher era toda doce e relaxada, e Serena ficou nervosa porque eu ouvi e desligou na minha cara.

Lil murmura baixinho.

— Suspeito. Tô chegando na casa dela agora.

— Me mantém na ligação — eu peço, desesperada para descobrir o que está havendo.

— Pode deixar. — Lil se despede de Marcus e pega o elevador até o apartamento de Serena antes de bater na porta de nossa irmã.

— Serena! — ela grita. — Abre a porta agora mesmo!

Há uma longa pausa.

— Ela não quer atender — Lil diz. — Mas sei que tá lá dentro. Consigo sentir o *cheiro de covardia*. Espera aí, preciso das duas mãos. — Ela enfia o celular no decote e me oferece um close extremo de seus peitos.

— Vira a câmera! — eu grito.

— Ops! — Lil obedece e reposiciona o aparelho na blusa, de modo que agora estou de frente para a porta. Em seguida, ouço minha irmã vasculhando a bolsa até encontrar a chave reserva que ela tem do apartamento de Serena e enfiá-la na fechadura.

— Oláááá! — Lil chama, andando pelo saguão em direção à sala de estar. — Serena?

— Ah, pelo amor de Deus! — Eu a ouço pouco antes de Serena aparecer na tela, beligerante. — Clemmie ligou pra você assim que eu desliguei o telefone, aquela dedo-duro? Como foi que chegou aqui tão rápido?

— Peguei um Uber — Lil responde.

— Na verdade, tô aqui também — respondo, presumivelmente saindo dos peitos de Lil.

Os olhos de Serena encontram a câmera.

— Ótimo, então posso dizer na sua cara que você é uma dedo-duro.

— Lil acha que você foi sequestrada e é refém em sua própria casa — comento.

Por um segundo, há uma expressão no rosto de Serena como se ela estivesse cogitando concordar com aquilo, como se fosse a melhor opção.

— Não fui sequestrada nem sou refém de ninguém — ela enfim admite, contrariada.

— Essa foi a coisa mais romântica que você já disse — uma voz se intromete, aquela que escutei antes, e uma mulher entra na sala. Ela é linda de morrer. Alta e esbelta, com uma pele negra escura e tranças que caem quase até a cintura. Ela tem mais ou menos a nossa idade, e os grandes olhos castanhos encaram minha irmã com nervosismo.

Serena suspira, mas, mesmo pela câmera, posso ver seu rosto amolecendo. Ela estende a mão para a mulher, que a segura, tímida.

— Bee, essa é minha irmã Lil, e minha outra irmã, Clemmie, tá enfiada no sutiã dela por algum motivo. Lil, Clem, essa é a Bee. — Ela faz uma pausa enquanto tenta juntar as palavras. — Minha namorada.

— AIMEUDEEEEEEEUS! — Lil se lança para Bee, o que significa que vou junto, e os próximos minutos são uma série de ângulos cada vez mais bizarros entre os guinchos empolgados de Lil.

Em algum momento, minha irmã pesca o celular da blusa e o entrega a Serena, arrastando Bee até a cozinha para fazer café e, óbvio, sabatiná-la para saber suas intenções.

— Vocês são mesmo duas intrometidas — Serena bufa.

— A gente só te ama! — insisto. — Faz quanto tempo que isso tá rolando?

— Umas semanas — Serena admite, e percebo que ela está tentando não sorrir. Sinto meu coração apertar e contemplo minha irmã, radiante.

Serena revira os olhos.

— Calminha aí vocês duas. É por isso que eu não queria contar. Ainda sou eu. Não vou me transformar em uma meia pessoa grudenta e fofinha, tudo bem? Sou uma pessoa inteira.

Posso ouvir o fiapo de ansiedade em suas palavras.

— Serena, você é o ser humano mais completo que conheço. Estar em um relacionamento não significa perder partes de você. Não se for com a pessoa certa. — Assim que termino de falar, percebo a verdade do que eu disse; percebo também que nunca estive com a pessoa certa, porque com Sam e Leo eu abria mão de pedaços de mim a torto e a direito, como se estivéssemos em alguma partida emocionante daquele joguinho de cirurgia. É, na verdade, um momento de epifania bastante avassalador.

Fica evidente que Serena chegou à mesma conclusão, porque ela aponta o dedo para o celular.

— Não ouse ficar triste — ela diz com firmeza. — Só pare de sair com idiotas, tá bem?

— Certo — concordo. — Só seria mais fácil se eles usassem plaquinhas no pescoço ou algo assim, pra eu poder manter eles longe.

— ... e foi aí que lançamos o feitiço pra Clemmie, só que agora tá tudo virando realidade pra mim e pra Serena também! — Ouço Lil explicar alegremente conforme ela e Bee voltam para a sala.

— Eu vou matar essa garota — Serena murmura.

Lil aparece na tela bem ao lado de Serena, as duas juntas olham para mim, os rostos tão familiares quanto o meu próprio. De repente, estou com tanta saudade das minhas irmãs que sinto uma dor física no peito.

— Você vai ver, Clemmie — Lil afirma com segurança. — Os três desejos vão te alcançar! Nem Serena conseguiu escapar da grande alma gê...

— Já chega, Lilian — Serena interrompe, parecendo tão em pânico que preciso conter uma risada.

— Vou deixar vocês duas em paz — digo com relutância. — Mas, Lil, me liga mais tarde.

— Ah, pode deixar. — Lil mexe as sobrancelhas para cima e para baixo a fim de comunicar sutilmente que receberei todas as fofocas o mais rápido possível.

— Caraca — ouço Serena murmurar cansada ao fundo.

— Então, Bee, me conta tudo sobre você... — Lil exclama antes de encerrar a chamada.

Fico sentada por um tempo encarando o nada, tentando resolver a confusão de sentimentos que me invadiram.

Um grande amor, o tipo de alma gêmea incondicional e de coração inteiro. O desejo de Lil ecoa em minha cabeça. O fato de que meus pensamentos se voltem quase que instantaneamente para Theo é suficiente para me fazer gritar em silêncio no vazio. O que há de errado comigo? Por que estou fazendo isso comigo mesma?

Acho que é hora de marcar uma consulta com Ingrid.

21

Theo decide sair para caminhar na tarde em que agendei minha sessão via Zoom com Ingrid, então ponho o notebook na mesa da sala e preparo uma caneca de chá gelado de hortelã. Os saquinhos de chá são da marca chique marroquina que Theo usa, um hábito que entendo que será financeiramente desastroso quando voltarmos para casa.

Está fazendo outro dia maravilhoso de sol, e estou com as janelas abertas, tentando fazer um pouco de ar circular no mormaço pegajoso da casa. À distância, consigo ouvir as ondas quebrando na praia, o que me deixa com vontade de correr e me jogar na água, um som tão entranhado nas minhas lembranças deste lugar que preciso me esforçar para não sair correndo porta afora e me manter sentada na frente do computador, bem calma, como uma adulta.

Apesar de estar aqui há três semanas, não falo com Ingrid desde que cheguei na casa de vovó Mac. Sei que não devia, mas estou enrolando. E não quero examinar muito de perto os motivos para isso.

Quando ela me cumprimenta, tão serena como sempre, sentada do outro lado da mesa imaculada de vidro, sinto uma sensação de alívio ao ver seu rosto.

Digo a ela como é estranho estar nesta casa sem minhas irmãs ou vovó Mac.

— Isso te deixa triste? — Ingrid pergunta.

— Às vezes. — Coço o nariz. — Eu não tinha notado que, depois que ela morreu, eu meio que... tentei ativamente parar de pensar nela. Era doloroso demais. Mas, agora, *essa parte* me deixa triste, porque é como se eu tivesse me esquecido dela. Vir aqui depois de tanto tempo... — Olho em volta para a sala, o cômodo que ainda é parte da casa de vovó Mac, mas que também não é, pois está diferente agora. — É como se às vezes todas as lembranças voltassem correndo. Tão rápido que não consigo acompanhar, tudo ao mesmo tempo. É barulhento. Não é ruim, mas é barulhento.

Ingrid inclina a cabeça.

— Talvez você possa começar a anotar essas coisas — ela sugere. — Sei que a escrita já te ajudou várias vezes a processar coisas do passado. Talvez dê a você a chance de desembaralhar as coisas? De se sentar com calma e apreciar cada lembrança?

— Talvez. — Mordo o lábio. — Pode ser. Eu só não sei se quero... lembrar de tudo.

Ingrid emite um murmúrio grave no fundo da garganta.

— E por que acha que vai ser ruim?

Fico inquieta.

— Porque ela morreu. E eu não tava aqui. Porque *estive* aqui um pouco antes, e não fui muito legal com ela. Me sinto tão envergonhada por causa disso. Eu não sabia que seria a última vez, mas acabou sendo.

— É comum que a gente não saiba quando vai ser a última vez — Ingrid comenta. — Você só tinha dezoito anos, Clemmie, e estava passando por um momento bem difícil. Acha que sua bisavó ficou ressentida com seu comportamento?

— Não ressentida. — Balanço a cabeça devagar. — Mas talvez tenha ficado decepcionada.

— Acho que você pode estar projetando seus próprios sentimentos na situação. Pelo que me contou, vocês duas tinham uma relação bastante sólida. Se você estava sofrendo, tenho certeza de que ela entendia. Acha que consegue encontrar alguma compaixão por si mesma? Pela jovem que não era perfeita, mas que estava fazendo o melhor que podia?

Sinto meus olhos enchendo de lágrimas.

— Meu Deus, Ingrid — eu fungo, pegando os lenços de papel que sabiamente deixei ao lado do meu cotovelo. Esta *não é* minha primeira sessão de terapia. — Por que você faz isso comigo?

— Que inferno! — A voz de Theo me faz pular quando ele entra pela porta da frente. — Tá quente pra porra lá fora. Não deu pra continuar andando sem arriscar uma desidratação. Mas eu te trouxe o Magnum de amêndoas que você gosta... Ah, merda, me desculpa!

Ele chegou na sala de estar, suas bochechas estão rosadas por conta do sol, a camiseta fina grudada no peito e na barriga. Ele me olha por cima dos óculos escuros, espiando meu rosto lavado de lágrimas, Ingrid na tela à minha frente.

— Tô interrompendo — Theo fala devagar. — Me desculpa mesmo. Você tá... legal?

Ofereço um sorriso úmido para ele e balanço o lenço de modo desajeitado.

— Tô ótima, só fazendo uma sessão com a minha terapeuta. — Não tenho vergonha de fazer terapia, mas devo admitir que Theo entrar no meio dela é um tanto chocante. Não faço ideia de qual seja o protocolo. — Hum... essa é a Ingrid. Ingrid, esse é o Theo.

Theo ergue a mão em um cumprimento, mas franze a testa.

— Opa, acho que a tela travou.

Olho para baixo, e ele tem razão: o rosto de Ingrid congelou no meio de uma palavra, a boca ligeiramente aberta.

— Ah, que droga — resmungo, irritada. — David mandou instalar aquele roteador superpoderoso com oito mil luzinhas verdes só pra você. Aquele troço parece ter capacidade para alimentar uma pequena usina nuclear, mas não dá conta de uma simples videochamada.

— Deixa eu dar uma olhada — Theo diz. — Pode ser seu computador em vez do wi-fi.

— Vamos torcer pra que seja isso, ou então não vai dar mais pra assistir nossas séries na tevê.

A expressão dele fica abalada.

— Mas... *meus vampiros* — ele sussurra, angustiado.

Theo se inclina sobre o notebook, aquele rosto lindo preenchendo a tela. Theo Eliott em alta definição.

E é bem aí que escuto um som agudo, como um guincho. Levo apenas meio segundo para entender que o som veio de Ingrid, que ela não está travada em qualquer sentido técnico da palavra, mas sim tendo algum tipo de surto induzido pela visão de Theo Eliott e que segue encarando o computador como se fosse um coelho hipnotizado por um par de faróis extremamente bonitos.

— Que barulho foi esse? — Theo pergunta, confuso. — Juro que não apertei nada! Só abri as configurações.

— Tá, tá — eu digo, empurrando-o depressa para o lado, tentando afastá-lo da tela a fim de preservar a dignidade de Ingrid. — É só uma coisa que meu computador faz às vezes. É velho. Não se preocupa. Ingrid — eu a chamo com firmeza. — Consegue nos ouvir agora?

Vejo ela piscar.

— Sim, Clemmie, estou aqui — ela responde, hesitante. — Acho que foi um problema técnico aqui do meu lado.

— Prontinho — falo para Theo. — Nenhuma ameaça à sua tevê.

— Graças a Deus. — Theo ergue a mão para Ingrid, que devolve o cumprimento (ela está *tremendo?*). — Bom te conhecer, Ingrid. Vou deixar vocês em paz.

Theo sai da sala, e Ingrid e eu apenas nos encaramos por um longo momento.

— Me desculpe, Clementine — ela diz. — Isso foi muito pouco profissional da minha parte.

Abro um sorriso, compadecida.

— Não se preocupa. Ele causa esse efeito nas pessoas.

— Imagino que sim. — Ingrid parece ter recuperado a compostura, e agora me observa de perto, com atenção. — E isso é... difícil pra você?

— Por que seria difícil pra mim? — respondo de maneira pouco convincente. — Não tem nada a ver comigo.

Ao que parece, Ingrid não precisa estar na mesma sala que eu para usar seu método Jedi do silêncio de maneira eficaz.

— Tudo bem. — Solto o ar devagar, tentando me certificar de que escuto o som do violão de Theo vindo de seu quarto. Pego o picolé que ele me trouxe e abro a embalagem. — Mas espero que você tenha tempo pra uma sessão dupla.

— Vou liberar minha agenda — Ingrid diz.

Por volta de uma hora depois que Ingrid e eu nos despedimos, Theo dá batidinhas no batente da porta antes de entrar na sala.

— Já terminou? — ele pergunta, notando que estou sentada no sofá com o notebook.

— Já, faz um tempinho — respondo. — Eu tava só escrevendo.

— O seu livro? — Theo questiona.

— Não, ainda não tô com coragem pra ele. Na verdade, é só uma ideia que Ingrid sugeriu.

— Ah. Desculpa mesmo eu ter interrompido sua terapia daquele jeito.

— Tá tudo bem. — Abro um sorriso para ele. — Eu devia ter feito no meu quarto, mas tava um calorão lá dentro.

Theo se larga no sofá.

— Faz muito tempo que você faz terapia?

— Tô com Ingrid há uns dois anos, mas faço terapia já tem muito tempo. É tipo obrigatório pra quem vem da minha família.

— Queria que fosse obrigatório na minha — Theo retruca. — Tive muitos obstáculos com isso no começo.

— Você também fez terapia?

Ele ergue uma sobrancelha.

— Eu moro em Los Angeles, sabe? Fale de novo sobre o conceito de obrigatório.

Dou risada, e ele também.

— Ajuda muito, na verdade — Theo continua. — Faz vinte anos que trabalho em uma indústria muito estranha que carrega um monte de desafios não exatamente comuns. Fui famoso a minha vida adulta inteira. Propriedade pública. Eu era só um adolescente quando entrei na banda, então, sendo bem honesto, eu meio que não conheço vida diferente. É o meu normal, o que, na verdade, não contribui muito pra uma saúde mental das melhores. Me pareceu uma boa ideia procurar ajuda pra lidar com isso.

— Uau — eu digo. — Isso é... incrível.

Theo parece surpreso.

— Sério? — ele pergunta. — Pra mim, parece o mínimo de autoconsciência possível. Sendo sincero, é algo no qual ainda tô trabalhando.

— Digamos apenas que esse mínimo está anos-luz à frente de Ripp Harris na escala de autoconsciência. E ele tá nessa vida faz mais de quarenta anos. Não sei se ainda resta uma *pessoa* dentro dele. Não tenho ideia de quão diferente minha vida seria se ele tivesse feito o que você tá fazendo.

— Caramba, que deprimente. — Theo se recosta no sofá, mas a cabeça permanece voltada para mim, os olhos nos meus.

— É. Sabe, quando eu tinha onze anos, houve um período em que... passei oito meses sem ver meu pai.

— Por quê?

Também me acomodo no sofá, imitando a postura de Theo.

— Ripp me levou pra ver um dos shows dele. — Suspiro, lembrando. — O que foi tipo o ponto alto da minha vida naquele momento. Só que aí ele ficou bêbado, chapado e esqueceu que eu tava lá e me deixou no camarim com um bocado de gente tão desorientada quanto ele pra ir em alguma festa pós-show.

— Quê? Sério? — Theo parece chocado.

— Aham. — Confirmo com a cabeça. — No fim acabei dormindo no sofá. Quando acordei, o lugar já tava escuro e vazio. Fiquei com medo, lembro bem dessa parte. Depois de um tempo, Carl acabou me encontrando e me levou pra casa. Mamãe tava explodindo de ódio.

— Não é pra menos. — Theo também parece bastante furioso.

— Ela suspendeu os direitos de visita de Ripp por um tempo. Fiquei arrasada, odiei minha mãe por ter me afastado dele. — Sinto uma pontada de culpa. — A vez seguinte que vi meu pai foi depois do meu aniversário de doze anos. Eu tava pronta pra um grande reencontro e ele agiu como se nada tivesse acontecido. Nadinha. Não sei nem dizer se ele notou minha ausência. Aquilo me matou.

Solto um longo suspiro.

— Caramba, desculpa. Tô naquela vibe pós-terapia, com os sentimentos à flor da pele.

— Sei bem como é. — A voz dele fica suave. — Mas isso é pesado. Você também parecia chateada quando eu entrei. Quer conversar sobre o assunto? Tudo bem se não quiser.

Fecho o notebook e o deixo ao meu lado no sofá.

— Eu tava contando da vovó Mac e como é estar aqui. E também de todas as lembranças que tenho com ela e minhas irmãs, e como é estranho voltar. Evitei tanto esse lugar quanto por um bom tempo evitei pensar nela. Eu me sinto bem culpada pelo último verão que passei aqui.

— Pelo que você me falou da sua avó, não acho que ela ia gostar de te ver se sentindo culpada.

As palavras criam um nó em minha garganta.

— Foi basicamente o que Ingrid disse. Ela sugeriu que eu escrevesse algumas das lembranças que tenho daqui. Era o que eu tava fazendo quando você chegou. É bem divertido, na verdade; são boas histórias. Na maioria das vezes que vinha pra cá, tudo parecia... mágico.

— Gosto de ouvir você falando do seu tempo aqui. — Theo olha ao redor da sala.

— De certo modo, parece que foi a última vez que realmente fui *eu mesma*. Até voltar, eu não tinha percebido o quanto me fechei. Como me tornei pequena. — Olho para ele, e Theo está apenas me observando com atenção, me dando espaço para falar. Continuo: — Quando terminei com Leo e ele mandou os caras da mudança levarem embora todas as coisas dele. Era praticamente tudo o que tinha no apartamento, e eu nem havia *notado*. Eu tava só existindo dentro da vida de outra pessoa. Sinto que por muito tempo fui... não sei, uma sombra.

— Hum. — Theo franze a testa.

— O quê? — pergunto.

— É só que... — Ele hesita. — Fiquei surpreso. Da primeira vez que te vi, te achei... radiante. Tipo literalmente, como uma luz entrando no quarto. Eu nunca teria descrito você como uma sombra. É mais como uma vela no escuro.

É uma coisa incrivelmente fofa de se dizer e não sei muito bem como reagir.

— Desculpa. — Theo pigarreia, parecendo arrependido. — Isso soou meio estranho. Eu só... sinto muito mesmo. Parece que você passou por uns momentos bem difíceis.

— Não, não. — Fico envergonhada, como se estivesse vendendo para Theo uma história triste, quando na verdade o que me incomoda é como a minha vida ficou altamente monótona. — Digo, as coisas não têm sido ótimas, mas também não têm sido tão ruins assim. E tive Lil e Serena do meu lado o tempo todo.

— Cara, você e suas irmãs... — Theo sorri e junta as mãos por trás da cabeça, voltando a relaxar. — O relacionamento de vocês é incrível.

— É mesmo — concordo, feliz em mudar de assunto. — A maioria das pessoas não entende, mas é como se a gente não fosse apenas irmãs. Somos trigêmeas. Não tecnicamente, mas nunca experimentamos uma vida que não estivéssemos juntas. E crescendo do jeito que crescemos, com a atenção de Ripp e tudo mais... é evidente que cada uma tem a própria coleção de histórias paternas tristes. Elas são as únicas pessoas no mundo que conseguem me entender cem por cento.

— Você tem sorte — Theo comenta, e há algo parecido com inveja em sua voz.

— Tenho. Por causa do trabalho, precisei me mudar muito entre universidades. Não cultivei um grande círculo de amigos, e os que tenho estão espalhados por aí. Mas nunca precisei de muitos amigos porque tenho Serena e Lil. Pro bem ou pro mal, são elas as vozes na minha cabeça.

— Quem é a mais velha? — Theo pergunta.

— Serena — respondo. — Ela é dois meses mais velha que eu, e Lil é quase dois meses mais nova que eu.

— Hum... — Theo inclina a cabeça, pensativo. — Acho que eu teria adivinhado. Você tem muita energia de filha do meio.

— E o que isso significa?

— Como se você fosse a pacificadora, tentando manter todo mundo feliz — ele fala, orgulhoso por já ter entendido tudo.

— Tô trabalhando nessa questão de querer agradar as pessoas — retruco. — Por que você acha que eu faço terapia? De todo jeito, você tem uma irmã, não tem? Algum outro irmão?

— Não, só a Lisa.

— E aposto que você é o mais novo.

— Por que acha isso? — Ele franze a testa.

— Porque *você* tem muita energia de bebezinho da família. — Abro um sorriso.

Ele atira uma almofada na minha cara.

— Acho que você acabou de me chamar de mimado — ele resmunga.

— Se a carapuça feita à mão por algum estilista italiano serviu...

— Você é péssima — ele diz, mas não consegue esconder o sorriso no rosto.

— E você ama. — Atiro outra almofada nele, da mesma forma que faria com Serena ou Lil. Eu me levanto, pronta para cozinhar nosso jantar.

— É. — Eu o ouço suspirar enquanto me afasto. — Amo mesmo.

22

A ideia de Ingrid de escrever as lembranças que tenho da casa é distorcida depressa até se tornar algo inesperado. Começa certinho, óbvio. Eu me pego rindo ao me lembrar da vez que Lil tinha certeza que avistou uma sereia e nós três levamos sanduíches de pasta de amendoim e as redinhas de pesca que usávamos nas piscinas naturais para tentar capturá-la. Os sanduíches de pasta de amendoim tinham sido ideia minha, porque eu achava extremamente triste não ser possível cultivar amendoim debaixo da água.

Aquilo nos levou a uma discussão bem intensa sobre o que sereias comiam. Quando Serena sugeriu peixe, o rosto de Lil ficou pálido.

— Tipo o *Linguado*?!

Dali em diante, todas as nossas sessões de *A pequena sereia* ganharam contornos sombrios sempre que Serena gritava ACHAM QUE AS SEREIAS INVENTARAM O SUSHI? para a tela.

Só que, quando começo a escrever, a história se transforma em outra coisa. Algo sobre três irmãs mágicas. Garotas que de fato encontram uma sereia e a levam para casa para que a moça conheça a avó delas. Mal sei o que estou escrevendo, só sei que é divertido, engraçado e que me faz pensar nas minhas irmãs e no tempo que passamos aqui.

Na manhã seguinte, acordo e me surpreendo por estar com vontade de trabalhar no texto outra vez. Tenho uma vaga ideia de que vou terminar o projeto — ou seja lá o que o texto é — e compartilhá-lo com Serena e Lil, que vão se divertir com essa versão distorcida do nosso passado. Gosto da sensação de estar *fazendo* algo. Está a um milhão de quilômetros de distância do esboço do livro que venho encarando e polindo há anos, e talvez esteja diante de apenas mais um novo ato de procrastinação, mas é bom, é *leve*.

Continuo visitando os sites de emprego, então não é que eu esteja parada. É mais como um período sabático para o cérebro. Pela primeira vez em cinco anos, a pressão de correr atrás de publicações acadêmicas está saindo do meu corpo, e, até isso acontecer, acho que não tinha me dado conta do quão esmagadora ela era, me oprimindo centímetro a centímetro.

À medida que avançamos firmes e fortes para a segunda metade das nossas seis semanas em Northumberland, não tenho nem de perto um plano do que fazer em seguida. Mas, embora ainda ache assustador sempre que me permito pensar demais no assunto, com certeza não sinto o completo pânico de antes. Tenho dinheiro no banco, graças a meu trabalho aqui e às zero despesas que estou tendo. Sei que posso ficar com mamãe enquanto me candidato para as vagas de emprego, ainda que não seja o ideal, é um lugar tranquilo para pousar e recuperar o fôlego.

Após alguns dias, percebendo com nitidez como ando absorta, Theo me pergunta como vai o trabalho.

— Vai... bem — respondo, mudando de posição na cadeira.

— Por que você parece culpada? — ele pergunta, divertido.

Eu hesito.

— Porque não tô exatamente trabalhando na minha pesquisa.

— E tá trabalhando no quê? — Theo insiste, e eu me contorço outra vez. As linhas de riso ao redor de sua boca ficam mais fundas. — Aaaah, já sei. Você tá escrevendo fanfic erótica, né? — Ele faz uma pausa, e pergunta, esperançoso: — É sobre mim?

— Não!

Theo deixa escapar um suspiro pesado.

— Bom, acho que não gosto da ideia de você escrever fanfic erótica sobre outra pessoa, Clemmie. — Ele faz beicinho. — São os vampiros, né? Eu entendo, de verdade. Malditos sejam eles e seus queixos quadrados.

— Não é fanfic. — Eu rio. — É só... na verdade, não sei o que é. Tudo começou como um exercício que Ingrid me deu, escrever algumas das minhas lembranças desta casa, mas agora virou... — Eu paro, outra vez hesitando. — Por que você não lê? — Viro a tela do computador para ele.

— Sério? — Seus olhos brilham.

— E por que não? — pergunto sem jeito, porque de repente percebo que quero compartilhar aquilo com ele, o que só pode ser a coisa mais estranha de todas.

Theo puxa uma cadeira ao meu lado e se senta, inclinado sobre o notebook, os olhos escaneando a tela. Tento não ficar olhando para ele enquanto lê, mas o que mais eu faria? Em alguns momentos me parece que Theo está sorrindo, e com certeza ele ri baixinho em um trecho, um som grave na garganta.

Só percebo que estou balançando a perna para cima e para baixo de um jeito nervoso quando a mão dele desce até meu joelho.

— Para — ele murmura, e deixa a mão ali, a palma quente contra a pele nua exposta pelo meu short.

Pelo menos serve como distração para que eu não surte enquanto o observo lendo minha história boba.

— Clemmie — ele diz finalmente, a voz séria e os olhos escuros parecendo sóbrios. — Isso tá muito bom.

— Quê?

Seu sorriso é lento e adorável.

— Tá *muito* bom. É divertido, é envolvente. É totalmente surpreendente. É *você*.

— Hum... obrigada? — respondo, corando. — Acho que isso deve ser um elogio.

— É o melhor dos elogios.

— Mas não sei ainda o que é. — Sinto que fico perturbada com o elogio dele, com a maneira sincera com a qual disse aquilo. Acho que não estava esperando que Theo levasse tudo isso, *ou a mim*, tão a sério. — Tô só procrastinando o trabalho de verdade, mas pensei em terminar e dar de presente pra Lil e Serena.

— Você devia mesmo fazer isso. — Theo coça o queixo. — Elas vão amar. Mas eu sei exatamente o que é.

— O quê?

— É um livro, Clemmie. Um livro infantil.

— O quê? — repito.

— É o começo de um livro infantil. Eu adorei.

— Você adorou? — Não estou sendo muito eloquente, sei disso, mas meu cérebro parece um disco riscado, indo e voltando, repetindo as palavras.

— Sim — Theo diz, a voz firme. — Adorei. E outras pessoas vão gostar também. Você devia fazer alguma coisa com ele, alguma coisa de verdade.

Eu recuo.

— Não seja bobo — digo.

Theo dá de ombros.

— Vou deixar de ser bobo quando você parar de menosprezar a si mesma e todo o seu talento. Sei que gosta de se proteger, estou até começando a entender por que você prefere ir nas apostas seguras, mas não tem problema se expor de vez em quando, se jogar em alguma coisa. — Theo se inclina para mais perto, e, hipnotizada, me inclino também. Ele estende a mão e põe com cuidado uma mecha de cabelo atrás de minha orelha, apenas um toque suave. Estamos tão perto um do outro que consigo ver cada pontinho dourado em suas íris. Estamos tão perto um do outro que posso sentir a respiração dele em meus lábios. Por um segundo, acho que Theo vai me beijar, e meu corpo vibra com algo dolorosamente próximo a desespero. Seus olhos percorrem meu rosto.

— Não tem problema correr riscos, Clemmie — ele diz baixinho. — Sejam eles criativos ou não. Tente se lembrar disso.

Em seguida, Theo se levanta e vai embora, como se não tivesse simplesmente me feito desmoronar por completo.

Minhas mãos estão tremendo, e eu as fecho com força. Foco a atenção de volta na tela, nas palavras que escrevi.

Um *livro*.

Não sei muito bem o que pensar, mas deixo a ideia tomar conta de mim e, após mais alguns minutos, volto a escrever em silêncio.

23

Os dias estão passando cada vez mais rápido agora que Theo e eu estabelecemos uma rotina agradável de companheirismo. Eu me sento à mesa e escrevo no notebook — sem admitir que estou trabalhando em um livro, mas também sem negar — e ele se senta no sofá e compõe. Às vezes, ele nem desce com o violão, só o caderninho e um lápis. Outras vezes, ele toca baixinho e cantarola alguma coisa. Ainda são fragmentos. Pedaços de alguma coisa. Mas consigo dizer que vai ser bom. Não é preciso saber muito de música para reconhecer que Theo *tem talento*.

Esses momentos são especiais. Nós dois criando, produzindo — não juntos, mas no mesmo espaço. Quando damos uma pausa e conversamos sobre o trabalho e como ele está indo enquanto tomamos algo, tenho a sensação de que estou me levando a sério, de que estou me atirando de cabeça. Exatamente como Theo disse.

Cerca de uma semana depois que começo a escrever, Theo está sentado junto ao balcão da cozinha lendo *Os contos da Cantuária* enquanto preparo o jantar. Espalhados no tampo ao lado de Theo, estão as conchas e cacos de vidro marinho que acabamos de coletar em nossa caminhada. Vou guardá-los mais tarde no potinho da minha cabeceira, que já está meio cheio — cada concha é uma lembrança do tempo que passamos juntos.

— Ei, Clemmie. — Theo levanta a cabeça do livro. — O que significa *queynte*? — Ele sufoca uma risada. — Espera, deixa pra lá, agora que falei em voz alta, acho que entendi.

— Como você e Chaucer estão se saindo? — pergunto, ralando um pouco de queijo em um prato. Theo se inclina, pega um punhado entre os dedos e enfia na boca. Noto que ele não está se servindo das pilhas de vegetais crus que já cortei.

— Tô adorando. — Ele abre um sorriso. — Queria que tivessem contado pra gente na escola como era obsceno. Eu teria prestado muito mais atenção.

— Ah, um filisteu... — Balanço a cabeça.

Somos interrompidos pelo celular de Theo tocando, e, quando ele tira o aparelho do bolso, vejo o nome de quem está ligando na tela: Cynthie.

— Desculpa — Theo diz. — Preciso atender.

Tento não reagir enquanto ele põe o celular na orelha e não faz menção de sair do cômodo. Cynthie. Minha pesquisa casual na internet sobre Theo foi mais que suficiente para me apresentar a seu relacionamento de idas e voltas com a indicada ao Oscar Cynthie Taylor, uma atriz de traços delicados, pele luminosa de porcelana e a silhueta de uma princesa élfica (na verdade, ela já interpretou duas). Sei que Theo e Cynthie ficaram juntos por anos — e há muitos fãs que ainda amam a ideia de vê-los como um casal.

— Tudo bem, encrenqueira? — Theo sorri enquanto fala. — Pensei que tivesse morando no sul da França.

Seja lá o que Cynthie responde, mas faz ele dar risada.

— Sim, acredito em você. — Seus olhos correm para mim, e me concentro em medir a farinha para o bechamel. Não é da minha conta. *Não. É. Da. Minha. Conta.*

Será que eu deveria sair? Mas estou cozinhando. Por que ele não sai da cozinha? Por que estou ouvindo Theo batendo papo com a ex-namorada? Não que ele não possa conversar com ela, ou com quem quiser. Deus, por que estou pensando essas coisas?

— Não muito, tô só lendo Chaucer enquanto uma bela mulher prepara carboidratos pra mim. Levando a vida dos sonhos — Theo declara, roubando mais um pouco de queijo. Ele faz uma pausa quando ela diz alguma coisa. — Sim, lógico que é Clemmie. Ela tá aqui do lado.

Minha mão congela. Parece que Theo está contando a Cynthie Taylor sobre mim, como se ela tivesse perguntado pela minha pessoa? É quando me dou conta de que era com ela que Theo estava reclamando pelo telefone semanas atrás — eu sabia que conhecia aquela voz.

Theo afasta o aparelho da orelha.

— Minha amiga Cyn te mandou oi.

— Manda um oi de volta — respondo, mecânica.

Ele obedece, e parece que sou a única achando a cena inteira surreal.

— Mas e aí, como vão as filmagens? — Theo pergunta.

Os dois seguem conversando, e consigo me desligar mais, bastante concentrada em montar a lasanha.

— Espera, como assim eles te ligaram? — A seriedade na voz de Theo me faz erguer a cabeça. O olhar dele encontra o meu, e vejo o aborrecimento cruzar seu semblante conforme ele escuta o que Cyn tem para dizer.

Ele solta um suspiro demorado.

— Quanta besteira. Eles devem estar desesperados. Bom, valeu pelo aviso. Imagino que David vá passar pra gravadora, e aí eles gerenciam de lá.

Eu mexo o molho.

— Não, a gente não precisa de segurança, Cyn. Ninguém sabe onde eu tô. Tá tranquilo aqui. Ninguém me reconhece. É tão bom.

Meu coração fica apertado pela maneira como Theo diz isso. Um minuto depois, ele desliga. Fico onde estou, próxima ao fogão, e deixo o silêncio se estender entre nós.

Sinto Theo se aproximar até ficar atrás de mim. Depois de um tempo, ele põe as mãos nos meus ombros.

— Você não vai perguntar o que aconteceu?

— Não quero que você pense que eu tava ouvindo a sua ligação — respondo, rápido demais.

Ele ri.

— Se eu tivesse preocupado com isso, acha que teria atendido aqui na cozinha, com você do lado?

Ele pressiona meus ombros com gentileza, me obrigando a virar.

— Tá bem. — Reviro os olhos. — Sobre o que você e Cynthie Taylor, duas vezes ganhadora do Globo de Ouro, estavam conversando, Theo?

— Você decifrou essa, hein, Poirot? — Theo ergue uma sobrancelha.

— Digamos que não era um dos maiores mistérios do mundo. E eu prefiro Miss Marple.

— Então você talvez saiba que Cyn e eu já namoramos?

— Isso não é da minha conta.

— Meu Deus, como você é teimosa. — A mão de Theo corre em meu braço, descendo pelo ombro. Ele fecha os dedos em volta dos meus e tira a colher da minha mão, me empurrando suavemente de lado para que possa ele mesmo mexer o molho. — Que tal a gente definir que amigos sabem coisas um do outro? E a gente é amigo, não é?

Eu nem sei dizer o que estou sentindo agora.

— Com certeza somos amigos.

— Beleza. — Theo assente. — Então, Cyn e eu namoramos por quase cinco anos. Já faz muito tempo. Ainda somos bons amigos. Só amigos. Acho que vocês duas iam se dar muito bem.

— Isso é legal — respondo, tentando não me deixar levar por essa imagem bizarra. — Não sei se conseguiria continuar amiga de um ex.

— Deve ser por que você andou se envolvendo com o tipo errado de cara.

— A essa altura, não tenho certeza se existe um tipo certo — resmungo.

Theo me oferece um olhar fulminante.

— Presta atenção na comida, por favor — eu ralho. Não acho que ele conseguiria estragar o simples ato de mexer, mas, com Theo, nunca se sabe qual desastre culinário está por vir.

— De todo jeito — continua Theo —, Cynthie queria deixar a gente avisado: um tabloide ligou pra ela pedindo comentários sobre um rumor de que eu estaria em uma clínica de reabilitação.

— Reabilitação? — Sinto meus olhos se arregalarem de surpresa.

— Ao que parece, o fato de eu estar fora do radar por quatro semanas deixou as pessoas especulando. Ninguém sabe onde eu tô, então decidiram que fui me tratar em algum canto. Provavelmente encontraram "uma fonte" que afirma ser meu amigo próximo pra explicar como a situação está triste.

— Mas isso é um ultraje! — exclamo. — Eles não podem simplesmente publicar o que quiserem... — Eu me interrompo, e meu estômago dá cambalhotas porque sei por experiência própria que, sim, eles podem. Eles podem e vão publicar mentiras sobre as pessoas o tempo todo. Já fizeram isso comigo.

— Não tem importância. — Theo dá de ombros. — Se quiserem escrever sobre isso, por mim tudo bem, deixa eles pensarem que tô na reabilitação se servir pra eu ficar em paz, mas o problema é que os paparazzi agora têm um pequeno mistério nas mãos, e tenho medo de que eles se empenhem mesmo pra resolver o caso.

— Você tá preocupado que eles te encontrem aqui?

Theo para de mexer com a colher.

— Digamos que eu preferia que não encontrassem.

— É, eu também. — Estremeço.

— Então vamos só tomar mais cuidado, tudo bem? — Theo diz, e ouço um toque de nervosismo em sua voz.

— Nada de sair de casa sem seu bigode falso — comento baixinho.

Fico feliz quando ele ri.

— E meu nariz de borracha.

— Combinado. Agora sai do caminho porque, de algum jeito, você tá mesmo conseguindo queimar o molho.

Com isso, retomamos a rotina da noite. E, embora não voltemos a conversar sobre os paparazzi, o assunto permanece como um gosto amargo em minha língua. Só de pensar em vê-los se intrometendo aqui, neste lugar, nesta fatia mágica de tempo que eu e Theo demos um jeito de construir juntos... dói demais.

Temos menos de duas semanas para ficar na casa, e não gosto do quanto esse pensamento me deixa triste. Não gosto do quanto, para ser sincera comigo mesma, eu gostaria de continuar aqui, nesta bolha, por muito, muito tempo. Não gosto do quanto isso tem a ver com estar perto de Theo. Por isso, afasto os sentimentos com firmeza e faço o que sei fazer melhor: finjo que nada está errado.

24

No dia seguinte, estamos ambos trabalhando na sala e reclamando do calor quando a campainha toca.

— Deve ser uma entrega — comento, ficando de pé.

— Aaaah, espero que sejam aquelas tortinhas que a gente pediu. — Theo levanta a cabeça.

— Que *você* pediu — eu digo. — Se David ficar sabendo disso, já falei: não vou ser presa pelos seus crimes.

— Você levaria um tiro por mim, Clemmie. Não finja que não.

— Um tiro? *Talvez*. A ira de David? — Ergo as sobrancelhas. — Achou errado, otário.

Honestamente, ando um pouco preocupada de que apresentar Theo ao site do supermercado americano tenha sido um erro. Tentei não surtar muito quando ele gastou mais de trezentas libras em bobagens extremamente industrializadas, pagando com um cartão de crédito preto que parecia feito de algum material extraído de um planeta alienígena.

Mas, quando verifico cuidadosamente a câmera da porta, não é uma entrega de tortinhas, é Lil.

— Surpreeeeeesa! — ela grita, se atirando em cima de mim.

— Lil! — exclamo, abraçando-a com força, sendo envolvida em seu familiar perfume de sândalo. — O que você tá fazendo aqui?

— Toquei em Newcastle ontem à noite — ela responde, passando por mim e olhando em volta com interesse. — Pensei em vir aqui e falar um oi pessoalmente. Tava com saudade de olhar pra sua cara.

— Também tava com saudades da sua.

— Nossa, olha só pra esse lugar, tá tão diferente. — Minha irmã vagueia pela sala de estar fazendo vários "oooh" e "aaah" para cada reforma antes de avistar Theo no sofá. — Theo! Ei, é bom te ver!

— Lil! — Se Theo fica surpreso em encontrar minha irmã, não demonstra. Em vez disso, ele se levanta e passa o braço em volta dos ombros dela. Lil dá um beijo em cada bochecha dele.

— Ah, verdade — digo, desconfortável de repente —, vocês dois já se conhecem.

— Tocamos juntos em alguns festivais — Theo explica, ainda próximo da minha irmã. — Quando foi o último? Foi o Reading, eu acho? Já faz uns anos.

— Isso mesmo. — Lil sorri para ele. — Como vai o Sidney?

— Ah, você conhece o Sid... — Theo geme, e Lil dá risada.

— Cem por cento recuperado então? — ela pergunta.

— Mas é claro.

— Vou colocar a chaleira no fogo — eu digo, minha voz soando animada demais. Não sei por que isso é esquisito para mim; eu sabia que Lil e Theo frequentavam alguns círculos em comum.

— Não, não. — Theo se move para perto de mim, de modo que meu ombro fica pressionado em seu peito. Ele apoia a mão em minhas costas e me encara com um sorriso que faz aparecer linhas nos cantinhos de seus olhos. — Eu faço isso enquanto vocês colocam a conversa em dia. Mas tá tão quente, você não quer um pouco daquele chá nojento de hortelã que anda bebendo? Eu fiz uma jarra hoje cedo e coloquei na geladeira.

— Ah, seria bom — eu digo. — E não é nojento. Só não serve pra você.

— Tem gosto de água gelada com pasta de dente e você sabe disso — Theo exclama por cima do ombro, já se dirigindo para a cozinha. — Ah! — Ele para de repente, como se lembrando que minha irmã existe. — Desculpa, Lil, o que vai querer?

— Água gelada com pasta de dente parece ótimo — ela responde, o olhar correndo entre mim e Theo.

— Sem problemas — ele responde.

Lil fica em silêncio até eu perguntar sobre Serena e Bee, quando então ela balança a cabeça e sorri.

— É difícil acreditar. Nunca pensei que veria Serena tão apaixonada. Ela tá agindo como se fosse um fracasso pessoal. Não sei dizer se tá feliz ou arrasada.

— Você sabe o quanto ela é independente. É difícil pra Serena se sentir vulnerável desse jeito — eu falo.

Lil murmura em concordância enquanto Theo volta com dois copos de chá gelado.

Lil e eu nos acomodamos em volta da mesa, e, após um momento hesitante, Theo volta para o sofá e pega o violão.

— Vou para o meu quarto.

— Não, não se incomode por minha causa — Lil fala depressa. — Não se é aqui que você costuma compor. Prometi a Serena que não ia atrapalhar.

Theo me olha.

— Tem certeza? — ele pergunta.

— Claro — eu digo. — É pra isso que estamos aqui. — Não sei por que as palavras parecem suspensas no ar.

— Uau — Lil exclama, os olhos faiscando na direção do violão de Theo. — Isso é um Martin D-45?

— É, de 1940. — Theo oferece o instrumento para ela. — Já tenho esse faz um tempo. Trouxe vários pra cá comigo, mas gosto mais de compor com esse.

Lil assente.

— Serena comentou que você tava trabalhando no seu álbum novo — ela diz, dedilhando o violão de leve. — É lindo. — Ela suspira, admirando o que deve ser, suponho, um instrumento incrivelmente caro.

— Eu tô tentando. — Theo faz uma careta. — O processo está meio lento. Mas tá melhorando agora.

— Tá ficando muito bom — falo depressa, e então coro quando os dois se viram para mim. — Digo, as partes que eu ouvi são boas. Não que a minha opinião valha grande coisa.

— Eu acho que a sua opinião vale muito — Theo diz baixinho.

Lil faz de novo aquela cara furtiva, curiosa.

— Bom, e como vai o Henry? — pergunto, e ela volta a afundar na cadeira.

— Eu tô tão envolvida, Clemmie. Ele é *tudo*. Ele é tipo... tipo a lua e o sol ao mesmo tempo.

— Ah, um *luol* então. — Assinto com um ar sábio.

Theo dá risada enquanto Lil finge indignação.

— Você fica tirando onda, mas vou te dizer, aqueles nossos três desejos... Solto um gemido.

— Lá vem você e esses desejos!

— Lil, me diz uma coisa — Theo pede do sofá onde está dedilhando o violão, criando todas aquelas notas elegantes e cheias de firula que sobem e descem (não sei o nome técnico, ok, acho que já deixei isso claro). — Qual foi o seu desejo mesmo?

— Um grande amor incondicional de almas gêmeas — Lil responde de pronto, juntando as mãos entrelaçadas aos joelhos, contorcendo-se feito uma criança. — E juro pra você, a gente acordou alguma magia profunda adormecida em nossas veias. Os desejos deviam ser só pra Clemmie, mas evidentemente nosso poder transbordou. É como se tivéssemos invocado Henry, e agora tem também Serena e Bee...

— Parece que você é a próxima, Clemmie — Theo diz, bem-humorado. — Melhor ficar de olho, sua alma gêmea tá vindo te pegar.

Limpo a garganta.

— Acho que sou a prova viva de que nós três, de fato, não temos poderes mágicos. Mas fico muito feliz por você e Serena — falo para minha irmã.

— Veremos — Lil responde, misteriosa. — Mas se acha que é só coincidência, escuta só: ontem à noite, depois da minha apresentação, encontrei uma velha amiga e ela tá abrindo uma nova casa de shows em Londres e me chamou para ser sócia dela. Vai ser pequena e alternativa, algo pra apoiar novos artistas.

— Você fala sobre um lugar assim faz um tempão! — exclamo.

— Eu sei! — Lil dá um gritinho. — Que tal essa pra trabalhar com o que amo?! — Ela se vira para Theo. — Esse era o desejo de Clemmie.

De alguma forma, suas palavras me pegam de surpresa. Quando fizemos os desejos, eu tinha muita certeza de que tinha acabado de perder o emprego dos sonhos, mas, ao longo das semanas, praticamente nem senti falta dele. Bom, talvez eu tenha saudades de ensinar meus alunos, mas, quanto ao restante... A verdade é que foi um alívio. O pensamento me envia uma onda de pânico, que eu empurro de qualquer jeito para longe.

— Ah, eu sei *tudo* sobre os desejos de Clemmie — Theo está dizendo. — E tenho certeza de que ela vai conseguir tudo o que quer.

Lil sorri com malícia.

— Isso, porque é como se a gente tivesse sintonizado as vibrações do universo ou coisa parecida. Sinceramente, nunca estive tão feliz, e isso tá me deixando muito mais criativa. Quanto ao desejo de Serena... vamos dizer que tô tendo o melhor sexo da minha vida. Henry faz esse troço em que ele...

— Tá, tudo bem — interrompo. — Não precisamos ouvir sobre isso, obrigada.

— Deixa de ser puritana, Clem. Tô tentando dar minhas dicas de ouro pra vocês.

— A gente não precisa de dicas! — eu falo, e então congelo, cem por cento consciente de como aquilo soou. — Quer dizer, eu não preciso de dicas, e Theo *definitivamente* não precisa de dicas.

Lil está rindo, mas Theo apenas pisca um olho para mim.

— Obrigado, benzinho. — Ele está usando aquela voz séria de novo. — Fico feliz em ouvir isso.

— Eu quis dizer — continuo, sentindo o rubor me subir pela nuca — que você não precisa ter que ouvir os detalhes da vida sexual de Lil.

— Sei que foi isso que você quis dizer — Theo responde de modo conciliador, e eu o encaro com um olhar mortal enquanto Lil solta risadinhas pelo nariz ao meu lado.

— *Seja como for* — digo com firmeza, mudando de assunto —, ainda sobre trabalho: estou sempre de olho nos sites de vagas acadêmicas e apareceu um cargo essa semana pro qual eu posso me candidatar.

— Você não parece muito entusiasmada — Lil comenta.

— Óbvio que tô! — falo depressa. — É nisso que venho trabalhando há anos. Tô muito entusiasmada. É só que... você sabe, formulários de inscrição. São bem assustadores, e não tem nenhuma garantia de que eu vá ser chamada pra uma entrevista.

— Eles teriam que ser completamente malucos para não te contratarem — Lil declara, com muita firmeza e nenhum fundamento.

Conforme ela me conta mais sobre o local que a amiga está pensando em abrir, vejo seus olhos se desviando, e consigo dizer que não tenho cem por cento de sua atenção.

Mas enfim o desconforto fica demais para ela, e Lil explode:

— Ai, meu Deus, Theo, eu amo esse riff.

Estou tão acostumada a ter Theo tocando ao fundo que realmente não percebi que ele estava fazendo isso. Mas é evidente que Lil percebeu. Ela está radiante de entusiasmo, quase se levantando da cadeira como se fosse difícil não chegar perto da música.

Ela canta as notas com sua voz adorável e cristalina, as mesmas notas que eu falei para ele que tinha gostado alguns dias atrás.

— Sério? — Theo parece tão satisfeito que algo se aperta em meu coração.

Lil assente.

— Você tá compondo algo para a melodia?

— É, tô tentando.

— Eu adoraria ouvir mais um pouco — ela diz. — Mas só se for tudo bem pra você.

Por um segundo, me pergunto se Serena a induziu a fazer isso. Pelos olhos de Theo, posso dizer que ele está pensando o mesmo.

— Com certeza. — Theo dá de ombros, e fico surpresa com o quão casual ele soa, já que nunca se ofereceu para tocar nada para mim. Talvez seja diferente por Lil também trabalhar com música. Tento não deixar que isso me aborreça.

Em seguida, Theo começa a tocar, e todos os outros pensamentos somem da minha cabeça.

— Ainda não tenho a letra — ele diz, mas cantarola uma melodia enquanto toca. Seus dedos compridos dançam sobre as cordas, e a música aumenta, preenche a sala. E é *lindo*. É só ele e um violão, mas, de algum jeito, ressoa como algo maior. Posso sentir o som me atravessando. Sinto em meus ossos.

— É tudo que eu tenho — ele fala, parando de súbito.

— Ah, meu Deus, Theo — consigo dizer. Estou respirando como se tivesse acabado de correr uma maratona.

Ele me encara, e, seja lá o que vê em meu rosto, faz com que suas bochechas fiquem rosadas.

— Não tá pronta ainda — ele diz, meio sem jeito.

— Não consigo acreditar que tava tudo... aí *dentro* de você — digo, desconexa. Estou me metendo em problemas. Que clichê enorme, ficar de pernas bambas por causa de um cara bonito tocando violão.

— É incrível — Lil comenta com entusiasmo, me salvando de uma nova humilhação. — Gostei demais. O que mais você tem? — E agora sei que ela não está perguntando por causa de Serena, mas porque está absolutamente envolvida.

Theo sorri.

— Tenho umas outras coisas em andamento.

E de repente Lil está sentada no sofá ao lado dele, e os dois ficam com a cabeça inclinada na direção um do outro enquanto Theo toca outro trecho. Em certo ponto, após um tempo, Lil começa a cantar também, e ele assente e toca mais um pouco, depois ela pega o violão — sem pedir, como se estivesse com um amigo, e toda a reverência pelo instrumento valioso desaparece — e começa a tocar, mudando de leve o que Theo estava fazendo, de uma forma que não entendo. E aí é Theo que fica entusiasmado. Antes que qualquer um de nós perceba... eles estão escrevendo uma música. *Juntos.*

Observo em silêncio. Assisto a essas duas pessoas de que gosto completamente iluminadas por algo que amam e sinto um redemoinho confuso de inveja, ternura, solidão e alegria.

Então me lembro que Theo tinha me falado que só gosta de compor sozinho, mas ali está ele, com a gente, criando ao lado de Lil, aparentando estar tão feliz e com a guarda baixa, sem nada da ansiedade que eu notava exalando dele ao tentar fazer esse álbum.

Quando Theo ergue a cabeça e me pega olhando, ele sorri, um sorriso doce que corta meu coração porque está cheio de algo que não sei como interpretar. Ou que talvez simplesmente não queira interpretar. De modo que desvio os olhos e deixo que a música tome conta de mim.

25

Acordo no meu aniversário de trinta e três anos com o que deve ser a fantasia ardente de uma parcela razoável da população: Theo Eliott sem camisa na minha cama cantando "Parabéns a você".

Na verdade, ele não está *na* minha cama, mas em cima dela, sentado sobre as cobertas, tocando o violão próximo ao meu ouvido. Bem alto.

— Caramba, Theo — gemo, virando a cara e pressionando o rosto no travesseiro. — Que horas são?

— São sete e meiaaaaa — ele canta, dedilhando o violão.

— Por quê... pra que isso tudo? — murmuro.

— É seu aniversário! — Ele cutuca meu braço. — Fiquei tão animado que não consegui dormir.

Eu me sento, esfregando a vista embaçada, e olho para ele.

— Já eu tava indo superbem nisso de dormir.

Meus olhos correm por seu peito nu, e me esforço para não sentir nada em relação aos músculos rígidos ou aos dois pequenos sulcos em seus quadris, desaparecendo sob a calça do pijama. *Nadinha. Sou feita de gelo.*

— E por que você tá seminu? — pergunto, gesticulando vagamente na direção *daquilo tudo*.

— Derramei umas coisas na minha camiseta enquanto preparava o café da manhã — ele explica com calma.

Eu gemo.

— Pensei que a gente tivesse concordado que você não pode ficar solto na cozinha sem supervisão. Lembra dos ovos mexidos? Tivemos que encomendar um conjunto inteiramente novo de panelas pra Petty. Eu nem sabia que era possível *derreter* ovos. Tipo, acho que você desafiou as leis da física.

— Como mencionei na ocasião, acredito que, se você tivesse sido uma professora mais paciente e compreensiva, o incidente não teria acontecido...

— Eu *fui* uma professora paciente e compreensiva!

— Você jogou uma espátula na minha cabeça.

— Era de silicone — resmungo. — E eu tava em pânico depois que você arremessou uma panela pegando fogo na minha direção.

— Acho que você tá exagerando — Theo diz. — Conheço um monte de chefs, e eles estão sempre colocando fogo nas coisas.

— Ah, meu Deus. — Volto a afundar no travesseiro e fecho os olhos. — Por que você tá na minha cama discutindo comigo às sete e meia da manhã? — pergunto, sem forças.

— É legal, né?

Abro um olho, e Theo está me observando com tanto carinho que os cantos da minha boca se erguem por conta própria.

— *Não* é legal — digo com firmeza. — É cedo demais pra qualquer coisa ser legal.

— Qualquer coisa? — Theo levanta uma sobrancelha.

Por um segundo, passa bem diante dos meus olhos a imagem dele se inclinando, pressionando aqueles lábios quentes contra os meus, o peso daquele corpo rígido e lindo em cima de mim, minhas mãos em seus cabelos, as mãos dele sob a blusa do meu pijama.

Eu pisco, e a imagem some, mas a maneira como Theo me olha me faz pensar que a fantasia inteira estava escrita na minha testa.

— Eu quis dizer presentes, sua pervertida — ele diz, a voz rouca. — E um bom café da manhã. Mas tô bastante aberto a sugestões.

Sinto o rubor percorrer meu corpo dos dedos dos pés à raiz dos cabelos.

— Eu gosto de presentes — consigo responder.

— Então levanta e me encontra lá embaixo. — Ele pula da cama.

— Só se você vestir uma camisa — grito para ele, porque, sinceramente, tem coisas que uma garota não é capaz de aguentar.

Quando desço as escadas, ainda de pijama, bocejando e correndo os dedos pelo cabelo embaraçado, descubro que Theo já pôs a mesa. Há um jarro cheio de margaridas, copos com suco de laranja fresco e um prato cheio de folhados quentinhos, além de uma pilha de presentes embrulhados.

— Tô só passando o café — ele grita da cozinha.

Quando retorna, ainda estou encarando a mesa. Pisco com força, mas meus olhos não param de lacrimejar.

— Ei! — Theo exclama, vindo em minha direção e me envolvendo em um abraço. — O que foi?

Pressiono o rosto em seu peito e fungo contra a camiseta que ele agora está, felizmente, vestindo. Theo me abraça mais forte e apoia o queixo no topo da minha cabeça. É o melhor abraço que já recebi, sem comparação, e acabo cedendo e me deixando ficar junto dele. Digamos que é um mimo de aniversário.

— É só que isso é muito legal — respondo enfim, me desgrudando dele com grande relutância. — Como você sabe que é meu aniversário? — Com certeza eu não tinha avisado.

— Eu sabia que tava chegando porque você disse que era uns meses mais nova que Serena, aí perguntei pra Lil quando ela veio aqui na semana passada. A gente andou conspirando. — Ele parece tão travesso e satisfeito consigo mesmo que, sinceramente, é quase uma ofensa. Seria a coisa mais natural do mundo inclinar o corpo e beijá-lo, e até mesmo admitir isso é perigoso. Nenhum de nós tocou no assunto de que, em quatro dias, seguiremos caminhos separados. É como se estivéssemos apenas fingindo que nada está acontecendo, o que só torna tudo ainda mais confuso.

É por causa disso que, em vez de beijá-lo, eu me sento na cadeira e desvio minha atenção para a mesa.

— E você fez mesmo o café da manhã — comento. — Sem queimar a casa inteira ou coisa parecida.

— A sra. D. me ajudou — ele admite, sentando-se de frente para mim.

A sra. D. tem aproximadamente cento e cinquenta anos e é a proprietária do mercadinho no vilarejo mais próximo. Ela não faz a mínima ideia de quem Theo é, mas me conhece desde que comecei a andar e insiste em chamar Theo de "o rapazinho simpático de Clemmie". Theo nunca a corrige, e os dois se tornaram amigos improváveis, unidos pelo amor que compartilham por picolés e carros esportivos.

— Ela preparou os folhados, só o que precisei fazer foi requentar no forno. — Theo franze a testa. — O que na verdade foi muito mais difícil do que ela disse que seria, porque alguns começaram a queimar nas bordas enquanto outros ainda tavam frios, mas acho que não me saí tão mal.

— Estão perfeitos — eu digo, mordendo um deles, e estão mesmo bons, mas, neste momento, acho que eu comeria até um pedaço de carvão caso ele tivesse acordado cedo a fim de prepará-lo para o meu aniversário. Além da minha família, ninguém nunca tinha se dado ao trabalho. Leo dizia que aniversários "não deviam ser comemorados por ninguém com mais de treze anos". O superpresente de Sam foi terminar comigo na véspera dos meus dezoito anos. E acho que Ripp nem sabe quando foi que eu nasci, pelo menos não exatamente. Ele às vezes mandava um cartão, mas, pensando bem, devia ser coisa do tio Carl.

— Certo, certo — Theo diz com impaciência. — Agora abre os presentes.

Ele não precisa pedir duas vezes, já estou rasgando o papel.

Dou de cara com uma primeira edição em capa dura amarela de *Ei, Deus, está aí? Sou eu, a Margaret* de Judy Blume, um frasco do meu perfume favorito, um voucher para duas pessoas fazerem uma aula de ioga com cabras, um pôster da pintura de Chaucer que tenho na parede da minha casa, mas com a cabeça de Theo sobreposta no topo ("Pedi pro David fazer isso no Photoshop e ele agora acha que você tem um fetiche muito estranho"). E, o mais impressionante, uma foto emoldurada e autografada pelo elenco de *Sangue e luxúria*.

— Eu pedi uma pra mim também — Theo confessa, com os olhos cintilando. — Vou colocar na parede ao lado dos discos de platina.

Estou rindo tanto que tem suco de laranja saindo pelo meu nariz, mas não me importo.

— E não parou aí — ele diz assim que terminamos o café da manhã. — Você precisa tomar um banho e se vestir. Ainda não terminamos com as comemorações de aniversário.

— Por que você tá fazendo isso tudo? — pergunto, perplexa.

Theo geme.

— Sinceramente, Clemmie. Pra alguém tão inteligente, você consegue ser muito, muito devagar. Se precisa perguntar algo assim, então *não tá mesmo* prestando atenção. — Ele me conduz para fora da sala.

Tento não pensar muito no que aquilo significa enquanto tomo banho e me visto. Theo disse para eu não me preocupar muito em me arrumar, então visto um short jeans e um cropped preto meio solto, uma variação do estilo que adotei desde que chegamos aqui, já que está sempre muito calor. Mas me demoro com o cabelo, espalhando creme para deixar os cachos mais definidos, e passo maquiagem, tentando recriar com um sucesso mediano o delineado de gatinho no qual Lil é tão boa. Por fim, pinto os lábios com um vermelho brilhante porque parece vagamente festivo.

O perfume que Theo me deu é do tipo que vem num frasco retrô, e no geral costumo ser bem mão de vaca com ele, mas hoje eu o aplico com generosidade em todos os pontos de pulsação, apreciando o aroma doce e inebriante.

— Você tá maravilhosa — Theo diz quando finalmente desço as escadas. Seus olhos permanecem em minha boca por um longo momento. O sorriso que ele me dá é lento e perverso e tira temporariamente o ar dos meus pulmões. Ele se aproxima, afasta meu cabelo da lateral do pescoço e se inclina para mim. — E esse cheiro é maravilhoso também.

As palavras correm por minha pele.

— Então — eu digo, nervosa, dando um passo atrás em prol da minha sanidade. — Pra onde vamos?

Theo parece se esquivar por um momento.

— Hum, na verdade, aconteceu uma pequena mudança de planos, então vamos sair pra tomar um café primeiro.

— Ah. — Franzo a testa, sem saber de quais planos ele está falando. — Tudo bem. Também podemos ficar aqui se você quiser, não precisamos fazer nada especial.

— Não! — Theo exclama. — Quer dizer... — Ele se recompõe. — Não, eu quero mesmo sair e tomar um café. Olhei as marés e dá pra cruzar a ponte até Lindisfarne pra dar um passeio, se você quiser.

— Acha que é uma boa ideia? — pergunto. Temos sido muito cuidadosos em manter a discrição desde o telefonema de Cyn.

— Ainda tá cedo, não deve ter muita gente. Nem tivemos indícios sugerindo que alguém saiba onde me encontrar. Só vamos ficar aqui mais uns dias... qual seria o problema? — Ele me olha, o olhar expressivo, o sorriso pidão. — Por favor? Não posso ir embora sem conhecer a ilha.

— Acho que tem razão — concordo, cedendo porque adoro Lindisfarne e quero compartilhá-la com ele.

Entramos no carro de Theo e passeamos com as janelas abertas. É final de junho, e o mundo está azul-claro e limpo: céus azul-pastel mergulhando com carinho em águas azul-turquesa. O sol está brilhando, e a brisa que entra pela janela bagunça o cabelo de Theo, deixando meus dedos com inveja.

Entramos na longa ponte, passando pelas placas que pedem aos visitantes que verifiquem a maré e não tentem atravessar caso o caminho não esteja seguro. Sendo uma ilha de maré, sempre que o nível da água sobe, a ponte some. No momento, a maré está em seu ponto mais baixo, e, para além das pequenas poças de água que pontuam as laterais do asfalto, ninguém nunca imaginaria a rapidez com que todo o trajeto pode ser engolido pelo mar.

Theo quer parar e olhar tudo, e não me importo. Sei o quão especial a pequena ilha é, separada do resto do mundo por pelo menos metade do tempo. Ainda é de manhã, então o local está tranquilo, sem muitos turistas, o que significa que Theo tinha razão e que há poucas chances de alguém o reconhecer. Mesmo assim ele puxa o boné para baixo e fica de óculos de sol.

Vagamos pelas ruas de paralelepípedos tomando o café que compramos na cafeteria local. Tenho a impressão de que a atendente talvez tenha nos olhado mais de uma vez, mas ela não comenta nada. Espero ter imaginado, espero que esteja apenas paranoica demais com o assunto.

— Aniversariantes ganham um segundo café da manhã — Theo insiste, parando junto a um carrinho de sorvetes.

— Não vai querer um?

— Não, não é meu aniversário.

Escolho uma casquinha de morango, e Theo reclama que é o pior sabor possível, ainda que eu argumente que ele não precisa comer e pode muito bem pedir seu próprio sorvete no sabor que quiser.

Caminhamos pela praia em direção ao castelo, que se projeta de forma dramática, uma silhueta escura e amontoada contra o céu.

— Que barulho é esse? — Theo pergunta, inclinando a cabeça. — No começo, achei que fosse o vento, mas não tá ventando tanto. Parecem mais...

— Fantasmas? — sugiro com inocência. — O espírito lamuriante dos mortos-vivos?

— Na verdade, é tipo isso.

— São as focas — respondo com um sorriso. — Elas cantam.

— Quê?

— É o canto das focas. Se subir a colina até ali, vai conseguir ver todas elas.

— Focas não *cantam* — Theo insiste, um sorriso lento e deslumbrado se espalhando no rosto.

— Cantam, sim. — Pego sua mão, puxando-o suavemente de volta para o vilarejo. Andorinhas formam um arco sobre nossa cabeça conforme caminhamos por uma trilha cortada por um prado de flores silvestres, com as ruínas de uma abadia se exibindo em um dos lados. Theo apenas balança a cabeça para tudo que vê.

— Isso é um sonho — ele murmura. Finjo não perceber que ainda estamos de mãos dadas, os dedos dele entrelaçados aos meus de forma descuidada.

Quando alcançamos o topo da colina, aponto para as dunas com meu sorvete de casquinha, onde uma longa fileira de focas está reunida, emitindo seu canto sussurrado e horripilante.

— Quero morar aqui — Theo diz com um suspiro.

— Você pode ter dificuldade em conseguir suas tortinhas — respondo.

— Por favor, Clemmie. — Ele arregala os olhos. — Vamos nos mudar pra Lindisfarne pra que eu possa cantar com as focas.

— Isso parece aquelas frases secretas da máfia, tipo "dormir com os peixes" — eu digo, tentando ignorar o entusiasmo que acompanha a menção casual de Theo a nós dois morarmos juntos. Sinceramente, esse jeito Theo Eliott de ser é implacável. Acho que mereço uma medalha por aguentar tanto tempo. Não tenho dúvidas de que, se eu não fosse a única pessoa por perto nas últimas cinco semanas, ele já teria seguido em frente faz muito tempo, mas, do jeito que vão as coisas, a cada dia que passa está ficando mais difícil me agarrar a todos os motivos pelos quais *não devo* me apaixonar por ele.

Theo ri, fazendo uma voz exagerada de chefe mafioso:

— Clementine Monroe, se não me entregar esse sorvete, vou mandar você cantar com as focas.

— Eu sabia que isso ia acontecer. *Falei* pra você pegar um só pra você.

— Não quero um só pra mim. O gosto é melhor quando é o seu. — A covinha aparece, e eu reviro os olhos, mas entrego para ele a casquinha, que Theo devora com algumas poucas mordidas.

— Tô feliz de a gente ter vindo aqui antes de ir embora — digo baixinho.

Theo franze a testa, mas, antes que responda, seu celular toca e ele o tira do bolso, olhando o aparelho de uma maneira que, imagino, ele pensa ser furtiva.

— Beleza — ele diz, alegre. — Acho que a gente devia voltar pra casa. Não que eu tenha algum motivo especial.

— Você sabe que tá agindo esquisito, né? — pergunto.

— A esquisita aqui é você — Theo responde, já me empurrando na direção do carro.

Seguimos para casa sem incidentes, embora Theo continue me olhando com um sorrisinho misterioso nos lábios.

— O que foi? — exijo saber, já rindo depois que ele faz isso pela quarta vez.

— Nada — ele diz. Depois se aproxima e segura minha mão, leva-a até a boca e dá um beijo suave nela. — Só tô feliz por você ter nascido — ele responde, pondo minha mão com delicadeza de volta ao meu colo e retomando o volante como se nada tivesse acontecido.

— Ah — é o que sai da minha boca.

— Ah? — A covinha cintila.

— Digo, também tô feliz por você ter nascido.

— Você pode me falar isso no *meu* aniversário — ele comenta.

— Não sei quando é. — Flexiono os dedos, tentando fazer com que parem de formigar.

— Sete de outubro. — Theo estaciona o carro.

Até lá, ele já vai ter voltado para Los Angeles, penso ao sair do carro. *Ele nem vai lembrar que me contou qual é o dia do aniversário dele.* É provável que tenha uma grande festa cheia de modelos e milionários, talvez em um iate. Quem sabe em seu próprio iate? É possível que Theo seja dono de um iate, enquanto eu não tenho nem um quarto em um apartamento compartilhado. As palavras de Serena ecoam em meu cérebro, assim como tantas vezes ultimamente: *Theo Eliott não é pra você, Clemmie.*

Enquanto me ocupo com meu surto, Theo já tomou a dianteira e entrou na casa.

— Vamos pra praia — ele sugere.
— Ah, Theo, não sei... — Eu me esquivo. — Tô bem cansada.
— Por favor? — ele pede. — Por mim?

Saio andando atrás dele, e me questiono se Theo faz alguma ideia de como estou envolvida com ele. Será que ficaria mortificado se soubesse? Ou é só uma coisa à qual está acostumado? Milhares de garotas com pôsteres de Theo Eliott desmaiando por causa dele.

Temos menos de uma semana aqui. Só preciso me manter inteira por mais alguns dias e então cada um vai seguir o próprio rumo. E aí posso fingir que esse pensamento não me esmaga, fingir só um pouquinho.

Descemos pela trilha e atravessamos as dunas. Bem quando estamos prestes a chegar ao topo delas, pouco antes de a praia aparecer, Theo segura minha mão de novo.

— Feliz aniversário, meu bem — ele diz, e então dá as costas. Eu o sigo. E, ali, de pé na areia, está a minha família.

26

— Aaaaaah! — eu exclamo, já deslizando pela encosta arenosa em direção a Serena e Lil, que estão correndo ao meu encontro. Caímos juntas no chão, rindo e gritando, especialmente quando Serena começa a tentar enfiar areia na boca de Lil.

— Argh, Serena! SAI! — Lil choraminga, o que é um erro extremamente básico, pois apenas dá a Serena mais oportunidade de enfiar mais areia.

Atrás de mim, ouço a risada de Theo, um som feliz e alto, e consigo levantar e me desvencilhar da confusão, indo até mamãe, Petty e Ava, que me recebem em um abraço coletivo muito mais digno.

— Feliz aniversário, sweet Clementine — Petty sussurra em meu ouvido.

— Nossa menina — Ava murmura, beijando minha bochecha.

— O que vocês estão fazendo aqui?! — pergunto.

— Theo organizou tudo — mamãe responde, e de repente está andando até ele com os braços estendidos à frente, dando um beijo estalado em sua bochecha. — Seu garoto adorável — ela diz. — Nossas meninas falaram tudo sobre você. Fico muito feliz de enfim te conhecer pessoalmente.

As bochechas de Theo estão coradas, e ele parece totalmente perplexo enquanto mamãe continua segurando-o logo acima dos cotovelos, sorrindo.

— O-obrigado, sra. Monroe — ele consegue dizer com certa dificuldade. — Também é um prazer conhecer a senhora. Sou um grande fã...

Mamãe balança a mão, negando.

— Ah, não vem com essa de sra. Monroe. É Dee. E você ainda não conheceu Petty e Ava, certo?

Há mais cumprimentos, e então noto mais duas pessoas: Henry e Bee estão pairando por perto.

— Oi, Henry! — Dou um pequeno aceno, que ele retribui.

— Feliz aniversário, Clemmie. — Ele sorri com timidez, enfiando as mãos nos bolsos.

— Obrigada — respondo. — Não acredito que vocês estão todos aqui. — Eu me viro para a mulher ao lado dele. Ela é ainda mais bonita ao vivo. — Você deve ser a Bee.

Ela assente.

— É um prazer te conhecer em pessoa.

— Você diz como não apenas a voz sem corpo saindo do sutiã de Lil? — pergunto, e Henry não parece nem um pouco confuso, apenas sorri mais intensamente ao ouvir o nome de minha irmã.

Bee dá uma risadinha.

— É, você é mais alta na vida real.

Sorrimos uma para a outra. E então Serena aparece ao lado dela, amarrotada e suja de areia, mas não tão suja quanto Lil, o que acho que significa que ela venceu.

O braço de Serena desliza pela cintura de Bee com facilidade, como se o lugar pertencesse a ela. Henry e Lil estão de mãos dadas. Não consigo acreditar no quanto as coisas mudaram nos últimos meses, e tento ignorar a pontada de inveja que sinto.

— E aí, o que achou? — Serena pergunta, apontando ao redor.

Observo tudo. Um enorme gazebo de madeira coberto de bandeirolas em patchwork foi erguido no meio da praia. Há balões gigantes cheios de confete amarrados a pesos, balançando em fitas compridas, e, sob o gazebo, uma fogueira com acendimento a gás, pilhas de toalhas coloridas de piquenique e almofadas gigantes e macias. De um lado, um bar tiki inteiro foi erguido e abastecido com bebidas, e do outro uma churrasqueira já está pronta para ser usada, com o carvão brilhando em tons alaranjados.

— Tá incrível — eu digo, atordoada. — Como foi que vocês fizeram isso?

— Foi tudo mamãe e Theo — Lil responde. — Eles que organizaram.

— Com uma ajudinha de David, é claro. — Theo se aproxima e fica ao meu lado. — Por sinal, ele mandou feliz aniversário. E te enviou umas flores. Estão lá dentro.

— David fez isso? — pergunto, perplexa.

— Acho que ele tá começando a gostar de você — Theo diz. — Tô tentando não ficar com ciúmes. David nunca me deu flores. — Ele me olha. — E aí? Gostou? Tá surpresa?

— *Muito* surpresa — respondo com honestidade. — Acho que não tinha como ser melhor.

Ficamos ali, olhando um para o outro por um instante. Não sei por quanto tempo, mas o suficiente para Lil pigarrear e Serena resmungar:

— Tá bom, foda-se. Uma vez na vida, Lil tem razão.

— Razão sobre o quê? — pergunto.

— Sobre você e...

— Vamos pegar uma bebida — Bee interrompe depressa, apertando a mão de Serena e puxando-a para longe. Minha irmã se deixa levar, mas me observa por cima do ombro. Depois levanta dois dedos e aponta para os próprios olhos antes de apontá-los para os de Theo no gesto universal de "tô de olho".

— Eu vivo esquecendo como sua irmã é assustadora — Theo comenta.

— Assustadora demais — Henry sussurra, e ele e Theo trocam um olhar solidário.

O restante da tarde passa em um borrão feliz. Mamãe e Ava cuidam do churrasco, e Petty vai até a casa e tira da geladeira grandes tigelas de salada brilhante, arroz com creme de pistache e sementes de romã e travessas de vegetais assados e caramelizados.

Theo tentar acender a fogueira a gás usando fluido de isqueiro demais e quase queima as sobrancelhas.

— Ah, meu Deus, Theo! — arquejo, certa de que estou sofrendo uma parada cardíaca. — Imagina se eu tiver que explicar isso pro David. Ele ia mandar algum cirurgião plástico californiano até aqui pra realizar um transplante de sobrancelhas de emergência.

— *As sobrancelhas do sr. Eliott valem uma fortuna, Clemmie, e você falhou com elas* — Theo diz, imitando David.

— Não é brincadeira. Você tá proibido de chegar perto da churrasqueira — falo com firmeza.

Theo apenas ri e me puxa para sentar com ele em um dos cobertores.

— Como foi que manteve tudo isso em segredo? — pergunto.

— Sendo sincero, Petty e David fizeram a maior parte do trabalho pesado. Eu só precisei manter você fora do caminho. E aí sua família ficou presa no trânsito, por isso o passeio improvisado pra tomar café.

— Bom, eu amei — digo com alegria, pescando um pedaço de morango do meu drinque e enfiando na boca, saboreando a doçura. — É meu segundo melhor aniversário de todos os tempos.

— *Segundo* melhor?

— Quando eu tinha sete anos, tive uma festa dos Power Rangers, e a Ranger cor-de-rosa fez uma aparição especial.

— Ah, bom, não tem como competir com isso. — Theo me puxa para perto, o braço deslizando em minha cintura. — Se fosse o Ranger azul ou o vermelho, aí *quem sabe...*

— Exato — eu digo. — Mas não sei. Esse chegou bem perto.

— É mesmo? — Os lábios dele se contraem em um sorriso.

— É. — A palavra sai suave, como um suspiro. Seus dedos ficam mais firmes, roçando a fina faixa de pele descoberta entre a barra do short e o início da camiseta, e preciso lutar muito para resistir à tentação de enfiar a cara no ponto onde o pescoço de Theo encontra o ombro.

Seja lá o que esteja cozinhando entre nós dois há semanas, parece, pelo menos para mim, ter atingido o ponto de ebulição. Meu corpo inteiro está tenso, como se eu estivesse ansiando não só pelo toque dele (embora definitivamente por isso também), mas ansiando por algo a mais, algo que eu com certeza não tenho o direito de querer.

Mas pelo modo como Theo me olha faz parecer que talvez ele também queira. E esse é o detalhe mais confuso de todos.

— A comida tá pronta — grita Ava, e o feitiço se quebra. Dou as costas, Theo tira o braço e eu respiro fundo, tentando me firmar. *Mais alguns dias*, entoo em meu cérebro. *Só mais alguns dias*.

No meio da luta para fazermos nossos pratos, discutindo quem vai escolher primeiro as partes do churrasco (e a vencedora é Lil, apesar do fato de ser *meu* aniversário), começo a assimilar a realidade de que minha família está reunida na casa de vovó Mac. O burburinho das vozes, o calor familiar das risadas, até mesmo o som de Lil e Serena brigando — parece certo que tudo esteja acontecendo aqui. Olho para a casa, e é como se todos os demônios restantes tivessem sido exorcizados. Não sinto nada além de uma alegria genuína por estar onde estou, algo tingido por uma tristeza doce por ter de ir embora. E esse parece ser o maior presente de todos.

Depois de comermos, minhas irmãs me arrastam para uma caminhada. Não é que eu esteja exatamente evitando a situação, mas tenho um pressentimento de que sei o que está por vir e já estou discutindo demais comigo mesma sem precisar adicionar a opinião delas à equação.

— Beleza — Serena diz assim que ficamos longe o suficiente dos outros, pondo as mãos nos quadris. — Mas. Que. Porra. É. Essa?

— O quê? — pergunto.

Lil e Serena trocam um olhar, e Lil diz:

— Eu avisei.

— Você e Theo, Clemmie — Serena diz com uma paciência exagerada. — Não acreditei quando Lil me contou o que estava rolando, mas cá estamos.

— Não sei do que você tá falando — respondo de maneira pouco convincente.

— É como se vocês estivessem... juntos. — Lil põe a mão no meu braço. — Tipo juntos *mesmo*. Vocês estão? Por que não contou pra gente?

— Eu... — começo, depois paro, evitando o olhar das duas e tentando organizar os pensamentos. — A gente não tá junto. Só nos sentimos bem um com o outro. Acho que porque ficamos presos aqui sozinhos, só nós dois, acabamos ficando próximos. Viramos... amigos.

— *Eu* não olho pras minhas amigas do jeito que você olha pra ele — Serena comenta.

— Isso sem falar no jeito que ele olha pra você — Lil se mete.

— Exato. — Serena exala devagar. — E a respeito *disso*: conheço Theo faz um bom tempo, e eu *nunca*... — Ela se interrompe e morde o lábio, visivelmente preocupada.

— Não sei do que vocês tão falando — digo outra vez, tentando soar mais firme.

— Ele tá *sempre* olhando pra você, Clemmie — Lil exclama. — Todo fofinho e radiante, como um maldito emoji de olhinhos de coração ganhando vida. Acho que ele nem tá tentando esconder, nem de nós nem de você, é tão óbvio. Ele tá totalmente apai...

— Para. — Eu a interrompo com um aceno da mão. Minha voz sai estridente. — Sei por que você acha isso, mas precisa entender que é só Theo sendo Theo. É assim que ele é. Ele é charmoso, tem um metro e oitenta, cheio de músculos e carisma. Ele gosta de tocar nas pessoas e flertar. Ele é assim *com todo mundo*.

Minhas irmãs me encaram. Lil parece triste. Serena está carrancuda.

— Você acha mesmo isso? — Serena pergunta.

— Claro que sim! Foi você mesma que me disse que ele é um mulherengo terrível, que deslumbra as pessoas, que sai transando com todo mundo, o que tipo, sabe, sem julgamentos, mas não é o que eu procuro. Caso eu estivesse procurando alguma coisa. Mas eu não tô.

Serena muda de posição, desconfortável.

— Sei o que eu disse, e ainda não mudei cem por cento de ideia, mas você precisa saber que seja lá o que for *aquilo*... — Ela aponta sobre o ombro para a praia, onde Petty parece estar tentando organizar uma corrida do ovo na colher enquanto Henry e Theo alongam os músculos de forma elaborada, como se estivessem se preparando para as Olimpíadas. — Não é o Theo Eliott de quem eu tava falando.

— Ah, certo — respondo. — Então você tá dizendo que esse não é ele de verdade, é só... não sei, o *Theo versão férias*, e que estamos os dois em uma bolha, os dois por conta própria. E aí quando ele voltar pro mundo real, vai ser o cara que você conhece, o sujeito que você conhece há anos.

— Ou... talvez *esse* seja o Theo de verdade, Clemmie — Lil opina, determinada como sempre a enxergar o melhor nas pessoas. — Ele parece tão sincero. Não tá parecendo atuação pra mim. Tá parecendo pra você?

Encaro o chão.

— Não. Mas talvez seja o que o torne tão perigoso.

As duas ficam em silêncio outra vez antes de Lil falar:

— Clemmie... — A voz dela é gentil. — Você não é a única que teria dificuldade em confiar em alguém na posição do Theo. Não é como se Serena e eu estivéssemos ansiosas pra sair com gente do ramo, e olha que a gente *faz parte* do ramo. Sabemos melhor do que ninguém que existem muitos Ripp Harris por aí.

Serena solta o ar pelo nariz em concordância.

— Mas Theo? — Lil estende a mão, segura meus dedos e aperta. — Ele não é um deles. Consigo sentir.

Serena parece menos convencida, mas, por algum motivo, opta por seguir calada.

— E quanto a Sam? — pergunto, e as duas estremecem ao ouvir o nome. — Também não achei que ele fosse que nem Ripp, e olha só como terminou. Sério, não acho que consigo passar por algo assim de novo. Não só a separação, mas tudo o que rolou, o circo inteiro.

— Sam era um filho da puta cruel — Serena cospe. — Posso garantir que nenhuma dúvida que eu tenha em relação a Theo está no mesmo nível.

— Isso nem importa — insisto. — Entendo o que você tá dizendo e por que pensa assim, mas Theo é um astro do rock que mora em Los Angeles. A gente só vai ficar aqui juntos por mais uns dias. A lista de motivos pelos quais a gente nunca daria certo é tão longa quanto meu braço. Não vai existir nada entre nós dois, independente de como eu esteja ou não me sentindo ou do que aconteceu ou não no passado. Ele não é pra mim. Foi o que você disse, Serena, e tava totalmente certa.

Pela primeira vez, minha irmã não parece satisfeita ao ser informada de que tinha razão.

— Isso tá me soando como uma bela desculpa esfarrapada — ela diz devagar.

— Não é desculpa. São fatos. — Eu gostaria de não estar soando como alguém tentando convencer a si mesma, além de minhas irmãs.

— É só que... você tá diferente, Clemmie — Lil diz baixinho. — Não sei se é por estar aqui ou por ter terminado com Leo, ou se é Theo ou alguma combinação de todas essas coisas, mas algo mudou. De um jeito bom. Você tá... *mais leve*. Não quero ver você abrindo mão de algo que pode ser maravilhoso só porque tá com medo.

— Não tô com medo — insisto. — Tô só sendo realista. Prática. — Antes que elas contestem outra vez, acrescento: — Agora, podemos voltar e terminar de comemorar meu aniversário, por favor? Porque, antes de irem embora, eu vou humilhar vocês duas na corrida do ovo.

E, com isso, o interrogatório termina, porque, como bem sei, mesmo quando estão ocupadas se preocupando com minha vida amorosa, nenhuma das minhas irmãs é fisicamente capaz de resistir a um desafio dessa magnitude.

Mais tarde, quando Theo e eu nos despedimos de todos, já consegui mais ou menos afastar a conversa com minhas irmãs da cabeça.

Consegui mais ou menos ignorar os olhares longos e radiantes vindo não apenas da minha mãe, mas também de Petty e Ava, sempre que achavam que eu não estava prestando atenção.

Consegui mais ou menos não derreter sob o toque de Theo como um labrador apaixonado. Mais ou menos.

— Vamos até a praia ver o pôr do sol? — Theo sugere. — A gente devia aproveitar a fogueira ao máximo antes que o pessoal de David apareça e desmonte tudo amanhã.

Olho para ele com os olhos meio cerrados.

— Ainda tem marshmallow, né? Pensei ter ouvido você falando pra Serena que tinha acabado.

— Guardei um pacote só pra nós dois, aniversariante.

— Que altruísta da sua parte pensar assim no meu bem-estar.

— Sempre.

Voltamos para a praia, e Theo vai até o bar, tirando um saco de marshmallows escondido atrás da cerveja sofisticada, frutada e sem álcool.

— Eu sabia que sua irmã nunca ia olhar aqui — ele explica com alegria.

— Ela é mais dos destilados — concordo.

— Isso quando não tá bebendo o sangue dos inimigos abatidos. — O sorriso de Theo parece um tanto assombrado.

Jogamos mais um pouco de lenha na fogueira e enfiamos os marshmallows em espetos de metal antes de nos sentarmos lado a lado em um dos cobertores. Já são dez horas, e uma luz cor-de-rosa dourada começa a se espalhar pelo céu. Meu nome está rabiscado na areia em frente à fogueira, junto dos nomes de Lil e Serena, todos dentro de um coração gigante que Lil desenhou com a ponta dos dedos.

— Não consigo acreditar naquela última corrida. — Theo balança a cabeça e estremece. — Acho que Lil pode ter quebrado algumas das minhas costelas. Como alguém tão pequena pode bater em você como se fosse uma defensora do All Blacks?

— Eu tentei avisar. — Dou risada enquanto giro o marshmallow com cuidado. — Você devia ter percebido que todo mundo tava mantendo distância dela.

— Sinceramente, pensei que Serena ia ser a agressiva.

— Não mesmo, Lil sempre foi a mais competitiva. Teve uma vez que ela foi suspensa da escola porque quebrou o nariz de outra menina durante uma partida de hóquei. Ela disse que não fez de propósito, mas sei lá... do nada ela fica com sangue nos olhos.

— Mas Henry tava achando o máximo, né? — Theo sorri. — Ela toda empenhada em derrubar as pessoas, *inclusive ele*, e o cara só olhava pra ela como se Lil fosse um anjo que caiu do céu.

— Amor verdadeiro. — Eu sorrio.

— Por que seu marshmallow tá tão perfeito e o meu sempre fica assim? — Theo resmunga, soprando as chamas que lambem seu marshmallow e deixam para trás um caroço carbonizado.

Examino minha guloseima uniformemente dourada e pegajosa.

— É porque sou cuidadosa e paciente, coisas das quais você entende muito pouco.

— Clemmie, eu sei ser *muito* cuidadoso e paciente quando a situação exige — Theo responde, e algo em seu tom baixo e sério faz com que eu olhe diretamente para ele. Sua expressão é firme, aberta, faz minha pele esquentar.

Abro um sorriso, tentando disfarçar o frio na barriga.

— Com certeza sabe. Diga isso pra meia dúzia de ovos que você quebrou hoje.

Algo parecido com decepção cintila nos olhos de Theo depois dessa resposta, mas ele deixa passar, fazendo uma careta de indignação fingida.

— Não tô dizendo que o jogo foi roubado, mas alguém testou o ovo de Serena pra ter certeza de que não tava cozido? Juro que ela deixou cair uma vez e ele *quicou*.

— Toma — digo, entregando o marshmallow. — Eu já tava assando esse aqui pra você de todo jeito.

— Você tava?

— Sim, eu tava, porque sei que você é péssimo cozinhando e que ia queimar os seus, mas também sei o quanto gosta de comer essas coisas, seu viciado em açúcar.

— Você assou marshmallow pra mim. — Theo tira o espeto da minha mão e fica ali parado, encarando o doce por um momento.

Eu rio, inexplicavelmente nervosa.

— É só um marshmallow, Theo.

— Humm. — Ele faz barulho de quem discorda, mas não quer começar uma discussão.

— E é pra te agradecer. — Corro o dedo pela areia, por algum motivo evitando olhar no rosto dele. — Pelo meu melhor aniversário de todos os tempos.

Um instante de silêncio.

— Quer dizer que sou ainda melhor que a Power Ranger cor-de-rosa? — Seu corpo relaxa, o sorriso fácil retorna.

— Quero dizer que ver Lil derrubando você como se estivesse numa partida de rúgbi e depois pisoteando seu corpo caído em direção à linha de chegada foi ainda melhor do que encontrar a Ranger cor-de-rosa.

— *Sabia* que ela tinha pisado em mim. Escolher a mãe de Lil pra árbitro foi uma violação ao regulamento da corrida de ovo na colher.

Navegamos com sucesso para longe dos assuntos sérios, voltando a um terreno familiar. Provocamos um ao outro e fazemos mais piadas, e Theo come seu marshmallow devagar, como se fosse a coisa mais deliciosa do mundo.

Quando termina, Theo pega o violão. Se alguém tivesse me perguntado no passado se eu conseguiria pensar em algo que me desse mais vergonha alheia do que um homem adulto aparecendo numa fogueira na praia com um violão, eu teria dificuldade de dar uma resposta. Mas, com Theo, não parece um gesto afetado. Ou constrangedor. É perfeito. Provavelmente por ele ser tão talentoso, mas também porque, percebo agora, Theo com um violão na mão é Theo em seu estado natural.

Ele começa a tocar baixinho, distraído, um pano de fundo enquanto conversamos. Começa com aquela melodia bonita que ele tocou para mim e para Lil, e depois segue por outras coisas, trechos de músicas que reconheço e outras não, atravessando umas às outras. Em certa altura, ele toca uma melodia tão familiar para mim que me encolho no mesmo instante.

— Ah, não, para! — exclamo.

Theo abre um sorriso maldoso enquanto o violão cospe aquelas notas que já motivaram tantas apresentações infantis piegas com sotaque caipira forçado. A música da qual nunca consegui escapar, que me perseguia pelos corredores da escola. A música com a qual minha mãe me amaldiçoou quando escolheu meu nome:

Oh my darlin', Oh my darlin', Oh my darrrrrrlin' Clementine...*

— Essa música é minha história de origem como vilã. — Faço uma careta para Theo. — Foi ela que me transformou na bagunça caótica que você tem diante dos olhos. Essa música me persegue.

Theo começa a rir.

— Nem é uma música ruim. Podia ser pior... meus colegas cantavam a música-tema de Alvin e os Esquilos pra mim.

— A música de Alvin e os Esquilos é *divertida* — eu insisto. — Todo mundo ama. E Theodore é o esquilo favorito de qualquer um, então isso nem conta como provocação. A minha música é pior. Sem sombra de dúvidas.

Theo me lança um olhar de esguelha e volta a tocar. Mas, dessa vez, quando toca, faz de um jeito mais suave, mais lento, e, quando ele canta, todos os cabelos na minha nuca se arrepiam.

Agora, de alguma maneira, a música não é nada piegas; é visceral e afetuosa. Ele não olha para mim, mas os versos que canta me envolvem como uma carícia. Com certeza deve ser a música menos sexy do mundo. Mas, de algum jeito... de algum jeito, Theo a mudou, transformando-a em algo exuberante e encantador, e o modo com que ele repete meu nome enquanto canta me faz perder o fôlego.

---

* *Ó querida, ó querida, ó querida Clementina.* (N. do E.)

Quando termina, o silêncio entre nós crepita, elétrico. Na nossa frente, o céu é uma chama derretida sobre um mar prateado.

— Talvez eu goste da música quando é você cantando — consigo dizer, e minha voz soa tão desamparada e ofegante que me encolho.

— Gosto mais de tudo quando é com você — Theo responde simplesmente.

Estremeço.

— Tá com frio? — Ele pergunta. Faço que sim.

Theo deixa o violão de lado e me segura pelo pulso, movendo o corpo para vir se sentar atrás de mim, minhas pernas por dentro das dele, minhas costas pressionadas em seu peito. Ele pega outro cobertor na areia e o estende sobre os ombros, fechando o tecido por cima de mim de modo que fiquemos embrulhados em um pequeno casulo. Seu corpo irradia calor. Posso sentir o *tum* constante de seus batimentos, e, enquanto estou aninhada em seus braços, nós não conversamos, não falamos nada, apenas observamos o sol finalmente mergulhar no horizonte.

27

Já está escuro quando voltamos para casa, e Theo usa a lanterna do celular. Caminhamos juntos, mas sem nos tocar, e mesmo assim meu corpo inteiro tem consciência de sua presença. Sei que algo mudou entre nós e que, quando entrarmos, vamos ter de conversar sobre isso.

Sinto que estou ao mesmo tempo aterrorizada e exultante. Porque eu *cansei*. Estou completamente farta de ignorar, de reprimir e ser sensata. Não faço ideia se vou me arrepender de ter deixado que algo aconteça entre Theo e eu, mas parece inútil continuar me preocupando com isso quando está absolutamente nítido que algo *já aconteceu*. Agora, basta apenas admitir e decidir o que vamos fazer a respeito.

Theo abre a porta dos fundos e acende uma lâmpada. A súbita explosão de luz me pega de surpresa, e eu pisco, temporariamente ofuscada. Quando abro os olhos outra vez, Theo está diante de mim.

— Clementine — ele diz, a voz rouca. É só isso, apenas meu nome, que fica pairando na atmosfera entre nós.

Honestamente, não sei quem se move primeiro.

Talvez sejamos nós dois ao mesmo tempo, porque nos chocamos com impulso suficiente para que eu precise firmar os calcanhares, e o que acontece não é doce, lento ou gentil. É um frenesi — seus lábios intensos nos meus, minha língua em sua boca, sua mão agarrando minha nuca. Theo produz um som, um som desesperado que liquefaz meus joelhos enquanto pressiono meu corpo no dele, querendo *mais*. De um jeito vago, acima do tesão e da necessidade e da fome, tomo consciência de outra sensação inundando meu corpo inteiro, correndo pelas minhas veias Alívio.

Graças a Deus, ela parece dizer. *Finalmente.*

Eu me inclino em direção a ele como se estivesse tentando me fundir aos seus ossos. Não faço ideia de quanto tempo dura — podem ter sido minutos, horas ou uma vida inteira — até que um barulho interrompe o momento de súbito, estridente e implacável.

Meu celular, penso. *Meu celular está tocando.* Eu me afasto devagar de Theo, atordoada. Os olhos dele estão desfocados, o peito arfa. Percebo que a mão dele está em minha camisa, enquanto a minha segura a frente de sua calça jeans.

— Theo — murmuro. — A gente... eu... — Não consigo avançar mais que isso porque meu cérebro segue empacado. Meu cérebro está muito ocupado sendo a líder de torcida mais entusiasmada do mundo, que dá piruetas e abre espacate gritando *Beija! Beija! Beija!* para pensar em uma coisa útil tipo juntar palavras.

Theo se recompõe antes de mim. Ele cola a testa à minha por um momento, os olhos fechados enquanto respira fundo para se acalmar. Em seguida, ele se afasta.

— Rápido demais — ele diz, a voz soando como uma lixa. — A gente precisa conversar primeiro.

— É — concordo vagamente. — Conversar primeiro.

— Você devia atender — ele diz, e estou distraída por suas mãos abotoando a própria calça. Quero essas mãos em mim. Quero essa calça jeans no chão ou pegando fogo, não importa, só quero que esteja longe dele.

— Quê? — eu digo.

— Seu telefone, Clemmie. — Theo ri, pesaroso. — Você devia atender o telefone.

— Ah, tá. — Eu me esforço um pouco mais para compreender a realidade, e então tiro o celular do bolso e atendo sem olhar para a tela.

— Alô? — Minha voz está toda ofegante e rouca. Theo ajeita os cabelos desgrenhados com a mão. Observo os músculos do braço flexionados. Sua boca está rosada, os lábios inchados.

— Clemmie? — diz uma voz masculina.

— Pois não? — Não estou reconhecendo a voz de imediato, e afasto o celular para conferir o número, mas ele não está nos meus contatos.

— Não achei que fosse atender — diz o homem, a voz baixa, quase um ronronar. — Mas fico feliz que tenha atendido. Queria te desejar feliz aniversário.

E é aí que entendo, que percebo de quem é a voz que está em meu ouvido.

— Sam? — pergunto, e, na minha frente, Theo congela.

— Sou eu. Peguei seu número com o Ripp, tava tentando criar coragem pra te ligar, mas aí vi sua irmã postar sobre o seu aniversário no Instagram e me pareceu um sinal do universo, sabe?

Engulo em seco. Theo estende a mão e segura meu cotovelo.

— Por que tá ligando? — pergunto.

Sam dá uma risadinha, e odeio o fato de me lembrar desse som, de costumar amá-lo, de achar essa risada sexy e charmosa. Agora, ela só faz meu estômago embrulhar.

— Foi muito bom a gente ter se esbarrado — Sam comenta, e seu tom é íntimo e persuasivo. — Não consegui parar de pensar você. Você tá ótima, Clemmie, ótima mesmo, e fiquei pensando em como eram as coisas quando estávamos juntos. Sei que já faz muito tempo, mas senti aquela faísca no mesmo instante, sabe? Me vi outra vez com vinte anos, me perguntando se podia te chamar pra sair... ver se ainda somos tão bons juntos quanto eu me lembro. Acho que a gente podia se divertir bastante.

— Você... você tá ligando pra me chamar pra sair? — Os dedos de Theo apertam meu cotovelo, mas mal consigo registrar a sensação, ocupada demais em ser consumida por uma fúria escaldante. Fico um momento em silêncio antes de entrar em combustão. — Você tá tirando onda com a minha cara? — solto de uma vez.

Outra pausa.

— Espera... quê? — Sam diz, e não sei se ele está se fazendo de besta ou se é mesmo tão estúpido assim e está genuinamente confuso.

— Você tá querendo sair pra tomar uns drinques? Quer ver se passar a mão em mim ainda é tão gostoso quanto era quando eu tinha dezessete anos? Vai se foder, seu pedaço de merda. Espero que morra sozinho e seja comido por gatos. Não, gatos são bons demais pra você, espero que seja comido por... por... lesmas! — Enfio o dedo na tela para encerrar a ligação e arremesso o aparelho do outro lado da sala, deixando escapar um rugido de raiva que vem de algum lugar bem no fundo do meu âmago.

Acho que por alguns minutos nem percebo que Theo ainda está na sala comigo. Sinto como se tivesse alfinetes e agulhas espalhados por todo o corpo, como se não conseguisse puxar ar suficiente para os pulmões.

Mas então os braços de Theo surgem, me guiando com gentileza para o sofá, me puxando para baixo para que eu me sente. Ele desaparece e retorna momentos depois. Ajoelhado diante de mim, afasta suavemente alguns fios de cabelo do meu rosto e me entrega um copo de água.

— Respira fundo — ele diz. — E bebe isso.

Dou um gole na água e percebo que estou tremendo, mas sinto que começo a me acomodar outra vez em meu próprio corpo.

— Não acredito no que aconteceu — eu digo, enfim. — Aconteceu mesmo, certo?

Theo ainda está de joelhos, preocupação estampada no rosto.

— Sim, aconteceu.

— Ele... ele... — Não consigo terminar a frase, não consigo acreditar que Sam tenha se intrometido logo aqui, *de novo* nesta casa.

— Clemmie — Theo diz baixinho, pegando o copo de água, segurando minhas mãos geladas entre as dele e esfregando meus dedos com gentileza. — Tá tudo bem. Você tá bem.

— Eu tô — respondo. — Tô legal. Pelo menos dessa vez consegui falar como eu me sinto de verdade. — Solto uma risada fraca.

Há alívio nos olhos de Theo quando os cantinhos de sua boca se erguem.

— É, não acho que você tenha deixado muito espaço pra ambiguidade.

— Eu falei que queria que ele fosse comido... por lesmas?

— Falou. — O sorriso de Theo cresce. — Foi uma ameaça muito intimidante.

— Acho que pelo menos seria uma morte *lenta* — concordo.

— *Bem* lenta — Theo completa com um ar solene. — E meio gosmenta também.

— É... — Eu solto o ar. — Ele merece toda a gosma.

Ficamos em silêncio por alguns segundos e depois Theo pergunta baixinho:

— Quer falar sobre isso?

Concordo com a cabeça e aponto para o sofá. Theo se levanta e se senta ao meu lado. Encolho os joelhos contra o peito e os abraço.

— Acho que eu já devia ter te contado antes — eu digo. — Devia ter explicado...

Theo me interrompe:

— Você não me deve explicação alguma. Se quiser me contar, eu gostaria de entender, mas, se não quiser, tá tudo bem. Sem pressão.

Dou um sorriso trêmulo.

— Não é um grande segredo. — Suspiro. — Só não é uma história lá muito bonita ou que eu goste de contar. — Reflito sobre o assunto. — E, pra ser sincera, parte de mim se sente, não sei... *boba* por ainda carregar essa mágoa por aí. Não sei por que não consigo esquecer, já faz muito tempo que aconteceu. É óbvio que Sam nem se lembra.

— Não sei o que aconteceu — Theo diz —, mas sei que não tem nada de bobo no jeito como você pensa ou se sente.

— Melhor eu te contar logo a história toda antes que você continue fazendo suposições como essa.

Theo balança a cabeça.

— Não preciso ouvir a história pra saber de que lado eu tô, Clemmie. Tô do seu lado, sempre.

Engulo o caroço em minha garganta e decido que é melhor ir direto ao assunto e não me dar oportunidades para amarelar.

— Conheci Sam quanto tinha dezessete anos — começo, umedecendo os lábios, nervosa. — Eu tinha saído à noite com Serena e Lil, e ele veio falar com a gente, mas, de alguma forma, acabamos os dois sozinhos, sentados em um canto, conversando até as duas da manhã. Penso naquela noite, em como me senti com Sam me paquerando. O peso de toda aquela atenção foi poderoso, fez eu me sentir importante.

— Ele era bonito, charmoso e... embora eu não soubesse naquele dia, era o baterista de uma banda indie que tava ganhando destaque na época. Ele tinha magnetismo, ele atraía as pessoas. E ele tava interessado em *mim*. Eu, a tímida, a nerd, a sem graça.

Theo emite um som de protesto que me faz sorrir.

— Pelo menos, era como eu me via naquele momento. E você não faz ideia de como era a Clemmie de dezessete anos.

— Ela amava literatura medieval estranhamente sexy e tinha um interesse nada saudável pelo Ryan Gosling, apesar do cara ser apenas mediano, o que demonstra sua boa vontade. E eu, aos dezessete anos, teria sido o melhor amigo dela — Theo diz com firmeza.

Dou risada, uma risada de verdade, e um pouco do peso que estou sentindo vai embora. Torna mais fácil seguir adiante.

Respiro fundo.

— Dei meu número pra ele naquela noite, e Sam me ligou no dia seguinte, e no outro e no outro. Ele fez eu me sentir a garota mais incrível e desejada do mundo. Mesmo quando descobri que ele era músico, isso não me incomodou. Não achei ele nada parecido com Ripp. Sam era tão atencioso; ele me escutava, conversava comigo sobre livros, música e arte. Era alguns anos mais velho, e tudo parecia tão adulto. Primeiro amor, sabe como é. — Eu me encolho. Theo continua calado, é difícil decifrar sua expressão. — Depois ele começou a me levar pra sair, a algumas festas. Eu era menor de idade, mas ninguém prestava atenção quando eu tava com a banda. Eles tocavam e eu assistia, e depois Sam vinha e colocava o braço ao meu redor, me chamava de "sua garota", dizia pra todo mundo como era sortudo de me ter por perto. E a tonta aqui acreditava em tudo — zombo de mim mesma, pensando, talvez pela bilionésima vez, que fui uma idiota.

— E por que não acreditaria? — Theo pergunta. — Pelo que você tá dizendo, qualquer um teria acreditado. Todo mundo é um desastre no amor aos dezessete anos.

Eu lanço um olhar de dúvida e fica óbvio que Theo consegue ler na minha testa o que estou pensando.

— Espera só até eu te contar da minha primeira namorada... ela foi tão boazinha pra terminar comigo que eu ainda achava que a gente tava junto três semanas depois, quando ela enfiou a língua na garganta de Darryl Simmons — Theo rebate. — Mas teremos tempo pra falar dos meus desastres amorosos depois. Vamos falar de você.

— Certo — concordo, fazendo uma anotação mental para desencavar essa história completa mais tarde e sentindo uma pontada irracional de ciúmes e raiva de uma adolescente que nem sei o nome. — Bom, a gente tava saindo muito. Sam sempre insistia pra eu sair com eles, dizia que não queria ficar longe de mim, que não ia ser divertido se eu não estivesse lá também.

Remexo na barra do short, lembrando como fiquei embasbacada com a ideia de que existia alguém que simplesmente não suportava se separar de mim. Quer dizer, ninguém precisaria dos anos de terapia aos quais me submeti para escutar os sinais de alerta gritando: QUESTÕES MAL RESOLVIDAS COM O PAI! Mas analisar as coisas em retrospectiva é uma merda, né?

— No início, era *mesmo* divertido — continuo. — Mas um dia os paparazzi começaram a aparecer sedentos por fotos de Sam quando a gente chegava ou saía dos lugares. Só um ou dois fotógrafos, não era grande coisa. Como eu disse, a banda dele tava começando. Eles tinham fãs. Eu não gostava, mas compreendia. Tentava só ficar fora do caminho, me esconder atrás de Sam quando os flashes pipocavam.

Minhas mãos estão começando a ficar suadas, pois estou perto de chegar na parte mais difícil.

— E aí, uma noite, apareceram mais paparazzi que o normal, e um dos fotógrafos gritou meu nome... bom, não meu nome de verdade, mas *Clementine Harris*, e, no dia seguinte, era *eu* que estava nos jornais. Lembro da manchete: A FILHINHA TEM UM NOVO PAPAI.

Theo produz um som entre uma risada e um rosnar indignado.

— Eu sei! — Estremeço. — Além de tudo, é *ofensivamente* mal escrito. Mas lá estava: toda uma história de como a filha de Ripp era festeira e que andava transando com um músico. Depois disso vieram mais fotos, mais câmeras em todo lugar que a gente ia, e, sinceramente, foi uma bagunça. De um jeito que eu não entendia completamente naquela época, mas que *agora*... — Solto o ar pela boca. — Eles tentavam fotografar por baixo da minha saia, gritavam cantadas ou me perguntavam sobre a minha vida sexual, tudo isso pra ver minha reação. Na época eu não me considerava mais criança, mas, na real, eu só tinha dezessete anos. É uma fase vulnerável, né? Ainda chegando na idade adulta e sem saber o que fazer com isso. A maneira como eles falavam comigo...

O olhar estoico de Theo fica mais tenso.

— Foi *horrível*. Eu fiquei muito infeliz. Aquilo realmente mexeu comigo. Comecei a ter crises de pânico incapacitantes, não queria sair de casa, e Sam ficava dizendo que os paparazzi eram todos uns merdas, mas que a gente não devia deixar que eles nos impedissem de viver a vida, que *a gente* sabia que era tudo besteira, então quem se importava? Eu queria tanto ficar com ele que só concordei, e a coisa continuou rolando e ficando cada vez pior. — Estou falando mais depressa, as palavras jorrando pela boca. — Eles continuavam tirando mais e mais fotos, escolhiam aquelas em que Sam segurava meu braço, parecendo que tava me dando apoio, ou então as em que eu parecia enfurecida e ansiosa com eles. Parei de comer, fiquei doente. Até publicaram uma matéria dizendo que eu tinha me envolvido com drogas e como meu pai estava preocupado e tentando me levar pra reabilitação. — Olho para Theo e pisco indignada. — E eu *nunca* usei drogas. Quer dizer, *uma vez* eu comi um biscoito de haxixe com Lil e Serena e passei a noite toda em posição fetal achando que as palavras eram sombras me esmagando, e toda vez que Lil ou Serena falavam alguma coisa era um ato deliberado de tentativa de homicídio. Então isso meio que azedou a experiência inteira.

Theo pigarreia.

— O que aconteceu depois que a matéria foi publicada?

— Tipo, graças a Deus que isso foi antes de as redes sociais dominarem tudo, mas ainda tive medo de que a universidade pra onde eu ia descobrisse a história, de que isso destruísse minha vida, então procurei Ripp. — Abro um sorriso. — Grande erro. Eu *implorei* pra que ele falasse com os jornais, que os afugentasse, que dissesse pra eles que nada do que diziam era verdade. Ele só deu de ombros e disse que tudo ia terminar em breve e que eu não devia me incomodar. Ele até fez uma piada dizendo que eu tava finalmente mostrando pro mundo que era filha do meu pai, como se eu enfim tivesse feito algo que o deixasse orgulhoso. Eu sentia como se estivesse ficando maluca.

— O Ripp é um bosta — Theo murmura, tornando-se ainda mais querido aos meus olhos.

— Pois é. Fiquei com muita raiva dele, mas Sam me disse que era errado usar esse tipo de coisa contra Ripp, que eu não devia deixar meu relacionamento paterno ser destruído por causa de um orgulho infantil ferido.

Coço a testa.

— Pensando bem agora, ele foi meio insistente, disse que conversaria com meu pai junto comigo, que estaria comigo, que não me deixaria enfrentar aquilo sozinha, mas na época pensei que ele tava demonstrando apoio. Almoçamos juntos, nós três, e Sam tava em sua melhor forma, encantando Ripp, rindo, demonstrando o quanto amava a música do meu pai, o quanto admirava ele... e, você sabe, Ripp tava engolindo tudo. Eu só fiquei lá sentada me sentindo *péssima*. Eu não conseguia, não sabia superar as coisas com meu pai. Eu raramente pedia alguma coisa a ele, me parecia cruel ele se recusar a ajudar quando custaria tão pouco a ele, era como se ele tivesse me abandonado *mais uma vez*.

Pisco para afastar lágrimas repentinas. Theo murmura alguns palavrões baixinho e se acomoda mais perto, embora eu ache que ele nem perceba que está fazendo isso.

Respiro fundo.

— No dia em que Sam e eu terminamos, ele me contou que Ripp tinha oferecido a ele a vaga de baterista da banda. Fiquei perplexa, pedi pra ele não aceitar. Eu não conseguia entender por que ele tinha levado essa opção em conta, sabendo quão complicado era meu relacionamento com meu pai, o quanto seria difícil pra mim. — Hesito antes de continuar, porque essa é uma parte da história que não contei a ninguém exceto Ingrid. Nem mesmo para Serena e Lil. — Ele... ele disse que eu tava sendo egoísta. Que era a grande chance dele. Disse que não seria outra pessoa cujos sonhos eu destruiria. Eu não entendi do que ele tava falando até ele explicar. Sam se referia à minha mãe, na cabeça dele ela abriu mão da carreira por mim, pra me proteger. Que ela desistiu de um *sonho*, e que foi tudo minha culpa.

Theo fica de pé em um movimento abrupto.

— Merda. — Ele está com raiva agora. — *Mas que merda esse cara*. Ele disse mesmo isso pra você? Mas você sabe que é puro suco de bosta, né?

Solto um sorriso fraco.

— Bom, sei que não tenho culpa de ter nascido — respondo. — Mas Sam só tava dizendo algo que já rondava meus pensamentos. E eu fiz um montão de terapia, então não é que eu *ache* que seja minha culpa. Mas não significa que não me sinto culpada.

— Hein? Por quê?

— Bom, você sabe, a imprensa foi à loucura quando mamãe e Ripp se separaram por causa da história dos três bebês. Acho que a atenção teria sido ainda pior se ela tivesse permanecido no ramo da música. Não consigo imaginar ela escolhendo esse caminho. E ela e Ripp se divorciaram, então ela basicamente se tornou mãe solo. Na real, não vejo que outra escolha ela teve. E ainda é difícil pra mim, com a música. Quando minha mãe canta...

A compreensão surge nos olhos de Theo.

— Você já conversou com ela sobre isso?

Nego com a cabeça.

— Não, talvez um dia eu fale, mas não sei...

Theo volta a se sentar pesadamente no sofá.

— O que aconteceu depois disso?

Faço uma careta.

— Acredite ou não, ficou pior. A notícia do término vazou. Os paparazzi apareceram na nossa porta; eu sentia que tinha arrastado todo mundo pra minha bagunça. Minha saúde mental sofreu outro golpe. Foi tudo muito... traumático. O fato de Sam estar trabalhando com Ripp tornou o assunto ainda maior. No fim, minha mãe interveio. Finalmente contei pra ela o que tava acontecendo. Eu tava tentando de todos os jeitos lidar sozinha com a situação e dando meu melhor pra esconder meus sentimentos, bem... de todo mundo. Ela fez tio Carl falar com os jornais, e aí Ava se envolveu também e começou a ameaçar qualquer um que respirasse perto de mim com todo tipo de processo judicial. Foi assim que a gente descobriu...

Meu estômago se contorce, uma lembrança de como me senti no dia em que tudo foi revelado, no dia em que Ava precisou sentar à mesa da cozinha comigo e contar tudo.

— Tinha sido o Sam o tempo todo. Ele que contou pra imprensa sobre mim e falou quem era meu pai, ele que dizia onde a gente estaria e quando. Ajudou a encenar as piores fotos, vendeu histórias falsas sobre mim. Fez tudo isso pra aumentar sua popularidade e divulgar o próprio nome.

— Ele... *fez o quê*? — Theo parece atordoado.

— Pois é. Foi tudo uma grande mentira. Ele sabia quem eu era desde o início, sabia muito bem o que queria. Tentei contar a Ripp, mas Sam botou panos quentes, fez parecer que eu era uma adolescente histérica chateada por ter levado um pé na bunda. Mamãe se ofereceu pra ajudar, mas, sinceramente... se Ripp não acreditava na *minha* palavra, então eu não queria ter mais nada a ver com ele ou Sam. Eles se mereciam. E assim Sam conseguiu o que queria e eu vim correndo pra cá me esconder e chafurdar na lama, totalmente arrasada.

Theo fica sentado em silêncio por um bom tempo, encarando as mãos. O músculo em sua mandíbula segue tensionado.

— Foi quando você ficou aqui com vovó Mac pela última vez? — ele enfim pergunta.

— Isso, e você sabe como foi horrível. — Solto um suspiro. — Mas, mesmo que eu fosse a pior hóspede do mundo, dando respostas atravessadas ou assombrando a casa feito um fantasma triste, vovó cuidou de mim. Ela pediu que Lil e Serena viessem e fizessem o ritual. Ela sabia tudo sobre nossas brincadeiras de bruxaria, e acho que vovó estava meio que desesperada àquela altura. Mas ajudou. Foi... catártico. Fizemos o feitiço e enterramos a caixa no jardim com todos os outros feitiços que a gente já tinha lançado. Parecia um ponto-final, algo importante. Lil e Serena fizeram desejos pra mim e também amaldiçoaram Sam, só pra me verem mais esperançosa. Só depois disso comecei a me sentir melhor. Levei um bom tempo pra me recuperar... remédios e muita terapia, mas tudo começou aí. — Meus olhos estão úmidos, e, dessa vez, deixo as lágrimas caírem. — Nunca agradeci a vovó Mac por tudo o que ela fez.

Theo me puxa para seus braços, e rastejo até seu colo, deixando que ele me envolva.

— Eu sinto muito, Clemmie — ele murmura em meu cabelo. — Sinto muito que isso tenha acontecido.

— Já faz muito tempo — respondo contra sua clavícula.

Ele apenas me abraça mais forte.

Ficamos sentados desse jeito por alguns minutos, até eu sentir a tensão começar a deixar meu corpo, até que eu amoleça nos braços dele, minha cabeça aninhada na curva de seu pescoço, minhas mãos em sua cintura, pressionadas entre as costas de Theo e as almofadas do sofá. Ele acaricia meu cabelo, e minha respiração fica mais lenta, meus olhos se fecham. Nunca me senti tão segura, tão reconfortada.

A próxima coisa que registro é que estou sendo carregada feito um saco de batatas.

— Ah! — Eu me sobressalto, acertando um tapa na cara de Theo.

— Porra! — ele exclama, tentando não me derrubar e afundando os dedos com força em meu quadril.

— Ai! — choramingo. — Me bota no chão!

— Por que você tá tentando matar a gente? — Theo bufa, pousando meus pés um degrau acima do dele.

Levo um instante para me reorientar e agarro o corrimão antes de fulminá-lo com os olhos.

— *Por que* você tá me carregando no colo pela escada?

— Porque você pegou no sono. Era pra ser um gesto de carinho, mas acho que você quebrou meu nariz — Theo resmunga, levando a mão ao nariz perfeito em busca de danos. Olho para o rosto dele, que, apesar de estar um pouco corado (não sou nenhum peso pluma, não importa quantas flexões de bíceps ele faça), parece absolutamente ótimo.

— Da próxima vez você me acorda — eu digo.

— Ah, se ao menos eu tivesse pensado nisso! — Theo bate com a mão na testa. — Não, espera, eu tentei te acordar, e com muita gentileza, mas você *rosnou* pra mim.

— Eu não rosnei!

Theo começa a rir.

— Rosnou, sim. Babou na minha camiseta e depois rosnou pra mim. E sinceramente tive medo que começasse a me morder de novo, então, como um cavalheiro, eu resolvi carregar você até a cama.

— E é cavalheirismo mencionar quando uma mulher baba em você? — pergunto, dando as costas e subindo as escadas com Theo logo atrás.

— Imagina se você tivesse quebrado meu nariz, Clemmie — ele diz por cima do meu ombro. — Não ia mais ganhar flores de David.

— Ah! Minhas flores. — Dou meia-volta. — Preciso colocar na água.

Estou no topo da escada, mas Theo permanece um degrau abaixo. Nossos rostos estão quase no mesmo nível, e posso apreciar de perto seu semblante divertido. Nossos lábios também estão quase nivelados, o que é uma distração ainda maior.

— Já coloquei as flores na água — ele diz, e contemplo sua boca formando cada palavra.

— Ah, que bom. — Lambo os lábios, e algo brilha nos olhos de Theo. O momento se alonga, cheio de promessas.

Dou um passo para o lado para que Theo possa subir o último degrau, o que ele faz, o corpo inteiro roçando no meu.

— Bem — eu digo, e nenhuma outra palavra parece vir em seguida. Meu coração acelera de novo, batendo forte. Ainda não conversamos sobre o beijo. A coisa toda envolvendo Sam obviamente arruinou o clima, mas qual é o clima de agora? Devo convidá-lo para o meu quarto?

Theo chega um passo mais perto, me encurralando contra a porta do quarto. *Ai, meu Deus*, meu corpo exclama, *é agora!*

— Boa noite, Clemmie — ele diz baixinho, inclinando-se e dando um beijo em minha bochecha, um momento breve de contato. — E feliz aniversário.

Depois ele dá as costas e vai na direção do próprio quarto.

— Ah, sim. Você também — eu grasno, nervosa. — Digo, não feliz aniversário, porque não é. Não é seu aniversário, quero dizer. Mas boa noite pra você... também. — Acho que escuto Theo rindo enquanto fecha a porta, obviamente sem nenhuma pressa de arrancar minhas roupas.

Minha cabeça colide contra a porta, e fecho os olhos, mortificada.

Que maravilha, Clemmie. Parece que os trinta e três já começaram com o pé direito.

28

Durante dois dias, Theo age como se *nada* tivesse acontecido. Ele não está constrangido ou distante, e está mais gentil do que nunca — na manhã seguinte, quando desço as escadas, encontro não apenas as flores que David me deu em um vaso, mas também margaridas novas em um pote de geleia ao lado do meu computador. Ele insiste em preparar o jantar sozinho para mim, e nem termina um desastre completo. Ele manda um e-mail para uma livraria em Alnwick e encomenda um pacote cheio de livros infantis indicados pelo pessoal da loja.

Mas ele não diz uma única palavra sobre Sam ou o beijo.

O que está *ótimo*, obviamente. Estou digerindo as coisas no meu ritmo. Ao que parece, demos o beijo mais devastador da história das bocas humanas, desabafei com Theo e ele aparenta já ter esquecido de tudo. E daí? Grande coisa. Não vou deixar algo insignificante assim me perturbar. Ou pelo menos é o que digo a mim mesma quando acidentalmente lavo o cabelo com espuma de banho, vou ao mercado usando sapatos diferentes ou tento entrar na geladeira quando Theo aparece de maneira inesperada na cozinha.

Sou totalmente imperturbável.

Para ser justa, Theo tem andado muito ocupado compondo — ouvi as evidências abafadas disso vindo de trás da porta de seu quarto, e, embora ele ainda esteja um tanto reticente em falar sobre o assunto, tenho a sensação de que ele vai sair daqui com pelo menos a base para um álbum inteiro. Sei que Serena reservou para ele um estúdio em Los Angeles para gravar dentro de poucas semanas e que ele está animado. O que é uma ótima notícia para mim porque, apesar de saber que fiz muito pouco, todos estão encantados com meu trabalho (exceto David. David considera meu trabalho *aceitável*).

Também tenho muito com o que me ocupar nesses últimos dias, porque, enquanto Theo está concentrado em não conversar sobre o que ocorreu entre nós, ele *também* não está falando sobre o fato de termos apenas mais dois dias até deixar Northumberland. Mas David com certeza está. David tem *muito* a dizer sobre o assunto.

Penso que ele está ansioso por receber Theo de volta ao seu domínio em breve, e há uma longa lista de coisas que precisam ser embaladas e outra longa lista de arranjos que precisam ser feitos para transportar móveis, equipamentos e o próprio Theo. Sinto que passo metade do dia atendendo ligações de David, de empresas de mudança e da companhia aérea (porque as guitarras de Theo precisam de uma apólice de seguro gigantesca antes de serem despachadas de volta a Los Angeles).

Por isso, após dias de silêncio, acho que posso ser perdoada pelo gritinho constrangedor que escapa dos meus lábios quando Theo comenta, muito casual, durante o jantar:

— Acho melhor a gente conversar sobre o que vamos fazer a respeito de nós dois depois de irmos embora de Northumberland.

— O que vamos fazer a respeito de nós dois? — pergunto assim que o gritinho cessa.

— Sim, Clemmie. — Theo parece impaciente. — Vamos embora em dois dias, sabe? Precisamos ter essa conversa em algum momento.

— *Quê?* — exclamo, conseguindo soar perplexa e chateada ao mesmo tempo, que é exatamente como me sinto.

— Sobre a gente — Theo diz, apontando para nós com o garfo. — Eu e você. Nós.

— O que tem *a gente*?

— Bom, o que você achou? — Theo pergunta, afobado. — Que eu ia pra Los Angeles sem qualquer plano de nos encontrarmos de novo?

Como era exatamente isso que eu estava achando, decido ficar de boca fechada.

Theo me lança um olhar de esguelha e baixa o garfo.

— Na real, tem uma coisa que eu queria te perguntar. — Ele parece meio sem graça, as bochechas ficando coradas. — Um dos motivos pelos quais concordei em vir ao Reino Unido pra esse retiro de escrita foi porque eu precisava vir para cá esta semana de todo jeito. Lisa vai se casar.

— Sua irmã vai se casar? — Franzo a testa. — Quando?

— No sábado.

— Sábado tipo daqui a cinco dias? — David vinha sendo cauteloso quanto à data em que Theo pegaria o voo de volta para os Estados Unidos, e agora acho que entendo o porquê. Tenho uma vaga lembrança de Theo mencionando um evento familiar na festa de Serena.

Theo assente.

— É, vai ser um festão de quatro dias, de quinta a domingo. Volto pra Los Angeles no domingo à tarde. E eu pensei que, bom, quem sabe, se você... se você pudesse...

— Reservar seu hotel? — completo por ele. — É impressionante que David ainda não tenha feito isso. Você deixou pra um pouco em cima da hora. Espera... — Eu o observo com desconfiança. — David *sabe* que você não vai voltar direto pra Los Angeles, né? Porque se acha que vou te acobertar pra que você possa continuar enfiando chocolate goela abaixo, então...

— Clemmie! — Theo interrompe, meio rindo, a exasperação estampada nos olhos. — Sim, David sabe que tô indo, e não, não quero que você reserve um hotel para mim. Caramba! — Ele esfrega o rosto.

— Ah, desculpa — eu digo. — É só que eu ando resolvendo tanta coisa desse tipo essa semana que...

— Eu tô tentando te chamar pra ir comigo — Theo explode.

Eu pisco.

Ele pigarreia, o rubor se aprofunda.

— Queria saber se você pode me acompanhar. No casamento da minha irmã.

Devo estar fazendo uma cara de espanto, porque, depois de um tempo, Theo diz, quase mal-humorado:

— Não precisa ficar me olhando desse jeito, não é tão esquisito assim.

— Você tá me pedindo pra ir no casamento da sua irmã como sua acompanhante? — repito. — Porque na real é *bem* esquisito, considerando que você me beijou dois dias atrás e até agora não disse uma palavra sobre isso!

— Bom, você também não!

Hum.

— Eu fiquei esperando, sendo paciente, sem querer pressionar ou apressar você, tentando *mostrar* como eu me sinto. Não é assim o jeito romântico de fazer as coisas? — Theo acrescenta: — Sinceramente, às vezes parece que você fica tentando me frustrar *de propósito*.

Eu me engasgo com um gole de água.

— Te frustrar? Como que eu ia saber? Talvez da próxima vez você possa usar palavras. — Começo a tossir, a palavra *romântico* ecoando em meus ouvidos.

— Eu tô usando agora. — Theo sorri e me entrega um guardanapo, a compostura voltando. — Mas e aí, você vai no casamento comigo? Por favor?

— Eu... — Hesito. — Não posso aparecer no casamento da sua irmã do nada. Ela sabe que você vai levar alguém?

— Na verdade, perguntei pra ela se podia levar você já faz umas semanas — Theo revela, com as bochechas corando outra vez. — Só não tive coragem de te convidar.

Franzo a testa.

— Quantas semanas atrás?

Seus olhos encontram os meus.

— Umas cinco. Depois que você me mordeu e disse que queria lamber minha covinha. Esperava que fossem sinais de que você não era totalmente indiferente a mim.

Fico vermelha, dividida entre o choque e uma sensação quente que se desenrola em minha barriga.

— Você quer um encontro comigo? — pergunto devagar. — Um encontro romântico? Ou como amigos?

— Acho que tecnicamente são as duas coisas. — Theo dá de ombros. — Fico feliz que seja minha amiga, mas estou te convidando pra ir além disso. — Ele sorri de novo. — Fui franco o suficiente pra você? Não quero ambiguidade alguma a respeito das minhas intenções.

— Suas intenções? — repito, ainda tentando entender o que está acontecendo e por que Theo de repente está falando como o sr. Darcy.

Ele estende a mão por cima da mesa e envolve meus dedos. Sua mão é grande e morna e basta um toque para acelerar minha pulsação.

— Preciso que saiba que tô feliz por ter me contado sobre você e... — Ele hesita, e uma expressão desgostosa brilha em seu rosto. — Seu ex — diz. — Significa que entendo melhor por que esse assunto é tão complicado pra você, por que precisamos ir devagar e por que você precisa confiar em mim, e que parte disso é ser completamente aberto e honesto com você. Então, sim, essas são as minhas intenções: levar você ao casamento da minha irmã em um encontro romântico. Quero que a gente fique junto. Se você quiser.

Baixo os olhos para nossas mãos.

— Eu quero... — digo baixinho. — Mas...

— Pode perguntar, Clemmie — Theo insiste, apertando meus dedos. — Seja o que for, pode me perguntar. Não vou guardar segredos de você.

— É que... — Estou lutando com as palavras. — No passado, acho que você foi mais... não que tenha alguma coisa... mas eu só...

Theo volta a afundar para trás na cadeira.

— Isso tem a ver com a minha *vida sexual vibrante*, né? — Fico aliviada ao ouvir o tom de provocação em sua voz.

— É — admito.

— Certo. — Ele passa a mão pelo queixo. — Então vamos colocar as cartas na mesa, que tal?

— Tá bom — digo, tentando não parecer prestes a vomitar enquanto me preparo para o que está por vir.

— Bom — Theo reflete —, meus primeiros relacionamentos, como você sabe, foram os desastres padrão. Eu era tímido e desajeitado e não percebia na época que isso só me fazia igual a qualquer outro adolescente tentando sobreviver ao ensino médio. Depois, com dezoito anos, fiz o teste pro Daze e entrei.

— Sinto que você tá deixando um monte de coisa de fora aí — comento.

— Pior que não. — Theo balança a cabeça. — Eu era um nerd da música. Orquestra da escola, coral da igreja e tudo mais. Passei vários recreios escondido na sala de música, dizendo a mim mesmo que tava criando uma vibe misteriosa e criativa enquanto tentava decorar a letra de "Tubthumping". Meu professor ficou sabendo da seleção e convenceu alguns de nós a participar. O processo inteiro foi um borrão. Sinceramente, eu tava tão nervoso que mal me lembro.

Ele suspira.

— As coisas aconteceram muito rápido pra gente, e não foi por causa de uma verdadeira combinação entre habilidade e talento. Foi uma coisa meio "estar no lugar certo na hora certa", e os caras que montaram a banda eram muito experientes. Mas é verdade que, quando tudo começou, eu não me comportei bem. De repente eu me senti importante, com homens e mulheres literalmente se jogando em cima de mim. Passei a acreditar no hype. As notícias que saíram sobre mim naquela época eram quase todas verdadeiras e eu não tava nem aí. Eu não buscava algo sério: por que não ficar com alguém diferente toda noite? Por que não dizer sim pra tudo? Eu não tava machucando ninguém; não quebrei qualquer promessa porque não fiz nenhuma.

TRÊS DESEJOS E UMA MALDIÇÃO

Theo faz uma careta.

— Não gosto de ter sido essa pessoa, mas eu tinha dezoito anos e era um completo idiota jogado em uma situação totalmente insana. Duvido que boa parte dos adultos gostaria de ser julgada por ter sido quem era quando tinha dezoito anos, mas pra mim é difícil porque me sinto desconectado daquele cara. Dez anos depois, eu tinha vinte e tantos e já me sentia um velho. Eu tinha cansado, cansado *de mim*. Comecei a fazer terapia, o que ajudou muito, e, alguns anos depois, conheci uma garota: Cyn. E começamos a namorar.

Tento não reagir ao ouvir essas palavras.

— Como você sabe, ficamos juntos por quase cinco anos — Theo continua — e, durante esse tempo, eu tive um relacionamento cem por cento monogâmico, mas todos os meus demônios voltaram pra me assombrar. A imprensa tinha me rotulado de playboy e mulherengo. Um idiota, basicamente; e eles nem tavam errados naqueles velhos tempos, mas não consegui mudar minha imagem. Cada vez que eu aparecia perto de outra mulher, publicavam fotos nossas e notícias de que eu andava traindo Cyn, e de como a gente vivia terminando e reatando. Os caras não deram sossego. No fim, terminamos mesmo, mas não por causa disso. — Theo fica pensativo por um momento e tamborila os dedos na mesa. — Ou pelo menos não só por causa disso. Cyn era ótima, confiava em mim... a gente só se afastou, cada um estava ocupado com o próprio trabalho, os dois sempre viajando, tentando arrumar tempo pra ficar junto. A gente sabia que não estava dando certo, que nenhum de nós pensou a longo prazo, que a gente era melhor como amigo.

— E depois? — pergunto.

— Depois, foi mais do mesmo... mais fofocas, mais histórias me ligando a toda cantora ou atriz que você seja capaz de imaginar. Basicamente, parei de sair; como eu podia me relacionar com alguém em uma situação dessas? Eu não virei um monge, mas cheguei bem perto, mas você nunca apostaria nisso por causa da minha reputação ou pelo jeito como as pessoas falavam sobre mim. — Theo dá de ombros, mas posso dizer que sua indiferença é forçada. — Parei de lutar contra isso, de tentar me explicar. É mais fácil deixar os outros pensarem o que quiserem. Afinal, fui eu que criei essa fama. Agora preciso conviver com ela.

Então me lembro do rosto de Theo na noite da festa de Serena, quando ela perguntou se ele precisava ir para a cama com todo mundo que encontrava. Sei que Theo gosta de Serena, que a respeita, e sei que o comentário o magoou. Eu sei porque eu percebi. Mas não conhecia Theo naquela época, não como agora.

— Então, quando você me falou que não tinha uma noite de sexo casual em mais de uma década... — Deixo que ele entenda o que quero saber.

— Era verdade. — A covinha de Theo aparece, e vê-la me deixa feliz. — Não até que uma ruiva linda com um copo de tequila aparecesse no meu esconderijo em meio a um funeral dizendo que tinha acabado de invocar uma maldição antiga envolvendo o ex-namorado e me fizesse a proposta. Foi um caso perdido desde o início.

E eu sei que cada palavra que sai da boca de Theo é verdade. Eu nem sequer faço uma introdução em minha cabeça com um *talvez eu esteja sendo tola por acreditar nele, mas...* Eu simplesmente acredito.

— E aí... — Theo agarra os cabelos em falso desespero. — Tente imaginar, se puder... essa mulher dos sonhos, ela foge de mim! Me deixa um bilhete de três linhas com meu nome errado no topo e desaparece. Algumas pessoas chamariam de carma.

— É possível — concordo, e posso sentir um sorriso grande e abobalhado se espalhando em meu rosto.

Theo me devolve um sorriso igual.

— Mas aí o destino intervém: encontro a ruiva de novo e estamos prestes a ficar juntos no meio do nada por seis semanas. Eu tô encantado. — Theo levanta o dedo. — Só que, adivinha? A história inteira dessa mulher leva a crer que ela nunca vai me enxergar como nada além de um músico canalha que a seduziu e levou pra cama, e que qualquer coisa que eu faça pra tentar provar o contrário só vai fortalecer os argumentos contra mim: que eu sou um mulherengo, um conquistador; qualquer coisa que eu fale parece ter uma motivação oculta.

— Parece uma sinuca de bico mesmo.

— E é! — Theo exclama, muito sóbrio. — Porque eu tô tão caidinho por ela, mais atraído por essa mulher do que jamais estive por outro ser humano na vida, quase um maldito adolescente cheio de tesão, e, se eu der *algum sinal* disso, ela vai começar a pensar que sou um gigantesco maníaco sexual. Por isso, na primeira semana, não consegui nem ficar no mesmo cômodo que ela. Que humilhação. Sempre que ela encosta em mim, parece que eu vou morrer. Sou um desastre. Me convenço de que essa ideia toda foi um grande erro. Fico acanhado por ela pensar que sou uma diva que se importa com a marca da água mineral que eu bebo.

— Mas você *é* uma diva! — Estou dando risada agora, exultante.

— Certo, talvez eu tenha me tornado mais consciente das coisas que me são dadas há muito tempo — ele admite —, mas você fazia parecer como se a qualquer momento eu fosse destruir os móveis caso visse um único M&M vermelho.

Rio ainda mais com isso, e Theo está sorrindo.

— Enfim — ele continua. — A questão é que pensei que essa garota não estivesse interessada, e tudo bem. Eu tava tentando respeitar isso, manter meus sentimentos bem escondidos, mas aí ela ficou chapada de analgésico e me falou repetidas vezes e com detalhes muito gráficos sobre o quanto se sentia atraída por mim e...

— Eu não fiz isso! — arquejo.

— Fez, sim! — Theo ri ainda mais. — Quando a gente voltou da farmácia. Eu te acordei e você balbuciou o fluxo de consciência mais obsceno que já ouvi. Teve uma parte que eu não entendi direito, mas tinha a ver com fazer balizas e depois rolaram alguns detalhes extremamente explícitos sobre o que você gostaria de fazer comigo e o que gostaria que eu fizesse com você, e aí você desmaiou de novo.

— Ai, meu Deus. — Escondo o rosto em chamas entre as mãos.

— Não precisa ficar com vergonha, Clemmie. Falei que você seria ótima escrevendo fanfic erótica. — Ele cutuca meu cotovelo. — Foi coisa da boa, tirando a parte em que você espirrou na minha mão antes que eu te passasse um lenço de papel.

— Acho que não acredito em você. — Eu o espio por entre os dedos, e Theo sorri com malícia.

— Juro que é verdade — responde ele. — Mas isso me fez pensar que você talvez também gostasse de mim, ou que talvez pudesse vir a gostar. — Ele dá de ombros de novo. — Na real, não sei, eu tava uma bagunça, mas não consegui ficar longe de você depois disso. Porque estar com você é a coisa mais divertida que já vivi, e, mesmo que nada mais aconteça, ficar sentado no sofá vendo televisão ao seu lado é a melhor parte do meu dia.

Ficamos em silêncio. Encaro o prato à minha frente, meu jantar já frio. No fundo, sei que existe uma dúzia de outras coisas sobre as quais deveríamos conversar, uma lista de obstáculos que se interpõem entre nós e algum tipo de relacionamento real que esteja a quilômetros de distância, mas não quero pensar nessas coisas agora. Não quero nem admitir que essas coisas existem. Então não faço isso.

— Foi um discurso e tanto — comento, um pouco sem fôlego. — Acho que depois dessa é melhor eu ir nesse casamento com você.

— Sério? — Theo abre um sorriso, se levanta e fica de pé ao meu lado. Ele segura minha mão.

Levanto o rosto para olhá-lo. Ele é tão bonito que chega a doer.

— Sim, sério. Você sabe como eu amo comida de festa.

Theo puxa minha mão, me levantando para que possamos ficar encostados um ao outro. Seu braço enlaça minha cintura, minha pulsação acelera, a respiração irregular, e meu corpo parece tão agitado que tenho medo de desmaiar — o que só contribuiria para o argumento de Theo de que estou tentando frustrá-lo.

— A gente vai sair? — Theo pergunta, os lábios a milímetros dos meus. — Num encontro de verdade?

Engulo em seco e faço que sim com a cabeça.

— *Finalmente* — ele murmura. E então sua boca desce sobre a minha, suave e doce. Quando ele se afasta um momento depois, faço um som de protesto. Theo ergue uma sobrancelha. — Tem alguma ideia de como a gente pode passar nossos últimos dois dias aqui?

Corro os lábios por seu pescoço, um gesto recebido com um grunhido baixo de aprovação.

— Hum... — Inclino a cabeça para o lado. — Talvez uma ideia ou duas. Diz aí, o quanto você se lembra dos tais detalhes *extremamente* explícitos?

— Tudo, Clemmie. — Theo sorri. — Eu me lembro de tudo.

29

Na primeira vez, não conseguimos chegar ao quarto. Nem mesmo às escadas. A primeira vez acontece contra a parede da sala e é rápida e desesperada, sem sutileza alguma. No instante em que Theo se enterra dentro de mim, parece que tivemos seis semanas de preliminares dolorosamente lentas e que nossos corpos não estão a fim de brincar.

O jeans de Theo está desabotoado, minha saia erguida até a cintura. Quero tirar sua camisa, mas não consigo parar de beijá-lo por tempo suficiente para que isso aconteça, e me contento em embolar o tecido em uma das mãos enquanto a outra percorre sua pele quente.

Ele mexe no bolso e tira de lá uma camisinha.

— Você anda por aí com camisinhas no bolso? — pergunto, erguendo as sobrancelhas.

Ele solta uma risada e me beija de novo.

— Foi a Lil que me deu, acompanhada de um olhar bem sugestivo antes de ir embora.

Eu me afasto.

— Minha *irmã* trouxe camisinhas pra você? Isso é... isso é...

— Eu sei. Mas, em vez de ficar pensando nisso, vamos só ser gratos. — Ele pressiona o corpo contra mim, e solto um gemido.

— É — consigo dizer —, vamos agradecer. Agradecer muito.

Seu primeiro impulso me faz ofegar em sua boca. Ele move a mão até minha coxa, segurando minha perna cada vez mais alta e mais apertada em torno de seu quadril enquanto me penetra repetidamente. Estou sendo tomada, preenchida. Cada sensação é intensa demais; minha pele parece hipersensível, cada toque como uma explosão de luz. Quando seus dedos mergulham entre nossos corpos, basta um leve roçar para que eu me estilhace, rindo e gemendo coisas sem sentido enquanto o orgasmo me arrebata.

Theo pressiona o rosto em meu pescoço, o próprio ritmo vacilando ao atingir o clímax.

— Puta merda, Clemmie! — ele exala contra minha pele superaquecida. — Puta merda.

Ficamos parados por um tempo, respirando com dificuldade. Percebo que meus olhos estão fechados, e, quando os abro, o rosto de Theo leva um segundo para entrar em foco. Há uma faixa cor-de-rosa profundo em suas bochechas, os olhos estão arregalados. As mãos descansam na parede, uma de cada lado da minha cabeça, e ele se inclina para a frente, dando beijos suaves nas minhas bochechas, na lateral do meu queixo.

— Isso foi... um pouco mais rápido do que eu pretendia — ele murmura.

Solto uma risada, o som alto e abafado.

— Não acho que nenhum de nós dois tava em posição de prolongar as coisas.

Ele geme e empurra os quadris para frente, ainda rígido dentro de mim. Faço um som de concordância em resposta.

— Certo — ele diz, visivelmente tentando reunir algum autocontrole. — Vamos pelo menos passar das escadas na próxima. Quero levar o tempo que for preciso, e passei seis semanas bem longas sonhando com você na minha cama. Ou na sua cama. Qualquer cama, na verdade.

— Cama é bom — concordo, mas aperto mais os braços ao redor dele e puxo a cabeça de Theo para um beijo longo e persistente que se transforma depressa em uma confusão de mãos, dentes e línguas.

— Cama — Theo rosna por fim, se afastando, e o ar gelado corre entre nós dois. Ele tira a camisinha e volta a subir o zíper da calça. — Eu levaria você nos ombros, mas aprendi a lição sobre tentar te carregar escada acima.

Ele pega minha mão e me beija de novo, de novo e de novo. Nos movemos devagar, cada passo interrompido por esses beijos longos e inebriantes, e eu me esfrego nele sem vergonha alguma, buscando a fricção que meu corpo deseja. Chegamos até a escada e eu o empurro para baixo, montando nele, dedos gananciosos se emaranhando em seus cabelos, sua língua em minha boca.

— Para, para — ele diz.

Eu congelo.

— Clemmie. A gente não pode transar na escada — ele diz com o rosto sério. — Somos adultos, e estamos a poucos passos de uma cama confortável. Se a gente não sair daqui, vou causar problemas graves na minha coluna e ficar todo ralado de carpete em lugares inomináveis.

Ai, Deus, o Theo certinho é tão excitante; minhas mãozinhas ágeis já estão indo atrás dele por vontade própria.

Seus olhos ficam mais escuros, e nos beijamos de novo. Acho mesmo que vamos fazer sexo na escada — embora Theo esteja certo e isso seja muito, muito desconfortável —, porque me descolar nem que seja um milímetro da pele dele parece simplesmente impossível.

Mas de repente seu braço está sob minhas pernas, e ele está me erguendo e minhas mãos apertam seus bíceps conforme os músculos se contraem, e, *ah, esses braços, esses braços!* De algum jeito, Theo consegue nos colocar de pé outra vez. Antes que eu consiga protestar, ele agarra minha mão e me arrasta escada acima, praticamente me arremessando pela porta do meu quarto — que é o mais próximo — e me atirando na cama.

— Tira a roupa. Rápido — ele consegue dizer, já arrancando a camiseta.

Me livro da blusa e do sutiã — a saia e a calcinha já ficaram pelo caminho — e me deito, excitada demais para sentir vergonha da minha nudez, ocupada demais absorvendo cada centímetro nu do corpo surreal de Theo, absorvendo ele me encarar com uma luz profana nos olhos.

— Dessa vez — ele rosna —, a gente vai fazer as coisas *devagar*. — Meus dedos dos pés se encolhem com o tom grave de sua voz, e então Theo sobe na cama e se deita por cima de mim. E agora que não há mais nada entre nós, agora que estamos pele com pele, acho que sou capaz de morrer de prazer.

Em seguida, sua boca está por toda parte.

— Tô fissurado na sua pele — Theo murmura, depois ergue a cabeça e franze a testa. — Isso soou errado. Não era pra ser de um jeito assustador tipo serial killer. Tipo, não quero *usar a sua pele* nem...

— Quietinho, seu esquisito. — Eu rio, me contorcendo por baixo dele.

Theo sorri e volta a distribuir beijos no meu torso, descendo pelas costelas.

— Você é tão macia. — Ele suspira, a respiração falhando junto a mim, me fazendo tremer. — Tão, tão macia. E com um gosto tão bom. Quero morder você.

— De novo com o papo de serial killer. — Arquejo, e ele ri enquanto se move para colocar os lábios nas minhas coxas, mordendo com suavidade, só um arranhar dos dentes.

— Ai, meu Deus, Theo — eu ofego um minuto depois. — Por favor. Por favor. Por favor.

— Como. Ela é. Educada. — Theo pontua cada palavra com um beijo. — Me diz o que você quer, Clemmie. Tudo que quiser.

É uma forma perfeita de tortura, e, fiel à sua palavra, Theo vai em frente, sem pressa, até que eu sinta que vou enlouquecer, até ficar incapaz de falar e ter uma vaga noção de que estou fazendo barulhos que nunca fiz. O mundo se encolhe sob o toque de seus dedos, da língua, e, quando ele finalmente me deixa gozar, sinto todos os músculos travarem, meu corpo se inclinando para fora da cama.

— Ai, meu Deus — sussurro, o coração batucando nos ouvidos. — Ai, meu Deus, ai, meu Deus.

Theo me puxa para ele em um emaranhado de membros suados, um sorriso satisfeito no rosto.

— Foi ainda melhor do que eu me lembrava, e eu me lembro *muito bem*.

— É mesmo? — Abro um sorriso.

Seu braço passa pela minha cintura, virando meu corpo, minhas costas coladas em seu peito.

— Aham — ele diz baixinho, os lábios encostados em minha orelha. — Mas sabe o que anda me atormentando há semanas? Enquanto fico deitado ali, do outro lado dessa parede?

— O quê? — pergunto, sem fôlego, me empurrando contra sua ereção, provocando um gemido de apreciação em resposta.

— O vibrador que Serena te deu. Você anda usando?

— Ando — eu digo, e depois acrescento a verdade completa em um sussurro: — Uso pensando em você.

Theo me vira de barriga para cima e paira sobre mim, parecendo meio selvagem. Seus dentes brilham em um sorriso bestial.

— Me mostra.

E eu obedeço.

Depois de horas descemos as escadas, parecendo que ambos escaparam (por pouco) de algum tipo de tornado sexy.

É meio da noite, e estamos na cozinha. Estou vestindo a camiseta de Theo e preparando ovo mexido e torradas. Theo está encostado no balcão, completamente nu porque "a gente podia estar fazendo isso há semanas, Clemmie. A gente podia estar pelado junto *há semanas*. Nunca mais vou colocar roupas, e você também não devia. Você *com certeza* devia ficar *sempre* nua daqui pra frente".

— Não vou cozinhar pelada — digo com firmeza. — Parece... anti-higiênico e potencialmente perigoso.

— Quem precisa comer? — Theo exclama, expansivo, envolvendo minha cintura com um braço e acariciando meu cabelo bagunçado.

— A gente precisa! — eu bufo. — Acho que queimamos umas dez mil calorias. Se a gente não comer alguma coisa e se hidratar, meu corpo vai virar pó.

— Humm, tá aí uma coisa que eu não quero — Theo concorda, segurando o prato que entrego para ele. — E acho que gosto de você com as minhas roupas *quase tanto* quanto gosto de te ver pelada.

Fico vermelha, o que é ridículo levando em conta tudo o que acabou de acontecer entre nós dois, mas não consigo evitar. Acho que ainda não caímos na real de tudo o que aconteceu.

Comemos os ovos no balcão da cozinha em um silêncio confortável pela maior parte do tempo. Theo obviamente percebeu que está com fome, porque, assim que termina, começa a tentar roubar comida do meu prato, e sou forçada a ameaçá-lo com um utensílio de cozinha.

— Cuidado pra onde você aponta essa coisa! — Theo choraminga.

— Esse é outro motivo pra usar roupas. — Ofereço um sorriso doce.

— Não acredito que você tá reclamando da minha nudez. — Theo suspira, ficando de pé. — O brilho já acabou. Você usou meu corpinho e agora já tá cansada de mim.

Mesmo que ele fale em tom de brincadeira, conheço Theo o bastante para captar aquele pequeno toque de medo verdadeiro no cerne das palavras.

Também me levanto, passo os braços ao redor de sua cintura e o abraço com força, dando um beijo no peitoral perfeito que está diante do meu rosto.

— Sinceramente eu acho que nunca vou me cansar de você, Theo. — Sorrio contra sua pele. — Sim, acho que você é *incrivelmente* gostoso e que elevou o nível do sexo pra mim por todo o sempre, mas também acho você um amor, inteligente, engraçado e muito, muito bobo, o que talvez seja minha parte favorita na sua pessoa.

— Sério? — Ele baixa o rosto e me olha, e há certa vulnerabilidade em sua expressão que faz meu coração se apertar.

— Que eu te acho mesmo muito bobo? — Fico na ponta dos pés e beijo o canto de sua boca. — É sério. — Reúno coragem. — Tô muito louca por você. Cheia de sentimentos bem intensos.

Pondo as mãos em minha cintura, ele me levanta e me gira. Quando meus pés voltam para o chão, estou rindo, e Theo captura minha boca com a sua.

— Sentimentos intensos são bons — ele sussurra. — Agora vamos pra cama.

Na manhã seguinte, acordo nos braços de Theo. Dessa vez, tomamos banho juntos. Dessa vez, ninguém vai embora.

PARTE TRÊS

30

Dois dias e um número obsceno de orgasmos depois, Theo e eu carregamos as últimas coisas dele para dentro de seu carro sofisticado. Theo insiste que eu vá com ele e, quando pergunto o que fazer com meu carro, não aprecio o suspiro triste ou a resposta: *Só solta o freio de mão e deixa o mar levar... ele já lutou demais.*

Por sorte, Petty convocou Lil e Serena para ajudar a arrumar a casa depois que sairmos e verificar se as coisas antigas estão todas de volta no lugar antes que os próximos hóspedes cheguem. Tenho certeza de que minhas irmãs concordaram com isso apenas pelo estratagema de dar uma olhada em mim e Theo, mas Lil se ofereceu para levar meu carro de volta a Londres, então quem sou eu para olhar os dentes do cavalo dado.

— Belo chupão — Serena me cumprimenta com a voz seca na porta, em um horário repugnante de tão cedo na quinta-feira. — Me fala de novo daqueles sentimentos puramente amigáveis que você tinha por Theo.

Fico vermelha e puxo a camiseta em um esforço para cobrir a marca junto à clavícula. Acusei Theo de estar querendo encenar algum fetiche de fanfic de *Sangue e luxúria*, e ele certamente não negou. E, para ser honesta, também não liguei.

— Puta merda, Clemmie — Lil sussurra, impressionada. — Você tá tipo... *brilhando*. Sua pele tá radiante. Acho que você tá cercada por algum tipo de aura do sexo.

— Humm, que nojento. — Franzo o nariz. — E, por favor, nunca mais fala *aura do sexo*, sua esquisita. Mas, bem... sim, posso ter algumas novidades...

Serena passa por mim.

— *Me poupe* — ela diz. — A tensão sexual já tava subindo pelas paredes quando viemos aqui na semana passada.

— Você tá chateada? — pergunto, nervosa, seguindo-a até a sala agora vazia. Venho temendo a reação de Serena, sobretudo por causa da alegação muito legítima envolvendo falta de profissionalismo que ela podia jogar na minha cara.

Serena estreita os olhos.

— Por causa do trabalho? Não. Seja lá o que aconteceu aqui, Theo teve algum tipo de surto criativo, então deu tudo certo. Mas precisei ouvir de David que você vai para o casamento da irmã do Theo antes de você mandar mensagem pra gente pedindo ajuda. E agora estamos aqui claramente invadindo seu ninho de amor. Não é legal, Clem.

— É — Lil se intromete. — Você devia sempre contar essas coisas primeiro pra gente. Sabe que protegeríamos você. Somos seu apoio.

— Eu sei... — Suspiro. — Eu...

É bem nesse momento que Theo resolve entrar na sala, e minhas irmãs se viram para ele como se fossem uma única entidade furiosa e intimidadora, como um monstro saído da mitologia grega com duas cabeças e uma motivação oculta.

— Theodore — Serena cospe, puro gelo.

— Oi, S. Oi, Lil — Theo as cumprimenta com calma.

— Não vem de *oizinho* pra cima da gente, não. — Os olhos de Lil se estreitam. — Só vamos dizer uma vez.

— Dizer o quê? — Theo me encara, claramente confuso.

É um sentimento do qual compartilho, mas só até Serena invadir o espaço pessoal de Theo e enfiar uma unha pintada de vermelho-sangue no peito dele.

— Se você machucar nossa irmã, de qualquer forma que seja, se fizer com que ela sinta o mínimo dos aborrecimentos, uma *pontadinha* que seja de desconforto, você vai ficar com saudade do seu equipamento aí embaixo.

— *Serena!* — eu grasno, morrendo de vergonha.

— Não, Clemmie — Lil diz, a voz suavemente ameaçadora. — Você já se machucou muitas vezes. A gente devia ter feito isso desde o início. — Em seguida, ela fita Theo bem nos olhos e passa devagar o dedo pela garganta, o rosto uma máscara aterrorizante desprovida de emoção.

— Porra, Lil! — eu exclamo. — Essa é a coisa mais assustadora que já vi. Qual é *o problema* com vocês duas? Precisam de verdade se acalmar. — Eu me viro para Theo. — Não pedi pra elas fazerem isso. Eu nem sei o que é isso, a não ser uma tentativa de me deixar envergonhada.

— Imagine só, ser envergonhada pelas irmãs na frente do seu novo... sei lá que porra o Theo é. — O sorriso de Serena é como uma lâmina. — Não é tão divertido quando a pimenta tá no seu olho, né?

— Aquilo foi bem diferente — murmuro. — E, pelo que me lembro, ninguém ameaçou *castrar* sua namorada.

A expressão terrível some do rosto de Lil em um piscar de olhos, e ela volta a ser só sorrisos.

— Essa foi a cara que eu fiz pra Sophie Ritter antes da final do campeonato de tênis subdezesseis, tenho certeza que ela mijou nas calças.

Theo não parece preocupado, apenas achando graça, e responde tranquilo:

— Eu nunca faria nada pra machucar Clemmie. Nunca. Ela é a pessoa mais importante do mundo pra mim.

— Aaaaaaaah... — Lil une as mãos, cedendo de imediato.

— Veremos. — É a resposta de Serena, reforçada por outro olhar penetrante. — De qualquer forma... — Ela se vira para mim. — Trouxemos as coisas que você pediu.

— Obrigada. — Sinto-me aliviada, aceitando a luxuosa mala Louis Vuitton que certamente não me pertence.

— Você não pode aparecer com a sua bagagem numa sacola de compras. — Serena suspira, analisando minha expressão. — Esse troço vai acontecer num hotel *muito chique*, Clemmie.

— Uma linda ecobag da livraria não é uma sacola — argumento. — Mas, mais importante, você trouxe muitas opções?

— Trouxe — Lil se intromete.

— Obrigada. Theo anda sendo bem inútil em me dizer qual é a vibe do casamento.

Theo dá de ombros.

— Não sei o que dizer. Vou usar um terno. Lisa vai usar um grande vestido branco. Que outras coisas eu deveria saber? Já falei o que acho que você devia vestir.

— Não vou conhecer sua família em pleno casamento da sua irmã com um minivestido de lantejoulas douradas que mal cobre minha virilha.

Os olhos de Theo cintilam conforme descem do meu rosto para o meu corpo.

— Você estava tão gostosa naquele vestido, e não consegui permissão pra apreciar direito na época.

Nossos olhares se chocam. Sinto meu pulso acelerar, o calor se acumulando sob a barriga.

— Vou vomitar — Serena declara, sem rodeios.

— *Aura do sexo* — Lil murmura, arregalando os olhos outra vez.

— Só relaxa — Theo aconselha, estendendo a mão para esfregar minhas costas de forma consoladora. — O que você escolher vai ficar legal. Vai ficar bonita.

Serena solta o ar pelo nariz.

— Dizer para Clemmie relaxar, essa foi boa. — Ela sorri de lado para mim. — Lembra quando Lil tentou te ensinar a meditar?

Eu gemo.

— O que aconteceu? — Theo pergunta, os olhos se iluminando.

— Ela ficou ainda mais estressada. — Lil atira as mãos para o alto. — Quem fica mais estressado depois de meditar?

— Certo, você continua falando a mesma coisa, mas *foi estressante* — insisto. — O cara disse que a gente ia relaxar todas as partes do corpo, só que aí começou *pelo topo da cabeça*. Como se relaxa o topo da cabeça? Isso não existe! Vocês têm músculos secretos que eu não conheço por acaso? Continuei tentando, mas era como se os fios não estivessem conectados, e aí, quando eu desisti, ele já tava nos joelhos e eu tinha perdido uma parte crucial do relaxamento e não sabia se só seguia em frente ou voltava e tentava outra vez.

Theo está dando risada com as minhas irmãs. Ele pressiona o rosto em meu pescoço, o sopro gentil de seu hálito quente contra minha pele.

— Você é a melhor — ele diz.

— Fico feliz que estejam todos se divertindo, mas não tem nada de estranho em ficar nervosa pra conhecer minha... — Examino uma lista de palavras possíveis e perco a confiança. — Conhecer a família do Theo.

A questão da roupa provavelmente não parece grande coisa para eles, mas quero tanto fazer tudo certo. A situação entre a gente é tão frágil que o menor dos erros pode levar tudo por água abaixo. Pelo menos o que vou vestir é algo sob meu controle, e me agarro ao pensamento como uma chave em minha mão.

— Olha, se isso tá te preocupando, a gente vai resolver, mas prometo que você pode aparecer usando um saco de lixo e *a família do seu Theo* ainda vai te achar a melhor coisa que já aconteceu — Theo diz com firmeza. — E eu já conheci a *sua* família inteira, e todos me amam!

— É mesmo. — Lil sorri.

— O júri ainda tá decidindo — Serena murmura, mas posso jurar que minha irmã amoleceu um pouco: Theo sorri com afeto para ela, e Serena mal faz uma careta.

— De todo jeito... — Theo passa o braço sobre meu ombro. — Temos que ir ou vamos nos atrasar.

— Certo, vamos — concordo, sentindo o nervosismo aumentar de verdade. Não é apenas conhecer a família de Theo que está me assustando, mas sim estarmos saindo de nossa preciosa bolha. Juntos. Não faço ideia do que vai ser.

Sair para o mundo real significa que com certeza teremos de lidar com algumas das muitas, muitas coisas que venho arduamente tentando ignorar. Coisas como o fato de Theo morar em outro continente. O fato de ele ser famoso. De milhões de pessoas quererem saber o que ele comeu no café da manhã (dois folhados, meio pacote de jujuba e três chocolates, porque as últimas seis semanas criaram um monstro e ele queria "aproveitar uma última vez antes de tudo voltar a ser vitamina"). O fato de não termos discutido *nada* disso.

— Consigo ouvir você fritando a cabeça — Theo comenta, tomando a mala das minhas mãos para guardá-la no carro.

Quero perguntar se ele já pensou o suficiente sobre tudo isso, mas mordo a língua. Não sei dizer qual resposta prefiro.

— Vai ser ótimo — Lil diz, me puxando para um abraço. — Você vai se divertir um bocado.

— E, se não for assim, você pode ligar o batsinal que a gente aparece — Serena completa, passando os braços em volta de nós duas.

Sinto um pouco da tensão abandonar meu corpo. Elas estão certas; vai ficar tudo bem. E, se não estiver tudo bem, então minhas irmãs estarão lá.

— Avisa quando chegar — Lil pede, acenando enquanto entro no carro ao lado de Theo.

— Muito bem — ele diz, colocando os óculos escuros e engatando a ré. — Tenho o primeiro episódio daquele podcast de true crime que você mencionou ou o próximo capítulo do audiolivro que você tá me forçando a ler. Não imaginei que fosse me interessar tanto por romances do período regencial, mas cá estamos. Essa merda é tão certinha que é sexy.

Eu me aconchego no banco com um sorriso.

— Sabia. Mas talvez a gente pudesse ouvir um pouco de música? Algo que você goste?

— Sério? — Ele me encara com surpresa, mas parece satisfeito.

— Sério — concordo, enquanto nos afastamos da casa que nos manteve isolados e em segurança pelas últimas seis semanas. Sinto um frio na barriga, mas consigo manter a voz firme. — Talvez seja hora de tentar algo novo.

31

Estamos a meio caminho do hotel quando Serena liga.

— Só queria avisar que alguém andou bisbilhotando ao redor da casa com uma câmera — ela diz, depois que coloco a ligação no viva-voz para que Theo escute.

— Paparazzi? — Theo pergunta, os olhos deslizando para os meus por um momento. Meu estômago afunda.

— Acho que sim. — Serena bufa. — Tinha os requisitos básicos da cara de fuinha e das lentes de longo alcance que os tabloides de merda e os pervertidos tanto amam.

— Pode ser um observador de pássaros — respondo com esperança. — Tem muito passarinho raro por aí.

— Ah, minha doce criança inocente — Serena cantarola. — Amo o seu otimismo. Continue sempre assim.

— Tá, tá, tudo bem. Não era um observador de pássaros, já entendi — eu resmungo.

— De todo jeito, não importa, porque vocês não estão mais aqui, certo? Ele teve que se contentar com fotos minhas tendo uma conversa franca com um entregador que fez uma besteira. Lil precisou fazer uma xícara de chá pro sujeito enquanto ele praticamente chorava no ombro dela. Jesus, por que as pessoas precisam ser tratadas com tanta delicadeza? Tô cercada de incompetentes.

— É o seu fardo — Theo diz. — Obrigado por nos avisar. Parece que escolhemos a hora certa de sair de Dodge.

— Com certeza. Fico me perguntando se o fotógrafo ainda tá por aqui — Serena reflete. — Eu podia ligar a mangueira do jardim em cima dele.

Theo sorri.

— Parece que você já resolveu o problema. Pode avisar David também?

— Vou fazer isso — Serena diz, e encerra a ligação.

— Você tá bem? — Theo me pergunta.

Eu me remexo no banco.

— Acho que sim. Não gosto de que tenha sido por tão pouco, mas, como Serena falou, agora estamos fora do caminho. — Observo o rosto dele com atenção. — E você? Tá legal?

— Eu? — Ele bate os dedos no volante. — Claro.

Fico em silêncio, então ele me olha e dá uma risada curta ao perceber a minha cara.

— Tá bom, fiquei chateado, sim. Não gosto da ideia desses fotógrafos indo na casa de vovó Mac por minha causa, mas deu pra evitar um desastre maior.

— Mas e agora? Você tá preocupado que eles te sigam até o casamento? — Sinto aquela pontada no estômago outra vez só de pensar.

— Eu sempre me preocupo quando minha família tá envolvida — Theo diz com uma leveza que, sei, não está sentindo. — Mas não tem motivo pra achar que isso será um problema. E o hotel tem segurança. Não é vulnerável que nem a casa. Eles estão acostumados a lidar com celebridades. Vai dar tudo certo.

Não sei se ele está tentando me convencer ou convencer a si mesmo, mas, quando pega minha mão e pressiona os lábios nela, assim como fez no meu aniversário, tento ignorar a sensação de aperto no peito.

Apesar do aviso de Serena, sinto que subestimei o local do casamento de Lisa. Quase quatro horas depois, entramos em um longo caminho de cascalho rodeado por choupos altos, que com sua elegância esbelta mais parecem sentinelas, proporcionando uma cobertura verde-clara e brilhante. Os passarinhos estão cantando. A luz chega até nós filtrada em várias cores.

Quando chegamos ao fim da trilha, fazemos a curva e a vista do hotel se abre à nossa frente.

— Que raio de cenário de Jane Austen é esse? — pergunto, atordoada.

— Pois é. — Theo olha para cima. — Acho que usaram esse lugar pra filmar uma das versões de *Orgulho e preconceito* ou algo assim. Lisa é louca por essas coisas.

O edifício é um sonho, repleto de janelas georgianas altas, trepadeiras e paredes de pedra clara. Há um jardim de inverno de ferro forjado anexo a um dos lados do hotel, canteiros repletos de rosas em tons pastel e um gramado enorme cortado em linhas tão perfeitas alternadas em verde-claro e verde-escuro que me pergunto se alguém as fez com uma régua e latas de tinta spray.

Theo estaciona, e, quando saímos, uma mulher usando um terno preto elegante e saltos incrivelmente altos desce os degraus da frente.

— Sr. Eliott — ela diz com afeição, e quase consegue manter um ar perfeitamente profissional, mas, quando Theo estende a mão para apertar a dela, a mulher parece perder o fôlego.

— Meu nome é Cassandra — ela informa. — Sou a gerente do hotel, e vou supervisionar as coisas neste fim de semana. Vamos garantir que sua irmã e o noivo tenham um casamento perfeito.

— É tudo que importa, e, por favor, me chame de Theo. — Ele se vira para mim, envolve minha mão e me puxa para a frente. — E essa é minha convidada, dra. Clementine Monroe.

— Oi — eu falo, um tanto tímida, e sinto a curiosidade de Cassandra mesmo quando ela me cumprimenta com educação. Está na maneira como os olhos dela permanecem em mim, em como a sinto fazendo um inventário rápido da minha pessoa. A sensação de desconforto aumenta à medida que vários outros funcionários aparecem: uma mulher mais jovem para guardar o carro e um par de rapazes em seus vinte anos para recolher nossas malas. Os três são menos hábeis em esconder o interesse, e o sorriso de Cassandra fica um pouco tenso ao ver os subordinados corarem e gaguejarem, lançando muitos olhares arregalados para Theo e vários para mim também.

Theo encara tudo isso com calma, obviamente acostumado, e tento me forçar a relaxar. Afinal, eles não estão sendo rudes ou dificultando as coisas. Não é *ruim*... é só esquisito. De forma abstrata, eu sabia que Theo era muito famoso, mas ando tão acostumada a pensar nele como *o meu* Theo que é chocante perceber que ele também pertence a todas essas pessoas.

Com uma pontada de tristeza, percebo o quanto tudo isso é familiar, como os olhares e o zumbido estrangulado de excitação nos seguiam sempre que eu estava perto de Ripp. Por um instante, lembro como era segurar a mão *dele* enquanto as pessoas olhavam e cochichavam, chegando mais perto, e como isso me fazia querer sair do meu próprio corpo e me esconder.

Felizmente, não tenho muito tempo para refletir sobre a questão porque uma pequena figura passa correndo furiosa pela porta a cem quilômetros por hora gritando "TIO THEEEEEEEEEO!"

E o clima estranho é interrompido quando a sobrinha de quatro anos de Theo se joga em seus braços. Ele ri e a gira no ar.

— Hannah-banana! — Theo geme. — Quando foi que você ficou grande assim?

— Foi enquanto você ficou fora — a menininha responde com sinceridade. — Fiquei grande porque você só me viu no computador e aí deve ter achado que eu era muito pequena. — Ela exibe dois dedos para demonstrar quão pequena deveria ser sua versão no computador.

— É verdade — Theo concorda. — Agora, deixa eu apresentar você pra alguém muito especial. Essa aqui é a Clemmie.

— Oi, Hannah — eu digo com um pequeno aceno.

Hannah me examina com um ar pensativo.

— Por que ela é muito especial? — pergunta para Theo. O jeito como ela fala transmite que não está muito segura quanto à avaliação do tio.

— Porque ela é a melhor contando histórias — Theo diz. — E porque ela faz feitiços mágicos.

— Você faz? — Os olhos de Hannah se arregalam.

Confirmo com a cabeça.

— Com as minhas irmãs. Desde que a gente era pequena.

Os olhos de Hannah ficam ainda mais redondos conforme ela contempla a possibilidade de que a bruxa decrépita na sua frente já tenha sido uma criança algum dia.

— Tá bem. — Ela assente. — Vou com ela, então. — Seu tom é majestoso, e a menina estende as mãos para mim, inclinando a parte superior do corpo para a frente com a confiança tranquila de que alguém sempre vai estar lá para pegá-la. Theo é forçado a ajeitar a sobrinha depressa em meus braços.

Eu a seguro, e Hannah se agarra a mim como um coala, pressionando a bochecha quente na minha e sussurrando em meu ouvido:

— Você me ensina a fazer um feitiço?

— Que tipo de feitiço você quer? — pergunto.

A resposta de Hannah é imediata:

— Um que transforme Oliver num coelho. Acho que ter um coelho ia ser mais legal que um irmão.

— Hannah, onde você... Aaaaah! Theo! Você chegou! — Uma mulher baixa e morena que deve ser Lisa, com um bebê (presumivelmente, o difamado Oliver) preso ao peito, aparece na porta e grita por cima do ombro: — Mãe! Mãe! O Theo chegou!

— Teddy! — Um grito agudo vem lá de dentro, e em seguida outra mulher, elegante e de cabelos grisalhos, chega correndo. O pai de Theo e o futuro marido de Lisa seguem logo atrás.

De repente, Theo está cercado de pessoas que o abraçam e beijam.

Oliver solta um choramingo em protesto.

— Viu? — Hannah sussurra, lançando um olhar sombrio para o bebê. — Me falaram que um irmãozinho ia ser legal, mas ele não faz *nada*.

— Hummm — murmuro em concordância. — Bebês não são mesmo muito úteis, mas eles crescem, sabia?

— Acho que sim. — Hannah solta um suspiro violento.

— Mãe, mãe, para! — Theo está rindo enquanto a mulher o sufoca com beijos no rosto.

— Meu ursinho Teddy! — ela cantarola. — Tão alto, tão bonito.

Deixo o riso escapar pelo nariz, e os olhos de Theo deslizam na minha direção.

— Mãe...! — ele choraminga, envergonhado.

— Que foi? — A mãe arregala os olhos ao examinar o rosto dele. — Theodore! Você precisa se barbear! É assim que chega no casamento da sua irmã? Parecendo um presidiário?

Eu rio ainda mais alto.

A mãe dele olha para mim e sorri, ainda que o gesto seja menor, mais polido.

— Você deve ser Clementine — ela diz, dando um passo à frente. — Sou Alice, e esse é meu marido, Hugh. — Ela puxa o pai de Theo, e, quando ele sorri, percebo que tem a mesma covinha destruidora de corações do filho.

— É um prazer conhecer vocês. — Não consigo apertar a mão de ninguém porque ainda estou segurando Hannah, mas meio que balanço o corpo, o que percebo no mesmo instante ser algo totalmente estranho de se fazer.

Theo passa o braço ao redor da minha cintura e faz cócegas nos pés de Hannah.

— Você acabou de fazer *uma reverência*? — ele sussurra alegremente em meu ouvido.

— Cala a boca, *ursinho Teddy* — sibilo entredentes.

— Certo, certo. — Lisa bate palmas. — Theo, você pode levar as coisas de vocês pro quarto. Tenho certeza de que papai vai achar algo útil pra você fazer. Mamãe e eu vamos levar Clemmie com a gente pro spa.

— E eu, mamãe? — Hannah pergunta.

— Você vai com tio Theo — Lisa responde com tranquilidade, já entregando Oliver nos braços do noivo, Rob.

— Posso te mostrar meu vestido de daminha — Hannah diz com alegria assim que a coloco no chão, a mão escorregando para a de Theo, puxando o tio com impaciência. — Sabia que a daminha é a parte mais importante de um casamento?

Ele me dá de ombros com um sorriso triste, e sinto um segundo de pânico por já ter meu cobertor de segurança em forma de Theo arrancado de mim enquanto tento me lembrar que sou uma adulta plenamente capaz de conversar com outras pessoas em diferentes cenários.

Conforme o vejo desaparecer dentro do hotel, Lisa passa o braço pelos meus ombros e me dá um aperto de leve.

— A melhor coisa de estar no fim de semana do meu casamento é que as pessoas me seguem pra tudo que é lado me oferecendo álcool. Vamos tomar um drinque, que tal?

— Ótima ideia. — Dou um sorriso fraco.

Não muito tempo depois, Lisa, Alice, Cara, a melhor amiga de Lisa, e eu estamos reclinadas em cadeiras de massagem de couro branco e macio no interior de uma longa construção de tijolinhos convertida em spa. Do lado de fora das portas altas de vidro as abelhas mergulham sonolentas pelo jardim vitoriano murado. A sala está envolta em uma teia nebulosa de luz dourada, e tudo, desde o chão até os móveis, tem tons suaves de branco e creme. O efeito geral é o de flutuar com serenidade em uma nuvem. O ar cheira a lavanda, a cadeira massageia agradavelmente as minhas costas, há uma taça de algo espumante e alcoólico em minhas mãos e meus pés estão imersos em uma bacia de água quente e perfumada repleta de pétalas de rosa.

Acho que deve ser necessária uma verdadeira habilidade especial para ficar tensa em uma situação assim, mas estou fazendo um ótimo trabalho, sobretudo por causa dos três pares de olhos ansiosos virados na minha direção.

— Então, você e Theo... — Lisa me encara por cima da taça.

— É — respondo, a voz fraca. — É algo... novo.

— Ele parece muito apaixonado por você. — As palavras de Alice são casuais, mas posso sentir o aço por trás delas. — A coisa deve ser séria pra ele ter te trazido pro casamento. Theo não apresenta ninguém pra gente faz muito, muito tempo.

Não sei bem como responder.

— Eu gosto muito dele — é o que consigo dizer.

— Espero que sim — Alice diz, a indireta menos dissimulada agora. — Ele não é tão durão quanto as pessoas pensam. Odiaria ver meu filho de coração partido.

— A gente só fica um pouco com o pé atrás, sabe? — Lisa explica, quase se desculpando. — Com Theo... com a vida dele sendo o que é. Tem muita gente que ficaria feliz em tirar vantagem dele.

Estou começando a sentir uma empatia muito mais profunda por Theo e a conversa que teve com minhas irmãs.

— Hum — eu digo, mexendo os dedos dos pés. Eu me pergunto o quanto Theo contou a elas da própria história. — Entendo um pouco disso. Meu pai é músico.

— Ah, é? — As sobrancelhas de Alice se levantam.

— Alguém que a gente conheça? — Cara pergunta com inocência, enchendo a taça com o vinho que está ao seu lado em um balde de gelo.

Faço uma careta.

— É... provavelmente. O nome dele é Ripp. — Nunca sei como apresentar meu pai, mas o nome único já costuma resolver o problema, e hoje não é uma exceção.

Alice se engasga espetacularmente com o prosecco.

— Seu pai é Ripp Harris? — ela enfim balbucia.

— Puta merda! — Cara exclama, espirrando a água perfumada para todo lado com os pés. — Ele é bem inteirão pra um coroa — ela acrescenta, pensativa.

— Cara! — Lisa sibila.

— Que foi?! — As palavras de Cara adquirem um ritmo levemente arrastado. — É um elogio. Tá no DNA dela. Ela tem genética de galã. Genética de coroa gostoso.

Não gosto muito de ouvir isso, mas mantenho um silêncio inabalável, tentando sustentar o sorriso educado congelado em meus lábios.

Lisa se vira para mim.

— Me desculpa, essa é a desvantagem de ser alimentada com mimosas desde a hora que você acorda.

— Tá tudo bem — eu digo.

— Não, não tá — Lisa insiste. — As pessoas fazem isso comigo o tempo todo por causa de Theo, e é tipo, *Ele é meu irmão mais novo. Será que você pode por favor guardar a língua atrás dos dentes?*

— Ripp Harris — Alice comenta, um tanto sonhadora. — Eu tinha todos os discos dele quando era adolescente. Até fui a um show.

A cabeça de Lisa bate no encosto da cadeira, e ela solta um gemido. O gesto me lembra tanto Theo que me faz sorrir de verdade.

— Alice? — Uma mulher de pele luminosa e unhas perfeitas aparece por trás de uma porta de tela que balança suavemente. Sua voz é baixa, e, por um segundo, me preocupo com a possibilidade de ela querer me fazer meditar de novo. — Gostaria de vir para a sala de tratamento?

A mãe de Theo vai embora, deixando Lisa e eu sozinhas. Cara está recostada em sua cadeira, de olhos fechados, e o estranho som fungado que sai de sua boca indica que ela não está exatamente presente.

— Ripp Harris é seu pai — Lisa diz, balançando a cabeça. — Como é viver *isso*?

— Na real, a gente não se dá muito bem — explico. — Mas eu só... você sabe, eu *entendo*. Como é esquisito ser parente de alguém assim.

Há um lampejo de compreensão compartilhada entre nós duas, uma pulsação de reconhecimento.

— É — Lisa diz, respirando fundo. — É muito esquisito. Quando não é você o famoso, mas meio que vira... famoso por tabela. Não que a gente não tenha orgulho do sucesso dele — ela acrescenta depressa. — Mas acho que é melhor quando a pessoa sabe no que tá se metendo. Preciso admitir que, quando Theo me disse que você não era da indústria, fiquei um pouco preocupada.

— Claro — concordo. — É uma coisa meio complexa. — Digo as palavras com facilidade, mas elas vêm acompanhadas por uma onda de nervosismo, uma preocupação que consigo sentir como uma coisa viva rastejando sob a pele. Tomo outro grande gole da minha taça.

— É *bastante* complexa — Lisa declara. — Quando Theo entrou na banda, eu estava na faculdade, me divertindo horrores, e aí... bum! — Ela imita uma explosão com as mãos. — De repente, todo mundo só falava nele. O rosto do Theo aparecia em toda parte. Quando a gente saía, tocavam a música dele. As pessoas descobriam que Theo era meu irmão e queriam ser minhas amigas, queriam saber se eu podia conseguir ingressos ou apresentar elas pra ele. Aconteceu tão rápido que eu não consegui processar. — Ela parece triste por um momento. — Eu tava começando a ser eu mesma, sabe? E aí do nada não era mais; eu era só a irmã do Theo. Como eu odiei aquilo.

— Deve ter sido difícil — comento, baixinho.

— Pra ser sincera, acho que não lidei muito bem. — Lisa suspira. — Dei trabalho pro Theo. Eu não pensei em como a situação era pra ele, meu irmão dava a impressão de estar se divertindo muito. Eu simplesmente sentia como se ele tivesse jogado uma granada na minha vida e depois saído em alguma turnê mundial. — Ela arregala os olhos. — Ai, meu Deus, me desculpa! É coisa demais pra despejar em você sendo que a gente mal se conhece.

— Não, não, imagina. — Sorrio. — Eu entendo, de verdade. Não tenho certeza se alguém foi feito pra lidar com coisas assim. — Eu me recosto na cadeira e fecho os olhos por um momento. — Engraçado, deve ter sido mais difícil pra você. Eu nunca conheci nada diferente.

Meu próprio nascimento foi parte do circo Ripp Harris. Pra você era tudo normal... até não ser mais. — Quando abro os olhos, Lisa está me olhando com uma empatia que me faz pigarrear, desajeitada. — Mas, como eu disse, de todo jeito, Ripp não tá mais na minha vida.

— Você se incomoda se eu perguntar... — Lisa hesita. — É por causa da questão da imprensa? Sei por experiência própria como eles podem ser difíceis. Theo faz o possível pra nos proteger, mas paparazzi são selvagens. Foi especialmente ruim no começo.

— Em parte, acho. Mas é mais pelas coisas do Ripp. Digamos apenas que ele não nasceu exatamente pra ser pai.

— Não é como Theo, então. Theo vai ser um ótimo pai — Lisa diz, e depois fica vermelha. — *Ai, meu Deus*, me desculpa. Não quis dizer pra você e Theo saírem fazendo bebês. — Ela se encolhe. — Jesus, tô parecendo a mamãe. Eu só quis dizer que Theo é um cara legal.

Dou risada, sobretudo porque me sinto confortável com alguém que é tão hábil em meter os pés pelas mãos quanto eu.

— Theo é um cara legal — concordo. — O melhor de todos. Na real, fiquei mesmo surpresa ao descobrir como ele é gentil.

Lisa parece satisfeita.

— Pois é, ele vai conquistando as pessoas assim. Digo, não me entenda mal, ele já passou mais da metade da vida como um grande astro, então às vezes ele pode soar totalmente fora de sintonia com a realidade. Mas ele também é muito atencioso. Acho que vem no pacote de ter sido um nerd tímido da música quando criança.

— Você já viu Theo tentando usar uma máquina de lavar? — pergunto.

Lisa ri.

— Óbvio que não, porque, quando vejo meu irmão, se David não estiver junto limpando a bunda dele, então mamãe vai estar lá pra cuidar do seu bebezinho. Deixa eu adivinhar, ele deixou tudo rosa?

— Pior, ele escaldou um lindo suéter de cashmere que com certeza custou mais que meu carro. Agora só pode ser usado por bonecos do Ken.

— Me surpreende que ele não tenha tentado vestir o suéter. — Lisa bufa. — Do jeito que adora usar aquelas camisetas superapertadas só pra exibir os músculos. — Ela dá de ombros.

— Aham — eu concordo, incapaz de esconder a aprovação.

— Eca! — Lisa me dá um tapinha no braço. — Clemmie!

— Ei. — Encolho os ombros. — O que eu posso dizer? Ele tem... um belo par de braços.

— Bem quando eu tava pensando que a gente ia ser amiga — Lisa provoca, e me sinto radiante com as palavras dela.

Ficamos sentadas por um momento em um silêncio confortável, interrompidas apenas pelo ronco estranho de Cara.

— Na verdade, acho que Theo tem andado muito sozinho ultimamente — Lisa comenta, por fim. — Gosto que ele tenha encontrado alguém que o faça feliz.

— Vocês não conseguem se ver muito? — pergunto.

Ela nega.

— Quase nunca. Theo é muito bom com videochamada e outras coisas, então Hannah sabe quem ele é, mas ele tá sempre tão ocupado... — Ela se interrompe. — Da última vez que encontrei meu irmão, eu tinha acabado de ficar grávida do Oliver. A gente nem tinha certeza se ele ia vir pro casamento, por causa da agenda, então o fato de ele ter vindo passar o fim de semana inteiro e ainda ter te trazido junto... realmente significa muito pra todos nós.

Franzo a testa, confusa.

— Acho que não tinha a menor chance de Theo perder o casamento — eu digo. — Até onde sei, ele planejou essa viagem toda de trabalho pra fazer o álbum novo pensando nisso.

Lisa parece surpresa.

— Sério? Não, acho que não. Teve uma época que ele foi bem vago e não sabia dizer se estaria ou não no país. — Ela encara os próprios pés. — Digo, não quero parecer ingrata. Olha só esse lugar, nem acredito que vamos nos casar aqui, e, você sabe, foi tudo Theo. Acho que eu podia ter dito que queria me casar na Lua e ele teria achado um jeito de fazer acontecer, mas eu ficaria arrasada se ele não pudesse vir.

Embora imaginar que Theo (ou, vamos encarar a realidade: David) tenha preparado o casamento da irmã me faça ter sentimentos bem melosos em relação a ele, uma parte do que ela diz não faz sentido para mim.

— Mas ele veio — Lisa adiciona, animada. — E trouxe você. Então temos muito o que comemorar.

— Com certeza — concordo, erguendo minha taça. — Um brinde a você, a Rob e a uma vida inteira de felicidade. — Lisa bate a taça na minha.

Cara solta uma espécie de ronco estridente e se levanta na cadeira.

— Uau! É isso aí, vadias casamenteiras! — ela balbucia, erguendo sua taça antes de afundar de novo.

Lisa e eu trocamos um olhar. E então começamos a rir.

Depois disso, é muito mais fácil relaxar.

32

Mais tarde, quando sou enfiada em um carrinho de golfe e levada de volta ao prédio principal após a massagem de corpo inteiro que Lisa insistiu que eu fizesse, estou agradavelmente tonta de espumante e cem por cento inebriada com tantos mimos. Estou toda quente e macia, como uma massa de pão bem sovada deixada sob o sol no parapeito de uma janela.

— Theo pagou uma quantia estúpida de dinheiro, então temos tratamentos ilimitados — Lisa dissera, várias taças depois, após termos trocado figurinhas sobre tudo, desde Ryan Gosling (um sonho), passando por nosso amor pelo ensino (Lisa é professora primária) até quanto o chá da tarde é superestimado ("Tipo, *eu sou o quê*? Uma criança por acaso? Uma boneca? Só me dá um sanduíche de tamanho normal", Lisa argumentara, agitando os braços enquanto eu sibilava "Sim, sim, *exatamente*").

— A gente pode pedir o que quiser. — Ela havia gesticulado ao redor do spa com uma expressão frenética nos olhos. — É completamente louco e sinto que a gente precisa tentar fazer o dinheiro dele valer a pena. Já fiz as sobrancelhas, já pintei os cílios, já fiz limpeza de pele. Mamãe e eu fomos pra um banho de som hoje de manhã com uma mulher chamada Acorn. — Ela tinha olhado de um lado para o outro antes de sussurrar: — E depois uma sueca bem musculosa depilou meus pelos pubianos em forma de coração. Tá sendo um dia bem surreal.

Assim que chego ao prédio principal, percebo que não faço ideia de para onde estou indo nem que estou usando apenas um roupão fofo por cima de uma calça. Parecia ótimo no spa, mas agora, confrontada por Cassandra em seu terninho e seus barulhentos Manolo Blahniks de dez centímetros, admito que me sinto um pouco malvestida. Após refletir, não sei direito para onde minhas roupas *foram*.

— Dra. Monroe. — Cassandra sorri como se minhas escolhas de alfaiataria fossem impecáveis. — A senhorita e o sr. Eliott estão na suíte Bluebell. Posso pedir a Caleb que mostre o caminho, se quiser.

— Quero, obrigada. — Tento soar como se pertencesse àquele mundo enquanto observo o belo piso lustroso que mais parece um tabuleiro de xadrez novinho, os painéis de madeira de bom gosto e as poltronas de veludo, os vasos de palmeiras e a enorme escadaria entalhada. O lugar é lindo, e Lisa me disse que o hotel será só deles até domingo. Teremos um jantar em família hoje à noite, antes de os convidados chegarem amanhã, e depois haverá o ensaio para a família na igreja e o grande jantar de ensaio antes do casamento propriamente dito, no sábado.

Caleb me leva pela escada forrada com carpete grosso (cuja sensação sob meus pés me leva a outra pergunta bastante pertinente... *onde estão meus sapatos?*) e através de um corredor com papel de parede brocado antes de me deixar junto a uma porta enorme com uma discreta placa dourada que diz "Suíte Bluebell".

Quando abro a porta, sou confrontada pela visão gloriosa não apenas do quarto de hotel mais luxuoso que já vi, mas também de Theo Eliott esparramado na cama de dossel, tirando uma soneca. Na verdade, sinto meu coração se apertar de alegria por vê-lo depois de apenas algumas horas separados, o que até eu admito ser um pouco exagerado.

— Ei — ele murmura, sonolento e feliz, quando subo na cama ao lado dele. — Você demorou.

— Eu tava conhecendo sua irmã — respondo. — E perdi minhas roupas. Não é exatamente a apresentação à sua família que eu esperava.

Theo solta uma risada.

— Mandaram suas roupas e seus sapatos pra cá faz um tempão. — Ele me puxa para perto, aconchegando-se em mim, enterrando o rosto em meu cabelo. — Você tá cheirando bem — ele diz, as mãos já puxando o cinto do meu roupão.

— Uma mulher chamada Acorn passou óleo em mim — respondo, me espreguiçando feito um gato sob seu toque.

Eu o sinto sorrir com os lábios em meu pescoço.

— Que sorte dessa Acorn. — Ele abre o roupão, os dedos percorrendo meu torso em uma linha que seus lábios ficam muito felizes em seguir.

E depois, após vários minutos lânguidos e muito alegres, com uma voz cheia de tesão e divertimento, ele pergunta:

— Isso é... um coração?

— A gente precisa se arrumar pro jantar — comento mais tarde, quando estou deitada com a cabeça em seu peito. Os dedos de Theo percorrem de leve a pele nua do meu braço, e amo a sensação; os calos ásperos das muitas horas tocando violão flutuando sobre mim como se eu fosse uma coisa preciosa.

— A gente não pode pedir serviço de quarto? — ele geme.

Me apoio no cotovelo e o encaro.

— Não, a gente não pode. O hotel tá preparando um cardápio todo chique de oito pratos, e sua família tá doida pra passar um tempo com você.

— Também tô ansioso pra ficar com eles — Theo diz, enrolando uma mecha comprida do meu cabelo no dedo. — Mas nenhum homem em sã consciência deixaria essa cama de bom grado quando você tá nela.

— É mesmo uma cama muito boa — concordo, e me sento. — Mas acho que vai ser ótimo pra vocês ficarem juntos. — Pigarreio, meio sem jeito. — Lisa falou uma coisa que não entendi. Sobre você e o casamento.

— Ah, foi? — Theo segue brincando com meu cabelo, mas percebo de imediato que ele ficou na defensiva.

— Foi, ela disse que teve um momento que não sabia se você vinha. Mas você me falou que tinha organizado tudo pra poder estar aqui.

— Ah, isso. — Ele afunda de novo no travesseiro.

— Sim, isso — eu digo, cutucando-o na lateral do corpo. — Anda, fala.

— Não é nada de mais — Theo murmura. — Eu só... queria dar uma rota de fuga pra ela.

— Uma rota de fuga?

Theo suspira.

— Olha, tô tentando muito, muito mesmo não assustar você agora porque sei que somos algo recente e delicado, mas às vezes fazer parte da minha vida não é fácil.

— Não tô entendendo — falo devagar.

— Tá, sim. — Theo esfrega o rosto. — Claro que você entende. Melhor que ninguém. Quando eu tô por perto, as coisas podem ficar agitadas. O casamento de Lisa tem que ser todo para ela. Eu queria deixar minha irmã com a opção... tipo, deixar que ela desistisse de me convidar sem ficar um clima estranho.

Fico quieta por um tempo a fim de digerir o que ele disse. Não posso fingir que não sei do que Theo está falando; é um dos maiores medos que tenho em relação ao nosso relacionamento e que não consigo encarar. Mas, ainda assim, o que ele diz parece errado.

— Não acho que ela escolheria que você não viesse, Theo — acabo dizendo.

— Talvez, mas nem sempre ela tem escolha quando as minhas coisas invadem a vida dela, e queria que Lisa pudesse decidir. — Ele fala e solta um suspiro, e penso no que Lisa tinha me contado mais cedo, como foi para ela quando Theo se juntou à banda. Como a vida dela mudou.

— Às vezes, é mais fácil manter distância pra que ninguém tenha que lidar com toda a merda ao meu redor. Digo, olha essa noite — Theo continua, parecendo triste. — Ela podia ter trazido todos os amigos pra cá; a gente tem o hotel inteiro reservado até domingo, mas somos só nós pra jantar porque Lisa não quer toda a... — Ele balança a mão. — Toda a *confusão* que eu provoco, e nem posso culpá-la.

Pego meu travesseiro e bato na cara dele.

— Ai! — surge a exclamação abafada de Theo. — Pra que isso?

— Porque você é uma anta — eu digo. — Não te ocorreu que sua família quer você só pra eles porque raramente conseguem te ver? Eles estão tão felizes por você estar aqui, Theo. Sua mãe e Lisa me disseram isso. Várias vezes. Entre as ameaças muito educadas à minha pessoa caso eu machuque você.

O travesseiro ainda está sobre seu rosto.

— Hum — ele diz, por fim.

Engulo um sorriso.

— É, *hum*. Sua anta.

Ele atira o travesseiro de volta.

— Para de ficar chamando seu namorado de anta.

Eu congelo.

— Você acabou de dizer que é meu namorado?

Theo revira os olhos.

— Claro que sim, Clemmie. Não me diz que a gente vai precisar ter essa conversa feito dois adolescentes.

— Hum, acho que é o tipo de coisa sobre a qual a gente deveria conversar. Você não pode *decidir* algo desse tipo sozinho.

— Tipo o quê? — Theo ergue as sobrancelhas. — Que temos um relacionamento? Achei que a gente já tinha concordado. Estamos transando, não estamos?

— Bom, sim, mas isso não significa necessariamente...

— Significa, sim — ele diz com firmeza, voltando a usar aquele seu tom quente e sóbrio de novo. — Não quero fingir que essa coisa entre a gente é casual. Falamos sobre isso antes; falamos sobre os nossos sentimentos. Somos adultos. *Eu* tô nessa. Tô com você. Se você se sente diferente, por favor me fala logo.

Theo pega minha mão e me olha com seriedade. Parece que todos os meus órgãos estão mudando de lugar. Há uma mistura de medo e alegria, mas sei que ele está certo: seja lá o que exista entre nós, não é casual. O que sinto por ele é grande demais para isso.

— Não é justo me fazer ter essa conversa com você pelado — resmungo. Sua covinha aparece.

— Tenho que aproveitar ao máximo cada vantagem.

— Eu não me sinto diferente em relação a isso — digo em voz baixa. Não é a mais eloquente expressão de sentimentos, mas claramente funciona, porque Theo me puxa para cima dele, e aí é muito, muito mais fácil *mostrar* para ele como me sinto.

Eu me inclino, capturo sua boca na minha e o beijo devagar, com suavidade, como se tivéssemos todo o tempo do mundo. Suas mãos sobem para emoldurar meu rosto, e ele me puxa para mais perto, a língua acariciando a minha. Ouço um murmúrio de prazer, e não tenho certeza se saiu de mim ou dele; parece ecoar através de nós dois. O beijo é lento, doce e pecaminoso ao mesmo tempo. É um ato de ternura, de posse, e sinto a agora familiar urgência em meu peito, uma necessidade que não parece ter fim, não importa quão próximos estejamos, não importa quantas vezes façamos isso, como se eu não pudesse ficar satisfeita até consumir Theo por inteiro.

— Quem tá parecendo uma serial killer agora? — Ele ri da minha cara depois que tento verbalizar o pensamento de modo desconexo.

— Achei muito romântico — insisto, dando mais um beijo leve em seus lábios.

— Ei, se você tá sugerindo que precisa passar todo o nosso tempo agarrada comigo sem nenhuma roupa, vou te apoiar nessa decisão — Theo diz.

— Que altruísta da sua parte. — Quando me afasto, ele faz um som de protesto, e é minha vez de rir. — A gente precisa levantar! — digo com firmeza, me libertando de seus braços. — Precisamos nos vestir pro jantar. Já discutimos isso. Pare de ser uma distração.

A única resposta de Theo é segurar o travesseiro contra o rosto e soltar uma coleção de palavrões abafados.

Agora, ao sair da cama, posso enfim dar uma boa olhada no resto da suíte. A cama enorme é coberta por um dossel azul-claro, e, ao pé dela (a cerca de um quilômetro e meio dos travesseiros mais macios do mundo) há um longo sofá de veludo azul em um tom um pouco mais escuro. Ele dá de frente para duas janelas altas com uma vista ampla do campo. Há uma grande lareira de mármore, toda arrumada com lenha, apesar de ser verão, com duas poltronas confortáveis dispostas diante dela. Há também uma porta lateral, e eu me enrolo no roupão a fim de explorar mais.

— Ai, meu Deus, esse banheiro — eu gemo, analisando os azulejos brancos reluzentes, a banheira funda, as duas pias, o chuveiro de cascata grande o bastante para seis pessoas. O chão está aquecido sob meus pés descalços. — Quando eu morrer, quero ser enterrada nesse banheiro.

— Não tenho certeza se a combinação de banheiro e cemitério vai harmonizar com a estética de luxo do hotel — escuto Theo comentar.

Quando volto para o quarto, encontro Theo sentado, os cabelos arrepiados. Os lençóis brancos e impecáveis envolvem sua cintura. É uma bela vista.

— O que é isso? — Aponto para outra porta, tentando não me distrair com ele.

Theo boceja.

— Ah, é o closet.

— Ah, claro. O *closet* — repito, abrindo a porta. — Igualzinho a todo hotel de beira de estrada.

O closet é na verdade como um grande guarda-roupa, com uma parede coberta de espelhos, prateleiras embutidas e varais para cabides. Há uma penteadeira de vidro que parece saída da década de 1920. A mala Louis Vuitton de Serena está no canto, mas todas as minhas coisas foram desempacotadas e organizadas. Pessoas ricas são estranhas — elas não sentem vergonha de ter um desconhecido remexendo e dobrando suas calcinhas baratas? Pendurados nos trilhos, estão vários sacos pretos contendo roupas.

— Estes são todos os ternos que David te mandou? — grito. — Não sabia que você precisava de tantas opções, *princeso*.

— Na verdade, não — Theo responde, aparecendo por trás de mim gloriosamente nu. — São as coisas que David mandou pra você.

— Pra mim? — Franzo a testa.

— Pois é. — Theo já está se afastando, de volta ao quarto, e vou atrás dele. — Você disse que tava preocupada em não ter a roupa certa pra usar, então pedi pro David juntar alguma coisa pra você quando fosse mandar o meu terno. Assim, se Lil não tivesse separado algo de que gostasse, você teria outras opções.

— Você organizou tudo isso? — pergunto.

Theo dá de ombros.

— Acho que não mereço o crédito; tudo o que eu fiz foi mencionar a questão pro David. — Ele me olha. Seu rosto fica sério. — Você disse que tava estressada com isso. E eu não queria te ver estressada. Mas você não precisa usar nenhuma dessas roupas caso não goste.

— Ah — eu digo. Lembro das palavras dele mais cedo. *Se isso tá te preocupando, a gente vai resolver.* Pode não ter sido um grande esforço da parte dele, mas sinto um nó na garganta pelo fato de que não foi apenas um consolo vazio, de que Theo realmente *fez* alguma coisa. — Obrigada.

— Não me agradeça. — Theo sorri de lado. — Se dependesse de mim, você não ia usar roupa nenhuma no fim de semana.

— Não acho que ia ficar bom nas fotos da família.

Theo enrola uma toalha branca e fofa na cintura.

— O que tá fazendo? — pergunto.

— Você ouviu minha mãe. — Theo passa a mão no queixo. — Vou fazer a barba.

— V-você vai fazer a barba? — repito. — Desse jeito? — Meus olhos mergulham em seu peito nu e musculoso, descem pela barriga, param nas linhas em forma de V que desaparecem sob a borda da toalha.

— V-vou — Theo confirma devagar, confuso. — Clemmie, por que você tá parecendo sob efeito de drogas? — Ele se aproxima e ergue meu queixo com os dedos. — Suas pupilas estão enormes.

— *Tá acontecendo* — sussurro em resposta.

— O que tá acontecendo? — Ele meio que ri.

— Posso assistir? — Prendo a respiração.

— Você quer olhar enquanto eu faço a barba?

Eu tremo e não digo nada, apenas indico que sim com a cabeça.

A diversão ilumina seus olhos.

— Claro, esquisita. Pode me assistir fazendo a barba.

— Não chama sua namorada de esquisita — eu digo enquanto vou atrás dele, e então não tenho oportunidade de dizer mais nada por um longo tempo.

33

Conseguimos não nos atrasar demais para o jantar, e fico feliz porque a família de Theo está realmente encantada em vê-lo. Ele se senta de frente para mim, entre a mãe e a irmã, e Alice fica tocando o braço do filho como se precisasse ter certeza de que ele está mesmo ali.

Vamos comer no jardim de inverno ao lado do hotel, onde vai acontecer o jantar de ensaio amanhã e depois a recepção no sábado. No momento, somos quinze pessoas sentadas diante de uma longa mesa no meio do salão: Rob e Lisa, Alice e Hugh, a mãe, o pai e a madrasta de Rob, seus dois irmãos mais velhos e seus acompanhantes, bem como Cara, a outra madrinha de Lisa, Sophie, e o padrinho de Rob com a esposa.

Hannah e Oliver, as sobrinhas de Rob e a filha de Sophie estão sob os cuidados da babá do hotel para que os adultos possam desfrutar dos lindos e minúsculos pratos de comida servidos acompanhados de grandes taças de vinho.

Está escuro lá fora, e há velas ao nosso redor. Sob o brilho bruxuleante das chamas, conversamos, rimos e comemos, e ouço várias histórias sobre a infância de Theo. Lisa e Rob estão juntos desde a escola, de modo que todos no jantar felizmente já foram expostos o suficiente a Theo para não ficarem impressionados com sua presença. Percebo que estava temerosa com isso, mas, até agora, tirando a expressão um tanto estática de Sophie, as coisas têm estado calmas, normais.

— Ah, meu Deus — Lisa exclama depois que menciono a história que Theo me contou quando nos conhecemos. — Colin, o poltergeist! Eu tinha me esquecido totalmente dele!

— Bom, eu não — Theo resmunga. — Você me assustou pra caralho.

— Eu tirava as figurinhas de jogadores de futebol do Theo da ordem quando ele tava dormindo e depois dizia que tinha sido Colin.

— Lisa! — Alice a repreende. — Eu não sabia disso.

— Ela dizia que era porque Colin teve uma carreira frustrada no futebol. Dizia que ele tinha morrido antes de poder jogar a primeira partida pelo Manchester United — Theo comenta.

Rob se engasga com o vinho.

— Diabólico. — Ele sorri, agradecido, passando o braço em volta da cadeira da futura esposa.

— *Depois*, ela começou a deixar bolas de futebol por toda parte. — Theo faz uma careta. — Tipo, centenas aparecendo do nada.

— Então era isso? — Hugh parece indignado. — Achamos que eram os filhos do vizinho chutando por cima da cerca. Tive que conversar com Dominic. O homem deve ter pensado que eu tava maluco.

Lisa está rindo tanto que as lágrimas descem pelo rosto.

— Foi culpa da Cara.

Cara sorri.

— Peguei as bolas *emprestadas* no armário da educação física na escola.

— Eu passei a achar que ia morrer sufocado por essas coisas enquanto dormia. — Theo dá um suspiro dramático. — Ainda não consigo assistir ao United jogando sem ter memórias traumáticas. Eu tava sendo assombrado pela minha própria irmã, morando em um filme do Alfred Hitchcock.

Todos estão rindo, e encosto o pé no dele por baixo da mesa. Ele sorri para mim e dá uma piscadinha. Por um segundo, sinto como se ainda não tivéssemos saído da bolha. Talvez a bolha sejamos apenas nós dois.

No dia seguinte, passo a manhã explorando o terreno do hotel enquanto Theo passa um tempo com a família. Eles me convidaram para me juntar a eles, mas dei uma desculpa qualquer dizendo que precisava trabalhar um pouco para que eles pudessem ficar algumas horas a sós. Por mais legais que estejam sendo comigo, sei o quanto esse tempo com Theo é precioso para eles.

Theo vem me encontrar depois que os pais e Lisa vão para o ensaio da cerimônia na igreja, e caminhamos pelos jardins de mãos dadas. Está um pouco mais frio hoje, e fico feliz por poder me encostar em Theo.

— Ooolha, tem um campinho de croquet — comento enquanto atravessamos o gramado.

— Não acha que tá levando essa história de romances históricos longe demais?

— Isso soa como as palavras de um homem com medo de ser humilhado.

— Pff, acho que você vai descobrir que sou incrível no croquet. — Theo solta o ar. — Pode vir.

Mas o que acontece é que, apesar da nossa confiança, nenhum de nós sabe realmente jogar croquet. Theo inventa as próprias regras, as quais segue me acusando de quebrar, bem como um elaborado sistema de penalidades que transforma o jogo em uma sessão de amassos cada vez mais depravados. E não consigo nem fingir que estou com raiva.

— Só tô dizendo — Theo opina enquanto voltamos para o hotel, onde alguns dos convidados já estão chegando. — Da próxima vez, vamos jogar *strip-croquet*. Pense nisso.

Me arrumo para o jantar enquanto Theo toma banho. Fico ainda mais grata pela intervenção de David, porque Cara me disse que o código de vestimenta para hoje e amanhã é "glamour no tapete vermelho" e que o vestido floral que eu pretendia usar no jantar do ensaio não vai dar conta do recado.

— Quer dizer, olha esse lugar! — Ela tinha indicado os arredores com uma descrença óbvia. — É onde as estrelas de cinema se casam. Nenhuma de nós jamais vai estar num lugar tão refinado de novo, então todo mundo vai aproveitar. Tenho um vestido de grife sob medida que encontrei no eBay pra hoje, e Lisa me deixou escolher meu vestido de madrinha, graças a Deus. É elegante pra caralho.

As roupas que David providenciou com certeza combinavam com o tema. Ao abrir o zíper dos sacos, sou confrontada por meia dúzia dos vestidos de grife mais lindos e caros que se pode imaginar, e todos são do meu tamanho (algo de que duvidei ao olhar as etiquetas). Passo os dedos pelas miçangas, pelo tule e pelas lantejoulas antes de me decidir, com um suspiro satisfeito, por um vestido de seda escura verde-esmeralda.

À primeira vista, é uma peça enganadoramente modesta, com gola alta e mangas compridas, ajustada na cintura e com uma saia levemente drapeada que cai feito tinta no chão, mas o vestido tem uma fenda que deixa minha perna direita exposta até a coxa quando me mexo. É como um ataque furtivo de sensualidade, e, juro, faz eu me sentir a própria Angelina Jolie.

Meu cabelo cai nas costas em ondas de sereia, cortesia do tutorial no YouTube que Lil me mandou após passar quarenta minutos em chamada de vídeo conversando comigo. Meu batom é do mesmo vermelho suculento da maçã que destruiu a Branca de Neve.

Ao ficar diante do espelho, sei que nunca estive melhor. Não é só pelo vestido que provavelmente custa o mesmo que o valor de entrada de um apartamento pequeno (embora eu tenha certeza de que isso nem me machuca), mas também porque minha pele está brilhando (obrigada, Acorn), meus olhos cintilam, não consigo parar de sorrir e minha postura está relaxada. Talvez seja a tal aura do sexo, como Lil chamou, mas acho que pode ser só porque estou feliz. Feliz até os ossos.

Quando estou pronta, volto para o quarto e estaco no lugar com um movimento que devia ser acompanhado pelo som de um disco arranhando.

Theo está vestindo um smoking.

Todo o ar saiu do meu corpo.

E não sou a única olhando. Ele está congelado no meio do ato de ajustar as abotoaduras de prata. Seus lábios estão entreabertos, os olhos arregalados.

Minha atenção desliza sobre ele: o cabelo escuro penteado para trás, o rosto recém-barbeado, o smoking preto de corte impecável por cima da camisa branca e bonita esticada sobre os ombros largos. A gravata-borboleta com um nó perfeito é como o laço de um presente, e estou ansiosa por desfazê-la, puxar aquela tira de seda preta até que ela se desfaça nas minhas mãos. Quase posso ouvir o som áspero que a gravata faria ao deslizar de sua garganta, quase posso sentir como os botões da camisa se abririam sob meus dedos. Toda imunidade que pensei ter construído em relação à boa aparência de Theo desmoronou. Ele é tão lindo que me dá dor de dente.

Estou respirando fundo, e sinto minhas bochechas esquentando.

Theo dá um passo em minha direção. E para.

— Você tá... — Ele não termina, a voz meio rouca.

— É. Você também — consigo dizer.

— Não posso encostar em você — Theo afirma com cautela. — Porque, se eu fizer isso, não vou conseguir parar de encostar e não posso me atrasar pro jantar de ensaio da minha irmã. — Ele faz uma pausa. — Né?

Há algo de esperançoso em sua voz que me faz rir.

— Isso mesmo. Estão servindo canapés e coquetéis e já estamos atrasados. Estão nos esperando, e as pessoas *com certeza* vão notar caso você não apareça. A gente devia ir.

— Tá bem. — Theo suspira. — Mas... mais tarde. Mais tarde eu vou ter muito a dizer sobre esse vestido.

— Não vou a lugar nenhum. — Sorrio, subitamente tímida.

Theo engole em seco. Ele não fala nada, apenas balança a cabeça e estende a mão.

Deslizo meus dedos nos dele, saímos do quarto e descemos as escadas em um silêncio tenso que parece diminuir apenas um pouco à medida que nos afastamos da cama e adentramos o mundo civilizado. Quando chegamos à recepção, me sinto mais humana e menos como um saco ambulante de hormônios descontrolados, mas ainda assim tomo cuidado para não olhar demais para Theo, só para o caso de eu acidentalmente acabar escalando-o feito uma árvore na frente de seus amigos e familiares.

O lugar está muito mais lotado que antes, com alguns convidados que obviamente chegaram depois do trabalho e fizeram check-in antes do jantar. Tenho um vislumbre de Cassandra, por trás da bancada, orientando vários membros da equipe com gestos elegantes, como uma regente virtuosa, completamente à vontade.

É uma caminhada curta pela lateral do hotel até o pátio onde estão servindo bebidas antes do jantar. Lisa disse que cerca de cinquenta convidados se juntariam a nós para comer e passar a noite, e que seria mais ou menos o mesmo número no casamento amanhã. Nós nos juntamos à multidão, atravessando o caminho de cascalho que se revela um desafio para quem está de salto. Nunca dominei andar de sapatos altos, e por isso hoje, pela primeira vez, me sinto muito presunçosa com o par de sandálias douradas que comprei no supermercado meses atrás. Claro, elas podem ter custado só doze libras e serem feitas de plástico, mas não sou eu quem está afundando pela trilha como se atravessasse o Pântano de Fogo de *A princesa prometida*.

Começo a sentir olhares sobre nós, as pessoas se cutucando, os cochichos. Theo está de óculos escuros, mas não é nenhum disfarce milagroso do tipo Clark Kent/Super-Homem. E não é nenhuma surpresa que eu sempre tenha gostado mais de Clark que do Super-Homem. Quando comento isso com Theo, ele sorri.

— Bem a sua cara se interessar pelo nerd bonito.

Concordo com a cabeça, tentando ignorar os olhares interessados.

— É bem o meu tipo.

— Bom, pra sua sorte, eu sou um nerd bonito que fica ótimo usando calça apertada. Assim você não precisa escolher, tem o melhor dos dois mundos.

— Você se acha tanto, Eliott. — Eu o empurro com o quadril.

Claro, muitas pessoas o reconhecem, e paramos com frequência para que ele possa me apresentar aos amigos ou parentes mais distantes. É educado, envolvente e disposto a sorrir, mas, agora que o conheço melhor, sei que não está tão relaxado quanto aparenta. Vejo como seu sorriso exibe os dentes, mas não a covinha. Sinto a mão apertar a minha, escuto o jeito como fala, as palavras educadas feito um seixo saltando na água, e percebo que, apesar de todo o charme e simpatia que Theo exala, ele não se entrega para todos. Não do jeito que faz com quem se importa de verdade.

— Com licença. — Uma convidada se aproxima de nós, nervosa. Ela deve ter uns trinta e poucos e usa um vestido roxo com lantejoulas que parece uma roupa de festa de quinze anos versão adulta. Cara não estava mentindo sobre o quanto as pessoas estariam arrumadas: está parecendo o tapete do Oscar por aqui.

— Me desculpa incomodar — ela continua, sem fôlego. — Espero que não seja muita falta de educação, mas sou uma grande fã. Queria saber se você se importaria de tirar uma foto comigo.

Theo sorri só com os dentes de novo.

— Imagina — ele diz, tranquilo. — Bondade sua me elogiar. Você é amiga de Lisa?

— Na verdade, trabalho com Rob — a mulher responde. — Eles são um casal tão lindo.

— São mesmo — Theo concorda.

— Adorei seu vestido — eu digo. — Quer que eu tire a foto pra vocês?

— Ah, sim, obrigada. — Ela me entrega o celular, e tiro a foto. Theo literalmente parece ter saído das páginas da *GQ Magazine*, e o sorriso da mulher é amplo e incrédulo, ainda mais depois que ele passa o braço em torno do ombro dela.

Ela me agradece outra vez e se afasta com um semblante atordoado, então percebo que as comportas se abriram e uma pequena aglomeração estranha se formou ao redor de Theo enquanto cada pessoa cria coragem para abordá-lo.

Todas as vezes, Theo se faz de surpreso, encantado, muito feliz em conhecer todo mundo, mas consigo ver a tensão em sua mandíbula, a forma como seus olhos deslizam para o lugar onde Lisa e Rob estão posando para a fotógrafa oficial, alegres e alheios. O alívio que ele sente naquele momento, por não estar de alguma forma roubando os holofotes da irmã, é explícito.

— Você quer aparecer na foto também? — um cara mais jovem pergunta a certa altura, e percebo que ele está tentando descobrir se sou alguém que *valha a pena* conhecer. Afinal de contas, estou aqui com Theo.

— Ah, não — respondo sem jeito. — Sou apenas a fotógrafa por hoje.

— Acho que ela pode ser aquela atriz de *Game of Thrones*. — Eu o escuto comentar com um amigo enquanto eles se afastam, e reprimo uma risadinha que beira a histeria.

— Você tá bem? — Theo pergunta baixinho, a mão descansando na base das minhas costas. — Sei que essas coisas podem ser muito...

Olho para ele, para a ruga de preocupação entre suas sobrancelhas.

— Tô bem — eu digo, e é praticamente verdade.

Posso ver o quanto significa para todas essas pessoas conhecê-lo. Posso ver o quão cuidadoso Theo está sendo ao dar-lhes algo que as fará felizes. Como elas irão para casa e dirão aos amigos: *Vocês não vão acreditar. Encontrei Theo Eliott ao vivo, e ele foi muito bacana.*

É algo que traz à tona lembranças de estar com Ripp, ou com Sam, que não são nada ótimas. Mas entendo que agora é diferente. Theo não vive para a fama como eles, e seus olhos me procuram com frequência, examinando, verificando meu estado. Percebo, com uma pontada de dor, que, quando eu estava em situações assim com meu pai, sempre achava que ele queria que eu desaparecesse em segundo plano, que eu não poderia existir para ele porque cada fã que Ripp conhecia era a pessoa mais importante do lugar — depois de si mesmo, claro. Não sinto isso com Theo.

Com Theo, sou a pessoa mais importante de *qualquer* lugar.

— Tô mais interessada em pegar uns desses canapés antes que acabem — comento, pondo a mão sobre a barriga. — Tô morta de fome.

Theo sorri e insiste para que localizemos cada membro da equipe de garçons a fim de experimentar e comparar as opções disponíveis. Quando digo que prefiro as tortinhas de cogumelo aos cheesecakes de limão em miniatura, ele me diz com firmeza que estou delirando e enfia outro pedaço de cheesecake em minha boca. Estou metade rindo e metade engasgada quando noto que a fotógrafa do casamento capturou a cena.

— Vocês são tão fofos. — Ela sorri, e então sai andando.

— É, nós somos. — O rosto de Theo se ilumina. Ele passa o braço em volta de mim e dá um beijo em minha têmpora. Fecho os olhos com força, preocupada de que Theo possa ver meu coração inteiro refletido neles.

34

Não demora muito até entrarmos para jantar. Estamos sentados com a família de Theo, e sinto que vou relaxando à medida que a sensação de estar exposta em uma vitrine desaparece. Depois que comemos, Lisa troca de lugar com Theo para se sentar ao meu lado. Ela está incrível em um vestido longo cor-de-rosa com lantejoulas.

Os pratos foram retirados, ainda que as pessoas estejam se demorando com o café e as bebidas. Uma banda tocou covers lentos em versão jazz durante o jantar, mas agora mudou para algo mais animado. Cara está começando a arrastar as pessoas para dançar.

— Se isso é o ensaio, imagino o casamento amanhã — comento com Lisa.

— Eu sei que é ridículo. — Ela sorri. — Mas parecia loucura não deixar nossos amigos curtirem o hotel ao máximo.

— Não é nada ridículo. Todas as pessoas aqui amam vocês e estão muito animadas pra celebrar com você e Rob. Dá pra sentir no ar, é lindo.

— Fico feliz de você estar aqui — ela diz, e aperta minha mão. Devolvo o gesto.

— Eu também — respondo com honestidade.

Mais tarde, saio para me refrescar, pressionando as mãos contra minhas bochechas quentes, coradas. Já escureceu, e as estrelas estão aparecendo, espalhadas em um céu escuro e aveludado: a luz do globo de espelhos lá dentro parece multiplicada pelo infinito.

Há um punhado de pessoas fumando ou usando vape, e ergo a mão para cumprimentá-las antes de avançar pelo terreno, para longe do barulho e das luzes, só por um minuto, só para recuperar o fôlego.

Descendo por um dos caminhos de cascalho há um arco que corta uma sebe alta e, para além dele, um pequeno jardim privado com um banco de pedra. Eu me sento com um suspiro de gratidão. Arbustos altos envolvem o espaço, e meus ombros relaxam. É divertido participar de toda essa festa, mas é gente demais, sobretudo após a solidão das últimas seis semanas.

Ouço o cascalho estalar conforme alguém avança pela trilha, e nem por um instante me pergunto quem poderia ser. Tenho certeza de que é Theo — a única pessoa que desejo ver nesse momento. Eu o tinha deixado sentado com a mãe, Oliver dormindo em seu colo, o rosto corado e feliz.

— Então foi aqui que você se escondeu — ele diz, entrando em meu refúgio.

— Aqui mesmo — concordo. — Não precisava se preocupar comigo, você tava tão bem com a sua mãe.

Theo se aproxima, as mãos nos bolsos.

— Ela foi colocar Oliver e Hannah na cama — ele diz, e se senta ao meu lado. — E vai precisar de sorte nessa missão. O bebê já tinha dormido. Mas Hannah ainda tá firme e forte. — Ele inclina a cabeça para trás e fecha os olhos por um momento.

— Acho que é porque você ficou dando pra ela aquele monte de doces que *deveriam* ser as lembrancinhas do casamento amanhã.

Os cantinhos da boca de Theo se erguem.

— Ué, mas é pra isso que servem os tios.

— Dar corda nas crianças e depois deixar que outra pessoa tente colocar o pijama nelas?

— Exato. — Ele assente. — Só diversão, nenhuma responsabilidade. Vai ser diferente quando eu for pai. É melhor aproveitar enquanto é tempo.

A imagem de Theo segurando um bebezinho com covinhas interrompe temporariamente o fluxo sanguíneo do meu cérebro. Talvez eu precise enfiar a cabeça entre as pernas.

— Então você quer ter filhos? — pergunto, muito casual. Ou pelo menos é o que pretendo, mas com certeza minha voz saiu estridente demais para ser levada a sério.

— Sim, acho que quero — ele diz, o rosto ainda virado para cima, oculto de mim.

— Lisa acha que você vai ser um ótimo pai — comento.

Ele se engasga com uma risada e encolhe os ombros.

— Ai, meu Deus, desculpa. Pensei que seria minha mãe a defender de forma nada sutil a necessidade de mais netos.

— Na verdade, foi por causa de uma conversa sobre Ripp.

— Ai. Não sei se isso melhora alguma coisa pro meu lado. — Theo pega minha mão e deposita um beijo na palma. Fecho os dedos como se estivesse planejando guardar aquele carinho para sempre.

— Tô me divertindo — eu digo. — Gosto de verdade da sua família.

— Eles amam você. — Theo se vira para mim e seus olhos cintilam, cheios de estrelas. — Lisa já falou que escolheria ficar do seu lado caso a gente se separe. E meus pais querem saber se você vai passar o Natal com a gente.

Meu coração se aperta.

— O Natal é só daqui a seis meses.

— Eu sei. — Theo suspira, soando quase triste por isso.

Ficamos em silêncio por um tempo.

— Nunca fiz planos com ninguém — Theo comenta baixinho. — Mas você me faz querer comprar uma agenda de cinco anos só pra poder escrever seu nome em todas as páginas.

Dou risada, um som brilhante que se espalha na escuridão.

— Te amo, Theo — deixo escapar, porque neste momento é mais difícil *não dizer isso* do que dizer. Sinto como se tivesse engolido o sol inteiro e agora estivesse tentando escondê-lo de todos, inclusive de mim.

Não mais.

Theo solta o ar devagar, um som de alívio. Ele me puxa para seu colo, passa os braços ao meu redor e deposita um beijo em minha orelha.

— Clemmie, eu tô tão apaixonado por você — sussurra ele.

Em seguida, beija a pulsação no meu pescoço, o canto da minha boca, a sobrancelha, a garganta. Toques suaves e doces de seus lábios contra minha pele, que fazem eu me sentir querida, ainda que façam meu coração bater forte. No momento que nossas bocas se encontram, estamos os dois respirando pesado. Meus lábios se abrem sob os dele, e a mão de Theo segura minha panturrilha, correndo pelo joelho até o topo da fenda em minha saia, seu toque quente e firme. Estico a mão e puxo sua gravata, e ela se desfaz sob meus dedos exatamente do jeito que imaginei.

— Acha que Lisa ficaria chateada se a gente perdesse o final do ensaio? — pergunto com a voz rouca.

— Na verdade, ela e Rob já fugiram faz vinte minutos — ele murmura, o polegar roçando a parte interna da minha coxa de um modo que me faz respirar fundo. — E, sinceramente, acho que mereço uma medalha só por ter vindo pro jantar, dada a sua aparência com esse vestido.

— É um vestido muito bonito — ofego, seus dedos deslizando para mais perto das bordas da minha calcinha.

— É, sim — Theo concorda com alegria. — Vamos lá tirar isso de você.

35

— Vem pra Los Angeles — Theo diz mais tarde, quando estamos abraçados na cama. Meu vestido verde está jogado no chão, o smoking dele espalhado pela suíte em vários pontos de parada interessantes.

Meu coração tropeça.

— Não posso. — Eu me desvencilho dele. — Não posso sair te seguindo por aí. Preciso resolver minha vida. Preciso levar a sério as vagas de emprego, entrar em contato com alguém que possa me ajudar. Talvez dar aula por um tempo.

— Você não precisa vir no domingo — Theo diz, me puxando outra vez para perto. — Vem em uma ou duas semanas. Pra me visitar.

— Aí você vai estar gravando — comento contra seu peito.

— Quero você comigo.

— Como isso pode dar certo? — sussurro, mal querendo dizer as palavras em voz alta. — Se a gente vive a mais de oito mil quilômetros um do outro?

É uma das perguntas que ando com medo de fazer, mas o relógio segue correndo. Estamos sem tempo. Theo vai embora em um voo particular em menos de quarenta e oito horas. Sinto como se perguntar isso fosse remover o pino de uma granada emocional, mas ele nem vacila.

— Vai dar certo porque vamos fazer dar certo — ele responde com calma. — Vamos nos ver o máximo que der, e aí, assim que você descobrir o que quer fazer e onde vai morar, eu vou pra lá também.

Eu me ergo em um cotovelo.

— Quê? — pergunto, alarmada.

— Desculpa, é cedo demais pra falar sobre morar junto? — Theo rola de costas e bate a palma da mão na testa. — Caramba, eu não tenho absolutamente nenhuma noção perto de você, mas a gente pode desacelerar. A gente não precisa conversar sobre isso agora, ou nunca, se você não estiver pronta. — Ele está tagarelando, nervoso.

— Não é isso. — Balanço a cabeça, refletindo. — Tá, não é *só* porque, sim, é rápido, mas a gente vem morando junto faz semanas e tô mesmo odiando que essa parte termine...

Theo se senta, uma expressão esperançosa no rosto.

— Sério? Então a gente pode conversar sobre morar junto?

— Sim, podemos. — Franzo a testa. — Mas o que você quer dizer com ir pra onde eu estiver morando? Você não queria que eu fosse pra Los Angeles?

— Digo, seria ótimo, se você quisesse. — Theo dá de ombros. — Mas, se de repente você decidir dar aula ou coisa assim, não tem muito como decidir onde vai morar, né? E se tiver um aeroporto, posso morar em qualquer canto.

— Mas... isso não seria...? — Eu hesito. — Tipo, não seria inconveniente demais? Você tem uma vida em Los Angeles. Não pode só deixar tudo pra trás.

É a vez de Theo franzir a testa.

— Você tá fazendo igual à minha família — ele diz, por fim, e parece irritado. — Me tomando por tão pouco. Primeiro, qualquer inconveniente é relativo porque, e não quero soar como um grande otário aqui, tenho um belo patrimônio e posso gastar tempo e dinheiro em viagens. Mas em segundo, e mais importante, por que acha que *eu* não me daria ao trabalho por você? Por que acha que eu não me comprometeria e faria o esforço? Você vale qualquer inconveniente, Clemmie.

— Ah — consigo dizer.

— É — ele responde. — E você tem sorte que eu não taquei *meu* travesseiro na sua cara por isso.

Dou risada e desabo em seu peito, o alívio correndo em minhas veias.

— Você soou feito um grande otário — eu zombo. — *Um belo patrimônio* mesmo.

Theo responde fazendo cócegas em mim até que eu implore por misericórdia.

— Mas e aí, em que ponto isso deixa a gente? — pergunto assim que me recupero.

— Talvez você possa ir pra Los Angeles pra me visitar daqui umas semanas, e depois, quando o álbum estiver pronto, te encontro em Londres e a gente cria algum plano a partir de lá? — Theo sugere, como se peregrinar ao redor do globo não fosse nada difícil.

Suspiro.

— É uma tragédia que a gente não possa só morar em uma casa à beira-mar feito dois ratinhos. Sempre vamos precisar voltar ao mundo real em algum momento.

Ele me olha, melancólico.

— Eu amei morar com você naquela casa.

— Bom, pelo que eu entendi, você é um cara rico. Certeza que Petty vai te dar o desconto reservado pra amigos e familiares sempre que você quiser recordar o passado.

— Seis semanas todo verão, diga pra ela já reservar no calendário.

— Pra alguém que não costuma fazer planos, você tá ficando bom nisso.

— Eu gosto de como o futuro se parece agora — ele diz.

— Eu também.

— E imagino que, quando a gente estiver cada um em um lugar, vamos precisar fazer muito sexo pelo telefone. — Theo reflete. — Não faço isso desde que inventaram as videochamadas.

— Bom, é legal que os casais experimentem coisas novas juntos — comento.

— Falando nisso... — Os olhos de Theo escurecem. — Aqueles espelhos todos no closet me deram algumas ideias...

— Sou toda ouvidos.

Na manhã seguinte, abro os olhos pouco depois das dez e forço meu corpo dolorido a se levantar e entrar no chuveiro enquanto Theo dorme. Todas essas noites de sexo alucinante estão cobrando seu preço, não que eu esteja reclamando... bom, exceto pelo fato de que hoje vou precisar usar outro vestido de gola alta graças ao interesse contínuo de Theo por minhas clavículas.

Está um dia lindo para um casamento, com o céu todo azul e nuvens de algodão-doce. Sigo para o closet e fico corada ao ver as marcas de mão nos espelhos. Vou ter que limpar tudo antes que a camareira apareça ou nunca mais conseguirei olhar Cassandra nos olhos.

Escovo meu cabelo úmido diante da penteadeira e depois volto para acordar Theo.

— Já são quase onze — eu digo, me afastando quando ele faz menção de me puxar de volta para a cama. — Falta só uma hora e meia pro casamento. Dormimos demais.

— Quanto tempo leva pra alguém se arrumar? — Theo murmura, sonolento, sem largar o cinto do meu roupão. — Cinco, dez minutos? Isso nos deixa com uns bons oitenta minutos livres. Posso fazer muita coisa nesse tempo.

— Sei disso. — Dou risada. — Mas, embora você consiga ficar pronto em dez minutos, temo que nós, os meros mortais, precisemos de mais tempo.

— Você já tá incrivelmente linda desse jeito — ele insiste.

— Claro. Bom, como não vou aparecer no casamento de gala da sua irmã de cabelo molhado e roupão, vamos só concordar em discordar nesse caso. — Volto para o meu lado da cama e tiro o celular do carregador. — Ah, merda — eu digo, arregalando os olhos. — Tem onze ligações perdidas de Serena.

Theo emite um som preocupado, mas já estou retornando a chamada.

— Clemmie? — Serena parece chateada.

— Oi, sou eu, você tá bem?

Ela deixa escapar um longo suspiro.

— Claro que eu tô bem. Você tá bem?

— Hum, sim, eu tô — respondo, e olho para Theo, confusa. Ele dá de ombros. — Tô aqui com o Theo. O casamento é hoje.

— Ah, meu Deus — ela diz, atordoada. — Você não sabe? Não ficou sabendo?

— Sabendo do quê? — Meu coração acelera. — O que houve? Tá todo mundo bem?

Escuto alguns ruídos metálicos e vozes enquanto Serena sai andando de seja lá onde esteja. Quando a voz dela retorna, é doce e gentil. É assim que sei que algo está muito errado.

— Tá bom, Clemmie, não surta — ela diz com suavidade.

— Quem começa uma conversa desse jeito?! — exclamo. — Agora eu tô surtando mesmo.

Serena produz um som exasperado que faz eu me sentir um pouco melhor.

— Olha — ela diz —, não tem motivo pra pânico, mas tem umas... umas fotos circulando.

— Fotos? — Estou completamente confusa. — Fotos de quê?

— De você e Theo. Foram colocadas online hoje de manhã e a coisa tá meio que crescendo. O pessoal de relações públicas daqui já devia ter entrado em contato com Theo sobre isso.

— Ele acabou de acordar — eu digo, e ponho o celular no viva-voz para que ele possa ouvir.

— Ok, não preciso *desse tipo* de detalhe. — Serena respira fundo de novo. Acho que é algum tipo de exercício respiratório de relaxamento, mas me dá vontade de gritar. — Que bom que te peguei antes de algo acontecer. A gente acha que pode ter uns paps esperando do lado de fora do hotel e estamos meio preocupados de que alguns possam tentar entrar de penetra na festa.

— Paps? — repito, sem entender. — Você tá falando de paparazzi? Aqui? No casamento?

Olho para Theo. Suas mãos estão fechadas em punho sobre os lençóis.

— Isso — Serena responde. — Por causa de você e Theo. Das fotos.

— Certo — digo devagar, tentando parecer calma pelo bem de Theo. — Tipo, acho que eles iam descobrir sobre a gente algum dia, né, mas não achei que viriam justo *aqui*... — Eu hesito.

— Deve existir outro motivo para estarem aqui — Theo comenta, a voz rouca. — Eles não iam se dar ao trabalho por qualquer besteira. Não estamos no casamento de uma celebridade. O que você não tá contando, Serena?

— É que não tem a ver com vocês estarem juntos. — A voz de Serena volta a soar gentil, e sei que vou odiar o que vem em seguida. — São as fotos. Elas são bem... hum... lascivas.

— *Lascivas?* — Eu bufo em descrença. — Acho que você nunca usou essa palavra na vida. Do que tá falando?

— São umas fotos eróticas pra caralho, Clemmie! — minha irmã explode, o fio de paciência ao qual ela estava se agarrando claramente rompido.

Theo quase cai da cama.

— Como assim? — eu grasno.

— Só... vai lá e fala com a segurança do hotel agora mesmo. Tô presa em uma reunião aqui, mas ligo de volta assim que puder. E fala pro Theo que ele precisa atender a porra do celular. Vai ficar tudo bem, viu? Prometo. — Ela desliga, mas a ansiedade em sua voz faz uma sensação gelada se espalhar em meu peito.

Assim que a chamada é encerrada, digito o nome de Theo no navegador do celular, e as notícias aparecem no mesmo segundo.

THEO ELIOTT E FILHA DE RIPP SÃO PEGOS EM MOMENTO ÍNTIMO, grita a primeira manchete. Clico no link e vejo as fotos.

— Ah, meu Deus — sussurro, sentindo o sangue se esvair do meu rosto.

— O que é? — Theo pergunta, a voz tensa. Ele se inclina para espiar a tela.

— São fotos nossas de ontem — respondo, as palavras secas e vazias. — De quando a gente tava no jardim.

As imagens estão meio borradas, mas dá para ver o bastante. Estou no banco, montada em Theo, as mãos dele por cima de mim. Em uma das fotos, minha cabeça cai para trás, meu rosto em uma máscara de prazer, os lábios de Theo em meu pescoço. Em outra, estamos nos beijando e a mão dele ergue minha saia, minha perna nua enrolada em sua cintura. São várias, cada uma delas um registro nítido de um momento de intimidade. Em algumas fotos colocaram emojis estratégicos para censurar as piores partes — o que na verdade só as faz parecer mais explícitas.

Mas aquela que realmente me dá um soco no estômago nem é uma das *lascivas*: é Theo segurando meu rosto, olhando para mim com estrelas nos olhos porque acabei de dizer que o amo. Um momento que era *nosso*, e sinto como se alguém o tivesse roubado.

Não é de admirar que a imprensa esteja aqui. Meu coração bate depressa, e minha mente está recheada de lembranças de meus encontros anteriores com essas pessoas. As câmeras piscando, as palavras cruéis e zombeteiras, a vulnerabilidade intensa, precisar ver mentiras sendo espalhadas sem ter absolutamente nenhum controle sobre elas. O medo, o pânico, ainda está tudo aqui, esperando dentro de mim, como um vulcão há muito adormecido, mas pronto para entrar em erupção.

E não é apenas isso. É o *dia do casamento* de Lisa. Ele está prestes a ser arruinado. Por minha causa. Olho para Theo, e acho que a expressão chocada em seu rosto deve refletir a minha.

— Merda — Theo sussurra entredentes, saindo da cama e agarrando o celular. Ele vai até o closet e bate a porta. Isso abafa o som, mas consigo ouvi-lo falando com David.

— ... só garanta que vamos ter um monte de seguranças a mais por aqui, agora mesmo. Não vou deixar que os paparazzi invadam o casamento da minha irmã, David. Como que isso foi acontecer?

Permaneço onde estou, sentada na beira da cama, e sigo clicando. Quem tirou as fotos também deu uma declaração. "Ele a trouxe para o casamento da irmã, então é definitivamente sério. Os dois passam o tempo todo sem conseguir se largar."

Mas há uma grande diferença em relação à última vez que estive sob a mira do público: agora, o ciclo de notícias é de vinte e quatro horas, e qualquer pessoa no mundo pode participar.

QUEM É ESSA BARANGA? é o primeiro comentário, vindo de alguém chamada *MeninadoTheo42*.

Me poupe, ele vai cansar dela em uma semana, diz outro comentário. *Ela nem é bonita.*

Todo mundo sabe que Theo e Cyn são almas gêmeas! #Thyn, por sua vez, tem mais de duas mil curtidas e continua aumentando.

Os comentários de completos desconhecidos vão se acumulando, e eu os sinto como um peso físico que me esmaga. Não deveria continuar lendo, mas continuo percorrendo página após página de abusos.

Meu celular começa a enlouquecer com as notificações. Encontraram minhas redes sociais, e, mesmo que todas as minhas contas sejam privadas, alguém obviamente deu acesso à imprensa — começo a ver fotos do meu Instagram sendo publicadas também. É outra pequena traição, mais um momento em que me pergunto em quem não posso confiar. Tenho aproximadamente sete mil solicitações de amizade, e parece que todas as pessoas que já conheci na vida estão entrando em contato comigo, o que seria legal caso o interesse não fosse tão mórbido.

Já está claro que as fotos chegaram em toda parte, e a maioria das notícias se refere a mim como "a filha de Ripp, Clementine Harris". Parece que as velhas histórias realmente não morrem de verdade, porque me vejo sendo descrita repetidas vezes como "uma jovem festeira e problemática" que "sumiu da vida pública a fim de procurar ajuda". Há até uma especulação de que Theo e eu nos conhecemos na reabilitação. Meu estômago dá cada vez mais cambalhotas.

Encontro uma nova foto, uma em que estou enrolada em um casaco preto, parecendo desgrenhada e assustada, a mão erguida a fim de proteger o rosto do flash da câmera. É a foto que tiraram de mim ao sair do hotel de Theo no dia seguinte ao funeral, quando os paparazzi estavam acampados do lado de fora. A manchete grita, sem fôlego: THEO ELIOTT E CLEMENTINE HARRIS, UMA LINHA DO TEMPO — TUDO O QUE SABEMOS ATÉ AGORA SOBRE ESSA RELAÇÃO.

Ouço uma batida na porta e me levanto para abrir. Lisa está do outro lado, com o cabelo preso em um coque e um roupão de cetim branco com a palavra NOIVA bordada no bolso. Seu rosto está pálido.

— Ah, meu Deus, Clemmie. — Seus olhos ficam marejados e ameaçam estragar a maquiagem. — Me desculpa!

— Você não tem nada do que se desculpar — exclamo depressa, puxando-a pela porta. — Sou eu que peço desculpa. É tudo culpa minha.

— Juro que não consigo acreditar que alguém no nosso casamento, alguém que *eu conheço*, faria algo assim. Vender fotos de vocês...

— Pode ter sido qualquer um, Lisa — respondo, entorpecida, querendo tranquilizá-la. — Alguém que trabalha no hotel, alguém que trabalha para os fornecedores, qualquer um pode ter tirado as fotos. Theo e eu não estávamos exatamente entre quatro paredes.

— Você acha? — Lisa parece infeliz. — Tá me deixando doente não saber em quem posso confiar. Não acredito que isso tá acontecendo, e justo hoje.

Theo sai do closet vestindo jeans e camiseta. Ele vai na direção da irmã e a puxa para um abraço.

— Tudo vai ser resolvido — ele diz, nervoso. — David tá coordenando a segurança do hotel agora, e vamos trazer um pessoal extra, só por precaução.

— Segurança extra? — Lisa parece atordoada. — Por quê?

Os olhos de Theo encontram os meus por cima da cabeça de Lisa.

— Só pra garantir — ele diz, mantendo o tom leve. — Não queremos nenhum fotógrafo incomodando seus convidados, não no grande dia da sua vida. Falando nisso, você não devia estar se arrumando? Ou vai seguir a moda de se atrasar?

— Eu só queria dar uma olhada em vocês — Lisa explica, dando um passo atrás a fim de examinar o rosto de Theo. — Ver se estão bem.

— A gente está — Theo diz. — Vou só dar um pulo lá embaixo pra ter uma palavrinha com Cassandra antes de me vestir.

— Ele tem sorte de que só precisa vestir um terno e ficar pronto — comento, um tanto mecânica. Theo troca outro olhar comigo, e posso dizer que ele está aliviado em perceber que, assim como ele, minha prioridade é garantir o bem-estar de Lisa.

Ela dá uma risada chorosa.

— É verdade — ela diz. — Tô me arrumando já faz três horas.

— Caramba. — Theo passa o braço pelos ombros da irmã, guiando-a em direção à porta. — Então vamos lá te devolver pra cadeira de maquiagem antes que Rob pense que você deu uma de *Noiva em fuga* pra cima dele.

Theo ainda está conversando com Lisa quando ambos deixam o quarto. Ele me lança um olhar preocupado por cima do ombro, e tento esticar a boca em algo que se pareça vagamente com um sorriso. Se o franzir de testa que vejo em resposta servir de indicação, não tive sucesso.

Quando a porta se fecha, permaneço congelada por um tempo, uma única pergunta girando sem parar na cabeça: *O que vamos fazer?*

36

Meu telefone toca de novo, e dessa vez é uma chamada de vídeo. Tal como os Vingadores, as mães se reuniram, ainda que o quartel-general delas seja a mesa da cozinha. As três exibem a mesma expressão — uma mistura perfeita de preocupação e fúria.

— Como você tá? — Ava pergunta, a voz solidária. — Serena contou pra gente.

— Eu... — Inclino a cabeça, como se estivesse tentando acalmar o que penso e sinto. — Acho que tô meio atropelada pela situação agora. Tudo parece um flashback ruim da última vez. Ver essas fotos... É muita adrenalina. Eu... eu ainda tô tremendo.

— Eu entendo, mas não é a mesma coisa, viu? — A voz de Ava é firme.

— Eu sabia que, se Theo e eu ficássemos juntos, a gente teria de lidar com a imprensa em algum momento. — Eu me sento no sofá azul. — Não queria pensar nisso, mas eu sabia. Só não achava que seria... — Faço um gesto amplo. — *Desse jeito.*

— Pelo que Serena contou, foi um encadeamento perfeito de fatores. — Ava está calma. — Um dia parado de notícias, o sumiço recente de Theo pra imprensa, os rumores de ele estar em reabilitação, seu pai, as fotos...

Faço uma careta, e mamãe agarra o celular, o rosto subitamente próximo à câmera.

— Meu amor, não se preocupa com essas fotos. Todo mundo já se deixou levar pelo momento, e vocês na verdade estão tão bonitos, parece uma pintura pré-rafaelita.

— Mã-ããããe — eu gemo. — Você não pode falar coisas assim sobre uma foto minha e do meu namorado no meio da pegação.

— É só sexo, Clementine — ela diz, muito plácida. — Todo mundo faz.

— Mas não na aba lateral do *Daily Mail*, né?

— Sua mãe tá certa — Petty diz, voltando a aparecer. — Foi bem Dante Gabriel Rossetti da sua parte, mas, você sabe, com menos *tristeza*. Aquele vestido verde... — Ela suspira, sonhadora. — Acho que tá viralizando no Twitter.

— Vestidos verdes são tão poderosos — Ava concorda.

— E com o cabelo ruivo? — Petty finge um desmaio. — Sem chance.

— Acho que nenhuma de vocês tá entendo a seriedade disso — respondo. — Eu tô procurando emprego. — Sinto a histeria crescendo dentro de mim. — E agora saíram essas fotos. Estou seminua com um astro do rock enfiando a mão dentro da minha saia. Quem vai me contratar?

— Não é como se você tivesse criado uma conta no OnlyFans — mamãe comenta, despreocupada. — Sua privacidade foi invadida! E não que ter uma conta no OnlyFans seja algo pra se envergonhar hoje em dia...

Fecho os olhos, sem saber se quero me distrair da crise atual pelo quão profundo é o conhecimento da minha mãe sobre o OnlyFans.

— Não acho que isso importe.

— Então vamos tirar as fotos do ar — Ava declara.

— Como? — pergunto.

Ela comprime a boca.

— Ainda não pensei nos detalhes, mas vamos dar um jeito.

— Não consigo acreditar que isso tá acontecendo de novo — eu digo, por fim. — Essas fotos minhas, no mundo... Sei que não tenho mais dezessete anos, mas me sinto exatamente igual. Tão indefesa. Tão *violada*. Odeio isso. — Uma lágrima escorre em meu rosto.

Ouço um som na porta, ergo a cabeça e vejo que Theo está parado ali. Só posso presumir que ele ouviu o que eu disse, porque sua expressão é de quem engoliu uma lâmina de barbear enferrujada.

— Oi — eu digo baixinho.

— Oi. — Ele tenta sorrir, mas não consegue. Sua postura está tensa como a corda de um arco.

— As mães estão no telefone — comento, erguendo a tela para que eles possam se cumprimentar.

Os olhos de Theo examinam meu rosto com ansiedade, e é fácil ver a preocupação estampada neles.

— Falei com o pessoal de relações públicas e eles acham melhor a gente não comentar nada no momento — ele diz, depois hesita. — Mas aconteceram alguns desdobramentos.

Não gosto de como isso soa.

— Que tipo de desdobramentos?

Theo limpa a garganta.

— Hum, bom, teve isso... — Ele dá a volta no sofá e me entrega o próprio aparelho. Nossos dedos se encostam, e as mãos dele, sempre tão quentes, estão frias feito gelo.

Olho para a tela.

— *O casamento secreto de Theo Eliott* — leio em voz alta. — O que é isso?

— Só continua lendo. — Theo parece angustiado.

— Ai, meu Deus. — Vou rolando a tela. — Isso é *loucura*. — A postagem exibe duas fotos, ambas tiradas na praia de Northumberland. Na primeira, Theo e eu conversamos distraídos na beira da água, e na segunda estamos de mãos dadas nos afastando da câmera. Sei exatamente quando elas foram tiradas, outro de nossos momentos privados espalhado por aí para todo mundo ver.

— "Eu o vi andando com ela faz algumas semanas" — leio em voz alta. — "Ele apresentou Clementine como sua esposa. Os dois pareciam realmente apaixonados."

Theo se remexe, desconfortável.

— É aquela garota que parou a gente na praia! — eu exclamo. — Mas ela não mencionou que você disse que não era Theo Eliott. *Jesus*.

— É, e infelizmente já foi parar em alguns sites. — Theo esfrega o rosto com as mãos. — Não acho que vai dar em nada; é a terceira vez que me acusam de ter me casado em segredo.

— Um bígamo secreto? Onde você mantém todas as suas esposas secretas?

— No sótão. — Theo me dá um sorriso vago, e, quando sorrio de volta, é a primeira vez que sinto um momento de calmaria em meio à tempestade.

— Mas não entendo como descobriram tão rápido sobre Ripp. — Theo franze a testa. — Você nunca se apresentou pra ninguém como Clementine Harris. Não tem nada online que conecte vocês dois.

— Eu contei pra sua irmã e pra sua mãe — falo devagar. — No spa, mas elas nunca...

Theo balança a cabeça.

— Não, de jeito nenhum. — Ele pensa por um momento. — Cara não tava lá também?

— Sim, ela tava. — Eu me sinto mal. — Acha mesmo que ela faria isso? Ela é a melhor amiga de Lisa.

— Não. — Theo suspira, passando a mão pelo cabelo. — Digo, acho que não, de verdade, mas não é difícil imaginar ela toda tagarela contando sobre você pra quem quisesse ouvir.

É, penso. *Também consigo imaginar*.

— Qual a outra coisa? — pergunto.

— Quê?

— Você disse que aconteceram desdobramentos. O primeiro foi que nos casamos...

— Felicidades aos noivos — Petty retruca na ligação, e eu quase havia me esquecido que tínhamos uma plateia.

— Qual a outra coisa? — repito, ignorando o comentário.

O contrair revelador em seu maxilar me conta que Theo está chateado.

— É... — Ele se interrompe e respira fundo. A mão está fechada ao lado dele. Sua voz se torna mais controlada, mais profissional. — Parece que um dos jornalistas mais dispostos andou revirando seu passado... com Sam.

— *Sam?* — E aí está, o puxão final do tapete sob meus pés.

Theo assente, e mesmo esse movimento parece raivoso — um gesto brusco com o queixo.

— Algumas fotos de quando você tinha dezessete anos reapareceram. — Eu me sobressalto, e a dor que vejo no rosto de Theo é horrível. — Parece que Sam deu uma entrevista, ou pelo menos fez alguns comentários oficiais.

— Uma entrevista? — repito, sem reação. — Sobre mim?

— Não sei os detalhes ainda — Theo explica, a voz gelada. — Mas tenho gente trabalhando nisso.

— Aquele merda — a voz de Ava chega pelo celular.

— Não vou discordar. — Theo se vira para olhá-la na tela. — Tô prestes a entrar numa teleconferência com meus advogados. Queria saber se você topa participar, Ava.

Não escuto a resposta de Ava, distraída demais pela onda de tristeza, raiva e medo que me inunda. É como o que senti na casa de vovó Mac, só que pior. Agora, não é só uma lembrança do que aconteceu; é como se tudo estivesse acontecendo de novo — como se toda aquela dor e insegurança tivessem voltado tão fortes como sempre. Eu me sinto arrasada.

— Ele tá puto por causa daquela ligação — comento, meio oca. — Vai querer se vingar de mim. Ele vai dizer coisas que...

— Ei. — Theo se agacha ao meu lado e segura meu rosto entre as mãos. Fico olhando para ele. Me concentro naqueles olhos salpicados de dourado e mel. — Você não fez nada de errado. E ele não vai dizer nada pra ninguém, tá bom? Vou cuidar disso.

Theo parece tão seguro que alivia o pânico tomando conta do meu corpo.

— Tá bom — consigo responder.

— Vamos deixar vocês se arrumarem pro casamento — Ava diz. — Theo, depois me manda os detalhes da reunião, certo?

— Mando — Theo concorda, e nos despedimos.

Um silêncio pesado preenche o quarto.

— O que a gente faz? — acabo perguntando. — Vai embora? Acho que eu devia ir pra casa.

Theo nega com a cabeça.

— Acho que ia piorar as coisas. Tem pessoas acampadas lá fora, e, se a gente sair mais cedo, ou mesmo se você sair sozinha, pode acontecer uma histeria maior. Além disso, acho que Lisa ia me matar. — Ele solta um rosnado grave. — Não consigo acreditar nisso. Não acredito que consegui trazer esse maldito circo pra cá bem no dia mais importante da vida da minha irmã.

— Não foi só você — digo com tristeza. — Se não fosse por mim e minha conexão com Ripp...

— Não, Clemmie. — Theo agarra minha mão. — Isso tudo sou eu. Não posso... — Seja lá o que ele ia dizer, é interrompido pelo toque estridente do celular. — São os advogados — ele diz, encarando a tela. — Vou atender enquanto você se arruma. A gente vai pra cerimônia e sai mais cedo da recepção. E depois eu te levo pra casa, tá bom?

— Tudo bem — concordo, a voz fraca.

Volto para o closet e ponho o vestido — um frente única de tule lilás ricamente bordado que eu estava morrendo de vontade de usar apenas uma hora antes — com uma indiferença mecânica. Escovo o cabelo, mas não tenho tempo de fazer nada além de uma trança embutida.

No espelho, meu rosto está pálido e contraído. A mulher cintilante de ontem desapareceu, e nenhuma quantidade de blush ou iluminador parece capaz de trazê-la de volta. Ouço uma batidinha na porta, e Theo aparece. Quando foi que começamos a bater antes de entrar? Ele está sendo cauteloso comigo, e mal consigo encará-lo, com medo do que verei em seus olhos.

— Você tá pronta? — ele pergunta. Theo colocou outro terno, dessa vez azul com as lapelas em preto. Está lindo como sempre, mas há tensão em cada linha do seu rosto.

Eu me levanto.

— Sim — respondo.

— Você tá linda. — A voz dele é suave.

— Você também. — Consigo ofertar um pequeno sorriso. Há um instante de silêncio. — Isso vai ser ruim, né?

A expressão dele endurece.

— Vai ficar tudo bem. — Theo pega minha mão e aperta meus dedos por um momento antes de soltá-los, e então seguimos para o casamento.

Lisa e Rob estão se casando na pequena igreja no terreno do hotel — que já fez parte de uma grande propriedade pertencente a algum sr. Darcy da vida real. Os passarinhos estão cantando e os sinos da igreja tocam, o som cortando a atmosfera com aroma de jasmim. Como o mundo continua seguindo em frente como se nada tivesse acontecido?

À medida que nos aproximamos da igreja, minha pele pinica. Cabeças se viram. Sussurros começam. É diferente de ontem. Parece que as pessoas não querem me olhar nos olhos, mas ainda consigo sentir o peso do interesse. Todos viram as fotos. É claro que viram. Cada pessoa aqui sabe o que eu e Theo aprontamos ontem à noite.

Lembro de como me senti da última vez — quando os jornais publicaram matérias dizendo que eu tinha problemas com drogas e tive de lidar com gente que eu conhecia, amigos da escola que me olhavam com uma espécie de fascínio alegre, desconhecidos que me olhavam duas vezes na rua, a curiosidade deslizando sobre mim como um toque indesejado.

Ponho um sorriso no rosto, mas sinto vontade de vomitar em um dos canteiros de flores perfeitamente bem cuidados. A sensação só aumenta quando nos juntamos à mãe de Theo na igreja.

Os olhos de Alice traem sua preocupação enquanto nos cumprimenta. Pisco com força quando ela me pergunta se estou bem. Odeio que ela precise lidar com isso no dia do casamento de Lisa, que eu tenha trazido todo esse drama para a família. Também não gosto que ela tenha visto minhas fotos com Theo... nem todo mundo tem a atitude moderna de Dee Monroe para essas coisas.

— O foco de hoje não é a gente — Theo responde, e concordo com a cabeça. — Vamos nos concentrar em Lisa e Rob.

— Consigo me preocupar com meus dois filhos ao mesmo tempo, Teddy — Alice diz. — Sou sua mãe.

— Sinto muito que isso tenha acontecido, Alice — consigo dizer.

Ela franze a testa.

— Não é sua culpa. São aqueles malditos abutres de novo. Estão esperando mesmo do lado de fora do hotel? Porque eu adoraria ir até lá e dar uma palavrinha sobre o que eu penso.

— Eles iam adorar — Theo comenta com um pequeno sorriso. — *Mãe de Theo Eliott em acesso de fúria*. Já até vejo as manchetes.

— Andei tendo aulas de tae kwon do na sede da prefeitura — Alice murmura, sombria. — Eu podia causar danos sérios, sabe?

— Vamos poupar os honorários dos advogados e superar o assunto, pelo menos por enquanto — Theo diz. — Podemos deixar isso de você chutar a bunda deles como plano B.

— Tudo bem — Alice resmunga. — Mas não deixe que esse pessoal te afete, certo? Ninguém aqui culpa você.

Theo não diz nada, apenas assente de leve. Posso dizer que ele não concorda, e, pelo olhar derrotado de Alice, aposto que ela sabe disso também.

A cerimônia em si é curta, mas bonita. Hannah desfila pelo corredor usando tule arco-íris e asas de fada, parando no meio do caminho para cumprimentar o vizinho e perguntar por que ele não levou o cachorro. Depois Cara e Sophie passam em lindos vestidos azul-escuro com decote nas costas, parecendo, como prometido, *elegantes pra caralho*. Por fim, Lisa flutua junto ao braço de Hugh em seda branca e esvoaçante.

Por um breve momento, o drama da manhã desaparece. Alice, Theo e eu choramos, mas não tanto quanto Rob, que está aos soluços feito um bebê. Oliver, o bebê de verdade, está pendurado no peito do padrinho vestindo um minúsculo macacão com estampa de smoking. Ele parece bastante desinteressado em tudo que não o enfeite de lapela de Rob, o qual tenta desesperadamente alcançar com o único propósito de colocar na boca.

— Viu? — Hannah sussurra em meu ouvido, nós duas no banco da frente. — Bebês são um saco. Eu não posso trocar por um hamster?

Depois que o vigário declara Rob e Lisa marido e mulher, voltamos para o sol e jogamos confetes perfumados feitos com pétalas secas de rosa nos recém-casados. Lisa me abraça como se nos conhecêssemos há anos, e eu a abraço também, meus olhos ardendo.

— Você tá chorando de novo? — Hannah me pergunta, desconfiada.

— Não — respondo.

— Tá, sim! Os adultos são muito chorões.

— Eu não tô chorando, Hannah-banana — Theo diz.

— Engraçado como você colocou rápido esses óculos de sol — murmuro, limpando com cuidado a maquiagem em meus olhos. Uma garçonete se aproxima com uma bandeja de prata, e, agradecida, pego uma taça de champanhe gelado. Sinceramente, não sei como cheguei tão longe hoje sem uma bebida forte.

— Já tá na hora do sorvete? — Hannah quer saber, decidindo suas prioridades; claramente, a choradeira dos adultos não está no topo da lista.

— Só depois que a gente tirar as fotos — Rob fala, pegando a menina nos braços. — Antes que você derrame sorvete nesse vestido lindo.

— Papai! Não sou um bebê! — Hannah grita enquanto ele a carrega por entre os convidados que vagueiam com suas bebidas.

— Pelo jeito vai ter uma fada rabugenta em todas as fotos — Alice comenta com carinho.

— Me pergunto se vendem essas asas do meu tamanho — eu digo. — Achei o máximo.

Theo está tenso, examinando a multidão, mas, à medida que a tarde passa, fica claro que os seguranças lá fora fizeram seu trabalho. Não há ninguém aqui que não deveria estar. Os olhares de lado e os cochichos continuam, mas, como Theo e eu mal nos encostamos durante o resto do dia, pelo menos não demos nenhuma munição. Eu me encolho a cada flash, e, não sei se você já percebeu isso em relação a casamentos, mas há câmeras *por toda parte*.

Conseguimos sobreviver ao almoço e aos discursos, que passam como um borrão, minhas bochechas doendo pelo esforço de sorrir constantemente como se nada estivesse errado.

A primeira dança começa, e Lisa e Rob balançam pela pista como se encantados por todas as escolhas que fizeram na vida. Quando Alice e Hugh se juntam a eles, Theo desliza os dedos pelos meus, e dançamos também. Sua mão está firme em minha cintura, quente através do tecido do meu vestido, e me vejo segurando a lapela de seu terno com tanta força que meus dedos ficam brancos. Não conversamos, apenas vagamos suavemente ao som da música. Quero pressionar o rosto em seu peito e chorar.

Depois vem uma sequência de músicas dançantes: uma estridente e rodopiante "Come on Eileen", uma tentativa dolorosamente honesta e meio fora de ritmo de "All the Single Ladies" e até uma música antiga do Daze, que Theo atura com boa vontade enquanto Lisa dá gargalhadas e aponta para ele.

Enfim, Theo aparece ao meu lado e diz as palavras que andei esperando.

— Já podemos ir.

37

Alice chora ao dar um abraço de despedida em Theo, e sei exatamente como ela se sente.

Theo está calado quando deixamos o hotel. Os fotógrafos foram embora, provavelmente afugentados pelos seguranças ou supondo que ficaríamos nos agarrando mais uma noite pelo hotel. Theo e eu não conversamos sobre a razão de irmos embora mais cedo ou o que vai acontecer depois que chegarmos na casa da minha mãe.

Em vez de conversar, Theo deixa um audiolivro tocando, mas um romance charmoso narrado por um ator bonitão não serve de nada para me distrair. À medida que avançamos, a sensação de peso no interior do carro aumenta, mas não consigo descobrir o que fazer para dissipá-la. Me sinto exausta. Meus pensamentos estão espalhados feito estilhaços. Não consigo me agarrar a nada por tempo suficiente para fazer sentido, não consigo processar nada do que aconteceu nas últimas doze horas.

Acho que eu não devia ficar tão surpresa, mas me vejo realmente despreparada para os fotógrafos que nos esperam diante da casa da minha mãe.

— Merda — é o comentário sucinto de Theo, as mãos apertando o volante.

Quatro ou cinco deles cercam o carro enquanto esperamos o portão abrir para o caminho que dá na garagem. Há flashes disparando do lado de fora das janelas, e eu levo as mãos aos olhos, um som angustiado saindo da boca. Eles estão gritando, mas não consigo entender as palavras. Pânico. Mãos formigando, minha respiração fica presa e tenho dezessete anos outra vez.

— Tá tudo bem — Theo diz com firmeza. — Tudo bem. Vai ficar tudo bem. — Ele fica repetindo como uma espécie de cântico, mas não consigo responder, não consigo nem falar quando o portão finalmente se abre.

Disparamos para a garagem, para longe deles, e fecho os olhos, as lágrimas escorrendo.

O carro para. Theo desliga o motor. O silêncio repentino é como uma lâmina pairando sobre nós.

Theo descansa a cabeça no banco do carro. Ele fecha os olhos por um instante.

— Preciso ir — ele acaba dizendo. — Combinei de adiantarem meu voo pra hoje à noite.

— Você vai embora? — pergunto, e, mesmo esperando por isso, dói tanto que chego a me encolher. — Agora?

— Se eu for embora, isso para — ele explica baixinho. Ele deixa as palavras no ar por um momento. Uma verdade terrível.

— Eu tenho um plano. Vou voltar pra Los Angeles e ser fotografado. Acho que isso vai tirar os fotógrafos do seu pé na mesma hora.

— Ser fotografado? — repito.

Theo engole em seco.

— Com Cyn. Já fizemos isso um pelo outro antes, como um favor. A gente só precisa ficar perto e as pessoas já presumem que a gente reatou. As manchetes se escrevem sozinhas.

— Ah. — A palavra soa vazia. — Que gentil da parte dela.

— Clemmie... — Ele suspira meu nome. — Não quero que essa parte vire uma falha de comunicação trágica, certo? É só um passo dentro de um plano prático. Tô te contando agora porque quero que saiba que vai ser tudo mentira, tudo atuação. Cyn é só minha amiga. Não quero que pense, nem por um segundo, que desejo estar com alguém que não seja você.

— Então por que tá indo embora? — As palavras oscilam ao deixar minha boca.

Theo estende a mão e afasta uma mecha de cabelo do meu rosto em um movimento suave.

— Porque fui egoísta com você — ele diz. — Sabia que você tinha problemas com essas coisas, mas eu te queria tanto que não dei importância, não conversei sobre isso, não fiz o bastante pra te proteger. Falei que entendia que você precisava levar as coisas devagar, mas aí eu só... te arrastei pra um relacionamento, e isso não foi justo.

Ele encara as próprias mãos, e sua voz fica áspera.

— Normalmente, sou um cara bem egoísta. Mas não posso ser a razão pra você estar sofrendo, Clemmie. Não posso ser o motivo pra você estar revivendo seu pior trauma. Ver aquelas fotos suas com dezessete anos quase partiu meu coração. Você era tão nova, e sabendo o que você passou, como foi tratada... Ouvi o que você disse hoje cedo e vi sua cara quando passamos pelas câmeras. — Ele se encolhe, a respiração entrecortada. — Nunca vou esquecer. E tudo por culpa *minha*. Acho que, se for realmente honesta, não é isso que você quer pra sua vida.

— Claro que não é *isso* que eu quero — respondo, tentando desesperadamente não chorar. — O que não significa que não quero *você*.

O sorriso que Theo me dá é a coisa mais triste da história do planeta.

— Isso *sou* eu. Esse é o problema.

Estou agitada demais para saber o que penso do assunto. Está tudo acontecendo muito depressa; horas atrás, éramos felizes. Sei que amo Theo, mas essa situação é tudo de que mais tenho medo. E o pior é que ele não está errado. Eu sabia desde o início que não podia me envolver com ele exatamente por esse motivo. Como eu poderia levar a vida assim? Mas como poderia abrir mão de Theo?

— É coisa demais — digo com desespero. — Coisa demais pra pensar. Não consigo agora. É avassalador. Preciso de um minuto pra recuperar o fôlego.

— Eu sei — ele diz. — É *muita* coisa. Mas eu já tava indo embora de qualquer jeito, então vamos só... dar um tempo.

— Tempo um do outro? — Dói só de pensar.

— Acho que é o certo a fazer — Theo responde. — Pra nós dois.

Então ele se inclina e pressiona os lábios com suavidade na minha bochecha. Ele deixa escapar um som, bem no fundo da garganta, e preciso de todas as minhas forças para não o agarrar e o puxar para perto, para não o beijar até que Theo prometa não ir embora.

Em vez disso, abro a porta do carro e saio, pegando minha mala no banco traseiro. Entorpecida, fico assistindo enquanto ele manobra, olhando até o carro desaparecer por trás dos portões onde as câmeras voltam a faiscar. Fico olhando até que Theo Eliott desapareça por completo, e é só nesse instante, sozinha no escuro, que me permito chorar.

A porta da frente se escancara.

Elas saem como um furacão, um redemoinho de roupas Armani (Serena) e extensões de cabelo lilás (Lil) que me envolve, me prende em seus braços, me traz de volta à terra firme.

— Vocês estão aqui — eu digo, soltando o ar.

— É claro que estamos! — Serena soa furiosa.

— Quem a gente precisa amaldiçoar primeiro? — Lil pergunta.

PARTE QUATRO

38

Já se passaram quatro semanas desde que Theo partiu para Los Angeles. São quase setecentas horas de silêncio e oito mil quilômetros de distância entre nós. Não que eu esteja contando.

Passei por todas as emoções. Todas elas. Leo e eu ficamos juntos por quatro anos e nosso término não significou nada comparado à dor de perder Theo. Quatro semanas depois, ainda sinto que alguém está tentando arrancar meu coração do peito com uma colher.

De alguma forma, Theo conseguiu tirar nossas fotos da maioria dos sites. É a internet, então nada morre de verdade, mas todos os grandes portais de notícia apagaram as imagens. Seja lá o que Sam tenha dito também nunca se materializou, e não faço ideia de como Theo conseguiu, mas suspeito de que tenha envolvido muito dinheiro.

Como Theo previu, o mundo perdeu o interesse na minha pessoa no minuto em que fotos dele com Cyn apareceram na mídia. Falei para mim mesma que não ia olhar, mas é claro que olhei, e, quando o vi, ele tinha o braço em torno dos ombros magros de Cyn enquanto ela sorria para ele, a mão no bolso traseiro da calça de Theo. Gritei no travesseiro por uns bons dez minutos.

Eles ficam ótimos juntos. Perfeitos. E, embora Theo tenha me dito em termos inequívocos se tratar apenas de uma armação, é fácil demais imaginar que seja real. O que torna tudo pior é que pensei que, em outras circunstâncias, eu até poderia gostar de Cynthie. Havia algo em sua fisionomia, na voz seca que lembro de ter ouvido no telefone, que me fez pensar que poderíamos ter sido amigas. Infelizmente, parte de mim quer atropelá-la porque ela colocou a mão na bunda de Theo, e não acho que isso seja um bom alicerce para uma amizade.

As notícias que tive dele vieram por três fontes, e me agarrei a esses fragmentos como um esquilo trabalhador juntando nozes para o inverno. A primeira fonte é um telefonema de Lisa, um dia depois de voltarmos do casamento.

— Clemmie, eu sinto muito. — Consigo ouvir a tristeza em sua voz. — Não acredito que ele foi embora. Não acredito que nada disso aconteceu.

— Não é culpa sua — respondo, e meu tom soa calmo, vazio. Já chorei tanto que não sai mais nada. — Só lamento que tenha acontecido no seu casamento. Ele foi tão especial, e você e Rob realmente mereciam um dia perfeito. — Após uma pausa, pergunto: — Você falou com Theo? — Parece que ainda tenho um pouco de umidade dentro de mim, porque lágrimas se acumulam em meus olhos ao dizer o nome dele.

— Ele tá arrasado, Clemmie — Lisa diz de imediato. — Nunca vi meu irmão desse jeito. Eu... — Ela hesita, e então acrescenta baixinho: — Por favor, não desiste dele.

— Acho que foi ele que desistiu de mim — respondo com tristeza.

E, depois disso, não há muito mais a conversar.

A segunda fonte de notícias surge quatro dias depois e chega na forma inesperada de um e-mail de David.

Clementine,
O sr. Eliott está solicitando algo chamado "singing hen" (galinha cantante?) e não consigo localizar nenhuma informação sobre o que isso possa ser, com exceção de muitos vídeos perturbadores no YouTube. Poderia me explicar?
David

Querido David,
Acho que você pode estar se referindo ao singing hinny, um doce tradicional de Northumberland. É uma espécie de bolinho folhado com passas. Minha avó Mac costumava fazer. Vou anexar o link da receita aqui.
Clemmie

P.S.: Como ele está?

Clementine,
Essa receita contém enormes quantidades de manteiga e banha de porco, de modo que não consigo imaginar quando o sr. Eliott teria tido a oportunidade de experimentar tal coisa, devido a seu rigoroso plano alimentar.
David

P.S.: Eu jamais discutiria a vida pessoal de meu empregador, nem cabe a mim transmitir julgamento algum sobre seu estado emocional. Dito isso, ele está exigindo doces folhados bizarros, se recusa a sair de casa e desenvolveu uma obsessão preocupante por um seriado um tanto piegas retratando vampiros adolescentes. Vou deixar que tire suas próprias conclusões.

De um jeito estranho, é reconfortante saber que Theo está em um estado tão deplorável quanto o meu e que está obviamente pensando em mim. Faz com que tudo o que aconteceu entre nós se pareça menos fruto da minha imaginação.

Eu me pergunto se David vai encontrar alguém que faça *singing hinnies* e se Theo vai comê-los se lembrando que eu os preparei na cozinha de vovó Mac só para me sentir mais perto dela enquanto o cheiro doce enchia o ar. Ou que ele queimou a língua porque estava impaciente demais para não enfiar um na boca assim que os doces saíram da frigideira. Ou que me culpou por ter feito a sobremesa quente demais quando ri da cara dele. Pensar nessas coisas faz meu peito doer.

A outra pessoa a me falar de Theo é Serena. Duas semanas depois da conversa com David, ela me conta que Theo andou trancado no estúdio de gravação, se atirando no trabalho. A gravadora está encantada. Os sentimentos da minha irmã estão, compreensivelmente, confusos. Por um lado, ela entregou um álbum até então impossível, mas, por outro, o coração da irmã dela está partido. O fato de ela ter algum escrúpulo quanto a isso diz muito sobre o quanto Serena me ama, porque ela gosta de manter essa postura de vilã sem coração da Disney, e seus chefes querem dar uma festa em sua homenagem.

Decidi seguir o exemplo de Theo e também me joguei no trabalho. Terminei o rascunho do meu livro infantil (sim, eu o estou chamando de livro) e meio que adorei o resultado. Mandei por e-mail para Serena e Lil, que me enviam um fluxo de comentários enquanto leem.

> **Serena:** Sempre soube que um dia alguém ia escrever um livro sobre mim.

> **Lil:** AiMeuDeus! Já tô obcecada. A avó é vovó Mac, né? Amo como ela é rabugenta.

> **Lil:** Dei risada na parte em que Maree coloca fogo no galpão. É tão Serena.

> **Serena:** Aquele incêndio foi muito pequeno e acidental, e nada chegou a ser provado. Para mais comentários, posso encaminhar você aos meus advogados.

> **Serena:** Isso tá o máximo. Garotas raivosas são as melhores.

> **Lil:** Ah, nãããããão. Cheguei na sereia. Eu tinha esquecido dos sanduíches de manteiga de amendoim. Esse livro tá fazendo meu coração doer.

> **Serena:** Hahahahahaha! Maree é tão fodona. Amo essa garota.

> **Lil:** Todo mundo sabe que Sass é a melhor personagem. Queria que a gente tivesse feito um feitiço pra encher meu cabelo de luar. Já me imaginaram com CABELO DE LUAR?? Eu seria imbatível.

> **Lil:** Clemmie, você é tão inteligente. Isso aqui tá LINDO. Somos irmãs bruxas tão poderosas.

> **Serena:** Concordo. Você precisa publicar essa merda o mais rápido possível pra que outras garotas possam aprender comigo/com Maree.

> **Serena:** Estamos formando jovens mentes aqui!!!!!

Planejo enviar o manuscrito para três ou quatro agentes que acho que podem gostar. Talvez. Só preciso remoer a coisa mais um pouco e encontrar alguma coragem extra primeiro. Mesmo em meu estado atual emocionalmente abalado, trabalhar no livro tem sido uma tábua de salvação. É a primeira coisa que produzo em muito tempo que faz eu *me sentir bem*.

Não olhei para a cara do meu livro acadêmico nem me candidatei para nenhum emprego. Não sei como aceitar o fato de que não quero fazer nada disso. Estou tão cansada dessa carreira, da natureza precária dela. Estou cansada de trabalhar duro por tanto tempo e não ter nada para mostrar. Não consigo reunir nenhum entusiasmo, nem mesmo uma centelha de alegria.

A situação é agravada pelo fato de que o fim do verão se aproxima e eu realmente preciso pensar em algum plano. Não posso continuar ignorando o problema, porque — eu acho — ter um emprego e um lugar para morar são deveres básicos de gente grande com os quais eu não deveria falhar aos trinta e três anos. Dediquei toda a minha vida adulta à academia, e veja onde isso me levou: estou de pijama na casa da minha mãe tendo uma crise existencial.

— Se estiver livre, aceito uma ajudinha com o trabalho — mamãe diz, entrando na cozinha a fim de preparar uma xícara de café. — Estamos organizando uma grande arrecadação de fundos e tô bem perdida com Sandy em licença-maternidade.

— Pra onde vão os fundos? — pergunto.

— Estamos juntando dinheiro pra um programa que a gente administra, que oferece musicoterapia pra refugiados e crianças separadas da família — mamãe responde, distraída, vasculhando a lata de biscoitos vazia. (O que posso dizer, estou digerindo meus sentimentos.)

— Ah, parece interessante. — Ergo a cabeça.

Mamãe assente.

— O principal é que preciso de alguém pra me ajudar com a logística da coisa. Os fornecedores estão me dando dor de cabeça com tantas demandas.

— Claro, vou gostar de ajudar — respondo. — Mas me conta mais sobre o programa.

Mamãe me encara com surpresa.

— Sério?

— Sim, sério. — Dou risada. — Por que você tá achando estranho?

— Não é isso. — Mamãe balança a cabeça. — É só que... você nunca se interessou pelo meu trabalho.

Uma onda de vergonha toma conta de mim.

— Não é que eu não me interesse. É que... bom, é complicado, acho.

Mamãe puxa uma cadeira do outro lado da mesa.

— O que tem de complicado? — Ela franze a testa.

Eu poderia evitar essa conversa, mas, sinceramente, desde que contei para Theo o que Sam disse, o assunto vem rondando minha cabeça.

— Eu... — Respiro fundo. — Eu sempre me senti culpada pelo seu trabalho, então acho que evitei falar com você sobre ele — explico, sem jeito. — O que, agora eu vejo, foi bem escroto da minha parte.

— Culpada? E pelo que você sentiria culpa?

— Porque você precisou abrir mão do seu sonho por mim — despejo as palavras, sabendo que preciso dizê-las neste momento. — Você desistiu da música porque engravidou, e sei que não é minha culpa, mas me sinto mal por isso.

O rosto da minha mãe é uma perfeita máscara de espanto. Olhos arregalados, queixo caído.

— Espera... quê? — Ela sacode a cabeça. — Você acha que eu desisti de cantar porque fiquei grávida?

É minha vez de franzir a testa.

— Hum, sim? Você parou quando me teve, por causa da forma como a imprensa ficava nos perseguindo e porque você tava me criando sozinha. Bem na hora que tava começando a fazer sucesso. — Sigo explicando, mas é estranho ter que fazer isso. Essas coisas não deviam ser nenhuma novidade para ela.

Mamãe tamborila na mesa com os dedos, desviando o olhar para longe por um momento. Há tanta coisa acontecendo em seu rosto que não faço ideia de como ela se sente.

— Clemmie — ela diz, por fim, soltando o ar. — Queria que tivesse conversado comigo sobre isso há mais tempo.

— Você sabe como sou ótima em evitar tudo o que me deixa desconfortável.

Ela sorri com tristeza.

— Eu sei. Você é boa em manter as coisas reprimidas. Sou sua mãe e nem sonhava que você carregava isso. — Ela pega minha mão, apertando-a sobre a mesa. — Escuta. Eu te amo de todo coração, mas não foi por sua causa que desisti da música. Eu não desisti do meu sonho. Só percebi que aquele *não era* o meu sonho, e aí saí fora.

— Você... o quê? — balbucio.

Mamãe suspira.

— Digo, eu não *amava* a imprensa, e teria sido mais difícil com um bebê do lado, mas músicos têm filhos o tempo todo. Nada disso teria me impedido se fosse o que eu queria, desde que você também estivesse segura e feliz. Mas, depois que o primeiro disco foi lançado, fiquei triste. Passei anos achando que seria tudo que eu podia querer, mas odiei a experiência. Eu me sentia isolada, não gostava da politicagem que vinha junto de trabalhar em uma gravadora grande. Seu pai adorou cada minuto; ele foi feito pra esse cenário, mas eu não. Meu coração simplesmente não estava lá.

Estou cem por cento perplexa.

— O trabalho que faço agora — mamãe continua, e sua boca se ergue em um sorriso —, *esse* é o meu trabalho dos sonhos. É o projeto da minha vida. Eu não ia querer estar em nenhum outro lugar. Só demorei um pouco pra descobrir. Às vezes você precisa correr riscos ou seguir uma bifurcação inesperada pra terminar onde realmente se encaixa.

Pisco os olhos. Ai, Deus, estou tendo muitas epifanias ao mesmo tempo. Sinto como se alguém estivesse baixando uma atualização de software no meu cérebro.

— Você não queria mesmo ser cantora? — pergunto, as palavras ásperas.

— Não — mamãe responde com firmeza. — E vou te dizer outra coisa. As últimas pessoas que eu deixaria tomarem alguma decisão por mim seriam aqueles homenzinhos de merda com suas câmeras. — Ela pausa, medindo as palavras. — Sei que o que aconteceu com você quando era adolescente foi extremamente doloroso, querida, e, se eu pudesse ter te protegido, teria feito isso, mas você não pode permitir que outras pessoas... pessoas que não são donas da sua vida, tenham controle sobre você e a sua felicidade. Não pode deixar que eles decidam *no seu lugar*.

— Você tá falando de Theo — eu digo, categórica. — Mas tá soando como Sam. É exatamente o que Sam diria pra me manter junto dele, que a gente não pode deixar a imprensa nos impedir de viver nossa vida.

— A diferença é que Sam tava tentando te manipular pra conseguir o que queria — ela fala. — A mensagem está certa, mas ele a usou pra te controlar. Você *não pode* permitir que a imprensa te impeça de viver a sua vida, não quando ela pode ser repleta de alegrias e amor. Sei que é difícil parar de se importar com o que eles dizem e fazem... — Ela pausa, olhando nos meus olhos para ter certeza de que estou prestando atenção, de que estou ouvindo de verdade. — *Acredite*, eu sei mesmo, mas, em algum momento, você precisa desistir de controlar o que os outros pensam de você caso isso atrapalhe sua própria felicidade.

Deixo que as palavras penetrem e as sinto afrouxando um pouco o nó dentro de mim. Não são palavras mágicas capazes de resolver o problema, mas ajudam; me dão espaço para respirar, para contemplar outro caminho.

— E — mamãe acrescenta, muito casual, mas sem conseguir me enganar —, acho que, em vez das palavras de Sam, você devia se concentrar nas ações do Theo. Ele afastou a imprensa, foi direto aos advogados e ameaçou todo mundo com processo. Ele parecia um homem possuído fazendo tudo que fosse necessário para remover aquelas fotos. Não tem nada a ver com a atitude de Sam, que foi um bastardo duas caras. Ou do seu pai, aliás, que tem a profundidade de um queijo quente. Ripp é um homem despreocupado, Clemmie, não um homem ruim. Ele não *quer* decepcionar as pessoas, ele só *não pensa*.

Ela me oferece outro olhar penetrante.

— Não tem história alguma se repetindo. Não é porque eles compartilham a mesma ocupação que significa que sejam iguais. Theo não se parece com nenhum dos dois, e, até onde eu sei, ele te mostrou tudo isso.

Mordo o lábio.

— Só não sei se tô pronta pra me colocar em posição de testar essa teoria — admito. — Parece que eu estaria me tornando... vulnerável.

Mamãe solta uma risada e aperta minha mão.

— Querida, tenho más notícias. Se apaixonar é sempre uma questão de ficar vulnerável. Mesmo quando não é por uma estrela do rock.

—Aaaargh. — Solto a cabeça por cima das mãos. — Por que é tão difícil?

— Não sei — mamãe responde. — Mas acho que foi por isso que Deus inventou a terapia.

39

Mais uma semana se passa antes do evento do ano: Lil-Fest.

Foi mais uma semana de total silêncio por parte de Theo. Depois da conversa com mamãe, comecei a me perguntar se ele não está esperando que *eu* entre em contato. Afinal, ele disse que não queria ser egoísta nem me forçar a nada. É possível que ele queira que seja uma escolha *minha*?

Uma vez que o pensamento me ocorre, parece óbvio. Durante semanas, venho presumindo que a falta de comunicação de Theo signifique que ele *não quer mais* ficar comigo, que está tentando me avisar que tudo acabou. Mas, se eu ignorar a voz muito alta das minhas próprias inseguranças, se eu parar de compará-lo com outras pessoas que não são ele, sei que isso não é verdade.

Theo foi claro comigo desde o início. Antes de qualquer coisa, mesmo quando eu o chamava pelo nome errado, Theo revelou suas *intenções*. Theo não vacilou. Ele disse que me queria. Inúmeras vezes. Me disse com palavras e me mostrou de mil maneiras diferentes. Sei que ele gosta de mim assim como sei que dia da semana é hoje.

Só preciso decidir o que *eu* quero.

Quando encontro Ingrid, conto a ela o que minha mãe disse, e depois ficamos sentadas em um silêncio reflexivo por um bom tempo. É um silêncio mais suave que o habitual. Não é como um bisturi, mas sim como respirar bem fundo.

— Acho que tô com medo de não ser boa o suficiente — explico, enfim. — De falhar nas coisas, de não conseguir, de decepcionar as pessoas. Mesmo as que eu não conheço. Mesmo os comentaristas anônimos da internet. Mas principalmente as pessoas que eu amo.

— O que acha que vai acontecer caso você não seja boa o suficiente? — Ingrid pergunta.

— Elas vão me deixar. — A resposta é rápida, decidida.

Ingrid inclina a cabeça, e sinto aquele entusiasmo por fazer um bom trabalho na terapia, mesmo percebendo que isso é exatamente parte do problema.

— Theo foi embora — eu digo, pressionando o ponto machucado em meu coração. — Fez isso por razões nobres, eu sei. De forma racional, eu entendo. Mas ele foi embora. E doeu.

— Isso parece algo que você devia contar pra ele — Ingrid sugere.

— Acho que é uma coisa que ele vai querer ouvir.

As palavras ficam rolando em minha cabeça. Será que Theo gostaria *mesmo* de ouvir? Talvez. Theo sempre pareceu interessado pelo que se passa na minha cabeça (na verdade, isso é um eufemismo, porque uma vez ele me disse que queria "rastejar dentro do meu cérebro e lê-lo como se fosse um livro", o que lhe informei ser algo tanto fofo quanto psicótico).

Tudo isso me dá muito com o que sofrer, mas, por hoje, tento deixar tudo isso de lado. Hoje o dia é da Lil.

O Lil-Fest foi criado no décimo sexto aniversário de Lil e só cresce em escala e valor de produção a cada ano. Ele acontece no prado atrás da casa das nossas mães no último fim de semana de agosto e, como tal, sempre marcou o término agridoce do verão.

O primeiro Lil-Fest foi composto por Lil e algumas poucas amigas se apresentando em um "palco", que na verdade era um retângulo de giz na grama, enquanto enchíamos o corpo de glitter e bebíamos cidra barata meio quente.

À medida que os círculos pessoais e profissionais de Lil e Serena cresciam, o mesmo acontecia com o Lil-Fest. Agora o palco é de verdade, com alto-falantes enormes e apresentações de artistas e bandas conhecidas e emergentes que estejam pela cidade na data e queiram aparecer e se divertir, uma variedade de food trucks e uma boa centena de convidados.

As árvores estão repletas de luzinhas piscantes e apanhadores de sonhos feitos à mão, e, esse ano, um dos amigos de Lil está conduzindo sessões de ioga em uma pequena tenda que apareceu durante a noite. Ainda estamos cobertas de glitter, mas a cidra barata foi substituída por cerveja orgânica e coquetéis em jarros de vidro. No passado, a festa já aconteceu na chuva e na lama (o que Lil afirma ser mais autêntico), mas hoje está seco e quente, ainda que dê para ver algumas nuvens de aparência sinistra espalhadas no horizonte.

Dada a minha aversão a música ao vivo, sempre passei o máximo possível do Lil-Fest na cozinha, ou até mesmo enfurnada no meu quarto, mas talvez hoje eu consiga chegar perto do palco, talvez escute algumas das bandas tocarem. Foi um longo verão, e muita coisa mudou.

É fim de tarde, e estou sentada em uma pequena alcova junto ao lago, observando os convidados do outro lado da casa e o campo onde o palco está montado, me preparando para levantar e me juntar a eles. Minhas irmãs surgem ao meu lado. Serena traz uma coroa de girassóis, que põe na minha cabeça. Lil me entrega um par de asas de fada. Depois que mencionei a fantasia de Hannah, ela as encomendou para todas nós em tamanho adulto, especialmente para este evento. As de Serena são pretas e afiadas, fazendo com que pareça uma noiva vampira, e é o único motivo pelo qual ela topou vesti-las.

— Deu um pessoal bom esse ano — comento, semicerrando os olhos para a multidão que cresce enquanto uma jovem com uma guitarra canta de forma melancólica junto ao microfone. — Você vai se apresentar?

As bochechas de Lil estão coradas. Ela usa a própria coroa de girassóis, que está meio torta.

— Vou, e precisa ser logo, eu acho, porque estou bebendo esse troço rosa que Ava fez e que tem gosto de suco, mas que tá deixando as coisas meio... — Ela pressiona o polegar contra o indicador de forma pensativa, e não faço ideia do que o gesto deveria significar.

— Ela já tá bêbada — Serena traduz.

— Cadê Bee e Henry? — pergunto.

— Bee tá no trabalho, mas deve vir pra cá mais tarde — Serena responde com uma indiferença extremamente ensaiada, e eu e Lil trocamos um olhar divertido.

— Henry também chega mais tarde — Lil revela. — Tenho certeza que vai me pedir em casamento hoje.

— Quê?! — Serena e eu guinchamos em sincronia.

— Eu sei. Não é o máximo? — Lil brilha de leve, de repente angelical e iluminada de amor. Eu pisco, mas acho que na verdade é só o sol atingindo o glitter em seu corpo. E as asas.

— Encontrei a aliança semana passada... Henry é péssimo em guardar segredo — ela diz com carinho. — E ele tava uma pilha hoje de manhã. Eu só queria que ele me pedisse logo pra eu poder acabar com tanto sofrimento.

— Você vai aceitar? — Serena pergunta, atordoada.

— Claro que vou. — Lil está calma. — Ele é o cara certo pra mim. Soube disso no minuto que a gente se conheceu. Do jeitinho que desejei.

Serena solta um som de escárnio.

— Isso é maravilhoso — eu digo, as palavras embargadas de lágrimas. — Tô tão feliz por você, Lil. Henry é um doce, e ele te ama muito.

— Eu sei — Lil responde, totalmente segura. Mas então uma carranca surge em seu rosto. — E por falar em almas gêmeas...

— Sim, andei pensando nisso também — eu a interrompo. — *Um grande amor, o tipo de alma gêmea incondicional e de coração inteiro.* Foi o que você disse, não foi?

— Sim. — Lil assente enquanto Serena finge que vai vomitar.

— Tive uma epifania outro dia com a terapeuta — eu digo, sorrindo com a lembrança. — Quer dizer, ando tendo várias pra todo lado ultimamente, mas outro dia percebi que, haja o que houver, existe uma coisa com que posso contar: eu já tenho esse amor. Tenho as minhas almas gêmeas, aquelas que vão estar comigo não importa o que aconteça, que me amam incondicionalmente. São vocês duas. Vocês sempre estiveram por perto. Sem precisar de nenhum desejo.

Há um silêncio atordoado por um momento enquanto minhas irmãs me encaram, mas então Lil solta uma espécie de choramingo e joga os braços no meu pescoço. Suas lágrimas quentes caem em minha pele.

— Eu te amo, *sweet Clementine* — ela murmura.

— Sinceramente... — Serena bufa, tentando a todo custo evitar contato visual. — Vocês duas são dramáticas demais. — Mas ela não consegue esconder um fungar, e Lil e eu a puxamos para um demorado e, graças aos três pares de asas, desconfortável abraço.

Quando nos separamos, Lil parece determinada.

— Acho que a gente precisa conversar sobre Theo.

As palavras fazem com que eu me encolha.

— Achei que a gente fosse esperar. — Serena exibe uma careta para ela.

Meus olhos disparam de uma para a outra.

— O que vocês estão aprontando? — pergunto.

Serena continua encarando Lil, que não parece nada arrependida.

— Precisamos te contar uma coisa — Serena fala devagar. — Mas não sei se é o momento certo.

— Ah, isso não soa nada agourento — resmungo. — Agora me conta de uma vez.

— Pode esperar — Serena diz com firmeza.

— Não, não pode.

— Argh, tá bom... — Serena praticamente bate o pé no chão, mas é interrompida por Lil.

— Ah, merda — Lil sussurra, espiando por cima do meu ombro.

Os olhos de Serena se estreitam quando ela também percebe o que Lil está vendo.

— Você tava sabendo disso? — ela pergunta.

— Não, claro que não — Lil exclama enquanto eu me viro.

Andando pelo gramado em nossa direção, cheio de sorrisos, está Ripp Harris.

E, logo atrás dele, vem Sam.

— Florzinha! — Ripp diz, agarrando Lil pelos ombros e beijando-a na bochecha. — Feliz aniversário, menina linda.

— O que tá fazendo aqui, pai? — Lil consegue perguntar, os olhos correndo para mim.

— Viemos tocar no Lil-Fest! — Ripp sorri. — Me disseram que é o evento mais badalado da cidade. Sua mãe me mandou o convite faz um tempão, e a gente tava pela área, então pensei em vir fazer uma surpresa. O resto da banda vai chegar daqui a pouco.

Imagino que Petty envie os convites para Ripp todos os anos. Essa é a primeira vez que ele se incomoda em aparecer. Claro.

Não consigo tirar os olhos de Sam, que está olhando para tudo quanto é lado, menos para mim.

— Que porra é essa, pai? — Serena pergunta com os dentes cerrados. O sorriso de Ripp vacila, a confusão surgindo em seu rosto.

— O quê? — ele diz. — Qual o problema?

— Por que você apareceu aqui com ele? — Lil exige saber, as mãos nos quadris.

— O que tá fazendo aqui, Sam? — pergunto.

A testa de Ripp franze ainda mais.

Sam ergue os olhos para mim, e consigo perceber de verdade os momentos de maquinação antes que a máscara de charme apareça.

— Clemmie, já faz tanto tempo. Nós dois éramos apenas crianças. Não acha que tá na hora de deixar isso pra lá? — Ele olha para Ripp e solta um suspiro pesado, comunicando uma vaga sensação exasperada.

— Ah, é mesmo — Ripp ri, o corpo relaxando. — Vocês dois tiveram um rolo. Qual é, Clementine, se eu ficasse preocupado em esbarrar com uma ex em todo canto que eu fosse, eu nem saía de casa. — Ele ri ainda mais, e Sam o acompanha.

O foco intenso como um laser da minha raiva muda para meu pai no mesmo instante.

— Você não tem direito de comentar sobre isso, Ripp. Foi você quem contratou o cara que partiu meu coração e que ainda parece estar fazendo o possível pra me machucar. Pergunta pra ele quem andou dando entrevistas sobre mim umas semanas atrás.

— Vocês dois precisam ir embora, pai — Lil afirma.

— Agora mesmo — Serena acrescenta.

— Do que vocês estão falando? — Ripp pergunta. Ele não está mais sorrindo. Seus olhos correm de mim para Sam. — Que entrevistas?

— Por que não pergunta pra ele? — eu cuspo.

— Já chega. — Sam parece irritado e chega mais perto, estendendo a mão para segurar meu braço. Acho que ele quer me arrastar até algum lugar onde essa conversa possa acontecer de forma menos pública.

Mas ele não chega a ter a chance, porque de repente uma voz muito familiar está gritando:

— TIRA A PORRA DA MÃO DE CIMA DELA.

40

Todos nós nos viramos em sincronia, e bem ali, marchando pelo gramado feito um mocinho de Jane Austen, com uma expressão furiosa, está Theo, e não tenho tempo para processar nada além da doce e aguda pontada de alegria que me atravessa ao vê-lo. Ele se aproxima, arranca a mão de Sam do meu braço e enfia um soco na cara dele. Sam cambaleia para trás e vai parar dentro do lago com um imenso *splash*.

Ocorre um momento de silêncio chocado.

— Ai! PORRA! — Theo grita, pulando sem sair do lugar. — Acho que quebrei a mão. Jesus Cristo! Aaaai! — Ele aperta a mão que usou para socar Sam, sibilando de dor. — *Caralho*, isso dói.

Tem um milhão de coisas que desejo dizer a ele, mas, quando abro a boca, tudo o que sai é:

— Foi a primeira vez que você deu um soco em alguém? Acho que o certo é deixar o polegar pra fora.

Theo me lança um olhar exasperado.

— Ah, valeu, dona *Street Fighter*. Não sabia que você era especialista. E quando que eu ia ter dado um soco em alguém?

— Sei lá. Na escola?

— Que tipo de escola você frequentou?

— Você devia ter dado um chute nas bolas dele. — Serena examina as próprias unhas. — Economiza as juntas. — Sam se encolhe, ainda gemendo na água, e Ripp se aproxima para puxá-lo, parecendo completamente confuso.

Theo e eu nos encaramos por um segundo.

— O que você tá fazendo aqui? — pergunto.

Os olhos de Theo me percorrem como se ele estivesse morrendo de sede e eu fosse um grande copo d'água.

— Vou fazer um show em Londres amanhã. Tenho coletiva de imprensa hoje — ele diz, e sinto meu corpo chegando mais perto dele. — Eu ia ficar longe, mas não consegui. Preciso falar com você, eu...

— Vou mandar meus advogados pra cima de você, irmão! — Sam grita, me lembrando de repente de que não estamos sozinhos.

O rosto de Theo, bem próximo do meu — como é que já estamos próximos desse jeito? —, parece tão surpreso quanto eu ao descobrir que o resto do mundo não sumiu e que estamos de fato sendo observados com interesse por minhas irmãs, meu pai e meu ex-namorado, que está pingando enquanto pressiona o nariz, o sangue escorrendo com liberdade pela frente da camisa.

Raiva cintila nos olhos de Theo, e ele vira o corpo alto para se colocar entre mim e Sam. Sinto seu cheiro, salgado e cítrico, e meus joelhos vacilam de forma patética.

— Não sou seu *irmão* — ele rosna. — E você merece apanhar muito mais pela maneira como tratou Clemmie.

— Ora, ora — diz Serena, um brilho sanguinário em seus olhos.

— Ninguém vai bater em ninguém — eu bufo, puxando o braço de Theo. A raiva floresce, e estreito os olhos para ele. — Não preciso que você venha aqui depois de passar um mês sumido pra socar alguém por mim. Se é pra alguém partir a cara de Sam ao meio, deveria ser eu.

— Exatamente — Sam grita. — Espera... o quê?

Eu me viro para ele.

— Acho que disse com todas as letras que nós dois não temos mais nada, Sam. Não fui clara da última vez que conversamos?

— Vou processar todos vocês! — Sam gagueja, lançando um olhar sombrio para Theo. — Acho que seu namorado quebrou meu nariz.

— Ele não é meu namorado — respondo, e Theo se encolhe.

— Alguém pode por favor me explicar o que tá acontecendo? — Ripp parece determinado agora, com uma firmeza no semblante que nunca presenciei.

— Esse pedaço de merda alimentou a imprensa com um monte de mentiras sobre a sua filha quando ela tinha dezessete anos, depois manipulou e usou Clemmie pra ficar famoso e conseguir uma vaga na sua banda — Theo fala com frieza, estendendo a raiva para incluir Ripp. — Foi isso que aconteceu. E você não fez porra nenhuma pra proteger sua filha.

— Eu não sabia de nada disso — Ripp responde, indignado.

— Mentira. Eu te contei. — Cruzo os braços. — Você não acreditou em mim. Achou tudo muito engraçado.

Algo semelhante a vergonha passa pelo rosto de Ripp. Ele se vira para Sam.

— Isso é verdade?

— Claro que não — Sam retruca, a voz fanha, ainda tapando o nariz. — Não sei por que ela não consegue superar um fim de namoro de quinze anos atrás. Você me conhece, Ripp. Não sou esse tipo de cara.

— Ele vira para mim. — Olha, Clementine, sei que machuquei você quando terminei as coisas, e me desculpe por isso, mas tá na hora de você largar mão dessa criancice de vingança.

— Você acabou de dizer *o quê*? — Dou risada, um forte som de descrença.

— Vou matar esse cara — Theo murmura, avançando.

— Entra na fila, amigo — Lil diz com os dentes cerrados, uma expressão de assassina assustadora no rosto. Serena precisa passar o braço em torno da cintura dela para impedi-la de arrancar os olhos de

Sam. — Você é um sujeito morto, seu psicopata! — Lil grita, os dedos estendidos feito garras.

— Desculpa — uma nova voz soa, interrompendo esse momento deveras sensacionalista. — Cheguei numa má hora?

Todo mundo congela.

— Isso *não pode* estar acontecendo...

Solto o ar, fechando os olhos. Quando os abro, vejo Leo parado ali perto com uma caixa de transporte para animais de estimação debaixo do braço.

— O que *você* tá fazendo aqui? — gemo, segurando a cabeça entre as mãos. Talvez seja algum tipo de pesadelo induzido por excesso de queijo, e, se eu me esforçar o bastante, talvez consiga acordar.

— Olá, Leonard. — Os olhos de Serena cintilam de forma perigosa. — Como anda a região da virilha? Algum... *probleminha* lá embaixo?

— Q-quê? — Leo soa horrorizado, e Lil dá gargalhadas. — É que sua mãe falou que eu podia te encontrar aqui — ele diz, sem jeito, virando-se para mim e ignorando minhas irmãs. Ele passa a mão pelos cabelos cor de areia. Seu rosto está mais magro, e ele está usando óculos novos. — Não sabia que tava tendo festa. — Leo sempre arranjava uma desculpa para evitar o Lil-Fest. Ele considera minha família "excêntrica", algo que dizia com frequência e em um tom que deixava claro que aquilo era Uma Coisa Bem Ruim.

— Você é o Leo? — Theo pergunta, incrédulo, surgindo grande e furioso, o sangue claramente ainda fervendo graças ao confronto com Sam.

Leo dá um passo para trás, depois olha duas vezes.

— E você é... Theo Eliott?

— Sou seu pior pesadelo — Theo rosna.

É algo verdadeiramente hilário de se dizer, e ninguém pode me culpar quando caio na risada. Leo me observa com cautela, como se eu fosse lunática. O olhar de Theo me procura, ainda irritado, mas depois, com certa relutância, ele começa a rir também.

— Não acredito que você disse isso na vida real. — Dou uma gargalhada. — Sou seu pior pesadelo. Vai nessa, Christian Bale. Muito durão.

— Eu sou durão — ele insiste. — Acabei de socar uma pessoa!

— Sim, e com muitas testemunhas. — Sam parece ter estancado o sangue, mas seu nariz não parece bem. Ninguém está com pressa de lhe oferecer nenhum tipo de primeiros socorros. Nem uma toalha.

— Não sei, não — Serena reflete. — A única coisa que eu vi foi você se estabacando de cara no lago.

— É, eu também — Lil acrescenta, abrindo um sorriso doce. — Tão desajeitado...

— Clemmie, preciso falar com você — Leo diz, nervoso.

— Não, *eu* preciso falar com você — Theo insiste.

— Quero falar com você também — Ripp diz, e parte de mim se pergunta se ele só não consegue ser deixado de fora.

— Hum, *olá*?! — Sam exclama. — Ninguém vai me ajudar? Acho que a gente devia chamar uma ambulância.

— Só se for uma *ambirrância* — Lil murmura, encantada consigo mesma.

Volto a fechar os olhos. Respiro fundo. Não sei que tipo de piada perversa o universo está fazendo comigo, mas suponho que a única maneira de sair deste pesadelo seja atravessando até o fim.

— Certo — eu digo, apontando para Leo. — Você primeiro. O que você quer?

41

— Hum, é... — Leo indica a caixinha de transporte. — É o gato. Achei que você pudesse querer ele de volta.

— Você trouxe o Atum? — exclamo, correndo em direção à caixa e espiando lá dentro até ver o rosto familiar e rabugento do meu gato resgatado me encarando com muda desaprovação.

— Bom, acontece que ele e Jenny não se dão muito bem — Leo murmura. — De qualquer jeito, se quiser ficar com ele, já vou indo. Deixo você com a sua... — Seus olhos se movem da forma gotejante e de nariz quebrado de Sam, passam pelo rosto furioso de Theo e terminam em minha coroa de flores e as asas de fada roxas e brilhantes. — *Festa*.

— Você pode deixar o Atum lá com a minha mãe? — pergunto, e, com um suspiro perturbado e um olhar cauteloso para todos nós, Leo pega a caixa de transporte.

— Tudo bem — ele diz. — Mas, Clementine... — Sua atenção percorre o grupo mais uma vez. — *Como amigo*, realmente acho que você precisa ter mais cuidado com as escolhas que anda fazendo.

— E eu realmente não dou a mínima para o que você pensa, Leo — respondo. — Mas você tem razão. Preciso ter mais cuidado com as minhas escolhas. Não acredito que desperdicei quatro anos da minha vida com um cara cuja personalidade é um pacote de bolacha murcha só porque eu tinha medo de me envolver de verdade. Pode ir agora.

E, rápido assim, o capítulo de Leo termina. Já vai tarde.

42

— Um já foi — comento com um suspiro. — Faltam dois. — Eu me viro para Theo. — Se importa de me esperar no meu quarto? Preciso resolver essa bagunça.

Theo hesita e parece que vai dizer alguma coisa, mas depois assente.
— Claro, vou esperar você.
— Theo... — Serena começa, mas ele ergue a mão, o rosto decidido.
— Vou esperar — ele repete, as palavras inflexíveis, sem espaço para debate. É aquela voz severa de novo, aquela que sinto *em todos os lugares*, e o guincho que Lil deixa escapar me diz que não sou a única vulnerável ao efeito. Depois disso, Theo vai embora.

Eu me viro devagar para Sam. Parece uma cena de filme, daquelas que o mocinho enfrenta o grande vilão malvado. Só que o homem à minha frente não é o vilão da minha história; isso seria lhe dar muito crédito. Parado ali, tremendo e todo molhado, com o cabelo perfeitinho grudado na testa e a expressão de uma criança à beira de um acesso de raiva, Sam parece exatamente o que é: patético.

— Sam, o que você fez, anos atrás... — Respiro fundo, pronta para despejar as coisas que quero dizer há tanto tempo. — Sinceramente, parecia que você tinha quebrado algo dentro de mim. Você me machucou tanto que demorei muito, muito tempo pra superar essa história. E não foi porque você era especial ou porque nosso relacionamento era maravilhoso, mas porque suas ações foram tão egoístas e tão desnecessariamente cruéis que ainda não consigo entender como você pôde se olhar no espelho depois. Por que fez isso? Por que me vendeu pros jornais daquele jeito? Foi tudo uma grande mentira?

Ele finalmente tem a decência de parecer envergonhado.

— Clemmie, não — ele diz sem jeito, erguendo a mão para afastar o cabelo úmido do rosto. — Não foi assim. Você entendeu tudo errado.

— Quer dizer que você não vendeu histórias sobre mim pra imprensa, nem armou pra que tirassem fotos minhas? — pergunto.

Os olhos dele voam para Ripp, que segue parado feito uma estátua.

— Isso é um grande mal-entendido — Sam diz, nervoso. — Posso ter procurado alguns contatos quando tava tentando fazer a banda decolar, mas não tinha nada a ver com você, Clemmie. Também fiquei horrorizado no dia que resolveram voltar a atenção pra você. Mas é como dizem... toda publicidade é boa publicidade, né? — Ele sorri pra mim de um jeito que acho que deveria parecer encantador. — O que a gente tinha era real, meus sentimentos por você *eram reais*. Eu não sabia o que ia acontecer. Meio que saiu do controle.

À medida que as palavras deixam sua boca, percebo o quão pouco me importo com elas. Não me importa mais por que Sam fez o que fez ou como ele justifica as coisas para si mesmo. Não me importa nem saber se nosso relacionamento era uma mentira ou se em algum ponto ele de fato sentiu algo por mim. Passei muito tempo acreditando que essas coisas fossem importantes; que entender as razões e motivações de tudo isso ajudaria a consertar algo dentro de mim que estava quebrado. Agora percebo que Sam não me quebrou. Ele me machucou, e eu me protegi da melhor maneira que pude: me encolhendo o máximo possível.

Ao longo dos últimos meses, precisei enfrentar muitas coisas. Me separar de Leo, perder minha casa, perder o emprego, conhecer Theo, ir a Northumberland e ser forçada a encarar todos os fantasmas de lá, descobrir a verdade sobre as escolhas da minha mãe, lidar outra vez com a imprensa... cada uma dessas situações foi como uma rachadura na concha protetora que construí ao meu redor, deixando a luz entrar. Tem sido confuso e doloroso, mas as coisas mudaram. *Eu* mudei.

— Acho que, se a gente pudesse conversar — Sam continua, claramente sentindo que está outra vez no jogo —, eu consigo explicar. Nunca quis machucar você.

— Sam — eu o interrompo. — Não preciso ouvir isso. O passado é o passado, mas há poucas semanas você falou de novo sobre mim pros jornais. Já basta. A gente não tem nada um com o outro. Você não é bem-vindo nesta casa. — Dou um passo em sua direção, porque aparentemente estou conseguindo um grande encerramento emocional no espaço de dez minutos. — E, se algum dia eu te encontrar ou tiver notícias suas outra vez, então vou eu até a imprensa. O mundo é um lugar diferente agora, e acho que as pessoas estariam bem interessadas em ouvir *o meu* lado da história. Tô falando sério. Vai embora, e fica longe.

43

Serena e Lil resolvem seguir Sam a fim de garantir que ele realmente vá embora, mas, depois de ver a cara dele quando fiz minha ameaça final, eu sinceramente não acho que precisarei lidar com Sam de novo. Ripp e eu somos deixados sozinhos.

Acontece um momento de silêncio extremamente constrangedor.

— E aí? — eu digo, por fim, soltando um suspiro. — O que você quer, Ripp? Caso não tenha notado, tem muita coisa acontecendo por aqui hoje.

Ripp pigarreia.

— S-sinto muito — ele diz.

Continuo esperando, mas parece que é só isso.

— Tá. Sente pelo que exatamente?

Ele leva uma das mãos à nuca.

— Hum, por toda essa coisa que aconteceu com Sam? — Ele fala como se fosse uma pergunta. — Vou demitir o cara, óbvio.

Pisco os olhos.

— Só *agora* que você vai demitir Sam?

— Quer dizer, pra ser sincero, Clemmie, eu tava pensando em fazer isso de qualquer maneira. Ele já não é tão bom quanto antes. — Ripp pisca para mim de forma conspiratória, como se estivéssemos do mesmo lado. — E agora que fiquei sabendo o que aconteceu... não tem mais o que fazer, né?

Bom, suponho que isso ao menos explique por que Sam quis de repente retomar o contato comigo e me chamar para sair. Namorar comigo funcionou muito bem para ganhar destaque da primeira vez. Que idiota sem criatividade.

— Então, agora que é conveniente pra você, resolveu acreditar em mim e vai se livrar dele? — Solto uma risada sem humor. — Muito obrigada, Ripp. Pai do ano mais uma vez.

Algo brilha em seus olhos, e não sei se é raiva ou mágoa, mas realmente não me importo.

Após outro momento de silêncio, ele fala:

— Acho que mereço isso — ele declara baixinho. — Sei que não tenho sido um bom pai para vocês, mas quero ser melhor. Suas irmãs estão me dando uma chance. Por que não pode fazer o mesmo?

— Porque eu te dei chances — respondo com calma. — Muitas. E você me decepcionou em cada uma delas. Você partiu meu coração. Fez eu sentir como se houvesse algo desagradável a meu respeito e que eu precisava consertar. Você pode ser meu pai, Ripp, mas eu não te *devo* nada. — Quase consigo ouvir Ingrid me aplaudindo. Na verdade, ela nunca faria algo tão explícito, mas talvez pelo menos balançasse a cabeça um pouquinho.

Ripp parece atordoado.

— Olha... — A voz dele é instável. — Sinto muito, Clemmie. Nunca quis fazer você se sentir assim. Não é como eu me sinto. Eu te amo. Amo vocês três.

Ele respira fundo e esfrega a testa.

— Quando Carl morreu, foi... foi como um alerta. Percebi algumas questões sobre mim e minha vida, questões de que não gostei. Eu me arrependo. De muita coisa. E quero fazer as pazes. Você tem razão quando diz que não me deve nada, mas eu não gostaria de deixar tudo do jeito que tá até ser tarde demais. Não quero que me odeie.

Eu suspiro.

— Não te odeio, Ripp. Talvez já tenha odiado um dia, mas realmente não odeio mais. — E é verdade. Quando olho para Ripp agora, vejo um homem imperfeito que fez um monte de escolhas de merda. Mas isso não significa que preciso fazer concessões por ele ou deixá-lo livre da culpa por me machucar. — Só não tô interessada em ter você na minha vida.

Fico esperando que ele proteste, mas ele não faz isso. Apenas assente. De repente, parece mais velho, menor.

— Talvez eu não consiga ser seu pai — ele fala lentamente. — Mas ainda posso estar presente. Caso precise de alguma coisa. Caso queira conversar. Seja lá que relação a gente consiga construir, eu quero. Do jeito que você quiser, Clemmie.

Eu hesito, impressionada com o que estou ouvindo. É surpreendentemente sensível e cem por cento fora do personagem. Me faz pensar. Achei que soubesse tudo sobre Ripp Harris. Mas até aí, de novo, parece que muitas das coisas que eu pensava saber estão se revelando erradas.

— Sem pressão — ele acrescenta, erguendo as mãos.

E, por fim, eu concordo.

— Tudo bem. Não vou prometer nada, mas vou pensar a respeito. Talvez a gente possa... conversar.

Meu pai murcha na minha frente e, em vez de me presentear com o charme de Ripp Harris, me encara fixamente nos olhos.

— Você sabe como me encontrar. — Em seguida, algo se ilumina em seu rosto. — Mas agora é melhor eu deixar você ir. Tem um rapaz no seu quarto, e nós, estrelas do rock, não gostamos de ficar esperando! — Com uma piscadela, ele se vira e sai andando. Respiro fundo. Creio que a jornada de Ripp em direção à maturidade emocional será lenta. Meus olhos se voltam para a casa. Assistir a Ripp partindo é fácil. Mas não sei se consigo ver Theo indo embora outra vez.

Conforme subo as escadas para falar com Theo, ainda estou me recuperando da chicotada emocional da última hora da minha vida.

Quando chego à porta do quarto, hesito por um instante e depois bato.

— Clemmie? — a voz de Theo ressoa, e encosto a cabeça contra a porta por um momento, só para curtir aquela voz áspera e aveludada dizendo meu nome. — Acho que você não precisa bater quando o quarto é seu.

Giro a maçaneta, e ele está parado ao lado da minha escrivaninha, olhando a estante. Está segurando um dos meus livros da adolescência como se fosse uma espécie de relíquia. Não me passa despercebido que este foi o lugar onde tudo começou para nós dois. É estranho ver Theo de novo neste cômodo.

— Oi — digo, temendo que ele possa escutar todo o desejo em minha voz.

— Oi — ele responde baixinho, soltando o livro. Agora que tenho a chance de examiná-lo com atenção, noto que Theo está com olheiras. Um pouco daquele dourado beijado pelo sol desapareceu de sua pele. Ele percorre meu rosto com os olhos, me estudando com tanta intensidade quanto eu o estudo. Eu me pergunto o que ele enxerga ao olhar para mim. Será que consegue perceber como foram difíceis as últimas cinco semanas? O modo como os cantinhos de sua boca afundam me faz pensar que sim.

— Theo, seja lá o que for isso... — eu começo.

Mas há um zumbido baixo e persistente no quarto, e demoro a perceber que é o celular dele, que deve estar no bolso. O zumbido é interrompido apenas para recomeçar no mesmo instante.

— Você precisa atender? — pergunto.

Theo parece angustiado.

— É, preciso. Eu devia estar a caminho da entrevista. Já tô atrasado. As pessoas estão ficando... incomodadas.

— É David que tá ligando? — sussurro, horrorizada, como se a conversa pudesse estar grampeada, o que, conhecendo David, é plausível de um jeito preocupante.

Uma voz grave soa ao pé da escada:

— Sr. Eliott? Sr. Eliott, precisamos ir.

— Quem é esse? — pergunto.

— Meu motorista, Steve. David disse pra ele me carregar no ombro se fosse necessário, pra gente chegar ao estúdio de tevê a tempo. Eu tava prestes a me entrincheirar aqui no seu quarto. Até tentaria brigar com ele, mas Steve tem cara de ser bem mais durão que o Sam.

— O que você tá fazendo aqui, Theo? — pergunto.

— Sinceramente? — Ele olha para mim, e eu assinto. — A gente tava descendo a estrada M40, e, antes mesmo que eu percebesse, tava guiando Steve pra cá. Eu sei que prometi te dar espaço, mas...

— Não foi isso que aconteceu — eu o interrompo, e, embora minha voz esteja firme, está misturada com raiva. — Você *foi embora*.

Ele engole em seco. Faz que sim com a cabeça.

— Eu sei. Na hora, achei que era a melhor opção.

Esfrego os olhos.

— Você não me deu tempo pra resolver meus sentimentos. Você não me deu a menor chance. Disse que tinha me atropelado antes, mas me abandonar foi só outro jeito de fazer o mesmo.

— Eu sei — Theo repete.

— Para de concordar comigo! — retruco. — Torna extremamente difícil brigar com você.

Ele engole uma risada seguida por um suspiro.

— Me desculpa. Desculpa por ter ido embora. Desculpa por não estar discordando de você. Eu *não devia* ter saído daquele jeito. Fiquei péssimo. Lisa gritou um monte comigo e trouxe o argumento muito pertinente de que abandonar as pessoas pensando em protegê-las não é a maneira mais saudável de lidar com as coisas. Também faço isso com a minha família há um tempão. Na hora, juro que pensei que tava cuidando de você, mas... talvez eu estivesse só me protegendo. Toda essa merda que eu trago pra um relacionamento... Acho que fugi antes que você percebesse que eu não valia o esforço. Antes de você me deixar.

Estou dividida entre rir e ceder às lágrimas quando digo:

— Parece que nós dois andamos falando com nossas terapeutas.

Theo exibe a sombra de um sorriso.

— Tenho visitado muito a minha, mesmo pros padrões de Los Angeles.

— Olha... — Eu suspiro. — Seja lá o que for essa coisa, você aparecendo logo hoje... Não consigo lidar com isso agora. Sinto como se meu cérebro e meu coração tivessem sido enfiados no liquidificador. Acabei de confrontar meus ex-namorados e meu pai. Não tô em condições de conversar com você sobre isso...

O celular volta a vibrar.

— Ainda mais com uma contagem regressiva no meio — concluo, incisiva.

— É justo. — Theo assente e enfia as mãos nos bolsos. — Eu não devia ter te emboscado desse jeito. Foi errado.

O celular vibra de novo.

— Ai, meu Deus, atende logo! — exclamo.

Com um rosnado de frustração, Theo obedece.

— Alô? — ele diz, seco, os olhos ainda em mim. — Eu sei. — Ele faz uma pausa, e, embora eu não consiga entender as palavras de David, posso ouvir seu tom. Ele... não está calmo. — Eu *sei*, David. — Theo aperta a base do nariz. — Sim, acho que é um ótimo exemplo das minhas prioridades. Foi você quem disse que eu devia... — Seja qual for a interessante conclusão dessa frase, acabo não descobrindo, pois ela é interrompida por protestos indignados.

— Concordo que o momento podia ser melhor — Theo fala com calma após um momento. — Mas é nessa situação que estamos. Avisa pro pessoal que tô a caminho. Eles vão ter que empurrar a minha parte mais pro final. Ah, e... — Theo hesita, flexionando a mão direita, a expressão fechada. — Dá uma olhada se o médico tá por perto, machuquei meu polegar. Não acho que tenha quebrado. — Os gritos pararam, mas o silêncio frio do outro lado da linha soa duas vezes mais alto. Finalmente, ouço David dizer alguma coisa.

— Sim, *obrigado* — Theo responde com acidez. — Tô ciente de que tocar violão requer o uso do polegar, é por isso que tô te pedindo pra ligar pro médico. Para de reclamar, tô saindo. — E, com isso, ele encerra a ligação e esfrega o rosto com a mão que não está quebrada.

— Sinto muito mesmo, Clemmie. Vou embora. Mas você sabe onde me encontrar. Quando estiver pronta para uma conversa... *se* quiser conversar, estarei lá. Não vou a lugar nenhum. — Ele faz uma pausa. — Digo, eu tô literalmente indo embora, mas não vou *embora*. — Ele produz um som que é quase dolorido. — Como eu posso ser tão ruim nisso?

O celular volta a vibrar, mas Theo o ignora por mais um longo minuto, me encarando profundamente nos olhos.

— Sr. Eliott? — A voz lá fora está mais próxima, os passos soando escada acima.

Theo solta um suspiro profundo de frustração, e depois, como se não pudesse evitar, se inclina para a frente e encosta a testa na minha, os olhos fechados apenas por um segundo enquanto nossa respiração se mistura. É só um toque de leve, o menor ponto de contato entre nós dois, mas eu o sinto até os dedos dos pés. Meu corpo está experimentando uma espécie de colapso, e meu cérebro não fica muito atrás.

E então ele se afasta, falando um palavrão baixinho.

— Conversamos mais tarde, tudo bem? — ele fala. — Quer dizer, espero que a gente converse mais tarde. Se for o que você quiser fazer.

— Vou pensar nisso — respondo.

Theo assente. E, com isso, vai embora, andando rápido pelo corredor.

— Tá bom, tô indo, tô indo. — Eu o escuto gritar.

— Sr. Eliott, desse jeito eu serei demitido — a voz do motorista murmura. — O senhor disse que precisava de cinco minutos e já passou uma hora. Me mandaram amarrar o senhor e enfiar no porta-malas agora mesmo...

— Sinto muito, Steve, mas pelo menos te deixei o audiolivro pra fazer companhia. Falei que você ia gostar.

— É, isso é verdade. Cheguei naquela parte em que o duque faz o pedido de casamento...

Conforme o som das vozes diminui, eu me jogo na cama.

— Que. Porra. Foi. Isso. Tudo? — pergunto ao quarto vazio.

— É justamente o que queremos saber — a voz de Lil ressoa, e me viro para ver minhas irmãs paradas à porta. Lil está segurando um Atum descontente em seus braços.

— Sério, Clemmie — Serena diz. — Que porra tá acontecendo?

44

No dia seguinte, temos outro evento anual em família: a ressaca do Lil--Fest. E a noite passada foi uma loucura. Depois que falei para minhas irmãs que não queria conversar sobre meus sentimentos e preferia descer, beber e dançar até não sentir mais o rosto ou os pés, elas sabiamente concordaram em deixar nossa conversa para outra hora.

Quando, meia hora mais tarde, Henry pediu Lil em casamento ao vivo no palco, nosso destino estava selado. Brindamos ao casal feliz até estarmos todas brilhando de champanhe, e, em vez de pensar na batida de trem emocional que ocorrera pouco antes, decidi apenas ficar feliz por minha irmã e celebrá-la pelo resto da noite.

Agora já passou do meio-dia, e meu corpo inteiro protesta contra tal decisão. Consigo me forçar a abrir os olhos e descubro que estou deitada de bruços na cama. Atum me examina com uma benevolência arrogante do alto de sua posição, enrolado por cima da minha pilha de roupa suja.

Tento rolar de lado, mas algo fica no caminho. Levo um momento embaraçosamente longo para entender que ainda estou com as asas de fada por cima do pijama.

A porta do meu quarto é escancarada, me fazendo estremecer.

— Que inferno — Serena geme sob a soleira. — Acho que estou morrendo.

— Bem-vinda ao clube — resmungo. — Por que tô usando essas asas estúpidas?

Serena ri, mas depois aperta a barriga.

— Você tava decidida a dormir com as asas — ela explica após um instante. — Não sei por quê. Acho que na hora fez sentido.

Ela se arrasta pela cama e se deita ao meu lado.

— Por que fazemos isso todo ano? — eu gemo.

— Porque somos idiotas. — A voz de Serena está abafada, ela enfiou a cara no travesseiro.

— O que a gente fez ontem à noite? — A voz de Lil parece vacilante na porta. — Sinto como se tivesse sido atropelada. — Ela vem se juntar a nós e se encolhe em posição fetal no pé da cama.

— O que você tá fazendo aqui? — pergunto. — Não devia estar com seu noivo?

— Henry já levantou faz horas. Aparentemente, saiu pra fazer uma trilha. — Lil estremece.

— Não acredito que vai se casar com esse psicopata — Serena murmura.

— Trouxe chá e torradas — mamãe cantarola ao entrar no quarto, segurando uma bandeja. Isso também é uma tradição, e todas nós, com muita cautela, gememos e resmungamos ao tomar um gole de chá e tentar manter a torrada no estômago.

— A gente não pode continuar fazendo isso — comento. — Estamos ficando velhas. As ressacas já duram tipo uma semana.

— Mas foi uma noite boa. — Lil se encolhe. — Eu acho.

— Uma noite pra ficar na história — concordo. — Nossa irmãzinha vai se casar.

— Mesmo enxergando o casamento como uma instituição ultrapassada e patriarcal, tô feliz por você, Lil — Serena fala, pensativa. — Henry é mesmo um cara bem legal.

— Ele se ofereceu pra fazer um guarda-roupa novo sob medida pra Serena — Lil me explica.

— Ah. Ela deve estar precisando de espaço, né, agora que *a namorada* deixa as coisas no apartamento dela. — Abro um sorriso.

— Se eu tivesse forças pra levantar esse travesseiro, eu bateria com ele na sua cara — Serena rosna. — Agora, por favor, calem a boca e me deixem morrer em paz.

Passamos o dia inteiro na cama e, depois de dormir mais um pouco e comer o McDonald's que Henry trouxe para nós ("Eu falei pra elas que você era um cara legal, Henry", Serena avisa), estamos recuperadas o bastante para ficar sentadas na minha cama, discutindo.

— Só tô dizendo que Ryan Gosling é uma escolha bem básica — Serena diz. — Não é uma paixão adolescente muito original, né? Acho que teria sido mais formador de caráter escolher alguém menos... óbvio.

— Falou a mulher que tinha pôsteres da Britney Spears — murmuro.

— Britney é uma visionária — Serena bufa.

— Senhoras, senhoras — Lil nos interrompe antes que Serena possa dar início ao seu discurso "eu-amo-Britney". — Não vamos brigar. Gostaria de lembrar que somos capazes de chegar a um acordo. Um filme para unir a todas. Um filme que produziu uma infinidade de paixões adolescentes. O clássico de 1999, *A múmia*.

— Ah, sim — concordo de maneira enfática.

— Isso é verdade — Serena concede.

— Cada pessoa daquele filme tá de parabéns. — Lil se joga de costas contra meu travesseiro.

— A gente devia assistir agora — eu digo. — Se existe alguma coisa capaz de me curar, essa coisa é Brendan Fraser vestido de explorador de época.

— Siiiiiiim — Lil sibila.

Pego o notebook, e, quando ligo a tela, uma notificação aparece. Recebi um e-mail de David.

Prezada Clementine,
Como sabe, levo minhas responsabilidades enquanto assistente muito a sério. Seria extremamente pouco profissional de minha parte me envolver na vida pessoal do sr. Eliott, e eu jamais sonharia em fazer tal coisa. Os arquivos anexados aqui são notas fiscais inócuas para sua conferência. Se forem outra coisa além disso, posso apenas pedir desculpas pelo que deve ter sido um infeliz erro administrativo. Espero que reserve uma parte de seu tempo para analisar as mencionadas notas fiscais com cuidado. Acredito que sejam especiais.
Com meus melhores votos,
    David

— Acabei de receber um e-mail tão estranho — comento, lendo-o em voz alta para minhas irmãs. — Não sei do que ele tá falando. Notas fiscais especiais? — Clico no anexo, um arquivo zip compactado. — Isso nem mesmo são documentos, são arquivos de áudio — eu digo, olhando para a tela.

Lil produz um guincho agudo.

Intercepto um olhar furtivo entre minhas irmãs.

— O que foi isso? — pergunto, desconfiada. — Vocês estão sabendo desse e-mail?

— Nãããão... — Serena responde devagar. — Mas, se for o que eu acho que é, então você superdevia ouvir.

Então compreendo.

— *Ah.* — Um arrepio chega formigando para cima e para baixo na minha coluna. — É o álbum dele, né?

— Na verdade — Serena hesita —, acho que não.

— Por que você tá sendo enigmática desse jeito? O que tá acontecendo aqui? Vocês sabiam que Theo estava na cidade?

Lil cede primeiro:

— A gente sabia que ele tinha um show em Londres hoje à noite. A gente ia te contar ontem.

— Vocês sabiam que ele vinha pra cá? — pergunto, arregalando os olhos. — Sabiam que David ia me mandar isso?

— Não! — Serena se intromete. — Theo definitivamente *não devia* ter vindo pra cá. Ele devia estar num maldito *programa de auditório* divulgando o álbum novo, mas acabou se atrasando horrores e terminou espremido na ponta do sofá junto de um participante de reality show. O fato de ele ter desaparecido sem avisar ninguém deixou todo mundo no escritório pirado. Coloquei meu celular no mudo no instante que ele apareceu. Não consigo mais lidar com as maluquices de Theo. Meu trabalho está feito; eu lavo minhas mãos.

— Mas, sobre a música... — Lil começa, depois para e olha para Serena, e as duas parecem travar uma conversa cheia de tensão usando apenas as sobrancelhas.

— Eu ia te dar uma cópia — Serena finalmente revela, de má vontade. — *Ainda que eu possa ser demitida por isso* — ela acrescenta, lançando um olhar ácido para Lil.

— Você ouviu? — pergunto.

Serena revira os olhos.

— Claro que ouvi, Clemmie. Que porra de pergunta é essa? Se você souber como produzir um disco sem ouvir antes, por favor me ensine. A gravadora vai produzir as músicas de um sapo de um canal de desenho animado do YouTube e eu adoraria me livrar dessa.

— Seu trabalho é nojento — Lil murmura. — E quanto à integridade artística?

— Não é crime ganhar dinheiro. Que tal descer do pedestal e deixar as pessoas simplesmente curtirem as coisas? — Serena rebate. — Nem tudo precisa ser tão profundo.

— Parem com isso! — eu exclamo. — *Não é a hora pra essa conversa!* — Minhas irmãs parecem envergonhadas por uns trinta segundos antes de começarem a lançar olhares mortais uma para a outra quando pensam que não estou olhando. — E você? — Eu me viro para Lil, nos trazendo de volta ao assunto em questão. — Já ouviu esse álbum?

Os olhos de Lil desviam dos meus.

— Não inteiro.

— E não é o álbum — Serena repete.

— Não tô entendendo nada.

— Olha, Clemmie — Serena sugere com alegria —, em vez de ficar perguntando, por que a gente simplesmente não escuta? Aí podemos conversar... depois.

Sinto que vou vomitar na mesma hora. Claro que quero escutar. *É claro* que sim. Mas também estou com medo — assustada porque a combinação entre música e Theo é uma ameaça nuclear categoria 1 à minha segurança emocional. Sei que David não teria me mandado o álbum (e minhas irmãs não estariam agindo feito esquisitas desmioladas de olhos arregalados) caso não tivesse algo a ver comigo, e como posso, algum dia, estar preparada para algo assim?

— Clemmie. — Lil segura meu queixo entre as mãos. — Você precisa ouvir. Confia na gente. Só aperta o play.

E eu obedeço.

De imediato, a sala se enche com uma melodia que reconheço — aquela que Theo tocou para mim, aquela que chamei de bonita. Mas é muito mais que isso agora. Ela flui dos alto-falantes, exuberante e linda. Não é mais apenas Theo e o violão, mas uma banda inteira — uma orquestra, talvez, porque escuto instrumentos de corda também, suaves e românticos. É um som avassalador, mas não tanto quanto o momento em que a voz de Theo se junta à música.

Aquela voz.

Aquela voz rústica e sensual que passa queimando através de mim como um bom uísque, se desmanchando em maciez e calor. E a música que ele está cantando... é sobre mim.

> *Esbarramos em um funeral,*
> *Que bom que não acredito em mapa astral,*
> *Porque assim que pus os olhos nela,*
> *Sabia que aquela mulher seria minha.*
> *Oh, my darling,*
> *Oh, my darling.*

Ele não diz meu nome, não precisa. Ele paira no ar, ali nas entrelinhas. Ele não diz meu nome, mas parece sussurrá-lo em toda a minha pele.

— Ai, meu Deus — eu arquejo.

— Puta merda — Lil balbucia.

— Pois é. — Serena parece resignada.

Depois da primeira música, acho que vou ter um descanso, mas não. Canção após canção, são *todas* sobre mim. Centenas de pequenas piadas internas aparecem nas letras, referências a conchas do mar, etiquetadoras, vestidos verdes, marshmallows queimados, ilhas mágicas e potes de geleia com margaridas.

Quando começa uma faixa que soa diferente das anteriores, não doce ou delicada, mas sim com um rosnado pulsante de baixo e o grito agudo de uma guitarra, sinto meus dedos dos pés se curvando. A música cresce. A voz de Theo é grave e perversa, e a coisa toda é um meticuloso ato de sedução.

— Como é o nome dessa? — pergunto a Serena.

— "Serial Killer" — ela diz, erguendo as sobrancelhas quando me engasgo com uma risada. — E acho que não quero saber por quê.

— Se a sensação é essa, é um milagre que vocês dois tenham conseguido sair da cama. — Os olhos de Lil estão arregalados.

— É, a sensação é essa — respondo, alheia, cada terminação nervosa do meu corpo respondendo ao ritmo da música.

— Aura do sexo — Lil murmura, impressionada.

A música termina, mas ainda há mais por vir.

— Ele acabou de... fazer uma piada com *um livro de Chaucer?* — pergunto em determinada altura, me sentindo tonta. Além das referências obscuras à literatura medieval, tem outra música que tenho 99,9% de certeza ser uma homenagem a nosso casal favorito de *Sangue e luxúria*.

Acabo me assustando outra vez quando, em vez de Theo, outra voz começa a cantar. Viro com os olhos arregalados para Lil, que apenas balança a cabeça. É a música que eles começaram a compor em Northumberland, e Theo deu um passo atrás a fim de dar espaço para Lil brilhar. A voz dela é doce e sonhadora, enquanto a de Theo parece um eco suave, harmonizando com ela, os dois se misturando para formar algo mágico, apenas o violão de acompanhamento.

> *Incomuns, indóceis, insistentes, indomáveis*
> *Maresia no vento, gargalhadas incansáveis*
> *Estrelas nos cabelos, nos sorrisos um feitiço*
> *Escreva nossos nomes nas areias prateadas*
> *Três irmãs dançando de mãos dadas.*

Nós três permanecemos sentadas, os braços por cima uma da outra enquanto a música ecoa pelo quarto. Até mesmo Serena e Lil, que obviamente já ouviram isso antes, parecem estáticas, em silêncio. É uma expressão tão terna e perfeita do nosso relacionamento. Consigo ouvir o toque de Lil na letra, sentir nossas histórias se entrelaçando ao redor, a história de quem somos, de quem fomos uma para a outra. Sinto uma onda de amor por elas que ameaça me afogar, e não posso crer que Theo abriu espaço para essa música — uma homenagem às minhas irmãs, minhas almas gêmeas —, que é essencialmente a nossa história. A exatidão de tudo isso me leva a nocaute.

Depois, resta apenas uma música. Sinceramente, não tenho certeza se meu coração aguenta mais, porém, quando Theo passa a cantar sobre erros e arrependimentos, o último ponto da minha compostura arrebenta.

> *Maldição pode parecer*
> *Mas, se eu tivesse três desejos,*
> *Cada um deles seria você.*
> *Você.*
> *Você.*
> *Você.*

E conforme a voz dele falha na última nota, eu o acompanho. Choro de um jeito que nunca chorei, soluços profundos e angustiantes que são igualmente doces e sofridos. Eu deito a cabeça no colo de Lil, a mão de Serena acariciando minhas costas, e me sinto limpa, completamente leve.

É uma carta de amor perfeita. Que ele escreveu só para mim.

— Ele me conhece — eu digo, atônita. — Ele me conhece tão bem.

— Jesus, Clemmie — Serena diz, esfregando os olhos com as costas da mão. — Se você não se casar com esse homem, vou ser obrigada a casar eu mesma.

— Não se preocupa. — Solto uma risada úmida. — Tô quase lá.

— E vamos agradecer por isso. — Serena suspira. — Eu seria uma hétero terrível.

— Mas tô tão confusa — eu digo. — Por que você disse que não era o álbum de Theo quando obviamente é?

Serena e Lil trocam outro olhar.

— Parem de fazer isso! — eu retruco. — Parem de tentar *me administrar*. Só me falem o que tá acontecendo.

— Essas músicas não entraram no álbum — Serena revela finalmente. — Ele gravou um monte e decidiu segurar essas.

Franzo a testa.

— Existem outras músicas?

Serena confirma com a cabeça.

— Acontece. Às vezes o músico compõe demais e nem tudo chega no álbum.

— As outras músicas... são sobre mim?

— Não. — Serena inclina a cabeça. — Ou, pelo menos, tem umas genéricas falando sobre dor de fossa. A maioria foi escrita por outras pessoas; Theo escolheu do nosso catálogo.

— Isso não faz sentido — declaro. — Theo escreve a própria música. É importante pra ele.

— Aham. — Serena produz um som nada convincente.

— Tem alguma coisa que vocês ainda não me contaram — insisto, e olho para Lil, que ergue as mãos em uma rendição silenciosa. — Por que Theo usaria as músicas de outra pessoa quando tem essas? Tipo, sei que não entendo muito de música, mas... meu Deus... elas são *incríveis*, não são?

— São — Lil diz depressa.

— São — Serena concorda.

— Então por quê...? — Eu me interrompo. — O álbum, o álbum de verdade, ele é melhor do que isso?

Serena hesita.

— É um álbum bacana — ela diz. — Dá conta do recado. Os fãs vão ficar felizes. A gravadora tá feliz.

— Mas Theo queria que esse fosse especial! — eu exclamo, frustrada. — Ele tava tão chateado com o último álbum. Ele sabia que tinha coisa melhor pra arrancar de si mesmo, algo incrível. Theo ficou trabalhando nisso *por anos*. E você tá me dizendo que ele simplesmente não vai usar porque... *Ah!* — A verdade enfim se revela. — Ele não vai usar porque as músicas são sobre a gente. Porque estão cheias de nós dois. Porque ele sabe que prefiro manter a privacidade.

Minhas irmãs se remexem, desconfortáveis.

— Não acho que cabe a nós dizer o que realmente se passa na cabeça de Theo — Lil acaba dizendo. — Sério, você devia conversar com ele.

E até mesmo isso faz sentido para mim agora, a forma como todo mundo está tomando cuidado para não me pressionar. Mesmo que estejam sofrendo pelo álbum, todos eles vão deixar essa coisa linda desaparecer apenas para não me colocarem em uma posição na qual eu me sinta exposta.

— Bom, foda-se. — Eu solto o ar.

— O que você vai fazer? — Lil pergunta, procurando algo para assoar o nariz.

— Acho que vou atrás dele — respondo. — Posso pegar seu carro emprestado?

45

Elas se oferecem para me acompanhar, mas preciso fazer isso sozinha.

— Theo vai fazer um show pequeno e secreto no Shepherd's Bush pra comemorar o anúncio do álbum — Serena me diz enquanto tiro o pijama encardido e tento fazer minha cara de ressaca ficar vagamente apresentável.

— Tô tão orgulhosa de você. — Lil me abraça quando chegamos na porta da frente. — Você merece o seu felizes para sempre.

— Acho que todas nós merecemos — respondo.

— Vocês duas tão sendo bregas de novo — Serena resmunga. — A gente pode terminar logo com isso pra eu entrar e comer um sanduíche de bacon? Eu tenho que estar mesmo com uma ressaca braba depois de toda essa... — Ela balança a mão no ar. — *Emoção*.

— Tá bem. — Respiro fundo e chacoalho as chaves do carro de Lil (de jeito nenhum vou arriscar ir *no meu carro* em uma missão tão importante). — Então vai ter um ingresso me esperando na porta, certo?

Serena assente.

— Isso, já resolvi tudo. Mas é melhor você ir se quiser chegar a tempo de pegar o Theo antes do show. — Ela confere o relógio. — Ele deve começar daqui mais ou menos uma hora.

Pulo no carro, tremendo e cheia de adrenalina. Embora não seja o mais prático dos planos, eu não ligo. Após cinco semanas agonizando de dor, estou pronta.

Se eu estou me cagando de medo? Sim.

Se mesmo assim vou arriscar meu coração? Pode apostar que vou.

Porque amo Theo Eliott, e agora estou escolhendo Theo em vez de sentir medo. Estou escolhendo uma vida confusa, bonita e complicada em vez de uma vida em que permaneço segura, porém infeliz. Encontrar Sam e Leo me fez notar com ainda mais clareza o quanto eu havia encolhido meu mundo, o quão pouco me permiti sentir por tanto tempo. O último verão foi um despertar. O medo que me controla há anos não merece ficar com isso.

Meu sangue pulsa nas orelhas, e ligo o rádio. Está tocando uma música que não conheço, mas que é cativante e alegre, então aumento o volume, aumento, aumento, abro as janelas e danço no banco do carro.

Quase uma hora depois, entro no estacionamento do Shepherd's Bush e corro para o show. Theo vai subir no palco em poucos minutos, mas ainda tem um monte de gente esperando na entrada. Serena explicara que a notícia sobre o show de Theo tinha vazado algumas horas antes, desencadeando uma batalha maluca pelos ingressos. Está claro que muitas das pessoas que não tiveram sucesso resolveram aparecer do mesmo jeito.

Abro caminho pela multidão e sigo até a bilheteria, onde um homem de aparência cansada tenta repelir onda após onda de fãs ansiosos.

— Com licença — eu digo, e preciso chamá-lo mais uma vez porque, para surpresa de ninguém, o atendente não parece muito interessado em me ouvir. — Com licença. COM LICENÇA.

Ele finalmente se vira para mim, a expressão sombria, e eu me inclino para a frente, baixando a voz.

— Minha irmã, Serena Ojo-Harris, deixou um ingresso pra mim.

— Não sobrou nenhum ingresso pra apresentação dessa noite — o homem responde com a qualidade cansada e robótica de alguém que já precisou repetir a mesma frase inúmeras vezes.

— Ah, então, tô sabendo. Mas ela é da EMC, a gravadora. Deve estar no meu nome. Clemmie, Clementine Monroe?

O atendente me lança outro olhar ácido e cruza os braços.

— Olha, querida, eu já ouvi de tudo essa noite, nem precisa começar. Não tem mais ingresso. Nenhum. Por favor, desocupe o balcão.

— Ei, a gente... hum, a gente tá com a gravadora também! — uma jovem exclama, me empurrando de lado com o cotovelo sem nenhuma cerimônia. — Essa aqui é a agente de Theo Eliott. — Ela aponta para a amiga que parece ter dezesseis anos, mas que tenta adotar a aparência de uma empresária cansada do ramo musical que já viu de tudo.

— Já disse, vão embora antes que eu chame a segurança — o homem da bilheteria grita.

— Ah, bom, pelo menos a gente tentou — a garota diz para mim de forma consoladora. — Talvez ele saia e dê autógrafos mais tarde.

Fico parada por um momento até ser afastada pela próxima onda de esperançosos. Merda. Volto para a entrada e pego meu celular, pronta para ligar para Serena. Sou saudada por uma tela ameaçadoramente escura e percebo que em algum ponto do trajeto até aqui a bateria descarregou. Saí de casa com tanta pressa que nem pensei em conferir. Ai, Deus. O que eu faço agora? Eu nem sei mais de cor o número de ninguém.

Esfrego a testa. Certo. Tudo bem. Eu resolvo. Estou no meio de um grande gesto romântico. Não é isso que vai me deter.

O pensamento me conforta por cinco segundos, até que percebo não ter lá muitas outras opções. Talvez eu possa entrar de penetra? Invadir uma casa de shows não é muito um comportamento Clementine Monroe, mas trata-se da minha nova versão: Ousada! Destemida! Em missão pelo amor!

Contorno casualmente a lateral do prédio. Enfio as mãos nos bolsos e, por algum motivo, passo a mascar um chiclete imaginário. Observo o concreto coberto de pichações como se eu fosse apenas uma humilde estudante de arquitetura fascinada com a qualidade do acabamento. É só quando percebo que comecei a cantarolar a música-tema de *Missão im-*

possível baixinho que me ocorre que eu talvez não esteja desempenhando bem o papel de fora da lei furtiva.

Além do mais, estou longe de ser a única com o mesmo plano. Há um monte de gente aglomerada ao redor do prédio, e as pessoas estão sendo mantidas a distância por um pequeno exército de seguranças de aparência muito séria usando ternos pretos.

Olho o celular de novo só para o caso de ele milagrosamente ter voltado à vida. Nada. Sem nenhum outro plano, volto para a frente da construção, me sento na beira da calçada e encaro minhas mãos.

Não importa. Posso ligar para Theo mais tarde. Esta não é minha única chance de dizer para ele como eu me sinto. Ainda que o pensamento seja racional, sinto um grande buraco no estômago. Não é apenas por querer estar com Theo *agora*, é que eu gostaria de *mostrar* isso para ele. Queria fazer algo para que ele entendesse. O ingresso de Serena deveria me levar aos bastidores, e ele iria saber que eu estava ali, torcendo por ele. Muito fora da minha zona de conforto, mas orgulhosa de Theo e de seu trabalho.

Posso dizer isso pra ele, recordo a mim mesma. *Posso fazer ele entender.*

É quando ouço uma voz familiar:

— ... e aí a gente talvez possa ver pra onde a noite nos leva. — Um par de sapatos caros desgastados de propósito sai do carro que estacionou diante de mim. Ergo a cabeça, sendo confrontada pela última pessoa que espero encontrar neste lugar.

— Ripp? — Meu queixo cai.

Meu pai olha para mim, sentada na calçada, e franze a testa.

— Clemmie? O que tá fazendo aqui?

A loira estonteante de vinte e poucos anos que está agarrada a ele faz beicinho.

— Riiiiiipp... — ela lamenta. — Pensei que a gente fosse ver o show.

— Só um minuto. — Ripp se desvencilha dela e estende a mão para me levantar. — Por que tá sentada na calçada?

— Aconteceu uma confusão com os ingressos. Não consegui entrar — explico, tentando ignorar os olhares mortais que recebo da loira.

— Ah, não acredito — Ripp diz. — Por que não entra comigo?

— Você tem ingresso? — pergunto.

Ele ergue as sobrancelhas.

— Sou Ripp Harris, não preciso de ingresso. Vou só pedir pra deixarem você entrar.

Dou uma risada e lanço outro olhar para sua acompanhante. Ripp também a olha. Por um momento, acho que ele vai sugerir trazê-la junto, mas Ripp claramente está tentando pegar o jeito dessa coisa de ser pai.

— Desculpa, amor. — Ripp se vira para ela. — Parece que surgiu uma oferta melhor. A gente se vê numa outra noite, tá certo?

A mulher abre a boca.

— Tá falando sério? — ela guincha.

— Preciso passar a noite com minha garota favorita. — Ripp sorri para mim, vitorioso, e acho que, em seu universo, isso é um ato de paternidade positiva: me escolher no lugar de um encontro com uma mulher dez anos mais jovem que eu. Suponho que ele esteja abrindo mão de uma trepada por mim. Não que eu queira pensar sobre isso.

— Não acredito que você vai fazer isso, Ripp! Tá tudo terminado entre a gente! — A loira está tremendo de raiva.

— Ah, não exagera, Carlie... — Ripp a acalma.

— É *Marley* — Marley rebate.

— Claro que é — Ripp concorda. — Aqui — ele diz, tirando a carteira do bolso e separando um maço grosso de dinheiro. — Por que não liga pras meninas e vai curtir a noite por minha conta? Você merece, e não faz sentido negar a Londres a visão de você toda linda nesse vestido, não é mesmo? Eu te ligo de manhã.

O rosto de Marley suaviza conforme ela puxa as notas da mão dele.

— Tudo bem — ela diz, me lançando outro olhar (que suponho ser justo, embora ache que meu pai o merecia mais). — Mas você vai ter que me compensar por isso por um bom tempo, Ripp.

— Você sabe como eu amo compensar coisas pra você. — Ripp a beija na bochecha, e Marley dá risadinhas. Acho que minha ressaca voltou.

Com Marley fora de cena, Ripp me dá sua total atenção.

— Vamos? — ele pergunta.

Ele caminha até a porta dos fundos que dá para o palco, onde os homens de terno ainda seguram a multidão. Algo no jeito como ele se move faz com que as pessoas se dividam para abrir caminho, e ouço alguém sibilar:

— Puta merda, é o Ripp Harris?

— Ei, Tony! — Ripp exclama, indo cheio de sorrisos na direção de um dos homens de aparência ranzinza.

Um sorriso em resposta surge no rosto de Tony.

— Sr. Harris — ele exclama do alto de seus dois metros de altura. — Não sabia que íamos ver o senhor essa noite.

— Bom, Tony, sendo sincero, a gente não tá na lista, mas eu tava de passagem com a minha filha. — Ele aponta para mim. — Ela é amiga do Theo, então pensamos que ela podia aparecer e fazer uma surpresa.

— Não tá na lista? — Tony franze a testa.

— Eu devia estar em uma lista — me intrometo, um tanto desesperada. — Meu nome é Clemmie. Minha irmã, Serena Ojo-Harris, trabalha pra EMC.

Tony ergue o tablet em suas mãos e passa o dedo pela tela.

— Desculpa — ele diz. — Não tá aqui.

Ripp parece distraído, dando um autógrafo.

— Tá tudo bem, Tony. Ela pode entrar comigo, não pode?

O olhar de Tony oscila entre nós dois conforme mais pessoas começam a avançar. As câmeras de celular começam a agir.

— Pode, sem problemas — Tony diz. — Se ela tá com o senhor, então tá tudo certo.

Ao que parece, acabo de incluir meu pai desnaturado em meu gesto romântico. Esta é oficialmente a experiência mais bizarra da minha vida, então acho que faz sentido.

— Valeu, Tony, dá um abraço na Roberta e nas crianças, tá bem? — Ripp cantarola com alegria enquanto atravessamos um corredor mal iluminado.

— Certo — Ripp diz, esfregando as mãos e farejando o ar como se fosse um sabujo. — Vem comigo. — Começamos a percorrer o espaço, passando por camarins e salas de descanso onde vários homens e mulheres de terno e aparência entediada digitam no celular.

A música alta preenche o ar, e percebo, com o coração apertado, que Theo já está no palco.

— Chegamos tarde demais. Ele já começou. Acho que é melhor a gente encontrar algum canto e esperar ele terminar — eu falo, nervosa.

— Não seja ridícula — Ripp diz, entrando no espírito da coisa. Conheço a expressão em seu rosto. A agitação de estar em um show, o som da música ao vivo, o cheiro de suor e cerveja... ele está em casa. — Não quer ver o que ele consegue fazer? Vem atrás de mim.

E assim como Alice e o Coelho Branco, eu apenas decido segui-lo pela toca do coelho. Tipo, quão mais estranho esse dia pode se tornar? À medida que nos aproximamos do palco, a música vai ficando cada vez mais alta.

Vários membros do staff passam correndo, parecendo ocupados, e quase metade deles grita um oi para Ripp. Creio que ele seja mesmo um rosto familiar neste ambiente.

— Venho aqui escondido pra assistir um pouco quando tô na cidade — Ripp comenta, lendo meus pensamentos. — Gosto de ver quem tá surgindo. Às vezes encontro alguém pra quem a gente pode oferecer apoio, ajudar a divulgar o nome. É um ramo difícil. — Ele balança a cabeça. — Lugar pequeno pra um cara feito Theo Eliott tocar, mas parece que a plateia é boa.

Ele não está errado. Já consigo ouvir o público gritando sua aprovação.

— Ripp, deixa eu te perguntar uma coisa. — Ponho a mão em seu braço, puxando-o de leve pela manga da camisa.

Ele para de andar.

— Claro, manda ver, garota.

— Digamos que você tenha feito um álbum... o melhor que já escreveu. E ele fosse inteiro sobre a mamãe, ou, não sei, sobre a mulher que você ama, cheio de pequenos detalhes particulares sobre o relacionamento de vocês. Você lançaria?

A testa de Ripp fica franzida.

— Não entendi a pergunta — ele diz.

Dou risada.

— Deixa pra lá. Acho que você já respondeu.

Subimos alguns degraus e, de repente, estamos lá: bem na lateral do palco.

E ali está *ele*. Theo. Usando uma jaqueta de seda vermelha sem nada por baixo e calça combinando. Uma guitarra azul-bebê está apoiada em seus quadris, a alça pendurada no pescoço. Seus dedos dançam para cima e para baixo nos trastes, os anéis de prata refletindo a luz, as pontas do cabelo escuro úmidas de suor quando ele as afasta dos olhos.

Sua expressão é intensa enquanto canta ao microfone, as pálpebras se fechando conforme aquela voz linda e rouca enche o ar. Não consigo absorver tudo. Ele é Theo, mas também não é. Ele para de cantar por um momento e deixa que a multidão grite as palavras de volta, um sorriso no rosto. Ninguém consegue tirar os olhos dele.

— Uau — sussurro.

— Pois é. — Ripp assente, parado logo atrás de mim. — O menino é bom.

— Ele é — concordo, observando a multidão, vendo como as pessoas estão fascinadas. Em vez de sentir náuseas, sinto apenas orgulho. De repente, as luzes do palco mudam, e o olhar de Theo desliza em nossa direção. Percebo um segundo tarde demais que, do ponto de vista dele, estou de pé sob o holofote bem no meio da entrada do palco.

— Ah, merda. — Os olhos dele queimam em minha pele, e eu engulo em seco, ergo a mão e dou um tchauzinho fraco.

As mãos de Theo largam a guitarra, e ele para de cantar. Para do nada. Há um momento de confusão distorcida enquanto o resto da banda tenta entender o que está acontecendo, mas Theo apenas fica ali parado, os olhos fixos em mim, e, devagar, os outros integrantes também param de tocar.

A plateia inteira de duas mil pessoas fica em silêncio.

Meu coração bate tão depressa que acho que vou descobrir como é *morrer* de vergonha. É isso. Acabou. Eu arruinei o show de Theo. Se ele não me matar, Serena com certeza vai.

Um burburinho constrangido irrompe na multidão, conversas confusas. *Isso faz parte do show?* Sei que as pessoas não conseguem me ver, mas ainda me sinto exposta.

— Licença, pessoal — Theo diz, falando ao microfone. — Eu já volto.

E então ele tira o plug da guitarra, coloca o instrumento no suporte ao lado dele e sai do palco, andando direto para mim como um míssil muito sexy e descamisado.

— Ah, merda! — eu guincho outra vez.

— Clemmie — ele arqueja, chegando ao meu lado.

— Theo, o que você tá fazendo? — Empurro o braço dele, em pânico. — Você não pode sair do palco no meio de um show. Volta pra lá!

— O que você tá fazendo aqui? — ele pergunta baixinho, me ignorando por completo.

— A gente pode conversar depois! — eu sibilo. — Só vai, vai!

Ele sorri e cruza os braços sobre o peito.

— Não vou pra lugar nenhum até você me dizer por que tá aqui.

Lanço um olhar desesperado para Ripp, que abre um sorriso.

— Não se preocupe, amorzinho, eu cuido disso. — E então ele sai andando sem nenhuma vergonha pelo palco.

— E aí, Londres! — ele ronrona no microfone enquanto a plateia atordoada entende o que está acontecendo e começa a se animar. — Ouvi dizer que meu amigo Theo tava dando uma festa com dois mil de seus amigos mais chegados.

O público grita, encantado com essa estranha e maravilhosa reviravolta.

— Então, enquanto ele resolve umas paradas, queria saber se me dariam a honra de cantar pra vocês. Já faz um tempo que não canto pra uma plateia tão bonita. — Em seguida, ele pega a guitarra de Theo, dedilha algumas vezes e começa uma de suas canções mais famosas. O resto da banda compartilha um breve olhar de *que-porra-é-essa* antes de corajosamente começar a tocar com ele. Não demora para que o lugar se preencha com o som de duas mil pessoas cantando uma música que a revista *Rolling Stone* classificou em nono lugar entre as quinhentas melhores músicas de todos os tempos.

Claro, eu mal registro tudo isso, porque estou ocupada demais olhando para Theo, que me encara com a intensidade descamisada de um anjo caído.

— O que você tá fazendo aqui, Clemmie? — ele pergunta de novo, a voz controlada.

— Eu tô aqui porque te amo, seu idiota! — sibilo, batendo com a palma das mãos em seu peito, empurrando-o para trás. — Era pra ser uma coisa romântica, mas você perdeu totalmente a cabeça, seu...

Theo, a parede de músculos, não recua. Em vez disso, ele passa os dedos com gentileza ao redor dos meus pulsos e me puxa para que eu me encoste em seu peito. Depois, baixa a cabeça e pressiona os lábios nos meus, me interrompendo no meio do discurso.

Fogos de artifício. São fogos de artifício de verdade explodindo na minha corrente sanguínea, faíscas sob a pele, em cada lugar onde ele me toca. Somos uma ameaça à segurança pública. Vamos queimar este prédio até o último tijolo.

Finalmente, eu me afasto.

— Ainda tô brava com você — eu digo.

Ele solta um suspiro longo.

— Eu sei.

— Ouvi o álbum. O álbum de verdade.

Ele se assusta.

— Como você...? Foi Serena quem te mostrou? Eu *disse* pra ela que...

— Não foi ela — eu o interrompo. — Tenho minhas fontes, mas vão permanecer secretas.

— Eu não queria que você escutasse, pelo menos não por enquanto. Não queria que você sentisse que eu tava... que *qualquer pessoa* tava te pressionando por causa do álbum. Eu fiz outra coisa pra gravadora. E entendo perfeitamente por que essas músicas não deviam ser divulgadas pra todo mundo ouvir. Eu precisava compor as músicas, mas só pra você, só pra nós dois.

— Você é um imbecil — eu digo.

— Quê?

— Você ouviu. Fazer uma *obra de arte* linda sobre a gente não é a mesma coisa que ter nossa vida pessoal sendo espalhada pelos tabloides. Se você não lançar essas músicas, vai ser... — Fico procurando as palavras certas. — Vai ser um sacrilégio, Theo.

— Acho que você não entendeu. — Theo segura meu rosto. — Se as músicas forem lançadas, as pessoas vão dissecar cada pedaço. Vão escrever sobre elas, vão separar os versos das letras e transformar em histórias.

Olho bem nos olhos dele.

— Deixa elas — eu digo.

Ficamos parados encarando um ao outro por um momento.

— Eu te amo — Theo sussurra, os dedos se entrelaçando aos meus.

— Eu também te amo.

O beijo que compartilhamos em seguida é um beijo de conto de fadas, um beijo de felizes para sempre, um beijo de final do arco-íris. É suave, doce e cheio de promessas que eu sei muito bem que vamos cumprir.

— Senti tanta saudade — Theo diz.

— Acho que não quero mais ser acadêmica — deixo escapar sem querer. Theo pisca uma vez, mas, tirando isso, não parece preocupado com a mudança de assunto.

— Tudo bem — ele diz, afastando o cabelo do meu rosto.

— Estou infeliz com essa escolha faz muito tempo — continuo —, mas achava que precisava insistir por causa de tantos anos de dedicação. Não queria ser o tipo de pessoa que desiste quando algo é difícil. Achei que fosse tarde demais pra mudar de ideia. Eu não queria estar na casa dos trinta anos sem nenhuma ideia do que fazer da vida... — Eu hesito.

— E agora? — Theo pergunta com gentileza.

Solto um suspiro profundo.

— Agora, acho que tudo bem não ter as coisas planejadas. Agora acho que não preciso provar nada pra ninguém... acho que só quero tentar... ser feliz.

— Eu gostaria de te ver feliz — Theo comenta e me envolve em seus braços, encostando o queixo no topo da minha cabeça, em um daqueles abraços perfeitos. — Quero que seja feliz mais que qualquer outra coisa no mundo. Mais do que desejo que David pare de me alimentar à força com couve.

Eu me agarro a ele, segurando firme por mais um segundo. Depois recuo.

— O que me deixaria feliz agora seria você terminar esse show.

Ele beija meu nariz.

— Você venceu. Mas, quando eu terminar, vamos sair daqui juntos, tudo bem?

— Tudo bem. — Sorrio. — Mas só porque você fica tão bem nessa roupa que embaralhou meu cérebro.

Ele me beija de novo, tão fundo que meus joelhos se dissolvem feito água. Theo me segura. Abre um sorriso.

— Mais tarde — ele promete.

— Mais tarde — concordo.

Theo ainda está rindo quando volta para o palco, juntando-se a Ripp nos últimos versos da música que ele está cantando. Parece que meu pai não teve problema algum em sequestrar a plateia, e as pessoas aplaudem e batem os pés de tanta satisfação.

— Ripp Harris, senhoras e senhores — diz Theo, liderando os aplausos enquanto Ripp faz uma reverência.

Ripp surge ao meu lado, ofegante e feliz como um labrador.

— Vocês dois se resolveram? — ele pergunta.

— É, a gente se resolveu. — Eu o empurro com o ombro. — Obrigada.

— Sem problemas. Show bom, esse. — Seus olhos ficam mais aguçados. — Acha que seu rapaz Theo aceitaria uma participação especial na próxima turnê?

— Você sempre pode perguntar pra ele — respondo com alegria, totalmente confiante em qual será a resposta do meu namorado.

— Ok, ok — Theo está dizendo, indo se acomodar por trás do microfone com o violão mais uma vez. — Agora, como alguns de vocês sabem, ontem a gente anunciou um novo álbum, e pensei que vocês podiam querer uma prévia de uma das músicas. O que acham?

A multidão vai à loucura.

Theo dedilha o violão. Seus olhos deslizam até mim, e sua voz fica mais grave quando ele diz:

— Essa é pra mulher que eu amo. Se chama "Oh, My Darling".

E, enquanto ele toca, não me sinto nem um pouco assustada ou oprimida. Sinto que voltei para casa.

Epílogo

Nove meses depois

— Acho que eu não devia ficar surpresa com seu namorado tentando te tirar daqui mais cedo — Serena suspira —, mas gostaria que ele fosse um pouco mais sutil.

— Não sei do que você tá falando — respondo do alto da minha posição, de cabeça para baixo pendurada no ombro de Theo.

— Ainda não é o casamento de verdade, Serena — Theo resmunga. — E eu passei a semana toda em Los Angeles. Você *já viu* como a Clemmie fica com este vestido?

— Põe minha irmã no chão, seu degenerado — Serena insiste, e, com um suspiro, Theo deixa meus pés deslizarem para o chão. O fato do meu corpo inteiro se esfregar contra o dele durante a descida é apenas um bônus para nós dois.

— Achei que ela fosse ficar mais relaxada depois do lançamento do álbum — sussurro para Theo, ajustando o decote do meu vestido rosa que está, admito, um pouco decotado demais. Pelo jeito, o feitiço dos peitos maiores segue funcionando a todo vapor.

— Ela não vai descansar até a gente levar todos os Grammys — ele comenta, distraído pelo meu decote visto de cima, claramente nada incomodado pela situação.

— E nós vamos levar. — Serena sacode o cabelo com satisfação. — Disco de platina em dois meses? É meu melhor trabalho até hoje.

— Acho que eu também tive algo a ver com isso — Theo protesta, a mão quente envolvendo minha nuca de um jeito que me faz suspirar de prazer.

Serena obviamente escuta, porque ergue um dedo em advertência.

— Vocês dois precisam manter esse fogo sob controle enquanto estivermos no jantar de ensaio.

Estamos em uma pousada ecológica de luxo no interior da Cornualha onde, amanhã, Lil e Henry vão se casar no bosque sob uma *chuppah* que o próprio Henry construiu.

Theo tinha um show ontem à noite, então só pôde pegar o avião pouco antes do evento. Depois da cerimônia, vamos de carro até Northumberland para passar seis semanas. Estou profundamente envolvida com a edição do meu livro, que será publicado no próximo ano, e, fiel à sua palavra, Theo alugou a casa de vovó Mac pelas mesmas seis semanas em que estivemos lá no ano passado.

David não está nada impressionado com essa situação, especialmente porque Theo lhe deu seis semanas de férias remuneradas e agora seu marido sofredor vai arrastá-lo para as Bahamas. David descreveu o cenário como "um pesadelo virando realidade", mas Theo insistiu que seria bom para ele. Nos comprometemos a dar provas de vida três vezes por semana. Theo está ansioso pelos seus quarenta e dois dias de acesso irrestrito a salgadinhos. Ele realmente tem o paladar de uma criança de cinco anos.

Também está feliz porque alugou uma casa próxima para que a família dele fique hospedada por uma semana perto da gente, e sei que todos vão adorar. Hannah está especialmente animada para conhecer o local de nossas aventuras mais bruxescas. Quando a conheceu, Serena a identificou de imediato como uma alma gêmea, enquanto Lil entoou:

A magia é forte nessa aqui. Hannah ficou encantada, embora — ao menos por enquanto — Oliver permaneça decepcionantemente humano.

Por sorte, meu tempo é bem flexível nos dias de hoje. Ando trabalhando com revisão freelancer e na instituição de caridade da minha mãe para, junto do meu pequeno adiantamento como escritora, tirar um salário razoável. Devo começar a dar aulas de escrita criativa para as crianças de uma das iniciativas de mamãe no outono, e Lisa será minha maravilhosa assistente. Ainda não tenho tudo planejado, mas estou gostando do que faço, e é isso que importa de verdade.

O fato de poder passar seis semanas no meu lugar favorito com meu namorado lindo de morrer, gentil, engraçado e muito bobo também é um grande bônus.

— Achei que você fosse praticamente a santa padroeira do sexo do bom — comento para Serena.

— E eu sou! — ela insiste. — Só tô dizendo pra vocês terem um pouco de *classe*. Uma hora, duas no máximo, celebrando com nossa irmã, e então vocês, crianças, podem sair e aprontar.

— Se vocês estão querendo transar, por mim tudo bem. — Lil sorri, aparecendo ao nosso lado. — Na verdade, eu e Henry podemos indicar o caminho até um roupeiro muito prático.

— Juro, da próxima vez que a gente lançar um feitiço, vou pedir um milhão de libras. — Serena gesticula com a champanhe. — Vocês, coelhinhos no cio, são a prova viva de que temos uma magia séria correndo nas veias.

— E você não? — pergunto, erguendo as sobrancelhas, olhando para onde Bee está dando risada com nosso pai. Serena e Bee estão levando as coisas devagar, mantendo tudo casual porque é o que combina com ambas, mas isso não significa que o arranjo não esteja fazendo da minha irmã alguém imensamente feliz.

— Bom, eu sou grato pra caramba pelas suas habilidades mágicas. — Theo me puxa para perto, beijando o topo da minha cabeça quando me inclino para ele. — Se bem que, depois daquela reportagem sobre o

Sam, admito que tô cada vez mais com pena de Leo. Vocês não brincam em serviço quando se trata de uma boa maldição.

Abro um sorriso. Alguns meses atrás, Sam tinha ficado em evidência na mídia. Na verdade, surgiram algumas histórias sobre ele depois que Ripp o expulsara da banda, a maioria contando como ele é um idiota desagradável. Mas uma matéria em especial — uma reportagem contundente em que várias de suas ex-namoradas falam como o sexo com ele era medíocre — foi divertida.

— Foi bem feito pros dois. — Lil sorri. — Ninguém mexe com a nossa irmã.

— Um brinde a isso. — Serena ergue a taça.

— Às Irmãs Sinistras — eu digo. — Irmãs, almas gêmeas e melhores amigas.

Batemos nossas taças e bebemos o champanhe. Lil arrasta Serena para longe a fim de conversar com uma amiga em comum, piscando para mim e Theo por cima do ombro.

— A sua irmã acaba de conspirar pra deixar nós dois sozinhos? — Theo pergunta, a boca junto à minha orelha.

— Hummm, acho que sim — respondo. — O que você acha de ir procurar esse tal roupeiro?

— Acho que eu iria pra qualquer lugar com você, Clementine Monroe.

— Ótima resposta — sussurro, puxando sua cabeça para baixo a fim de beijá-lo como eu bem entender.

Como se ele fosse todos os meus desejos virando realidade.

Agradecimentos

Não posso continuar dedicando meus livros sempre à mesma pessoa (embora eu tenha certeza de que ela discordaria), mas, se este livro pertence a alguém, é à minha agente, Louise Lamont. Sou extremamente grata ter uma agente e amiga que está tão completamente do meu lado. Por muitos anos, Louise me disse que eu tinha uma comédia romântica adulta dentro de mim, esperando para sair, e eu acho que ela estava certa. Será que ela manifestou o livro que você tem em mãos? Eu não ficaria nada surpresa.

Obrigada a Molly Crawford, o Tom Hanks da minha Meg Ryan. Trabalhar com você não é nada menos que uma alegria, e a maneira como você lutou por este livro mudou a minha vida. Estou muito animada por saber que esta é apenas a primeira de muitas aventuras. Obrigada a Sabah Khan, fundadora do fã-clube de Theo Eliott, e a Mina Asaam, que fez este livro brilhar. Agradeço ainda a Sara-Jade Virtue, por ser uma defensora tão entusiasmada quando eu realmente precisei de uma, e a Sarah Jeffcoate, Genevieve Barratt e Harriett Collins, que torcem tanto por Clemmie e Theo (e por mim) desde o início. Sou grata de verdade.

Um milhão de agradecimentos a Melanie Iglesias Perez. Desde a nossa primeira reunião, fiquei eufórica com a oportunidade de trabalharmos juntas, e obrigada também a Elizabeth Hitti, por tornar a minha vida tão fácil e lindamente organizada! Me juntar à equipe da Atria foi um sonho desde o início. Mal posso esperar para abraçar todos vocês na vida real.

Como eu sou a pessoa mais sortuda do planeta, não tenho apenas uma, mas duas capas perfeitas para o meu livro. Obrigada a Pip Watkins e a Jimmy Iacobelli pelo trabalho lindo e inteligente.

É preciso uma aldeia para fazer um livro, e a minha ganharia o prêmio de melhor aldeia de todas. Estou bem adiantada escrevendo estes agradecimentos, por isso fico animada de poder incluir uma página de créditos, para que todo mundo que trabalhou tanto em *Três desejos e uma maldição* seja mencionado e assim, pela primeira vez, eu saiba que não esqueci ninguém. Do fundo do meu coração, sou verdadeiramente, sinceramente grata a todos vocês. Muito obrigada por ajudarem a fazer o livro que está nas suas mãos. Significa tudo para mim.

Obrigada a Jess Mileo, que pegou na minha mão, me manteve sã e fez eu me sentir extremamente poderosa. Agradeço demais!

Um enorme agradecimento a toda a equipe da ILA, que está no caminho para me ajudar a alcançar a dominação mundial. Sua paixão e seu entusiasmo por este livro nos estágios iniciais significaram muito para mim. Eu nunca, jamais vou esquecer. Obrigada pelo champanhe e por terem me apresentado ao cachorro mal-humorado do escritório, que com certeza vai aparecer em um dos meus livros.

Obrigada a todos os meus editores internacionais e tradutores. Suas palavras gentis e discursos entusiasmados me fizeram sentir a mulher mais sortuda do mundo. Ter a oportunidade de trabalhar com vocês é um privilégio e tanto, e mal posso acreditar que minhas palavras vão ser traduzidas para tantos idiomas diferentes.

Obrigada às minhas primeiras leitoras, Keris Stainton, Lucy Powrie, Lauren James e Sarra Manning, todas escritoras que eu admiro demais. O apoio e as mensagens entusiasmadas de vocês tornaram um processo assustador muito mais fácil de navegar.

Agradeço, como sempre, aos meus amigos e familiares, que são obrigados a me aturar enquanto eu escrevo — uma tarefa geralmente ingrata, então esta oportunidade de demonstrar minha gratidão é muito bem-vinda! Claro que os maiores agradecimentos são para Paul e Bea. Não haveria livros sem vocês. Eu amo tanto vocês que chega a ser constrangedor.

Por fim, obrigada aos meus leitores, antigos e novos. Aos leitores maravilhosos, leais e extremamente gentis que estão comigo desde o início, agradeço pelo apoio. Por recomendarem meus livros, por lê-los com sua mãe/filha/irmã/avó. Suas histórias e mensagens me deixam tão contente. E para os meus novos leitores, olá! Estou muito feliz de conhecer vocês. Acho que vamos nos divertir muito juntos.

E obrigada a todos na Simon & Schuster UK que ajudaram a lançar *Três desejos e uma maldição*.

Impresso no Brasil pelo Sistema Cameron da Divisão Gráfica da
DISTRIBUIDORA RECORD DE SERVIÇOS DE IMPRENSA S.A.